ハヤカワ・ミステリ文庫
〈HM⑤⑱-1〉

ギャングランド

チャック・ホーガン
渡辺義久訳

早川書房
9063

父へ、
きっとこの本を楽しんでくれたでしょう。

目次

ギャングランド

登場人物

ニッキー・パッセロ……………ボウリング場の経営者
ヘレナ……………………………ニッキーの妻
ニコラス…………………………ニッキーの息子
サリー・ブラッグス……………ニッキーの友人。高架鉄道の整備士
トリクシー………………………サリーの妻
クリースマン……………………ニッキーの友人。港湾労働者
デブラ……………………………クリースマンのフィアンセ
チャッキー………………………ニッキーのボウリング場の従業員
サム・ジアンカーナ……………シカゴ・アウトフィットの元ボス
トニー・アッカルド……………アウトフィットの相談役
クラリセ…………………………アッカルドの妻
マイケル・ヴォルペ……………アッカルドの使用人
ジョーイ・ドゥーヴズ…………アウトフィットの現在のボス
ジャッキー・セローネ…………アウトフィットの重鎮
ハリー・A・レヴィンソン……宝石店のオウナー
ジョニー・サリータ……………宝石店襲撃犯のリーダー
ヴィン・ラボッタ………………同襲撃犯のメンバー。元警官
ドム・グァリーノ………………同。通称〝ライノ〟
カール・ピノ……………………同。通称〝キュー・スティック〟
ジョーイ・レメルマン…………同。通称〝ザ・ジュー〟
ゴンゾ・フォルテ………………同。
ディディ・パレ…………………同。荒っぽいこそ泥
ジェラルド・ロイ………………ＦＢＩ捜査官
フェリックス・バンカ…………シカゴ市警察特別捜査班の刑事
ケヴィン・クイストン…………同窃盗犯罪担当の私服刑事

一九七五年

「この家は警察の特別チームに見張られている——言っておくべきだったな」サム・ジアンカーナが言った。

髪が薄くなり、しわだらけで、顔色の悪い六十七歳のシカゴ・アウトフィットというマフィアの元ボスは、ニッキーの先に立って地下室への階段をおりていった。

「本当ですか？」ニッキーが言った。「気づきませんでした」

サウス・ウィノナ・アヴェニューの向かい側、ジアンカーナのレンガ造りのバンガローから二軒離れたところに、薄茶色のダッジ・コロネットのセダンが駐められていた。ニッキーは、その覆面パトカーのコロネットから四軒離れたところに駐めた七四年式のプリムス・サテライトの車内で身を低くしていた。やがてジアンカーナの娘とその夫が、ニッキーも知ってはいるがそこまで親しくはない二人のアウトフィットのメンバーとともに家から出てきた。ジアンカーナの長年の腹心のブッチ・ブラージと、チャッキー・イングリッシュだ。ディナーではワインが振る舞われたにちがいない。二組は楽しそうにそれぞれの車へ向かい、走り去っていった。その十分後、コロネットのエンジンがかかり、深夜シフトが終わらないうちにUターンしてもち場をあとにした。コロネットが通り過ぎるとき、ニッキーは右に身を伏せた。それからからだを起こして念のために十分ほど待ち、買い物袋を抱えてジアンカーナの家の通用口へ向かって通りを歩いていった。一九七五年六月十九日のことだった。

「どっちにしろ」ニッキーは言った。「おれのナンバープレートは知られていますから」

ジアンカーナは、ニッキーの買い物袋を両手で抱えて階段をおりていった。ニッキーの二段先を行くジアンカーナの青白い頭皮には、薄い髪をとおして加齢による染みが目についた。「おまえは病気の友人に食べ物をもってきただけだ！　だから、あんなやつらなんか気にするな。これは〈カプートの店〉のか？」

彼の本名はジロルモ・ジアンカーナだが、〝モモ〟や〝ムーニー〟とも呼ばれ、一九五七年から一九六六年までアウトフィットのボスとして君臨していた。はじめはジョン・F・ケネディを支持していたが、のちに敵視するようになった。有名な人気女性歌手たちを連れ歩くこともあった。全国にその名をとどろかせたサム・ジアンカーナは、六十七歳になって苦境に立たされた。十年近くメキシコに逃亡したあと、国外退去処分という仕打ちを受けてアメリカに戻ってきた。その後、胆嚢疾患を患った。さらに血栓症にもなり、しばらくは予断を許さない状態がつづいた。そういったことのせいで、老けこんでしまったのだった。

ニッキーは階段をおりて地下室に入った。そこにはタバコの臭いが染みつき、年老いた男に特有のぼんやりとした感じが漂っていた。郊外のオーク・パークにあるウィノナ・アヴェニューとフィルモア・ストリートの角に位置するこの家の所有者はジアンカーナだが、彼は地下の部分でしか暮らそうとしなかった。ニッキーは、そういう生活をする古株をほかにも知っていた。人生の多くを監視の目を避けて暮らしてきた者たち、誰の視線も感じたくない者たちだ。

ジアンカーナはメキシコに逃亡しているあいだに、海外でのカジノ事業関連で大儲けをした。少なくとも、みなはそう言っていた。とりわけジアンカーナ自身が。あるいはサム・ジアンカーナがよく口にするCIAの話のように、それはたわごとというキャラメルで真実というナッツをコーティングしたものかもしれない。CIAとコネがあり、世界じゅうを渡り歩く大富豪というのは、自宅の地下で暮らしたりはしないものだ。

　とはいうものの、ジアンカーナの地下室にはありとあらゆるものが取りそろえられていた。ニッキーはキッチンより奥へは行かなかったが、キッチンには何もかもそろっていた。ドアの先にはテレビと葉巻ケースが見え、壁には額入りのゴルフ・ピン・フラッグがいくつか飾られている。コート掛けには、ボスをしていたころにかぶっていたようなフェドーラ・ハットがかけられている。その反対側にはベッドの足元と別のテレビの背面が見え、開いたドアの奥のバスルームにはシャワールームがあった。上の階には管理人の年配の夫婦が暮らしている。毎朝、地下室におりてくるその老夫婦に、シンクにたまった汚れた食器を片付けてもらっていた。ときおり、ジアンカーナの成人した三人の娘たちに、あちこち連れ出されることもある。余生の送り方としては、まだましなほうだろう。

　そんな大金持ちがこの美しい国のほかの場所でなく、かつて自分が支配していた街に戻ってきたのはなぜだろう、そう思っている人たちがいた——ニッキーはちがうが。何かおかしいと考えたり、怪しんだりしている人さえいる。だが、ニッキーにはわかった。故郷というのは、何があっても故郷なのだ。自分の知っている通り、ことば、人々。マーケットや食べ物。慣れ親しんだもの。それでもやはり、シカゴへ戻ってくるというのは疑わしい決断と言わざるを得なかった。

　ジアンカーナは、夕食の食器であふれるシンク脇のカウンターに買い物袋の中身を出した。「ソーセージにエンダイブ。言われたとおりだな、ニッキー。いまどきのやつにしてはめずらしい」

ニッキーは柔らかい背もたれの付いた椅子を引き、四人掛けのテーブルに着いた。そのテーブルには磁器のクリーム入れと、塩とコショウが入ったガラスの容器が置かれている。ニッキーは白い半袖のコットンのボタンアップシャツの上に濃紺色のナイロンのライトジャケットを着ていたが、そのジャケットは脱がなかった。ズボンのうしろのベルト部分には二二口径の銃がぴったり収まり、ジャケットの左ポケットに入れたサプレッサーが筒状に束ねた二十五セント硬貨のようにずしりと重く感じられる。テーブルに右前腕をのせて坐っているが、どちらの手でも何にも触れてはいない。

「元気が戻ってきたようですね」ニッキーは言った。「みんなを家に呼んだあとだっていうのに、もう腹が空(す)いているなんて。いい兆しですよ」

「ブラージとイングリッシュ。それに娘のフランシーヌとその旦那。心配されてうんざりしているんだが、どうしてもと言い張るんでな」ジアンカーナは栓の開いたボトルに残っていた赤ワインをジュース・グラスに注ぎ、ニッキーのところへもってきた。「なかなかの赤ワインだぞ」

ニッキーはグラスを受け取り、テーブルに置いた。

ジアンカーナは冷蔵庫を開き、ニッキーになかを見せた。「これを見てくれ。末っ子のフランシーヌに調べられて、少しでも味のあるものは何から何までもっていかれてしまった。おかげですっからかんだ」

「心配しているんですよ」ニッキーは言った。「もしかしたら——食事は薄味にしたほうがいいかもしれませんね」

「薄味か」ジアンカーナは鼻で笑った。「穏やかな暮らしをしておとなしくしているべきだ、これはおまえが言ったことだぞ！」

「わかっています。ですが、おれのせいで体調が悪化したら困るので」

「つまみ、味のするもの（タスターリ）」ジアンカーナはトマト・ナイフでソーセージの包みを開けた。

「私を見てみろ」

「確かにずいぶん体重が落ちましたね。もしかしたらわざと痩せたのかと思っていました。そういう作戦かと。大陪審を避けて、犯罪委員会から逃れるために」

「本当に痩せてしまったのだ。神に誓ってもいいが、聖地カルメル山に片足を突っこんでいたんだぞ。ヒューストンの主治医には、あと五分もすればベッドが空（あ）きそうだ、そんな目で見られていたんだからな」ジアンカーナはフライパンを洗っていた。「口を閉じておくために病気のふりをする必要などない。しゃべらなかったせいで一年も刑務所にぶちこまれたんだ。それで、その感謝のしるしは？　街から出ていく片道切符だ」彼はガス・コンロのつまみをまわし、マッチで火をつけた――ボンッ。コンロのそばのタイルのレンジパネルは、飛び散った油で黄ばんでいる。「それでも、我慢して耐えた。ほかのやつらとはちがってな」湿った布巾で両手を拭いた。「ちょっとした夜中のつまみはどうだ、ニッキー？　うまいぞ」

上の階のどこかにあるテレビから、笑い声が洩れ聞こえた。管理人たちは耳が遠いにちがいない。動く気配もない。

ニッキーは言った。「ほかのやつらというのは？」

ジアンカーナは半ば振り返った。「なんだって？」

「ほかのやつらとはちがうと言っていましたが、誰のことですか？」

「おまえじゃない、ニッキー。おまえは自分の務めを果たした。むかし話をしてやる――むかし話は好きだろう？　アル・カポネの話だ。一九三二年に、カポネは脱税でぶちこまれた。フランク・ニッティも同じ時期にやられた。カポネは十一年くらい食らって表舞台から消えた。ニッティはたったの十八カ月だ。一年半、悪くない。そして出てきたニッティはボスになった――ボスの座が用意されていたんだ。何もかもうまく運んだ、そうだろう？　だが――刑務所でどうなった？　刑務所でニッティはおかしくなって――なんと言うんだったかな？　閉所恐怖症になった。狭いところへ行くと――不安になるんだ。冷や汗が吹き出したりしてな。ニッティは隠そうとしていた。誰も口にはしなかったが、みんな気づいていた。ばれていたんだ。だからニッティは修道女のように気をつけていた。沈黙の誓いを立てた尼僧のように。それというのも、戻りたくなかったから――戻るわけにはいかなかったからだ。そのせいで、まわりはみんな張り詰めて、いろいろやりづらくなった。だが、どうなったと思う？　そのうち、ニッティは面倒に巻きこまれた。映写技師組合を利用して映画スタジオを強請っていた――それで大儲けしていたんだが、やがて告発された。ニッティは追い詰められた。だが、ニッティにはわかっていた――刑務所には戻れないと。あんなところは耐えられない。考えただけでも……」

ジアンカーナはフライパンに太いソーセージを二本のせ、洗ったヒヨコマメの横でまたエンダイブを切りはじめた。そのあいだも、ほぼずっとニッキーに背を向けたままだった。

「当時、ニッティには奥さんが――新しい奥さんがいた。まえの奥さん、アンナだかアネットだかは亡くなっていて、再婚したんだ。とにかく、大陪審の日の前日、その奥さんを教会へやって、九日間の祈りとかロザリオの祈りとかをするよう頼んだ。それで彼女は教会へ行った。ニッティは上等の酒を一パイントくらいあおって、泥酔して家の外へよろよろ出ていった。ノース・リヴァーサイドの車両基地まで行くと――銃で自分の頭を三回撃ち抜いた。三回もだぞ、ニッキー！　しかも自分の頭を！」

ニッキーはその様子を思い浮かべてみた。めかしこんでピカピカの靴をはいた一九四〇年代を代表する犯罪組織のボスが車両基地へ向かい――子どものころの思い出の場所なのか、あるいはほかに行く当てがなかっただけなのか――そこで立ち止まる。自らに銃を向けて銃口を覗きこみ、誘惑に駆られ、自分の頭を吹き飛ばす――一発――二発――さらにもう一発――引き金にかけた指が動かなくなるまで。

ニッキーは言った。「三発っていうのは、少しばかりやりすぎに思えますが」

「私を見てみろ」ジアンカーナは肩越しに言った。「とんでもないサイコパスだ。軍医に戦争へ行くのを止められたほどだ。軍医が不安になるくらい正式に認められたサイコパスだというのに――ニッティと同じことができないんだ！」

ローファーにオックスフォード・シャツ姿で肩に布巾をかけたこの男が、大の大人がいっしょの部屋にいたくないと思うほどぞっとするような新兵だったころを想像すると、ニッキーの顔に笑みが浮かんだ。それでもやはり、ニッキーは彼のことばを疑わなかった。西部開拓時代のような当時に幅を利かせていた全盛期のサム・ジアンカーナ――さらに言えばカポネや自らを射撃の的にしたニッティ――を知らなくてよかったと思った。

「カポネはといえば、話はちがうが結末は同じだ。カポネは十一年の刑期が終わるまえに釈放された。というのも、ネズミに食い散らかされたチーズみたいに、梅毒で脳みそがやられていたからだ。カポネ（フォンゾ）はイカれて（ゴンゾ）しまった。子どもに逆戻りしたみたいになって、自分で何もできなくなった。デブで機嫌の悪い、梅毒の子どもというわけだ。出所したあとはフロリダで過ごして、一度も自宅に戻ってくることはなかった。一度もだ」ジアンカーナは片方の手でへらを使いながら、もう片方の手で自分のこめかみを叩いた。「頭がおかしくなったのさ。私が言いたいのは、王冠の重みというやつだ――ようするに、何を言おうとしていたんだったかな？　アッカルド――そうだった。〝ジョー・バッターズ〟（相手をバットで叩きのめしていたことから付けられたアッカルドのニックネーム）のことなら、おまえの知らないことまで知っている」

ニッキーは言った。「あの人のことはまったく知りません」

「いいか、トニー・アッカルドがニッティのあとを継いだとき、私はアッカルドの運転手をしていた。一九五一年のキーフォーヴァーの公聴会（米国の上院議員エステス・キーフォーヴァーが〝組織犯罪に関する調査〟のために立ち上げた委員会による公聴会）のあと、アッカルドの自宅の豪邸が目をつけられた。ボウリング場やいくつものビリアード・ルームまであって、何度もパーティだって開いていた。ふざけやがって――そのくせ、当時の私の生活が派手だったというのか？　だが、アッカルドはカポネと同じく国税局に怯えるようになった。カポネから学んでいたアッカルドは、国税局を刺激しないほうがいいというのを心得ていた。次に控えていたのが私だ。私は儲けていた――大儲けしていたからだ、ニッキー。五〇年代というのは、度胸とカネさえあればなんでもできた。私にはその二つともあった。だがアッカルドは、本当の意味で引退することはなかった——たんに一歩引いただけだった。私はいちいちアッカルドやリッカに相談しなければならなかった」——ジアンカーナは、二年半まえに亡くなったポール・〝ザ・ウェイター〟・リッカへの敬意を表して十字を切った——「大きなことをするたびに。結局、何もかも動かしているのはあの二人で、私は二人のために矢面に立たされていた。そして捜査の手が迫ると、私は当然のことをした。ずっと口を閉じていて——法廷侮辱罪で一年の刑期を終えたあと——切り捨てられた。用済み、追放というわけだ。で、そのあとは誰だ？サム・バッタリア。そしてフェリックス・〝ミルウォーキー・フィル〟・アルデリシオ、あいつを覚えているか？ひとり残らず、ことごとく刑務所行きだ。パターンがわかるか？そこで訊きたいことがある。トニー・アッカルドはどのくらい刑務所で過ごしたことがあると思う？どうだ？ヒントをやる」

「一日もない」

「そのとおりだ。刑務所にひと晩だって入ったことがない。考えてみろ。一度もないんだぞ。どういうことだと思う？」

「この街は完全に意のままだと。警察署長から判事、市議会議員——」

「ありとあらゆる職業の人たち——そう、誰もがアッカルドの思うがままだ」ジアンカーナはへらを魔法の杖のように振った。「みんなアッカルドの言いなりだ。おまえには同情する。おまえのあとにつづく、これからという若い連中にはさらに同情する。トニー・アッカルドが誰かのためにリスクを負うなんてことは絶対にない。失うものが大きすぎる、というシンプルな理由で。いいか、いま刑務所へ入れられたとしたら？　ボスにふさわしく、いま十八カ月食らったとしたら？　ニッキー、アッカルドは七十歳だ。ぶちこまれたことなんて一度もない。それが重圧になっている。いまはただ時間稼ぎをしているんだ」

ニッキーは肩をすくめた。「おれにはわかりませんが、あなたが言うならそうなんでしょうね」

「そのとおりだ。私が冬に休みを取ってパーム・スプリングスへ行ったことがあるか？　おまえはどうだ？　いまのアッカルドは銀行家か何かのつもりだ。いい人生を送っているものだ」

「アッカルドは〝チェアマン〟です。とはいえ、あれだけのものを手に入れてコントロールしているというのに、何が心配だというんですか？」

「アッカルドにとって？　内側から崩れることだ。あれこれ見てきて、もうたくさんだと思っているかもしれない誰かによって。あるいはそいつのせいで別のことと結びつけられて、その窮地を切り抜けられなくなること。それが唯一の不安材料だ」

「つまり——密告者」

「そこが肝心なのだ。何もかも、信頼があってこそ成り立っている。おのれの強さは、いちばん弱い部下によって決まる。頂点のボスを倒すのに必要なのは、たったひとりの裏切り者ということだ」ジアンカーナは火を弱めた。「皿を二枚取ってくれないか？　もっとワインが飲みたいなら、別のボトルを開けても——」

三フィート離れたところからサム・ジアンカーナの後頭部に一発撃ちこんだ衝撃で、拳銃がガクンと揺れた。その拳銃は、ニッキーがこっそりサプレッサーを取り付けていたために前部が重くなっていた。

ジアンカーナの顔が前に倒れ、あごが胸に触れた。それと同時に、自らを支えようともせずにからだが床に崩れ落ちた。

ニッキーはキッチンの真ん中に立ったまま、銃をもった腕を脇に垂らしていた。耳と心のなかでは、いまだに大きな銃声が鳴り響いていた。リノリウムの床にからだが倒れる音は——床にぶつかるまえに死んでいる——人の注意を引くような気になる音だった。

テレビから洩れる笑い声に耳を澄ましたが、聞こえなかった。聞こえるものといえば、何かが割れるような、はじけるような音だけだった。まるで火花が散ったり、コンセントが焼け焦げたりした余韻のような音だ。だが、それはコンロの上でソーセージが焼ける音だった。

ニッキーはゆっくり動くように言い聞かせながらも、素早く行動した。ジアンカーナはうつ伏せで倒れていた。片方の腕は胸の下にあり、両脚は踵（かかと）のあたりで交差している。後頭部に残ったわずかな地毛が血で濡れている。ニッキーはすり減った革靴をジアンカーナのあばらの下に差し入れ、腕が下になったからだを仰向けにひっくり返した。ジアンカーナの見開かれた目は宙を凝視し、唇が開いている。リノリウムの床の溝を血が流れていく。二二口径の銃弾は頭を貫通しなかった。

ニッキーは、次にしたことに嫌悪感を覚えた。サム・ジアンカーナの顔と口に六発撃ちこんだのだ。手早くすませた。その音と煙が、料理の匂いとともにキッチンを満たした。ニッキーの手には、二二口径を放った衝撃が残っていた。

頭に響いている音を信用できず、低い天井を見上げて耳をそばだてた。

テレビからの笑い声。大丈夫だ。

ニッキーはシンクにワインを流し、ジアンカーナの湿った布巾でジュース・グラスを拭いて汚れた食器といっしょに置いた。二二口径の銃とサプレッサーも拭き、その布巾とターゲット・ピストルを〈カプートの店〉の紙袋に入れた。そしてその紙袋を手にし、コンロで焦げる料理を残して出ていった。

走ったりはしなかった。車は近くに駐めてあるが、歩いて戻るにはそれなりの距離があった。サンバイザーからキーを取り出し、エンジンをかけて走り去った。隣の助手席に紙袋を置いたまま、レキシントン・ストリートを左折してハーラム・アヴェニューに入り、アイゼンハワー高速道路を横切った。そして車で約十五分のところにある郊外の高級住宅地、リヴァー・フォレストを目指してまっすぐ北へ向かった。

ニッキーはひとつひとつの行動を思い返し、へまはしていないと判断した。まずい状況になった場合も含め、ありとあらゆることを想定してあらかじめ何度も頭のなかでシミュレーションをしていた。先ほどの仕事を思い返すことと、目的地にたどり着けるよう道路に集中することを交互に繰り返していた。まだ終わったわけではないのだ。

念のために二ブロック離れたラスロップ・アヴェニューで車を駐めた。紙袋も銃ももたずに車を降り、アッシュランド・アヴェニューまで歩いていった。歩道はその倍の広さがある草で覆われた細いエリアによって縁石から隔てられ、十ヤードおきに木が植えられている。よく晴れた、涼しい夜だった。一四〇七番地に建つのはモダンな低い家だった。よくある角地の家で、三日月型の広いドライヴウェイがあり、三台駐められるガレージが隣接している。ニッキーは好奇心からその家の前を何度か車で通り過ぎたことはあるものの、なかに入ったことはなかった。ボスのなかのボスが郊外の通りでふつうの人たちにまぎれて同じように暮らしているなどとは、誰も思いもしないだろう、ニッキーはいつもそんなことを考えていた。

家のなかでドアベルの音が響いた。ニッキーの右手は銃を撃ったせいでいまだに少しばかり痺れ、口のなかも渇いていた。

ドアを開けたのは、七十歳くらいの背が高い白髪の男だった。ひときわ大きなレンズが付いたフクロウの目のような眼鏡の奥から、ニッキーを見つめている。カウル・ネックの薄手のセーターを着ていた。

「なんでしょうか？」男が口を開いた。

「ミスタ・アッカルドは？」ニッキーは言った。「会うことになっているんですが」

「わかりました。それで、あなたは？」

ニッキーは口を開いたが、本名を明かすべきかどうか迷った。「ニッキー・パッセロという者です」

「ミスタ・パッセロ、どうぞお入りください」

ドアが大きく開かれ、ニッキーは玄関ホールに足を踏み入れた。正面から奥へつづく廊下があり、右側にはコーラルピンクのカーペットが敷かれた階段がある。ドアの脇の小さな木のテーブルには小さなゾウのブロンズ像が置かれ、大量の水を含んでいるかのように鼻をうしろへ反らしている。その隣にはクリスタルの器があり、淡い色合いのソフト・ディナー・ミントが盛られている。使用人がドアを閉めた。ニッキーは、右側の壁にあるクロムで縁取られた鏡張りのパネルに映る自分の姿に気づいた。

ニッキーの目は、運転中に危うく事故を起こしかけたときのように、ふだんより少しだけ大きく見えた。額にかかった黒い前髪を払い、肩の力を抜いた。長すぎると同時に横に広すぎる顔とぶ厚く大きな口がこの装飾の施された鏡にはっきり映し出され、まるで仮面のように思えた。この上着を着ていると、ガソリンスタンドの店員か駐車係に見える。ニッキーは腹をへこませた。何もかも終わってストレスから解放されたいま、ダイエットをしたほうがよさそうだと思った。

「私はマイケル、マイケル・ヴォルペと申します」使用人が言った。「上着をお預かりしましょうか?」いつまでも自己評価をしているニッキーに気づいたのかもしれない。

「いいえ、大丈夫です。ああ――それとも……?」ニッキーは裾をもち上げ、ズボンのベルト部分に武器がないことを示した。だが、ヴォルペは素早く首を振った。その必要はないという意味だ。ヴォルペは左側にあるひとつ目のドアに案内した。

「ミスタ・パッセロがお越しです」ヴォルペが告げた。

七十歳近いというのにいまだにがっしりしたトニー・アッカルドは、日中に着るドレスシャツとスーツパンツの上に夕食後用のローブをまとっていた——鮮紅色のサテンだが、アッカルドが着るとなぜか豪華にも風変わりにも映らない。まぢかで見るアッカルドは、穏やかな額から白髪がうしろになでつけられ、長い耳が垂れ下がっていた。幅の広い鼻の下には深いしわが斜めに走り、血色の悪い唇を囲んでいる。かっぷくのよいからだのわりには少しばかり腕が長すぎ、脚はいくぶん短めだ。広い肩は老人のように丸まっている。会うたびに思っていたよりも背が低く感じられ、ニッキーが知っているカジノのピット・ボスや紳士服商人のように思えた。アッカルドは、サイドボードのカウンターで二つのロックグラスに酒を注いでいた。

「ニッキー・ピンズ」アッカルドが口を開いた。「スコッチでいいか？」

すでに注がれているので、選択の余地はない。ヴォルペはニッキーの背後で音もなく部屋を出ていった。ニッキーは酒が飲みたかったものの、まずはどんな手ちがいもないようにアッカルドのもとへ行った。

「彼に本名を言うしかありませんでした」ニッキーは静かに言った。

「誰のことだ、マイケルか？」アッカルドは気にするなと言わんばかりに、ぶ厚いミットのような手を振った。「マイケルは、四十年まえにパレルモからの船を降りたときから私に仕えている。家族のようなものだ。ほら」

アッカルドはニッキーに酒を手渡した。二人はグラスをわずかに掲げた。ニッキーは素早くごくりと飲み、歯の隙間からそっと息を吐き出した。アッカルドは控えめに口をつけ、飲んだあとで頷いた。「これだよ」アッカルドは言った。「ひと口目というのは、いつだって焼けるように感じるものだ」

ニッキーも頷いた。「ありがとうございます」そう言ってもうひと口飲んだ。

「裏で飲もう」ボスのなかのボスが言った。「こっちだ」

裏庭は、ニッキーが通りから見て想像していたよりも広かった。その周囲には高さ六フィートの鉄柵があり、鉄柵の両側には木々が植えられている。下からライトで照らされた埋めこみ型プールの水面がきらめき、深い方の壁際には波紋が広がっていた。リスが懸命に水をかき、尖った顔と小さな手が沈まないようにもがいている。

「毎朝のように」ガラス・トップのテーブルでニッキーの向かい側に坐るアッカルドが言った。メッシュの背もたれのローンチェアに腰をおろし、葉巻に火をつけてプールと裏庭の方に顔を向けている。「リスが溺れて死んでいる。これがその理由というわけだ。夜の水泳。マイケル！」

　老いた使用人がプール脇の小さな小屋の横にある棚から、柄の長いメッシュの網をもってきた。その網ですくい上げられたリスは、スカイダイビングでもしているかのようにメッシュの上で両手足を広げていた。ヴォルペは芝生の上で長い柄を振りまわしてから地面におろした。疲れ果てたリスは、水で足を滑らせながら網から飛び出した。少しばかりからだを震わせ、それから小さな弧を描いて飛び跳ねていった。

「礼のひとことも何もない」走り去っていくリスを見て、アッカルドはつぶやいた。「いつものことだ」

　ヴォルペは小屋の棚に網をしまい、テラスへ戻ってきた。ニッキーはボスからの葉巻を断わり、もう一度グラスに口をつけて酒を飲み干した。アッカルドはテーブルのハエ叩きを手に取った。

「ミスタ・パッセロはもう一杯飲みたそうだ」アッカルドは言った。ニッキーが喜んでヴォルペにグラスを渡すと、使用人は二人を残して家のなかへ入っていった。

　アッカルドが空を見上げた。「今夜はそれほど蒸し蒸ししていないようだな。このくらいがちょうどいい」

「ええ」ニッキーは言った。「いい夜ですね」

アッカルドは脚の上でハエ叩きを前後に振っていた。葉巻の煙に虫が寄ってくるのだ。

アッカルドが言った。「この裏庭は静かでいい、とくに夏は」

「人目もないですし」ニッキーは頷いた。「本当にいいところです」

ヴォルペがスコッチのダブルをもって戻ってきた。ニッキーは礼を言い、ガラス・テーブルにグラスを置いた。まるで自分が仮死状態にでもなっているかのように感じた。うまくやりたいと思いながらも、早く終わらせて帰りたいとも思っていた。アッカルドとニッキーはたがいを知っているとはいえ、そこまで親密なわけではない。

ヴォルペが家のなかへ姿を消し、スライド・ドアを閉めた。

「それで」アッカルドが口を開いた。「問題なかったか？」

「はい。まったく問題ありません」

「まったく？」

「言われたとおりにしました。顔に六発。それがメッセージだと」

またアッカルドは葉巻をくわえたが、肺まで吸いこもうとはしなかった。煙を口に含んで風味を楽しみ、それから吐き出して夜の空気に漂っていくのを眺めていた。

「何か言っていたか？」

「とくに何も」

「私のことは？」

ニッキーは首を振った。ジアンカーナが言ったことは報告しないほうがよさそうだ。ニッキーが知るべきではないかもしれないことを知っている、そうボスに伝えるよりはいいだろう。「あれこれ話していましたが、たいしたことは言っていませんでした」

「あいつらしい。明日、政府のチャーター機でワシントンへ行って、証言することについての話もなしか？」

「詳しい話は何も。そのことには触れさえしませんでした」

アッカルドは首を縦に振った。「だが、私のことは何も言っていなかったのか？」

アッカルドはニッキーが何か言うのを待っていたが、ここで演じるべきはしらを切ることだ。「フランク・ニッティの話を聞かされました」

「フランクだと？　どんな話だ？」

「刑務所で頭がイカれて、自分で頭を撃ち抜いたと」

「なんだってそんな話をしたんだろうな？」

ニッキーは頷いた。「そうですね」

またアッカルドは煙を吐いた。あたりを何匹ものハエが飛びまわっているが、アッカルドは狙ったハエが来るのを待っていた。

「どうしてシカゴへ戻ってきたんだ？」アッカルドはつづけた。「そうは思わないか？ムーニーはどこへだって行けたというのに。一年じゅう陽が射しているようなところだってある。なのにここへ？　なんのために？　カジノの儲けを分けるつもりはない、私にそう言うためか？　それから——ＦＢＩが免責を与えたというのか？　刑事免責を？　メキシコから追放されたあとで？　それに加えて——健康上の不安だと？　気をつけなければならないのはそこだ。ニッキー・ピンズ、人生の終わりが見えてくると、あれこれ考えるようになるものなのだ」

「あの人の場合は、ただ腹を空かしているだけのようでしたが」

アッカルドは横目でニッキーを見やった。酒のせいでニッキーはかなり気が緩んでいた。先ほどまでは神経質になっていたが、いまはそれとは反対の方向へ向かっている。とはいえ、アッカルドは気にしていないようだった。

「それならいい」ボスは言った。この話題は、これで終わりのようだ。「もう終わったことだ。私がカポネになんと呼ばれていたか知っているか？　私に何ができるか目にしたカポネが、どうして私を専属の運転手にしたか？　有能な男。カポネにそう言われた。おまえは有能な男だ、ニッキー。そういう男は重宝される。有能であることこそ、成り上がる鍵なのだ」

それはまさにニッキーの聞きたかったことばだった。それでも、まだ心の準備ができていなかった。「ありがとうございます」ニッキーは言った。

「よくやった。誰にもつながりはわからないだろう。というのも、このつながりは」——アッカルドはハエ叩きでおたがいを指した——「存在しないからだ。おまえと私はいい関係にある。誰にも知られていない。このほうがいい。なんのつながりもないほうが」

「なんのつながりもありません」

「とはいえ、私がわかっているということを、おまえはわかっている。おまえがどれほど有能になり得るかということを」

「ありがとうございます」

二人の背後でスライド・ドアが開き、スコッチのデカンターを手にしたヴォルペが出てきた。アッカルドが言った。「気が利くな、マイケル。マイケルはおまえのために遅くまで残ってくれたのだ。このミスタ・パッセロがもう一杯やりたいんじゃないかということで。家も遠くはないしな。おまえの家はどこだ、ニッキー・ピンズ？」

「大聖堂の向こう側、エイヴォンデールです」

「そうだったな」アッカルドは思い出した。「そこで出会ったんだ」

「ポーランド系の妻どうしということで」

「あんな妻は、私だけで充分だ」アッカルドの声は楽しそうだった。「クラリセは頑固だ。強い男でなければ相手は務まらん」

アッカルドの妻のクラリセは、アッカルドと出会ったころはコーラスガールをしていた。ポーランド人としての血筋を忘れたことはなく、ときどき大聖堂で行なわれる日曜日のミサへ行っていた。そしてときには、夫を引っ張っていくこともあった。ニッキーの妻のヘレナは、出会ったころはデパートメントの女性服売り場で店員をしていた。大聖堂の盛式ミサで聖歌隊として歌い、たいてい夫を引き連れていた。ニッキーは、信者席にボスのなかのボスが帽子を膝にのせて坐っているのを目にすることがあった。階段の数段下にいるニッキーはアッカルドに存在すら知られていないとはいえ、ある日、とある計画を思いついた。

四旬節のミサのあと、大聖堂でストリート・フェアが開かれた。建物の前にいくつかのテントやテーブルが設置され、スモークチーズや焼き菓子、おもちゃなどが売られた。ヘレナはジュエリーを売るテーブルにいた。そしてニッキーが生意気なまねをするまでもなく、自然な成り行きでそれは起こった。妻どうしがおしゃべりをはじめたのだ。退屈で嫌気が差していたアッカルドは、ニッキーに共通の知り合いが大勢いることをこっそり告げられてにこやかになり、教会での礼儀をわきまえた友情が結ばれたのだった。

その日に植えられた種が芽を出すのに、数カ月かかった。それ以来、ニッキーはアッカルドに頼まれてちょっとした仕事をこなすようになった。とはいえアッカルドがほかの者を関わらせたくないことばかりで、今回のような重大な件とはほど遠いものだった。たとえば娘の家族を困らせている隣人を脅したり、所有地を片付けるために放火をしたりといったことだ。二人がことばを交わしたことがあるというのを知っている者はほとんどおらず、その関係は極秘だった。ニッキーをとおして、アッカルドは人知れず速やかに押さなければならないボタンを押すことができた——そしてニッキーはボスに覚えられるようになった。何もかも、二人の妻のおかげだった。

ヴォルペが屋敷へ戻っていき、アッカルドが口を開いた。「どこで育った？」

「アーチャー・ハイツです。父が全米トラック運転手組合のチームスターズ・ローカル七四三の組合員でした」

「運転手だったのか？」

「はい」

アッカルドは頷いたものの、考えこんでいた。「パッセロだったか？　聞き覚えはないな」

「直接、父と関わったことはないと思います。ただ、父はボスをとても尊敬していました。

いろいろな話も聞かされました。プラスキー・ロードをあの大きな青いナッシュ・ステーツマンが通り過ぎるときなんか、〝あれに乗っているのはトニー・アッカルドだぞ〟とおれや近所の子どもたちに話していました」

アッカルドは満面の笑みを浮かべた。「なかなかの男だ」

「ええ。ただ――実際には父のことをよく知らないんです。十歳のときに、車でどこかへ行ってしまったきりなので」

「どこかへ行ってしまった？　家族を置いて？」

ニッキーは首を縦に振りながら、どうしてアッカルドにこんな話をしているのだろうと考えていた。「それっきりです」

「それはつらいだろう。おまえにとっては」

またニッキーはひと息に酒を飲んだ。もはや張り詰めた吐息は出なかった。滑らかに染み渡っていく。彼の頭は温かい浴槽に浸かっているかのようだった。

アッカルドは葉巻をもみ消し、灰皿の脇にハエ叩きを放って立ち上がった。「言われなくてもわかっているな。明日はいつもと変わらない一日だ。そして明日か明後日には、みんなと同じように新聞でニュースを読むことになる」

ニッキーもグラスを手に立ち上がった。酒がまわっている。アッカルドが開いたスライド・ドアを抜けると、マイケル・ヴォルペが待っていた。

「ニッキーを玄関まで案内してやれ、マイケル。それから警報装置をセットしろ」アッカルドはそう言って部屋を出ていった。

ニッキーは酒を飲み干した。そうするべきだと思ったのだ。もう酒はいらないが、残すわけにもいかなかった。ロックグラスを手渡されたヴォルペは、それをシンクへもっていった。ニッキーは首を縦に振った。

ヴォルペはスライド・ドアを閉めて鍵をかけた。ニッキーは彼のあとについていき、廊下の先の正面玄関へ向かった。ヴォルペが三つの鍵の付いたリングを取り出し、ドア脇の壁に備え付けられた警報パネルに鍵のひとつを差しこんだ。鍵をまわすと、赤い光が点滅するなか緑の光が消えた。ヴォルペがドアを開けた。先にドアを出たニッキーは、玄関ステップをおりてドライヴウェイへ行った。

ヴォルペはドアを閉めてからドア・ノブをチェックした。しっかりと鍵をかけている。鍵をポケットにしまって言った。「おやすみなさい、ミスタ・パッセロ」

「ありがとう、おやすみ」ニッキーは酔っ払いながらもふらつくのをこらえていた。終わった。これで自由の身だ。酔っているのを自覚しているぎこちない動きで、広い歩道を車の方へ歩いていった。

ラジオでは、リンダ・ロンシュタットの《悪いあなた》が流れていた。ニッキーはそのタイトル部分以外の歌詞をほとんど知らなかったとはいえ、それでもウィンドウをおろしたまま音程はずれの歌を歌っていた。何週間もまえから不安だった今回の件は——実行することもそうだが、何かあったらどうなるだろうということのほうがずっと不安だった——もう過去の話だ。何もかも終わったのだ。

ニッキーの頭はスイッチボードのように整理されている。きっちり区切られているのだ。それが自慢だった。ニッキーの秘密兵器。天才の足元にもおよばないものの、頭が切れて抜け目がなかった。しかも、我慢強い。彼の頭は夜も休むことはなかった。ラジオに合わせて歌うことなどめったにない。だが、今日はステップアップの日だった。トニー・アッカルドの右腕として任務を与えられ、きっちりやり遂げたのだ。これでアッカルドと密接な関係になった。信頼できる男同士として、しかも最高の形で。この関係は誰も知らないのだ。

もちろん、サム・ジアンカーナにも信頼されていた。その彼はいま、自宅のキッチンの床で顔に六発の銃弾を受けて倒れている。

一九六〇年代前半にジアンカーナが世界の、あるいは少なくともシカゴのトップに君臨していたころ、若かりしニッキーは近隣で名を馳せていた。その暴れっぷりからではない。ニッキーはそういう男ではないのだ。泥棒やブックメーカーとしてでもない。とはいえ、のちにそれは専門になった。名を馳せていたのは、ボウリングの腕前からだ。子どものころからのゲーム好きが抜けなかったニッキーは、二十代のころはシカゴ都市圏でも指折りのボウラーだった。それはなかなかのことだった。というのも、当時のボウリングはいまよりもずっと盛んで人気があったのだ。毎週末にはテレビ中継があり、地元の試合やプロボウラーズ・ツアーが放送されていた。誰も彼もがテレビに釘付けになり、いまよりも多くの人たちが見ていた。ニッキーはスコアを上げるこつを訊かれるようになり、それを楽しんでいた。ニッキーにはボウリングの天性の才能があり、ボウリングが好きということも相まって、いいスコアを取るのは簡単だった。サイド・ベットで小遣いを稼ぐこともあったが、賭けで生計を立てるには名が知られすぎていた。友人たちにボウリングを教えたり、アドバイスをしたりもしてみたが、やがて誰もたいして上達しないという結論にいたった。ボウリングの指導は向いていなかったのだ。ボウリングは彼の得意なことというだけだった。そしてそこからニッキー・ピンズというニックネームを付けられたのだ。

一九六五年にジアンカーナは刑務所へ送られたため、ニッキーのボウリングの腕前に関するそのギャングの記憶は、そこで止まっていた。ジアンカーナが覚えていたのは、そんな若かりしニッキーだった。ニッキーは一九六七年にパーフェクトを達成してから、ボウリング場で投げていない——いまではボウリング場を所有して経営していることを考えると、信じられないことだった。

はじめてジアンカーナと顔を合わせたのは一九六〇年ごろ、競馬場でだった。マフィアのメンバーから賭けを受けてチップをもらうというのは、ふつうに働くよりも稼げた。そんなとき、ニッキーは早い徴兵番号を受け取り、母親が心配した。家にはニッキーしかいなかったからだ。ニッキーはサム・ジアンカーナに紹介された。日陰の個室に坐るジアンカーナは、フェドーラ・ハットにサングラスという格好をしていた。アーリントンパーク競馬場で第四ヒートに注目しているというよりも、モナコ・グランプリを見物しているかのようだった。「例のボウラーというのはおまえか？」ジアンカーナは言った。それだけだった。サム・ジアンカーナはニッキーのことを耳にしていたのだ。「早い番号を受けたそうだが——何番だ？」

「八十八です」

「ラッキー・ナンバーだが、おまえにとってはちがうようだな。入隊するつもりか？」

「拒否して四年の刑を食らうくらいなら、二年の兵役のほうがましです」

「別に懲役というわけではない。軍ではいろいろ学べるぞ」

「間に合っています」

「規律やベッドメイキング。怒鳴られ方やその耐え方」

「それなら、ここでも学べます」

「そうか？」ジアンカーナはにやりとして床に灰を落とし、そばにいる男たちをちらっと振り返った。

「はい、そう思います」

「八十八番か？」うしろにいる誰かを呼び寄せた。「なんとかしてやろう」

そしてなんとかしてくれた。そういった頼みを聞くことこそが――確定していて、どうにもならないと思える障害を取り除くことこそが――ボスをボスたらしめるのだ。扉を開けたり、列に並んだ人を前に行かせたり――あるいはニッキーのようにうしろへやったり。ボスは政治家のようなものだが、その十倍の力がある。

数カ月まえのある日、サム・ジアンカーナが〈テン・ピン・レーンズ〉に娘と孫娘を連れてきた。ジアンカーナは椅子に坐り、二人がボウリングをするのを眺めていた。そしてニッキーをひと目見るなり、まるで看板でも読むかのようにこう言った。「ニッキー・ピンズ。ラッキー・ナンバー八十八」

実刑判決を受けたのち、メキシコやどこか知らない土地でさらに長い期間を過ごして十年の月日が流れていても、ジアンカーナはニッキーを覚えていたのだ。ニッキーは多くの年配の人たちに気に入られていて、その理由もわかっていた。ジアンカーナも例外ではない。ジアンカーナは娘たちに身のまわりの世話をされ、買い物をしてもらったりどこかへ連れていってもらったりしていた。だがときおり〈テン・ピン・レーンズ〉にいるニッキーに電話をかけ、何かもってくるように頼むことがあった。たいていはスイーツだった。〝あのベーカリーでデニッシュを二つ買ってきてくれ、ただし午前十一時過ぎには行くなよ——焼きたてじゃないと。ラズベリーのやつを、レモンじゃないぞ。自分にもひとつ買ってこい〟そこでニッキーは自分用にもひとつ買っていく。ジアンカーナは寂しいのか、ノスタルジックになっているのか、あるいはその両方なのかはわからないが、ニッキーを坐らせてコーヒーに少しばかりフランジェリコを混ぜ、むかしむかしの話を聞かせるのだった。

「〝ベイビー、あなたって悪い人……〟」

ニッキーは大声で歌った——フライパンで豆やソーセージが焼ける静電気のような音や、落ちたカートンから何かがこぼれているかのような、サム・ジアンカーナの頭からあふれ出る血の音をかき消すくらいの大声で。

ニッキーはサム・ジアンカーナを臆面もなく裏切った。その事実からは逃れられなかった。とはいえ、ジアンカーナは誰にでも優しかったというわけではない。たいていの人にとっては容赦のない男で、多くの人間関係を壊してきた。そのせいで、白黒はっきりした性格にもかかわらず、法廷侮辱罪の刑期を終えて出てきてからはシカゴでは歓迎されない人間になっていた。なぜいまになって街に戻ってきたのだろう？　アッカルドに手数料を払いさえすれば良好な関係を保てるというのに、なぜ支払いを拒んだのだろう？　そしてなぜ政府はジアンカーナに免責を与え、重要参考人のように飛行機で連れてきて証言させようとしていたのだろう？　まさにアッカルドの言うとおりだ。筋が通らない。ジアンカーナは戻ってきて一年になる。カネがつづくかぎり好き勝手するには充分な期間だ。そのなかで、こんな目に遭わずにすむためのシンプルな方法がいくつかあったはずだ。

「〝もう一度言うわ……〟」

曲の途中で何気なく脇道に目をやったニッキーは、半ブロック先に駐まっている車に気づいた。黒っぽい車で、シカゴ市警察のパトロール・カーの証(あかし)ともいえるルーフ・ラックが付いている。一瞬、目に入っただけですぐに見えなくなり、ニッキーは車を走らせつづけた。

きっとなんでもない。二人組の警察官が居眠りでもしていたのだろう。あるいは、何かあるのかもしれない。

　ニッキーは歌うのをやめ、次の交差点を右折した。紙袋のなかに手を伸ばすと、湿った布巾に触れた。その布巾を使って二二口径の拳銃をつかみ、銃を取り出して左手にもち替えた。対向車のヘッドライトもなく、まわりで見ている人もいないことを確かめ、下げたウィンドウから腕を出した。風で布巾がはためく——そしてプリムス・サテライトのルーフ越しに力いっぱい凶器を放り投げた。高く放り投げられた銃は、通りの右側にある住宅に挟まれた未開発の木立の奥へと消えていった。

　腕を引っこめてラジオのボリュームを下げ、ルームミラーに目を光らせた。銃を捨てる必要などなかったかもしれないと思いはじめたとき、うしろの角からヘッドライトが現われた——まばゆい四角形が迫ってくる。パトロール・カーのルーフ・ラックで青と白の光がついて回転し、通りに植えられた木々を照らし出した。

　ニッキーは平静を保ち、両手でステアリングを握っていた。車内には何もなく、トランクも問題ない——日ごろからきちんと整理していた。とくに何も身につけてもいない、それは確かだ。〈カプートの店〉の空っぽの紙袋が助手席にあるだけだ。

　右のウィンカーを出し、縁石に車を寄せた。緊迫した様子で警察車両のライトがぐんぐん近づいてきたが、速度を緩めることなくそのまま左側を走り去っていった。運転しながら無線機に向かって話している警察官の姿が見えた。回転する青い光によって縁石沿いの木々が浮かび上がり、猛スピードで走っていく警察車両とともにその浮かび上がる木々も遠ざかっていった。

杞憂だったようだ。ニッキーは座席に坐ったまま、両手をステアリングにかけていた。こういったひやりとする場面では、酔いも吹き飛ぶ——一時的に頭がはっきりしたニッキーは、自分がいかに浮かれていたか気づいた。凶器をのせたまま車を走らせ、ウィンドウを開けてリンダ・ロンシュタットの曲を大声で歌っていたのだ。自分の無頓着さに背筋が冷たくなった。

ニッキーはまたルームミラーをチェックし、拳銃を拾いに戻ろうかと考えた。グローヴボックスには懐中電灯が入っている。銃を見つけ出し、盗品の銃をきちんと葬ってやれるかもしれない。サウス・カナル・ストリートからサウス・ブランチ・シカゴ川に投げ捨てるのだ。

とはいえ、ちゃんとした理由もないのに懐中電灯を使って林のなかを捜しまわるというのは愚かなことだ。あの銃はしっかり拭いた。いつか見つかるかもしれないが、それがどうだというのだ？　危険を冒してまで探しに戻る価値はない。

ウィンカーが時計の針のような音を立てている。ルームミラーに映るうしろの通りから自分の顔に視線を移すと、その目に見つめ返された。ミラーに映るこのもうひとりのニッキーを見据えた。このどうしようもないニッキーを。この無頓着でいい加減なニッキーを。

〝家に帰れ、ニッキー〟

そんな声が聞こえた。ただし、家というのはもはや本当の家ではなかった。ニッキーが帰るところは、明かりの消えたボウリング場内にあるオフィスのギシギシ音をたてる簡易ベッドだった。そこにニッキーのものは何もなく、待っている人もいない。

ミラーに映る自分の目を見つめた。すでに心が決まっているのは自覚していた。もう夜も遅いし、神経が昂(たかぶ)っているうえに酔っ払っている。ニッキーはそんな言いわけをし、何をするべきか言い聞かせた――そしてそれとは別のことをした。


ネオン・サインの下をゆっくり走る車のフロントガラスに、雨がぱらついていた。そのネオン・サインでは、緑色のオリーヴとキャンディレッドの爪楊枝をのせたマティーニ・グラスが光っている。ニッキーは、〈マールの店〉の両側に駐められた車に目をやった――当然の注意だ。というのも、何を目にすると思っているのだ? 何かおかしいと感じれば、そのまま家へ帰る。それだけだ。

だが、とくに目を引くものはなかった。問題はないと感じたかったニッキーは、もうひとまわりしてからラウンジが見える通りの向かい側に車を駐めた。イグニッションをオフにし、エンジンが冷えていく音に耳を傾けていた。細かい雨がフードに当たり、湯気を立てて蒸発していく。フロントガラスをとおして、〈マールの店〉のドアを見つめていた。やがてネオン・サインが小雨でぼやけ、ニッキーは覚悟を決めた。ここは危険だ。心のなかでそう感じる。だが、だからこそここに来たのだ——何かを感じるために。スリルを味わうために。雨でラウンジのネオン・サインの色がにじみ出すと、ニッキーは車を降りた。ドアをロックしてキーをポケットに突っこみ、上着の襟を立てて雨に濡れた通りを渡った。

階段を二段おり、ドアを抜けた。用心棒はいない。とたんに雰囲気が変わるのを感じた。外の世界は消え失せ、静かな音楽と薄明かりに取って代わられた。甘いコロンの香りが、カクテルに添えられた切りたてのオレンジやライムの香りと張り合っている。

右手に広がるカウンターに客はほとんどおらず、連れのいない客がひとりか二人、ニッキーの方へ顔を向けた。ニッキーはうつむいて前へ目をやり、左側にあるビニールのボックス席へまっすぐ行った。赤いハイバックの席で、そこなら安全だ。空いている二番目のボックス席に深く腰かけ、こぢんまりと収まった。最初の目的は達成した。

まわりがよく見えるその場所からラウンジを見渡し、カウンターをうかがった。人目を気にするあまり、からだを抜け出して自分自身を見ているように感じた。クールに振る舞うのだ。やるべきことがある男のように。

二つ向こうのボックス席から小さな笑い声が聞こえた――ニッキーに向けられたものではない。擦り切れたレコードから流れる曲はかすれて音飛びもしていたが、その歌声には聞き覚えがあった。レナ・ホーンの《マッド・アバウト・ザ・ボーイ》だ。

ニッキーは汗ばんだ手のひらで湿った跡が残らないよう、テーブルから手を引いた。ジアンカーナの家のキッチン・テーブルに着いていたときと同じように、傷だらけの木の天板に前腕の袖をのせた。だが、あのときとはちがう緊張を感じていた。

丸いテーブルの真ん中には、そこそこきれいなガラスの灰皿とシュガー・パケットが入った小さなプラスティックの容器、そして黒字で〝マールの店〟と書かれた金色のブックマッチが置かれていた。どこか近くで蝶番が軋み、ドアが開いた。正面入り口ではなく、男性用トイレのドアだ。

バーテンダーがやって来た。痩せこけた若者で、胸のなかほどまでボタンをはずしている。くすんだブロンドの髪を真ん中で適当に分け、両側で垂らしてうしろへ流している。ズボンはぴったりしたタキシード・パンツだ。

ニッキーの顔を見て、常連客ではないと思ったようだ。「ようこそ、〈マールの店〉へ」そう言い、テーブルに金色のカクテル・ナプキンを置いた。

「スコッチ・ミスト、水といっしょに」

「レモン・ツイストは？」

「頼む」自分の声がしっかりと落ち着いているように聞こえた。「ストローはいらない」

「かしこまりました。トイレの場所はわかりますか？」

ニッキーは頷いた。「ああ」

若いバーテンダーは滑らかな動きで別のボックス席へ行った。笑い声が聞こえたボックス席だ。何を注文しているかは聞こえなかった。バーテンダーがカウンターへ戻っていくと、そのボックス席から二人の男が立ち上がり、ラウンジの奥の端にある開けたスペースへ歩いていった。数インチからだを横に傾けたニッキーには、二人が抱き合ってスロー・ダンスを踊っているのが見えた。カウンターにいる二人の男は、夜遅くまで楽しみたいと思っている出張中のビジネスマンのようだ。望みは高いがあまり期待はしていなさそうだ。ニッキーは椅子に深く腰かけた。

若いバーテンダーはニッキーの酒を作りながら、カウンターの男とおしゃべりをしていた。バーテンダー自身、酒を飲めるような年齢には見えないが、ボトルの扱いは手慣れていた。とくにひ弱そうというわけではないものの、どちらかといえば地味で安っぽく、バス停の外で乗り降りする男たちを眺めているようなタイプに思えた。

〈マールの店〉のようなところには独自の雰囲気やリズムがあるということに、ニッキーは気づいていた。ニッキーには馴染みがないものの、それぞれが似ていた。行ったことのあるほかの場所とはまるでちがい、なかなか慣れなかった。たとえば道を逆走しているような感じだ。奇妙な通貨に、異なることば。ニッキーにとっては何もかもが異質だった。

正面ドアが開いて濡れた道を走る車のタイアの音が聞こえ、またドアが閉じて夜を閉め出した。まずはブーツの踵の音が耳に入り、それから男が二段おりてきて入り口の内側で立ち止まるのが見えた。雨が強くなったにちがいない。入ってきた客は手ぐしで琥珀(こはく)色の髪から水気を払い、フレア・パンツの両脚の布地をつまんでから袖口を振った。

薄茶色のデニム・スーツにベストという格好。海岸地域のファッションはほかの場所ではしゃれて見えるが、イリノイ州では目立つ。色白で、たっぷりした口ひげをたくわえている。

痩せこけたバーテンダーがニッキーの酒と冷たい水の入ったグラスをもってきて、視界がふさがれた。

「二ドル九十五セントです」バーテンダーが言った。

「つけにしてくれ。もっと飲むから」

バーテンダーは頷いて言った。「ぼくはランディです」

カウンターへ戻ったランディは客席側で立ち止まり、いま入ってきた客とことばを交わして注文を受けた。男は立ったままカウンターに寄りかかり、店内の客たちを見まわした。

ニッキーは酒に手を伸ばした。クラッシュド・アイスは固く、その氷をとおしてスコッチを口にすると上唇が冷たくなった。かすかなレモンの香りが、クールでさわやかだ。ランディが笑い声をあげて指差した。「まさにそのとおりです」ニッキーに聞こえるくらいの大きな声で言い、新入りの客と盛り上がっていた。また男性用トイレのドアの蝶番が軋み、新入りの客が顔を向けた。男はカウンターの端まで目をやったがとくに関心を示さず、それから室内を見渡した。

目が合った。ニッキーは稲妻に打たれたかのように感じた。気まずく、うしろめたくなって目をそらし、それからまた視線を戻した。だが薄茶色のデニム・スーツを着た男はカウンターに向きなおり、ランディが酒を作るのを見つめていた。

ニッキーはごくりと唾を飲みこんだ。グラスに手を伸ばし、氷のあいだからスコッチを飲んで悪態をつかないようにした。自分はどうしようもない男だ。頭がイカれている——しかもこんなところで危険と戯れて、いったい何をしているのだ? いま店に警察が入ってきて強制捜査をされたら、ニッキーはおしまいだ。〝酒が飲みたくて立ち寄っただけだ、知らなかったんだ〟誰も信じるわけがない。もう消せなくなり、目をつけられる。死ぬまで一生。

ニッキーはグラスを置き、軽く拳を作って指の付け根にある結婚指輪の感触を確かめた。なんて愚かで浅はかなんだ。何をしなければならないかわかっていた。ポケットから現金を取り出し、テーブルに置いて出ていこうとした。

そのとき、テーブルの前に薄茶色のデニム・スーツを着た男が立っていた。「すみません」男は口ひげの奥で優しそうな笑みを浮かべて言った。深いしわが唇を囲んでいる。両手に酒の入ったグラスをもっていた。「もう帰るんですか？」

「ええと、その……」ニッキーは口ごもった。

「もしかして、誰かを待っていた？」

ニッキーは間の抜けた顔で見上げた。開いた口から息が出入りしているのを感じる。男は気取らない感じで愛想がよく、おそらくニッキーよりいくらか年下だろう。彼はまた笑みを浮かべた。「お邪魔だったようですね？」

「ああ」ニッキーは言った。「その――そんなことはない。大丈夫だ。よろしく」

「スコッチ・ミストを飲んでいると、ランディから聞きました」二つのカクテルをこぼさずに肩をすくめた。どちらのグラスの縁にも、きれいにレモン・ピールが添えられている。

「もっと飲みたそうに見えたので」

「ランディの言うとおりだし、あんたも当たっている。悪かったな、ちょっと……びっくりしただけだ」

「こっそり近づくようなまねをしたから」男は笑みを絶やさなかった。「はじめてなんですか？　この店に来たのは？」

「ずいぶん久しぶりだ。坐ってくれ」

「ありがとう」男はグラスを置き、ニッキーの向かい側に腰をおろした。「ジェリーです」

ニッキーは首を縦に振った。「ニッキーだ」置かれたグラスを引き寄せた。「うまそうだ、本当に。ありがとう」

ジェリーはベストの前を開いてくつろぎ、テーブルに両腕をのせて両手でグラスを握った。指に指輪はない。ほっそりしているものの、ランディのように痩せこけているわけではない。ニッキーのように不安そうでもない。目は青く、ひときわ冷ややかな淡い色をしている。

「どうして今夜ここに、ニッキー？」ジェリーが訊いた。「何かのお祝い？」

一瞬、ニッキーは戸惑い、またジアンカーナのことを考えた。

地下室のキッチンでジアンカーナを見下ろして立っている。

からだをひっくり返して仰向けになるのを見つめる。

前屈みになり、宙を見つめる顔に六発撃ちこむ。

「今夜、取引をまとめたんだ」ニッキーは勝手に浮かんでくるイメージを振り払った。

「大きな取引で、おれにとってはいい話だ。でも相手はというと？　ひどい目に遭わされたというわけさ」

「なるほど。大丈夫ですか？　ちょっと具合が悪そうに見えたけど」

「いや、そんなことはない」ニッキーは言い張った。目の前のことに集中し、忘れたかった。「ただ……ラッキーなのさ。今夜はラッキーな気分なんだ。理由は訊かないでくれ」

「よかった」ジェリーはそう言い、グラスを突き出した。「ラッキーに感じるのはいいことです。その相手に乾杯」

ニッキーは自分のグラスを手に取り、彼とグラスを合わせた。クラッシュド・アイスをとおしてスコッチを味わい、琥珀色の髪をしたジェリーの自信に満ちた笑顔に意識を向けた。

一九七七年

十二月後半の土曜日の夜のシカゴ。盗みを生業にする三十一歳のジョニー・サリータは、ノース・クラーク・ストリートの角を曲がったあたり、ウエスト・スーペリア・ストリートから入った路地の奥まったところにある電柱のてっぺん近くにいた。十ブロックほど西にはミシガン湖があり、それを肌身に感じた。七分丈の黒いウィンドブレーカーを含めて三枚着こんでいるものの、冷たい風に切り裂かれるようだった。

凍えるような寒さは手にこたえるとはいえ、盗みを働くには都合がいい。氷点下の気温の夜には、人々は家にこもる。外出しなければならないとしても厚着をし、背中を丸めてうつむいて歩く。ジョニー・サリータにとって問題なのは、むき出しの指先の感覚がなくなってきていることだった。この作業には正確さと慎重さを要する。とはいえ、急ぐわけにはいかなかった。

彼の足元では、その狭い区画に誰もふらっと入ってこないよう、ヴィン・ラボッタがウエスト・スーペリア・ストリートに目を光らせていた。五十代半ばのラボッタは、この手の仕事をするには年を取りすぎている。だからこそ、地上にいるのだ。元警察官の家系に生まれた元警察官だが――二人の兄は、彼と同じように警察を懲戒免職になっている――険しい顔に疑り深い目をしていて、いまだ現役に見える。楽しそうな声を耳にしたラボッタが陰から覗くと、しっかりコートを着こんだ二組のカップルが賑やかにおしゃべりをしながら近づいてきた。そのうちのひとりが前に飛び出し、派手なダンスをしはじめた。からだの前で両腕をまわし、気取った様子で歩道を歩いている。すっかり酔っ払っているようだ。女性のひとりが踊っている男のもとへ行って彼の腕を取り、〝わたしのジョン・トラボルタ〟と呼びかけた。ラボッタには、彼らがなんの話をしているのかわかった。その夜、子どもに五ドル渡して見にいくように言った、昨日封切られたばかりの新作映画《サタデー・ナイト・フィーバー》だ。だがこれではまるで〝サタデー・ナイト・フリーザー〟だ、ラボッタはそう思いながら、その若者たちが夜の闇に消えていくのを眺めていた。

それから電柱の上のサリータを見上げ、頼むから早く終わらせてくれと願った。

サリータは木の柱にブーツのスパイクを食いこませ、電柱に送電線作業員用のロープをまわして腰を支えていた。その電柱は特別仕様の中継ポイントで、電線や、バックアップ用のバッテリー・ボックスに通じるもう一本のワイアのほかにも、五本の専用の電話線がつながっていた。サリータは路地の反対側に隠してあるリールから電柱までワイアを引っ張り上げ、こじ開けた街灯の根元から電力を引いていた――拝借した街の電力に作業をサポートしてもらっているのだ。

赤いジェル・レンズを付けた小さな懐中電灯の明かりを頼りに、サリータは鍵を開けた配電盤で作業をしていた。小さなバイパス・ボックスにクランプでワイアをつなげる。そのバイパス・ボックスはサリータが自分の作業場で作ったもので、電圧計が組みこまれていた。その電気回路の流れを維持できなければ警報が作動し、二ブロックも離れていないところにあるシカゴ市警察のセントラル地区本部へ直接つながってベルが鳴る。

その警報装置は高価な最新式のものだった。そういった個人専用の電柱を設置するなど、ほとんど聞いたことがない。その警報システムは、確実に強盗を防ぐというのを売りにしていた――それこそ、ジョニー・サリータのような配線に詳しいプロが聞きたい宣伝文句だった。

〝絶対にできない？　できるところを見せてやる〟

サリータは作業の成果をダブルチェックし、赤いライトでワイアを照らして確かめた。

ここが肝心なところだ。懐中電灯の明かりで、吐く息が赤くなっている。凍える指でワニロクリップをつかみ――最後の線をつなげた。

電圧計がほんのわずかに動いた。だが、針は緑の範囲から出てはいない。

準備完了だ。

サリータは懐中電灯のレンズからフィルタを剝がし、いまでは白くなった光を上空に向けた。六階建ての色あせたレンガ造りの建物の屋上に向かってその光を二回点滅させる。

その屋上では、ドム・グァリーノが合図を待っていた。「ようやくだ」〝ライノ（サイ）〟と呼ばれるその男は寒さで抱えていた両腕を広げ、カール・ピノ、通称〝キュー・スティック（ビリアードのキュー）〟と二人で張っておいた風にはためく黒い防水シートのところへ行った。その防水シートで、シカゴ都市圏に建ち並ぶより高い建物から、屋上への出入り口のドアを見えにくくしているのだ。

「取りかかるぞ」ライノはたるんだシートの下に潜りこんでゴムロープをきつく縛り、ハリケーン・ランプをつけた。あらかじめドアのガード・プレートを切断していたキュー・スティックは、ハンド・ドリルをまわして穴を開けようとしていた。穴が開くと、ライノがバールをもってドア枠のところへ行った。ライノにもキュー・スティックにも、特別な才能はない。二人は言われたことをするだけの、ただの荒っぽい男たちだった。強引にドアを壊して侵入するだけだ。

　サリータとラボッタはその建物の裏で落ち合った。そこでは、カートに重いアセチレンのタンクをのせたジョーイ・〝ザ・ジュー（ユダヤ人）〟・レメルマンとゴンゾ・フォルテが待っていた。二人のうしろでは、ディディ・パレがトーチランプや工具でいっぱいの桃の木箱を引いている。ライノが内側からドアを開け、男たちはなかに入った。

　四階まで荷物をもって歩いて上がらなければならなかった。サリータは、これだけ重いものをケージ・エレヴェータにのせたくなかったのだ。週末なので建物内に人気（ひとけ）はなく、夜勤の警備員もいない。それでも、彼らはできるだけ音をたてないようにして上がった——それがサリータの指示だからだ。そしてラボッタは、サリータの言うとおりにするよう全員に釘を刺していた。

　サリータの懐中電灯がドアを照らし出した。ガラスには〝ハリー・A・レヴィンソン宝石店〟とあり、その下には〝ローン〟と書かれている。

　サリータは懐中電灯を使い、壁と同じベージュで塗られた、ドアからつながるワイアを見つけた。その色付きのワイアは壁と天井の継ぎ目へと伸び、そこから廊下の先の角にある金属製のボックスで終わっていた。蝶番（ちょうつがい）の付いたそのボックスの扉に鍵はかかっていなかった。サリータが扉を開けると、学校にあるような八インチの灰色のドーム型ベルがあった。

不正検知用のタンパー・スイッチは付いていない。サリータはコットン紐を切るように、あっさりワイアを切った。

ライノとキュー・スティックは、補強されたドア枠に沿って複数の鍵をバールでこじ開けようとしていた。二人の手際の悪さや大きな音も、もはやサリータは気にしなかった。彼には繊細さや戦略があり、ほかの者とは一線を画していた。

ドアが開くと、彼らはサリータが先に入るのを待った。

ジョニー・サリータの本当のファースト・ネームはアルチョムだった。ウクライナからの移民の息子で、彼らは先にアメリカへ渡った故郷の村人たちの助言に従ってサウスダコタ州に腰を落ち着けた。ジョニーにはより大きなチャンスを見逃さない目と、それを手にしようという意欲があった。《アンタッチャブル》の再放送を見たサリータは、シカゴこそ理想の街だと考えた。まずはウクライナ人が経営するタクシー会社で運転手として働きはじめた。働きだして四日目、銀行の外で客を待っていると、非常ベルが鳴り響いた。ドアからパンティストッキングをかぶった二人の男が飛び出してきた。手には銃をもっている。サリータのタクシーが逃走用の車の前をふさいでいたのか、それともたんに二人がパニックになったのかはわからないが、彼らはサリータのタクシーの後部座席に乗りこみ、車を出せと叫んだ。

サリータは言われるままに三ブロックほど車を走らせ、公園で降ろした二人が別々の方向へ走り去っていくのを見つめていた。二人は後部座席で手早くカネを分けているときに、数枚の二十ドル紙幣が落ちたことに気づいていなかった。サリータはそれをポケットにしまい、警察が到着したあとで銀行に戻って客を拾った。この一件で動揺することはなかったものの、シフトが終わってタクシー会社に戻った彼は仕事を辞めると言った。電話帳で警備会社を調べ、最初に載っているAではじまる名前以外の会社を選んだ。電気技師の見習いになったが、専門学校に通おうとも資格を取ろうともしなかった。イリノイ州はほかの多くの州とちがい、監督する電気技師の下で働くかぎり資格はいらないのだ。

サリータはそうやって技術を覚えた。警備会社を転々としながら徹底的にシステムを学び、あまり注意を引かないよう長く居すわることもなかった。夜は警備会社を敵にまわし、まずは小さな盗みからはじめた。銀行には手を出さず、小売店や一般家庭を狙った。彼は度胸がすわっていた。その世界のトップになろうと決意し、いまやサリータの知るかぎり、彼の右に出る者はいなかった。

これはサリータの作戦、サリータの獲物だった。まとめ上げたのはサリータだ。ヴィン・ラボッタにはカネのなる木を見抜く目があり、警察官として培ったアンテナを使って腕のいい泥棒と悪い泥棒を見極めていた。ラボッタはサリータが仕切ることに対してなんの異存もなく、サリータもメンバー集めはラボッタに任せていた。これはオールスター・チームというわけではないものの——それはまちがいない——サリータに必要なのは錠前破りや身軽な空き巣ではない。指示されたとおりのことができる者なら誰でもよかった。この男たちは忠実でハングリーだと、ラボッタは請け合っていた。いまはそれで充分だった。サリータの次の仕事はより大物を狙い、チームもより優秀なメンバーをそろえる。

なかに入ったサリータは素早く懐中電灯で内側のドア枠を照らし、バックアップ用の警報がないかどうか調べた。思ったとおり、警報はなかった。この店のオウナーで、地元ではマイナーな有名人のハリー・A・レヴィンソンはわざわざ最新鋭の警報装置を購入し、それでこと足りると考えた。設置できる警報装置は取り外すこともできる、そんなことは思いもしなかったのだ。

サリータがドアの脇のパネルにある六つの明かりのスイッチをすべてつけると、宝石店内が明るく照らし出された。ディスプレイ・ケースが輝き、ショウケースの明かりで宝石が光を放っている。天井には派手なシャンデリアがあり、足元のカーペットはふかふかだ。そこは宝石店だが、質屋でもあった。レヴィンソンはいかにも一流のように振る舞っているとはいえ、彼のおもな収入源が中古のシグネット・リングや質流れの毛皮だということを、街の人々は知っていた。左側の二つ並んだディスプレイ・ラックには高級とまではいかない商品が並び、ハイファイ機器や〝マディ・ウォーターズ〟というサインが入ったギターなども置かれている。そのギターにはレヴィンソン自身によって書かれた証明書まで付いているが、おそらくサインと同じマジックマーカーで書かれたものだろう。

とはいえショウケースには質のいいダイアモンドが飾られ、奥のオフィスにある三つの金庫を目にしたサリータは満面の笑みを浮かべた。これから昼夜を問わずに待ち受ける作業に期待が膨らんだ。腕時計に目をやり、およそ三十時間でどこまでやれるか考えた。

「いいだろう」サリータはショウルームに戻った。そこではほかのメンバーたちが重いタンクをセットし、道具を並べていた。「聞いてくれ。絶対にグローブははずすな、トイレでもだ。くすねようなんて考えるなよ。質流れの商品には手を出すな。足がつきやすい──ピノが下見に来たときに渡した腕時計だけは別だ」

「それとおれのコインも」ゴンゾが言った。

「それとゴンゾのコイン。ヴィンは下で最初の見張りに立っている。厄介な作業は終わって、店に入った。お楽しみはこれからだ」

サリータはライノの手からバールをもぎ取り、そばにあるダイアモンドや宝石のショウケースに力いっぱい振り下ろした。ガラス・トップが粉々に砕け、盛大な音が響き渡った。

それは、ジョニー・サリータが金持ちになる音だった。

「おっと、忘れるところだった」ほかのメンバーが動きだすまえに言った。「メリークリスマス」

「アントのやつ」ドゥーヴズは首を振った。「まったく厄介な男だ」

ノース・サイドにあるレストラン〈シェ・ポール〉の奥の個室で、三人の男たちがランチを取っていた。襟元にナプキンをかけ、柔らかく調理された肉を切り分けてスウィートソースにくぐらせている。ドアのところに立つ給仕係は昼間のランチで賑わうメインルームの方を向き、うしろで手を組んでいる。流れているクリスマスの音楽の歌詞はフランス語だ。

アウトフィットの正式なボス、ジョゼフ・〝ジョーイ・ドゥーヴズ（ハト）〟・アイウッパは七十歳で、顔には若いころにボクシングをしていた名残がある。かつてドゥーヴズは〝ジョーイ・オブライエン〟というリングネームでプロボクサーとして戦っていた。そのリングネームにしたのは、一九二〇年代にいい試合が組まれ、たっぷり稼げたのはアイルランド系のボクサーたちだったからだ。一九六二年、カンザス州での狩りの旅から戻ったドゥーヴズは――アッカルドと同じく大自然での狩りやスポーツフィッシングが趣味で、彼といっしょにアフリカへ狩猟旅行に行ったりもしていた――連邦政府の野生生物当局の出迎えを受けた。アイウッパのヴァンを調べると、五百六十三羽ものナゲキバトの冷凍された死体が見つかった――ひとり二十四羽までという法で定められた数をはるかに超えていた。決定的な犯罪では逮捕できなかったため、その腹いせのたんなる嫌がらせだった。三年におよぶ法廷争いと三カ月の懲役のすえ、一生〝ジョーイ・ドゥーヴズ〟というニックネームで呼ばれることになった。

トニー・アッカルドが言った。「そのとおりだ。まるで消防士の手から離れた消防ホースみたいに、勝手に暴れまわってまき散らしている。それこそ、あいつをよそへやった利点のひとつだ」

「あいつのせいで、ネバダの連中は誰も彼も頭を抱えています」ジャッキー・セローネが言った。

六十三歳のジョン・ジャッキー・〝ザ・ラキィ（従者）〟・セローネは、このなかでは最年少だ。しゃれていて、誰もが心を許してしまうくらい愛想がいい。州間ギャンブルで、三年半の刑を終えたところだった。サム・ジアンカーナのかつての弟子にしてトニー・アッカルドの元運転手の彼は、ドゥーヴズのあとを継ぐだろうと考えられていた。

ドゥーヴズが言った。「あっちで調子に乗っている、イカれたチビのぶんざいで」

トニー・アッカルドはまたブラッドレアのシャトーブリアンを切り分けた。移民の靴職人の息子であるアッカルドの嗜好は、年とともに暴力を控えるようになるほど洗練されていった。いまの彼は、かつて〝ジョー・バッターズ〟と呼ばれた男ではない。もう何年も、ルイスビルスラッガーのバットで人を叩きのめしてはいなかった。その代わり、いまではボタンを押すのだ。

アッカルドは若いころと変わらず肩幅が広いものの、まるでスーツの上着が鉛でもできているかのように極端な猫背だった。悲しげで疲れているような目は、目尻が垂れている。大きな鼻と打ちひしがれたような顔は、機嫌が悪いときでさえ愛想よく見える——ただし怒りだすまでは、の話だ。すると、あの目つきになる。あの目つきは見まちがえようがない。「アントはとんでもなく危険な男だ」アッカルドはつづけた。「そしてそれこそ、われわれに必要なことだ。そうやってカジノをコントロールするというわけだ」

彼らが話しているのは、カジノからの不正な利益を確保するためにラスヴェガスへ送りこんだ、アンソニー・〝ジ・アント（アリ）〟・スピロトロのことだ。

ジャッキー・セローネが言った。「あいつは役に立つよりも問題を起こすことのほうが多いかもしれません。あれは首輪をはずされたイヌだ。しっかり見張ってないと、そのうち抑えが利かなくなるということも」

「手数料を納めているかぎり問題ない」アッカルドは言い——それから肩をすくめた。これで、とりあえずこの話は終わりということだ。

ドアの方を向いて坐っていたセローネは、白髪頭の宝石商が帽子を手に外で立っているのに気づいた。セローネはフォークでその男を指した。「宝石商のハリーだ」

アッカルドはステーキを頬張りながらちらっと目を向け、また視線を戻して言った。

「ああ、そうだな」

セローネはにっこりして見上げ、ハリー・レヴィンソンに手招きをした。ハリーは感謝するようにテーブルのところへやって来た。

「トニー」まずはアッカルドに挨拶をした。「ジョーイ」とドゥーヴズに言い、「ジャッキー」とつづけた。

ドゥーヴズが言った。「こっぴどくやられたらしいな、ハリー」

セローネも声をかけた。「こそ泥たちは、週末のあいだずっと店にいたのか？」

「市販品のなかでは、最高の防犯装置だったんです」ハリーは言った。「最新鋭ですよ。しかもセントラル地区本部に直接つながっている。大金をはたいたというのに。それを、下品なことば（フレンチ）で失礼します、あのクソ野郎たちにまんまと出し抜かれてしまいました」

ドゥーヴズはにんまりした。「ここはフレンチ・レストランだ。言いたいように言えばいい」

アッカルドとセローネは含み笑いを洩らした。

「とはいえ、あの派手なお飾りは無事だったようだな」セローネが言った。「新聞によると」

「はい、あの金庫室は破られませんでした」ハリーは天井とその上にいる神様を見上げた。「破られなかったのはあれだけです」

数年まえ、ハリー・A・レヴィンソン宝石店のハリー・A・レヴィンソンは、オークションでアイドルズアイという七〇・二カラットの世界最大のダイアモンドのひとつを落札して世間を騒がせた。妻のために買ったということだが、実際にはマスコミ向けや宣伝のためだった。アイドルズアイには興味深い逸話があり、そのなかには正統なものもあるとはいえ、テーブルに着いている三人はそんな話にはまるで関心がなかった。

「やつら、トーチランプを使ったんです」ハリーはつづけた。「それと冷却タンクも。おかげでショウルームは一インチの水に浸かっています。水浸しですよ。カーペットが台なしです。私もおしまいです。すっからかんになってしまいました」

アッカルドが言った。「それで警察を呼んだんだな」

「私が呼んだわけじゃありません、トニー」ハリー・レヴィンソンは慌てて付け加えた。「建物の裏口が開いているのに、警察が気づいたんです。それでうちにやって来た警察にベッドから叩き起こされて、モーニング・ローブとスリッパのままビルまで車で連れていかれたんです。かなりまずいことになりました、トニー」

「いい保険に入っているんだろう?」

「最高の、世界一の保険に入っています。でも保険がおりるまで、どのくらいかかると? それに、何もかももとどおりというわけにはいきません。盗まれた宝石のなかには高価なものもありますが、あのけだものどもときたら、質札をまとめた帳簿をずたずたにして、トイレに流したんです。ただの嫌がらせでしょうか? 帳簿はきちんとつけていたというのに……これで、何週間も保険の調査員にしつこくケツを追いまわされることになってしまいます」

ドゥーヴズが言った。「またフレンチが出たな」

ハリーは笑みを浮かべて頷いた。内輪ネタとしていっしょに笑っていいのか、自分がからかわれているのかわからなかった。

「トニー」ハリーはつづけた。「いまは私にとってのクリスマス――一年でいちばん忙しい時期なんです。店が閉まっていると、一分一秒ごとに儲けが減っていくんですよ」

「同情する以外に」アッカルドは言った。「私たちにどうしてほしいというのだ？」

「その、私は……」ハリーはことばを探した。「とやかく言うつもりなどありません。ただ――私が何かしましたか、それとも何かをしなかったのですか？　そのせいで、こんな大胆な犯罪にもかかわらず、誰かが目をつぶっていたとか？」

アッカルドはほかの二人に向かってにやりとした。「ハリー、こいつは難題だ。この部屋にいる誰も、われわれの誠実な友人をそんな目に遭わせることなど許さない、それくらいおまえならわかっているはずだ」

ハリー・レヴィンソンはほっとしたあまり表情を崩し、いまにも泣きだしそうだった。

「ありがとうございます、トニー。感謝しています」

「訊いてまわってみよう、どうだ？」アッカルドはセローネに目を向けた。「ジャッキーにあちこち電話させる」

「ありがとうございます、私は……」ハリー・レヴィンソンは彼らを抱きしめたかったが、手にした帽子をくしゃくしゃにするにとどめた。「ここへ来て、お会いするのが少し不安だったんです、トニー。というのも、もうひとつありまして」

アッカルドは息を吐いた。「なんだ？」

「個人オフィスには金庫があって……もちろん、いちばんのお得意様からの特注品といった、とりわけ大事なものをしまってあります。その金庫から盗まれたもののなかに……その……」

アッカルドはナイフとフォークを置き、ハリー・レヴィンソンがこのプライヴェート・ダイニング・ルームに入ってきてからはじめて、その宝石商の顔を見つめた。

ハリー・レヴィンソンは口ごもった。「あなたがお求めになったミセス・アッカルドへのクリスマスプレゼントが」助けてくれと言わんばかりに、藁にもすがる思いでドゥーヴズとセローネに目を向けた。

アッカルドが口を開いた。「どうして来てすぐに言わなかった？」

「私は……」

「あるいは、気づいたときにすぐ電話をしなかった？　どうしていまになってそんな話を聞かされているんだ？」

「きっと……見当がついたのではないかと思いまして……」

アッカルドの心中を察したセローネは、残っていたカベルネ・ワインをひと飲みにした。襟元からリネンのナプキンをはずして口元を拭き、食べかけの皿の横に置いた。「さっそく電話してみます」出ていこうと立ち上がった。

ドゥーヴズは横目でハリー・レヴィンソンを見やった。「悪い知らせが先だ、どんなときでも、ハリー」そう忠告した。

アッカルドはテーブルを見つめ、うんざりして悲しげな目を細めた。「わかった。誰かを説教することになりそうだな」

ドゥーヴズが言った。「あれだけでかい仕事だ、知っている者がいるはずだ」

アッカルドは頷き、また食事をはじめた。ハリー・レヴィンソンは後ずさりしてドアのところまで戻り、二人に気づかれることなく出ていったが、二人とも気にもしていなかった。

チャッキーは、一本しかない腕で電話に出た。「こちら〈テン・ピン〉、チャッキーです」

雨の月曜日というのはたいてい売り上げがいいのだが、土砂降りの冷たい雨は誰にとっても、何にとってもいいことはない。数人の年配の客がボウリングをしながら、午後のおしゃべりを楽しんでいる。余生を過ごす年金受給者たちだ。まだ学校は終わっていないので、三十六あるレーンのほとんどは暗く、ゲーム・ルームもがらんとしている。何人かの落ちぶれ果てた人たちがカウンターでビールを飲み、テレビでメロドラマを見たり、競馬新聞にしるしを付けたり、誰かが置いていった新聞の日曜版をけだるげに読んだりしている。

店内のきらびやかな装飾が、華やかなクリスマスを演出していた。月曜日というのは、まえの週のレシートを検算したり、お菓子やタバコの自動販売機の中身を補充したり、ポップコーン・メーカーをきれいにしたりする日だった。ボウリング場の経営でいいことは、維持管理が楽だということだ。チャッキーは、ヴェトナムのクアンチでの戦いで肩から先の左腕を失った。北ヴェトナムに腕をくれてやる代わりに、厳重に守られていた砦を奪還したのだった。とはいえ多くのそういった人たちと同じく、チャッキーがその話をすることはほとんどなかった。肉体労働という点においては、チャッキーにできることはたいしてない。せいぜい電話に出たり、ビールを注いだり、ときおりカーペット用掃除機をかけたりするくらいだ。だがニッキーは、チャッキーのような人たちを支える方法を見つけることに強いこだわりをもっていた。チャッキーを見ていると、自分の早い徴兵番号が入れ替えられたことを思い出すことがあるのだ。それが人生というものだ。コネがあってチャンスを得られるか、そうでないかのどちらかだ。それにチャッキーは善良な男で、たいがいのことにおいては信頼でき、いつも時間に正確だった。あれこれ訊いてくることもない。ある晩遅く、いつもより飲みすぎたチャッキーに、どうして自分を店に置いておいてくれるのか訊かれたことがあった。片腕の男ならレジのカネを盗まれる心配が少ないから、ニッキーはそう答えた。

「ええ、いますよ」チャッキーは口にくわえたタバコを揺らしながら言った。「ニッキー！」

ニッキーはレンタル・シューズ・カウンターのスツールに腰かけ、その日の『シカゴ・トリビューン』紙を読んでいた。すでにラスヴェガスの掛け率を受け取り、電話の底のゴムパッドの下に置かれたインデックスカードにオッズ表を手書きしていた。掛け率が変わったのかもしれない。もしかしたら、誰かが内部情報でも手に入れたということもあり得る。ニッキーは〝レヴィンソン宝石店、百万ドル相当の宝石を盗まれる〟という見出しを上にして新聞を置いた。

ニッキーは内線電話を取った。「はい、ニッキーです」

ニッキーは雨のなか、サウス・ワバッシュ・アヴェニューの建設計画地のはずれに駐められたコーヒー・トラックのテラスの下へ行き、フードを脱いだ。グリルの掃除をしている男は知っているが、名前を思い出せなかった。たしかギリシア系の名前だ。冷蔵庫の上のトランジスタラジオでは、トーク番組が流れている。

「暇そうだな？」

「どうも、ニッキー」ギリシア系の男が言った。ウールのコートの上に油の散ったエプロンを着けている。ニッキーは、街じゅうの建設現場のそばで朝食やランチ、コーヒーを売るキッチンカーを六台くらい出していた。そのギリシア人――経営していたレストランを失った、中年のよく働く男――は身構え、この抜き打ち検査には何か理由があるのではないかと不審に思った。「暇で仕方ありません」ギリシア人はつづけた。「一時間くらいまえに、今日の現場作業は中止になったので。こんな天気のなか、どうしてここへ？」

「近くで人と会うことになっているんだ」ニッキーは彼を安心させようと笑みを作った。

「少なくとも、グリルのそばはあったかいだろう？」

「その、なんとかやってますよ。何か食べますか？」

「ランチの残りはあるかい？」

「チーズ・サンドウィッチが少し。買いに来る人がいないので」

「全部、袋に詰めて、もう店を閉めて帰っていいぞ。ここにいる必要はない。それと、その残ったコーヒーを二つのカップに入れてくれ。ブラックで」

車が停まり、水のはねる音が聞こえた。フードをかぶりなおしたニッキーがトラックの脇に目をやると、ギリシア料理レストランの名前が書かれた二つの青と白の紙コップにコーヒーを注いだ。ようやくニッキーは思い出した――この男の店を原価で買い上げ、やりなおせるようトラックを与えたのだ。コズモだかコズマだったか？　キュロスだ！　ニッキーはコーヒーの缶に十ドル紙幣を押しこんだ。「こんな日に店をやってくれてありがとう、キュロス。礼を言うよ。明日は晴れるさ」

「どうも、ニッキー。ありがとうございます」

ニッキーはコーヒーのカップを重ね、土砂降りの雨のなかへ出ていった。助手席側のドアのところで身を屈め、肘でウィンドウを叩いた。運転手がからだを伸ばし、ドアを押し開けた。

何も落とさないように注意して素早く車に乗りこみ、ドアを閉めた。「なんて雨だ」そうつぶやいた。

「まったくだ」ケヴィン・クイストン刑事が言った。「雪になってもおかしくない」

「天気のいい華氏七十度くらいのときでもよかったっていうのに、少しでも頭がまわるならな」

クイストンは笑い声をあげた。彼は丸顔のアイルランド人で、もうすぐこの仕事に就いて二十年になる。そして四児の父親でもあった。窃盗犯罪を扱う私服刑事だが、おとり捜査官ではない。クイストンは、その道二十年のベテランで四児の父親でもある丸顔のアイルランド人にしか見えないのだ。しかも彼の服は地味なだけでなく、何年もまえに流行ったものだった。クイストンはコーヒーと紙袋に目をやり、吸い殻でいっぱいの開いた灰皿でタバコをもみ消した。「トラックで買ってきたのか？」

ニッキーは雨で濡れた袋を手渡した。「あんたとお友だちに」

クイストンは袋を開け、気になった様子でなかをあさった。サンドウィッチを取り出し、薄いアルミホイルの包みを開いた。「チーズにパンにバター」かぶりつきながら言った。「完璧だ」

ニッキーはダッシュボードにコーヒー・カップを二つとも置き、ひとつはクイストンの方へやった。そのとき、足元にある警察無線機にぶつかり、ハンドセットを床に落としてしまった。「おっと、すまない」ニッキーはどんな状況であろうと警察車両のなかにいたくないとはいえ、一日じゅうこんな雨が降りつづいていては仕方がない。ワイパーが激しく左右に動いている。

口いっぱいにサンドウィッチを頰張ったクイストンが屈みこみ、ハンドセットをフックに戻した。その視線はニッキーを通り越し、歩道のフェンスの向こう側で建設中の建物へ向けられた。雨のせいでほとんど見えないが。「何が建つんだ？」

「アパートメントだと思う」

「なんだってそんなものを？　おれは仕方なくこの街に住んでいる、仕事があるからな。でも賃貸で儲かるのか？　こんな危険なところで？　わけがわからない」

「あんたたちが住民を守って奉仕してくれるだろ」

「そうだな。ところで、ニッキー――日曜日の試合のことなんだが。延長戦で十二対九、信じられるか？　おまえは大儲けしたんだろうな。おまえにとってはよかったが、おれにとっては最悪だ。ランニングバックは〝スウィートネス〟・ペイトンだったっていうのに」

「ペイトンひとりが頑張ったところで勝てやしない」

「そのとおりだ。絶対にハンデをつけると思っていたんだが」

「いつもそんなこと言ってるじゃないか」

「チームが勝っても、おれは負け。なんだってこんなについてないんだ？」

「勝者じゃなくてゲームに賭けるからだ。しかも、シカゴのチームに肩入れしすぎている、だからさ。打ちひしがれて、通りで財布を蹴飛ばすのが好きなんだ」

「ごらんのとおり、またカネをすってしまった」

「借金まみれだ」

「わかってる、わかってるって。プレーオフのためのカネを融通してくれ。返せるから。チャラにはできないが――借金は減らせる」

ニッキーはにやりとした。クイストンは問題を抱えている。その問題は彼が愚かだということなのか、賭けをやめられないということなのか、ニッキーは決めかねていた。ニッキーはクイストンに言った。「ひとつ条件がある」

クイストンは驚いた顔をした。「なんだ?」

「シカゴ・ベアーズに賭けるな」

クイストンは笑い声をあげたが、あまりにもわざとらしすぎる。どうせベアーズに賭けるのが、ニッキーにはわかっていた。クイストンは、地元チームが大好きな十歳の子どものような賭け方をするのだ。

ニッキーはつづけた。「それで、何かわかったか?」

クイストンは頷き、カップのプラスティックの蓋を親指で開けて熱いコーヒーに口をつけた。「ブラックボックスをやられたという話だ。外にある電柱の中継機に別のワイアをつないで——仕組みはよくわからない。とにかく、やつらは電柱に登って、高電圧やらなんやらをいじったらしい。そして屋上から侵入して、アセチレンのトーチランプを使って金庫や鉄格子を焼き切った。なかなか手がこんでいる」

ニッキーは首を縦に振った。「高度な専門技術というわけか?」

「そのいっぽうで、ドアを破るのにバールやスレッジハンマーなんかを使っている。ピンク・パンサーってわけじゃないが、警報装置に詳しいのはまちがいない。完全に警報を切ったんだからな」

もう一度、ニッキーは頷いた。これではっきりした。犯人がわかったのだ。それほどの腕があり、大胆で、イカれている泥棒はひとりしかいない。

「ジャッキで金庫がもち上げられていた」クイストンはつづけた。「実際のカージャッキを使って。いちばん薄い底の部分を焼き切れるよう、金庫を傾けたんだ。プロの仕業だ。しかも入念に準備していた。まる一日たっぷり時間もあったしな」

「それなのに、あれには手を出さなかったというのか……なんてやつだった？」

「ああ、アイドルズアイだ。そうだ、そこまでは時間がなかったんだろう」

「たぶんな。もしかしたら、あえて手をつけなかったのかもしれない。有名なでかいダイアモンドだからな。簡単に跡をたどれる。新聞の見出しを想像してみろ、まさにピンク・パンサーだよ」

「なるほど」クイストンは紙袋のなかのもうひとつのサンドウィッチに手を伸ばした。

「そうかもしれない。それはそうと――なんだってそんなことを？」

「ただの好奇心さ。宝石店が襲われたんだ――次に狙われるのはきっとボウリング場だ」

大笑いするクイストンを残し、ニッキーは覆面パトカーから土砂降りの雨のなかへ出ていった。

ニッキーはカートにいくつかおもちゃをのせ、その賑わいに溶けこんでいた。バイオニック・アームを付けた《六百万ドルの男》のアクション・フィギュア、緑色のスライムを入れる予備のプラスティックのごみ箱が付属したスライム・モンスター・ゲーム、マテル社のフットボールの電子ゲーム、《刑事コジャック》のボードゲーム、マーク・〝ザ・バード〟・フィドリッチの公式グローブ。とはいえフォレスト・パークにあるこの〈チャイルド・ワールド〉は、クリスマスのまえの週には絶対にいたくないところだった。

そうは言っても、その店は狙うにはもってこいの場所だった。玩具店を襲っても自慢にはならないとはいえ、十二月の〈チャイルド・ワールド〉は大繁盛している。通りから見えない裏手には搬送用の入り口があり、店の前の大きな交差点からどこへでも向かえる。来年が厳しい年になった場合に備えて、覚えておいて損はない。

ニッキーは、リストにしるしをつけている母親や若い家族に交ざってカートを押していった。人気のおもちゃが並んでいた棚は、どれも売り切れていたり選り分けられたりしていて、まるでそこで爆発でもあったかのようだ。人気のないおもちゃは、買い求められることも注目を浴びることもなく売れ残っている。どうやらカウボーイ関連のおもちゃは売れていないようだ。ある年、クリスマスツリーの下に茶色のプラスティックのベルト・ホルスターに収められた六連発のおもちゃの拳銃が置かれていたことがあった——ニッキーはそれを腰につけたまま寝たものだった。西部劇は、いまや時代遅れなのだ。夏には映画《スター・ウォーズ》が公開された——ニッキーは息子のニコラスと二回見たが、ニコラスはさらにもう二回くらい見ていた。とはいえ、どういうわけかクリスマスまでにそのおもちゃの発売を間に合わせることができなかったらしい。ニッキーからすれば、その映画はむかしながらの悪役が出てくるレーザー銃を使った西部劇に思えたが、もちろん子どもたちにはそうは見えなかったようだ。

通路の先で、ジョニー・サリータがカートを押しているのが見えた。彼の妻——フェイクファーの襟がついたコートを着た、小柄で魅力的な女性——が腰のあたりで赤ん坊を抱えてあやしている。ニッキーは、ある程度二人の会話が聞こえるくらい近くであとを尾けていた。二人は子ども用のプラスティックのティー・セットにするか、ピンク色の人形用のベビーカーにするか悩んでいた。

「二つとも買えばいい」サリータが言った。「欲しがるものなら、なんだって買ってやるよ」

彼らのカートは山積みだった。買い物ざんまいのようだ。妻はつま先立ちになり、サリータの頬にキスをした。なんでも好きなものを買えるというのは、彼女にとってはじめてのことだったのだ。「この新米パパは最高ね」

赤ん坊が、柔らかいおもちゃのごみ箱から顔を出しているセサミストリートのオスカーのぬいぐるみを手荒に扱っていた。ニッキーは二人に近づき、脇を通り過ぎるときにサリータの七分丈のレザージャケットにぶつかるふりをして謝った。それから、相手の名前を思い出そうとしているかのような素振りをした。

「ジョニー・サリータじゃないか」ニッキーは言った。「そうだと思った」

サリータはからだを強張らせた。

ニッキーはつづけた。「ニッキー・パッセロだよ。まえに会ったことがある——どこで会ったのかはどうしても思い出せないが」

気を取りなおしたサリータは、愛想よく振る舞った。

「ニッキーか、そうだった。元気かい？」

「ああ、でもおまえほどじゃない。そのカート、すごいな」

「悪いな、気づかなくて……」

「おれもそんなもんさ。急に意外な人に会うと、びっくりしてしまうんだ。このちっちゃなかわいらしい子は？」

「この子？」サリータは妻と子どもがいることを思い出した。「ステファニーだ」

「ステファニー・サリータ、はじめまして。愛らしい子だ」

「そしてこっちはアンジー。アンジー、ニッキーに会ったことは……？」

アンジーは、腕に抱えた娘と同じくふっくらした顔をしている。ニッキーに笑みを向け、つけまつ毛をぱちぱちさせた。

「ないと思うわ」彼女は答えた。

「はじめまして」ニッキーは赤ん坊の気を引こうとした。「この子は何カ月？」

「八カ月です」アンジーは、はじめての子どもに自慢げな様子だ。

「本当にかわいい子だ」ニッキーを見た赤ん坊はにっこりしかけていた。「嬉しいな、たいてい赤ん坊には怖がられるんだ」

サリータが落ち着かなくなってきたが、ニッキーはそんな戸惑う彼を無視して放っておいた。こんなやりとりをつづけているうちに、サリータには二人がたまたま出会ったとは思えなくなってきた。

アンジーには、イリノイ州の西のどこかの訛りがあった。「お子さんは、ニッキー？」

「おれ？　ひとりいます。男の子で、十歳になったばかりです。十歳になると、それまでとは全然ちがう。スライム・ゲームやらこの電子ゲームやらを買うつもりなんだけど、三十ドルもするんだ。頭がおかしくなりそうだ。そっちはプレイ・ドー・ファン・ファクトリーに、それは？　サンシャイン・ファミリー・ファーム、ビューマスター、それに〝ベイビー・カム・バック〞すごいな。甘やかせすぎだ。でも、あの顔にはかなわない」

「ありがとう」アンジーはまくし立てた。「どうしても抑えられなくて」

ニッキーは首を縦に振ってサリータに目を向けた。そこで間が空いたが、ニッキーは笑みを絶やさなかった。

「それはそうと」ニッキーは口を開いた。「引き留めるつもりはない」

「わかった」サリータは早く終わりにしたくて頷いた。「気にしないでくれ、ニッキー、ばったり出会えて嬉しかったよ」

「おれのほうこそ嬉しかった。アンジー、買い物を楽しんでください。ステファニーと先に行っててくれませんか、もうちょっとジョニーと話があるんで」

アンジーはにっこりして頷いたが、戸惑った様子で夫を見つめた。サリータは大丈夫だというように目を向けた。とくに不安そうには見えない。「先に行っててくれ、あとで行くから」

アンジーは片方の手をカートのハンドルにのせ、そのまま押していった。先に行けと言われて気を悪くしたものの、夫の雰囲気を見て機嫌をなおした。「会えてよかったわ」彼女はニッキーに言った。

ニッキーとサリータは、彼女が歩いていくのを見送った。

「特別な時間だな」ニッキーは言った。「赤ちゃんのはじめてのクリスマス。魔法みたいなものだ」

「ああ、そうだな。いいクリスマスになりそうだ」

「本当にいいクリスマスだ、あのカートの中身を見るかぎり」

「全部がステファニーのじゃない。ほかの人たちへのプレゼントもある」

「なるほど。誰かに踏まれるまえに、道を空けよう」

ニッキーはカートを押し、シェールのメイクアップ・センターが置かれた棚の方へ行った。サリータもあとにつづく。九ドル九十八セントするシェールの胸から上の人形は、その顔に色を塗ったり髪をブラッシングしたりできるようになっている。

「大賑わいだな」ニッキーが言った。

サリータは笑みを浮かべ、動じなかった。「それで、どうしたんだ、ニッキー、大丈夫なのか？」

「おれが？　もちろん大丈夫さ。ただ、レヴィンソンの店の件で、確かめたいことがあって」

サリータは困惑したふりをした。「レヴィンソンの店の件？」

「ああ、あの宝石店だ」

「それなら知ってる。新聞に出てたからな」

ニッキーはにやりとした。「配線の組み換えやバイパス。いくつもの警報装置の解除」

ニッキーはからだを寄せた。「聞いたとたんにぴんときた――そんなことができるうえに、実際にやろうとするやつは、ひとりしかいない」

「ニッキー」サリータは両手を広げてみせた。「買いかぶらないでくれ。日曜日は、一日じゅう義理の兄貴のところにいたんだ」

「そうか、なるほど。ヴィン・ラボッタにもしっかりしたアリバイがあるんだろうな、そうだろう？　あとは誰だ？　たとえばキュー・スティック？　でもラボッタのやつ――ばかなことをしたもんだ。まえもって話を通しておくべきだったんだ」

「おれは……」

「そこがわからない。おまえが悪いと言っているわけじゃないが、ラボッタはただですむとでも思ったのか？　とにかく、いつか——今日じゃない——いったいおまえたちが何を考えていたのか教えてもらいたいもんだ。とにかくいまは、この事態をなんとかしないと」

「ニッキー、いいか、おれは——」

「おれは無関係だ、わかるよな」ニッキーは自分の胸に手を当てた。「おれに言いわけするな。そんなことをしたって意味がない。おれはおまえを助けたいんだ」

サリータは目を細め、まだしらを切ろうとしていた。「どうやって？」

「おまえは呼び出されることになる」

サリータの虚勢が剝がれたのは、そのときだった。顔が曇り、ごくりと唾を飲みこんで店内を見まわした。

「おまえなら丸く収められる」ニッキーは安心させるように言った。「もしできないなら、ここにいるのはおれじゃなかったはずだ——そうだろう？　誰かほかのやつが来たはずだ」ニッキーはその意味が伝わるよう間を空けた。「会いに行くしかない。おまえたち全員。それだけだ。それがメッセージだ。わかったか？」

サリータは頷いた。目がうつろになり、これが何を意味するのか考えているようだった。

「ラボッタに伝えろ——あいつならわかるはずだ」ニッキーはそう言い、シェールの顔のそばに立つサリータを残してカートを押していった。

一九〇一年に設立された由緒あるキャルメット・カントリー・クラブは、今シーズンの営業を終えて閉まっていた。十八番グリーンを見下ろすダイニング・ルームのテーブルは端に押しやられ、椅子は八段に積み上げられている。格子窓の外では雪がちらつき、ときおり吹く突風で小さな雪の欠片が舞い踊っている。だが内側のカーペット敷きの部屋は、しんと静まり返っていた。

宴会場にサリータと六人の宝石泥棒たちが集まっていた。ただ立ち尽くしている者もいれば、歩きまわっている者もいる。身を守るために武器をもっていこうとしていたサリータを説き伏せなければならなかった――だがサリータがいつまで耳を貸すか、もはやヴィン・ラボッタにはわからなかった。

「うまくやりすぎた」ラボッタは言った。「興奮のあまり、新聞の漫画みたいに目がドルマークになっていたんだ。しくじったんだよ」

サリータが言った。「何もしくじっちゃいない。大成功だった。きっちりやり遂げたし、誰も撃ってもいない。あんたのせいだ、ヴィン。いちばん驚いたのはあんたにだ、あいつはそう言っていた。もっと気をつけるべきだったんだ」

「あいつらにも分けるつもりだった」ラボッタは言い返した。ジョーイ・ドゥーヴズが来たときに備えて、言いわけを準備しようとしていた。「何もかも、大きな誤解なんだ」

「分けるつもりだったたって、いつの話だ？」サリータが訊いた。「誰かに分け前を納める話なんて、一度もしてなかったぞ。してたらまちがいなく覚えている」

キュー・スティックは、ティーンエイジャーのころに散弾銃でも食らったかのようなあばた顔をしている。だが実際には、ニキビを潰さずにはいられなかっただけだろう。「おまえのところに来たっていうのは、誰なんだ、ジョニー？」

サリータは、窓の外で突風によって雪が横に吹き飛ばされていくのを見つめていた。

「ニッキー・パッセロだ。ボウリング場をやってる間抜けだよ」

ラボッタが口を挟んだ。「ちょっと待て、ニッキー・ピンズは間抜けなんかじゃない。さいわいなことに、あいつはソルジャーでもない」

コートの下にシーマンズセーターを着たディディ・パレは、襟をあごまで立てていた。ヒーターがついていないので、むき出しの両手を擦(こす)り合わせている。「それで、どうしてボウリング場のオウナーなんかがこの件でジョニーに会いに来たんだ?」

ラボッタが言った。「いい質問だ、ディディ。おれにもよくはわからないが」

サリータはくるりと向きを変え、反対方向へ歩いていった。「よくわからないのは、いつものことだろ」

柔らかい裏地の付いた革のボンバー・ジャケットのポケットに両手を突っこんだゴンゾ・フォルテが、口を開いた。「〈テン・ピン・レーンズ〉のポップコーンはうまいぞ。街いちばんかもしれない」

ジョーイ・ザ・ジューがあきれた顔でゴンゾを見やり、使い捨てライターでタバコに火をつけて深々と吸った。「ポップコーンだと」

「本当だって」

「ふざけるな」サリータが首を振った。「ポップコーンなんかどうだっていい」

ラボッタは腕を組んで自分の靴を見下ろした。「支払うしかない。あらかじめ言っておく。ストリート・タックスの倍額を」

全員がラボッタに顔を向けたが、誰よりも早く向きなおったのはサリータだった。「何言ってるんだ、倍だと? ストリート・タックスは五十パーセントだ。倍ってことは全部ってことだぞ。何もかもってことだ」

「倍を払えば家に帰れる、ジョニー」

「冗談じゃない。あいつもくたばっちまえ」

「なんてことを、ジョニー、声が大きい。もういつ来てもおかしくないんだぞ」ラボッタはすまなそうに両手を上げた。「いまはただ、これからどうなるか説明しているだけだ。心の準備をしておけるように」

サリータは信じられない思いでほかのメンバーに目を向けた。ライノが、教会にいることをたったいま思い出したかのようにニット帽を脱いだ。片手でニット帽を握りしめている。カネの使い道は考えてあった――全員がそうだ。

サリータは、あの裏路地で電柱のてっぺんまで登り、タマが縮み上がるほど凍えながらワイアを操っていたときのことを思い出していた。すべて完璧にことが運んでいたときのことを。手にした宝石の感触もよみがえってきた。彼にしてみれば、何もかもが順調にいった。綿密な計画を立て、それを実行に移した。誰かほかの間抜けのせいでしくじるかもしれないと考えたことはあるものの、長い付き合いのラボッタがへまをやらかすなどとは想像したこともなかった。

「つまり、ドゥーヴズはおれたちにひざまずけと」サリータは言った。「おれはひざまずいたりなんかするもんか、ヴィン」

「ひざまずくしかない」ラボッタが言った。からだをまわし、ほかのメンバーたちに顔を向けた。「すみませんでした、感謝しています、おれたちみんなそう言うんだ」

「あんたのせいだ、ヴィン」サリータが言った。「いつになったら認める気だ？」

ラボッタの元警察官の顔が引きつった。「さっきも言ったように、のぼせ上がってしまったんだ」

「おれはのぼせてなんかいなかった」サリータは人差し指で自分の胸を突いた。「おれは何もかもうまくやった。ここにいるみんな、誰もが自分の役割を果たした。だが、たったひとりだけ――」

ドアが開いて閉じる音がし、サリータは口をつぐんだ。

ラボッタが息を吐き出し、唾を飲みこんだ。ほかのメンバーが後ずさりをし、ある程度ひとかたまりになって廊下を見つめた。

まず入ってきたのは、運転手だった。大きめのスーツに身を包んだ大柄の筋骨隆々とした男で、四十代半ばくらいだ。そのボディガードは彼らを一瞥し、キッチンへ通じるドアと空っぽのバー・カウンターにも目をやった。誰も彼もに、何もかもに目を光らせている。

そしてドゥーヴズが入ってきた。帽子と厚手のオーバーを脱ぎ、オーバーを運転手に手渡したが、七人の泥棒たちには目もくれようとしなかった。

次にジャッキー・セローネが運転手とともに入ってきた。二十代くらいのこの運転手はがっしりしているわけではないものの、危険な目つきをしていた。セローネは運転手にウールのキャップを渡したが、コートは脱がないことにした。

ラボッタが一歩前に出て、自ら口を開いた。「ドゥーヴズ、お元気ですか？　早くこの誤解を解きたくて仕方がないんです。どうも、ジャッキー」

セローネが言った。「ヴィン、久しぶりだな。兄貴たちは元気か？」

「その」ラボッタは言った。「刑務所でなんとかやっています。おとなしくしているみたいです」

「おとなしく、か」セローネは含み笑いをした。

ドゥーヴズがカウンターへ行った。そこは空っぽで、グラスもナプキンも何もなかった。ただ興味を引かれただけなのか、あるいは何かを探しているのかもしれない。ドゥーヴズは振り返って彼らの方を向いた。「ヴィン」ドゥーヴズが言った。「おまえたち」

泥棒たちは頷く者もいれば、つぶやく者もいた。サリータは黙っていた。

「すぐにはじめる」ドゥーヴズが言った。

ラボッタは、遺族のために故人との別れの時間を用意する葬儀場のスタッフのように、首を縦に振ってうしろへ下がった。サリータは、ドゥーヴズやセローネ、あるいはほかの重鎮たちと顔を合わせたことはなかった。気難しそうな顔で彼らを見つめるドゥーヴズ・アイウッパは、万引きされないよう子どもたちに目を光らせる店主のようだった。

ジャッキー・セローネが壁際から椅子を引いてきた。だがほかの誰も動こうとはせず、何も言わなかったので、また静まり返った。この静けさがつづけばつづくほど、ますますその無人の椅子が不気味に感じられた。

サリータは数人の仲間から目を向けられたものの、なんのために時間を引き延ばしているのか見当もつかなかった。ラボッタと目が合ったが、ラボッタにも何を待っているのかわからないようだった。

サリータはその場の空気を破り、窓の方へ歩いていった。ほかのやつらは、このショウに緊張していればいい。彼らを不安にさせるための安っぽい心理作戦、くだらないはったりだ。彼は黒いルーフのゴルフ・カートのまわりで舞い飛ぶ、小さな凍った雪を眺めていた。

また正面ドアが開閉する音がした。別の誰かがやって来たのだ。サリータは振り向き、カーペットを歩いてくる柔らかな足音に耳をそばだてた。

ダイニング・ルームにトニー・アッカルドが入ってきた。サリータには、そこに立ったままラボッタのからだから力が抜けていくのがわかるような気がした。サリータのすぐそばにいるライノは、動けなくなってしまったようだ。誰かが大きな音をたてて唾を飲みこみ、別の誰かが声を潜めてつぶやいた。「なんてこった」

いまや目の前に立っていた。アッカルド本人が。サリータが思っていたよりも背が低く、老けているとはいえ、それ以外はまさに新聞の写真で目にしたのと同じ男だった。

アッカルドは帽子とコートを脱ぎ、彼の運転手がそれを受け取って手近なテーブルに置いた。ゆったりしたウールのスーツに高級な革靴、黒とクリーム色のストライプが入った幅広のネクタイという格好をしている。無人の椅子のところへ行き、太ももの部分の布をつまんで腰をおろした。

部屋にいる誰もが食い入るようにその様子を見つめていた。なかには息を止めている者もいるようだ。張り詰めた長い沈黙のあと、アッカルドがかすれた声を発した。

「自己紹介をするべきかな」

アッカルドはその場にいる全員の顔に目を向けた。誰も口を開かなかった。

彼はつづけた。「私はアントニノ・レオナルド・アッカルド。〝ジョー・バッターズ〟と呼ばれることもあるし、ただ〝ザ・マン〟と呼ばれることもある。というのも、同じ志をもつ者たちが集まった組織で、責任のある立場にいるからだ。それは組合のようなもので、組織体系があり、どこにも書かれてはいないが、みなが従うべきルールもある。体制とも言えるものだ。上から指示が出され、下からカネが集まってくる。言っていることがわかるなら首を縦に振れ——みんな頭が鈍そうだからな」

ほかの者たちは言われたとおりに頷いた。サリータは気が張り詰め、アッカルドのまわりで控える運転手たちをちらちらと見ていた。この先どうなるのか、予想もつかなかった。

「シカゴは大きな街だ」アッカルドはつづけた。「だが、小さな町でもある。〝働く街〟シカゴ——それはわれわれのために働いている。機械がよく働いてくれるから、誰でも簡単に管理できるなどと考えている者もいる。おまえたちもみんなそう思っているのかもしれない」

その場にいる全員が首を振った。アッカルドは顔を動かさず、視線だけを動かして彼らを見まわした。

「おまえたちは腕のいい泥棒だ。腕のいい泥棒というのは出世する。ドゥーヴズは、シセロの腕利きの泥棒だった。私はといえば、そこそこうまくやった。いつだって、たっぷり稼ぐ者にはそれなりの居場所があるものだ。忠誠心も欠かせない。そのほかには、何も入りこむ余地はない」

アッカルドはいまの話が伝わるのを待った。それから自分の鼻を叩いた。

「ジョニー・サリータというのはどいつだ？」

サリータは頭を下げて一歩前に出た。「おれです」

アッカルドは、思ったとおりだと言わんばかりに頷いた。「警報装置に詳しいようだな？」

「はい。おれより詳しいやつを知りません」

「素晴らしい」アッカルドは首を縦に振った。「役に立つ才能だ。いい特技をもっているな」

サリータは頷いた。

「宝石を返してもらおう」アッカルドは言った。「ひとつ残らず」

サリータは、耳を疑うかのように顔を上げた。

アッカルドはサリータから目を離し、全員に向かって言った。「あんな仕事をやり遂げられるやつらが、愚か者だとは思わない。だが、おまえたちは愚か者だ。とくにおまえだ、ヴィン」

ラボッタが前に出た。ふらついているようだ。「のぼせ上がってしまったんです、それはわかっています。支払うつもりでした。私たちはまちがいを犯しましたが、その――イカれているわけではありません」

「細かいことにはこだわりたくない。だから言いわけはいい。へまをやらかしたと言っているなら、その考えに百パーセント同意する。もっと些細なことで樽に入れられることもある——ずっと些細なことでもな」

「あの男があなたの友人だなんて、知らなかったんです——」

アッカルドは手を振って遮った。「そんなことはどうでもいい、ヴィン。それにわかっていないようだが、いまはしゃべればしゃべるほど状況は悪くなるいっぽうだぞ。私にとっては誰も彼もが友人だが、それももはや友人ではないとみなすまでの話だ。だから、ここで重要なのは私ではない。誰が、ということは問題ではない。これは、解決しなければならない特別なケースではないのだ。まずは筋を通して、それから分け前を払う。そうすればみんな友人だ。自分はフリーランスだとでも言うのか？　だったら私は誰だ？　私は何者で、これはどういうことだ？」

サリータは息が荒くなり、自分を抑えようとしていた。だが、できなかった。思わず口を開いた。「もう売り払いました」

アッカルドがサリータの方に視線を戻した。その目でにらまれていたほかの者たちのことなどすっかり忘れ——これで最後かもしれないと思っていたのはひとりや二人ではない——サリータは震え上がった。

ラボッタはサリータに手のひらを向け、アッカルドに話しかけた。「ジョー——取り戻します」

二人の運転手がからだを強張らせた。サリータは、威圧的に見せたいとも振る舞いたいとも思わなかった。いまにも心が折れそうだった。あれだけ苦労したというのに、無駄に終わった――いや、無駄以下だ。

「取り戻せなかったら？」サリータはラボッタに言ったつもりだが、アッカルドはそうは受け取らなかった。

いまやサリータは、ドゥーヴズ・アイウッパとジャッキー・セローネからも視線を浴びていた。

アッカルドの目がサリータを離れてラボッタに向けられ、まるで癇癪を起こした子どもを許してやる親のような顔で見つめた。「ヴィン、教えてやったらどうだ？」

ラボッタは祈りを捧げるかのように両手を合わせた。「ジョー、約束します。取り戻してみせます」

アッカルドがゆっくり立ち上がった。うしろにいるドゥーヴズに目をやる。ドゥーヴズはピクリともしなかった。アッカルドは肩をすくめて言った。「おまえの言うとおりかもしれない」

間髪入れずにラボッタが言った。「待ってください、ジョー、わかりました。チャンスをください。ここにいるジョニーの腕は確かです。超一流です。同じようなまねができるやつなんてほとんどいません。こいつの才能は飛び抜けています。いま少し辛抱してくだされば、必ずお役に立てます——あなたがた全員に——これから何度となく」

アッカルドはコートと帽子を受け取り、もう一度サリータに目を向けた。「ひとつ残らずだぞ」そう言い残し、ドゥーヴズとジャッキー・セローネを引き連れて部屋を出ていった。

　ニッキーが店の権利の一部をもっている〈クライドの店〉は、〈テン・ピン・レーンズ〉から三ブロックのところにあった。暗くて狭い店だが、一ドルのうまいドラフトビールや奥にある古い石窯で焼いたピザが売りで、昼間から静かに酒を飲むにもうってつけのところだった。だがニッキーにとっては、ビジネスをする場所でもあった。

　〝クリースマン（ラクロスのポジション）〟――寄り目がちで左手の指が三本しかない、少しばかりのろまなフランキー・サンタンジェロ――はカウンターのスツールに腰かけ、ドアに目を配りながらジンジャーエールを飲んでいた。〝ブラッグス（自慢屋）〟――クリースマンよりも小柄で頭が切れ、指も全部そろっているサルヴァトーレ・ブラゴッティ――はニッキーの近く、ダーツボードの脇にある奥のボックス席のあたりにいる。

　サリー・ブラッグスとクリースマンはニッキーの仲間で、小学校三年生のころからの友人だ。これといって放課後に行く当てもなく、トラブルを探しまわってばかりいるような大きなグループ内の仲間だった。とはいえ三人の絆が深まったのは、中学一年のときのある出来事がきっかけだった。人気者のひとりのフラッディという少年が、放課後にクリースマンと喧嘩をすると宣言したのだ。フラッディの父親にはマフィアとコネがあった――ブラッグスとクリースマンの父親たちは面倒ごとには関わらないようにし、ニッキーの父親はとっくに行方をくらましていた。その週は、その喧嘩の話題でもちきりだった。フラッディはその喧嘩を吹聴してまわり、同級生の男子全員だけでなく一部の女子も騒いでいた。クリースマンは、喧嘩相手としては手ごろな標的ではなかった。おとなしくて頭が鈍く、実際よりのろまそうに見えたので、ほとんどの子どもたちは相手にしていなかった。しかもその年はぐんと背が伸びたため、ふだんはぼうっとしているにもかかわらず、その大きなからだだけでも充分に威圧的だった。

その喧嘩は、陽が沈む三十分まえの四時半に、野球場のバックネット裏で行なわれることになった。フェンスの片側には中学一年生の男子生徒全員が、その反対側には女子たちが集まっていた。クリースマン（そのころはたんにフランキーと呼ばれていた）についているのはニッキーとサリー・ブラッグスだけだった。三人対全クラス。ニッキーは、あのときどうして勝ち目のないほうについたのか思い出せなかった。理由のひとつは、すぐにほかのクラスメートたちがクリースマンよりも人気者のほうに飛びついたからだろう。サリー・ブラッグス——当時はただのサルヴァトーレ——は、クリースマンというよりもニッキーの味方だった。そういうわけで、戦線が引かれた。フランキーは注目されて喜んでいたものの、クラスメートの誰もが徹底的に彼を叩きのめそうとしている相手を応援していた。みんな、いいショウを見たかっただけなのだ。フランキーはいつでも準備ができていた——不安そうに歩きまわっているのはフラッディのほうだった。信じられないことに、フラッディは兄が着ていたアメリカンフットボールのユニフォームからアーム・パッドを拝借し、右肘から手のひらまでカバーしていた。しかもフラッディ自身か兄が、テープで筒状に巻いた二十五セント硬貨の束を手のひら部分に縫い付けていた。自分から喧嘩を吹きかけておきながら、勝ったところでなんの意味もないというのに一対一でフランキー・サンタンジェロと殴り合うという考えに怖じ気づいていたのだ。落ち着き払った観客のなかにいる彼の友人たちでさえ、パッドをはずせと声をあげ、恥ずかしくないのかと言って正々堂々と喧嘩をさせようとしていた。だがフラッディは、中学一年生用のメリケンサックともいえるこのパッドを付けても許されると言って聞かなかった。何度もそんな言い争いがつづき、とうとうフラッディは補強したアーム・パッドなしでは戦わないと言いだした。こうなってしまっては喧嘩にならないというのを理解していないのは、フラッディだけだった。彼の仲間たちもあきらめ、みんな散り散りに去っていった。風船から空気が抜けてしまったのだ。バックネット裏に残されたのは、ニッキーとサルヴァトーレ、フランキーだけだった。彼らの勝利というわけではないものの、まちがいなくフラッディの負けだった。驚くことに、その一件でフラッディの評判に傷がつくことはなかった。みんなの前であれだけ臆病なところをさらしたにもかかわらず、週明けに学校へ行くとその人気ぶりは変わらなかった。彼の父親を怖れるあまり、臆病者と罵れなかったのだ。

その二週間後、自宅近くの空き地で爆竹を使って遊んでいたクリースマンは、自分の左手の薬指と小指を吹き飛ばしてしまった。

競馬の八百長で十九カ月の刑に服したニッキーは、刑務所を出たあと、周囲をしっかり固めることにした。まず何よりも、才能やコネといったことよりも、信頼を優先したのだ。誰かがしくじったせいでひどい目に遭わされるのはもうごめんだ、そう誓った。サリー・ブラッグスにもクリースマンにも、自らの欲のために彼を裏切るようなエネルギーも度胸もなかった。二人の野心が心配で眠れないことなど、一度もない。ニッキーは二人をコントロールしていたとはいえ、自分たちの関係をそんなふうには考えないようにしていた。二人には誠実さを求めるいっぽうで、二人に対して責任は負いたくなかった。二人はどんなときでもニッキーを頼りにし、彼の直感を信じていた。そしてニッキーもそれに応えた。大振りすることも、大きな賭けに出ることも、ホームランを狙うこともない。ニッキーにとって関心があるのは、シングルヒットやツーベース、そしてときおり放つ余裕のスリーベースだった。通りをぶらつき、それなりの暮らしをし、将来に目を向ける。そうやって賢く生きるのだ。

その日の午後、〈クライドの店〉にはほかに二人の客がいた。昼間から酔っ払っている。カウンターでクリースマンの三つ向こうのスツールに坐っている年配の男はときどき独りごとをつぶやき、首を振っていた。もうひとりの男は急に立ち上がり、脚を突っ張らせて正面ドアへ歩いていった。ドアを開くと光の筋が射しこんだ。

入り口が閉まるまえにヴィン・ラボッタがドアをつかみ、ジョニー・サリータを従えて入ってきた。薄暗さに目が慣れるのを待ち、ラボッタは奥へ向かった。短いもち手の付いた、見覚えがあるような形の小さなバッグを手にしている。ボウリング・センターを運営するアメリカン（A）・マシン（M）・アンド・ファウンドリー（F）社の、ビニール製のボウリング・ボール・バッグだった。

「しゃれたまねをするじゃないか」ニッキーは言った。「そのバッグ」

「たまたま手元にあったんだ」ラボッタは言った。「サイズもちょうどよかったしな」

サリータはうしろに立ち、ラボッタの肩越しにニッキーとブラッグスに目をやった。

「二十分の遅刻だ――帰ろうかと思っていたところだ」ニッキーが言った。「坐ってくれ」

ニッキーはボックス席の片側にからだを滑りこませた。ラボッタは向かい側に坐り、その隣にサリータが腰をおろした。ラボッタはテーブルにバッグを置いた。

「こんなことを訊くのもなんだが」ラボッタが言った。「ちょっと気になっていたんだ、どうしてこの件におまえが、ニッキー？」

「いつもどおり、運が悪かっただけさ」にやりとして納得させようとした。「取立役っていうのは、華やかな仕事ではない、それは確かだ。あんたたち二人も〝ザ・マン〟に何もかも返せて、ほっとしてるだろ」

「その反対だ」サリータが口を開いた。

ラボッタがテーブルにのせたバッグを押しやった。「全部ここにある。確かめてくれ」

「お断わりだ。見たくも知りたくもない。あんたがまちがいないと言うなら、それで充分だ。判断するのはザ・マンだ。早いところ渡してしまいたい」

「まちがいない」ラボッタは言った。

サリータが言った。「おれたちが出ていったあと、おまえが手をつけないという保証は？」

「ない。とはいえ、おれは自分の手が気に入っているし、この手の肌も好きだ。いっしょについて来たいような口ぶりだな。なら来いよ。直接ザ・マンに渡せばいい」

サリータは眉をひそめた。ニッキーの提案に乗る気はなかった。

ラボッタがあいだを取りもとうとした。「ニッキーはいいやつだ、ジョニー」

「ニッキーは」ニッキーは自分で言った。「こんなことを頼んではいない。ニッキーは、こんなことをする必要もない」

ラボッタが言った。「いっしょにぱくられたことがあると、ジョニーには話してある」

「思い出させないでくれ」

ラボッタはサリータに向かって話しつづけた。「ニッキーは刑務所暮らしに耐えたし、おれも耐えた。ニッキーは、たしか、二年近くだったか？　おれは三年ちょっとだ。それ以上食らったやつはいない」

「むかしの話だ」ニッキーは言った。

確かにむかしの話ではあるのだが、いまでも心に引っかかっていた。ニッキーとほかの三人が逮捕された理由のひとつは、ヴィン・ラボッタにあった――だからこそ、いまは信頼できる人しかそばに置かないのだ。ラボッタは密告屋ではないし、あえて無茶をするようなこともないとはいえ、信用できる相手というわけでもない。ジョニー・サリータは、いまそれが身に染みているところだ。ラボッタがニッキーよりも一年長く刑務所に入れられていなければ、彼に対するニッキーの考えもちがったかもしれない。

ニッキーはサリータに見据えられていたが、ひるまなかった。「どうやら嫌われたようだ」ニッキーはラボッタに言った。

「でもこいつは、返せと言っているのがおれみたいな目で、にらみつけているぞ」

ラボッタは二人に手のひらを向けた。「苛々しているだけだ、仕方ないだろう」

サリータは目を細め、それから視線をそらした。「もう行こう、ヴィン」

「ニッキー、おれたちはここに来ただろ。約束を果たした。まだ故買屋は手をつけていなかった——何もかも全部そろっている。終わりよければすべてよし、そう思いたい。だが、決めるのはおまえじゃないのはわかっている」

「おれに決められることなんて何もない。あんたたちはとんでもなく運がよかったと思うが、まあ、どうだろうな？」

「わかった」ラボッタはサリータに向きなおった。「行こう」

サリータはボックス席から立ち上がった。いまだに態度はふてぶてしい。それを見たニッキーは、中学一年生のころのフラッディを思い出した。気取った態度でスタンドプレイをしていたものの、自分の都合のいいように喧嘩を仕組めないと悟ったときのフラッディだ。サリータの横柄な態度は目に余る。

「よう。ジョニー」ニッキーは声をかけた。「おまえとアンジー、それとかわいいステファニーに、メリークリスマスと言わせてくれ」

サリータは振り返ってニッキーをにらみつけた。ニッキーに家族の名前を覚えられ、しかもこの件に家族のことをもち出されて動揺したのだ。だがボックス席から立ち上がったラボッタにドアの方へ押され、その場に踏みとどまることも言い返すこともできなかった。またドアから光の筋が射しこみ、二人は出ていった。

何もかも聞いていたサリー・ブラッグスが、ダーツボードのところからやって来た。

「誰かさんはちっとも懲りていないようだな」

ニッキーはボウリング・ボール・バッグを手に取って立ち上がった。「おれには関係ないが、確かにそうみたいだな」

カウンターのスツールからクリースマンがやって来た。「大丈夫か？」

「問題ない」ニッキーは宝石の入ったバッグを抱えた。

「どう思う？」クリースマンが訊いた。「百万くらいか？」

ニッキーは見当もつかず、肩をすくめた。「さっきのは本音だ。早いところ渡してしまいたい」

「おれたちもいっしょに？」サリー・ブラッグスが訊いた。

二人は強盗の件を知っているだけでなく、ニッキーがアッカルドのためにこの取立役をしていることもなんとなく察していた。二人ともそんなニッキーをさすがだと思っていたが、それ以上のことは何も知らなかったし、知る必要もなかった。

「車までついて来てくれ」ニッキーは二人に言った。サリータとの話し合いは後味が悪かった。「そこから先はひとりで大丈夫だ」

フクロウの目のような眼鏡をかけたマイケル・ヴォルペがドアを開けた。少し息を切らしている。

「ミスタ・パッセロ。お入りください」

玄関ホールには、ぎっしり詰まった十数個のそろいのスーツケースと二つのガーメント・バッグが所狭しと置かれていた。ヴォルペが息を切らしているのは、そのせいだ。

「危うくすれちがいになるところだったようだな」ニッキーは言った。

ヴォルペは頷いて腕時計に目をやり、またラゲージタグを付ける作業に戻った。「飛行機に乗り遅れないようにするには、あと四十五分で家を出ないと」

ミセス・クラリセ・アッカルドが階段をおりてきた。六十代の彼女はセーターの上にカーディガンを着こみ、プリーツスカートをはいていた。丸顔で、祖母になる一歩手前といった雰囲気がある。かつてのコーラスガールはいまでも美しく、両手にホワイト・フォックス・ファーのストールをもっていた。「マイケル、これも入れてくれない？　あら、こんにちは、ニッキー」

「こんにちは、ミセス・アッカルド」

「クラリセでいいわ、ニッキー」彼女は曲を指揮するかのように、人差し指でバッグを数えていった。「まえにも言ったでしょ」

「ではクラリセ。旅行の準備はできているようですね」

「もうちょっとでね。休暇は大好きなんだけれど、準備がたいへんで……」ニッキーが手にしたボウリング・バッグを目にしたクラリセはかすかに眉をひそめたが、何も訊かなかった。「かわいい奥さんは元気？」

「おかげさまで、ヘレナは元気いっぱいですよ。息子はクリスマスが待ちきれなくて、大はしゃぎしています」

「楽しい盛りよね」彼女は言い、それから家の奥を振り返った。「ジョー！」

ジョー・バッターズの妻が友人や敵が呼んでいるのと同じニックネームで夫を呼んだのを耳にし、思わずニッキーは笑みを浮かべた。

キッチンから、何かを嚙みながらアッカルドが正面の廊下を歩いてきた。ヴォルペはスーツケースを開けていき、毛皮のストールが入りそうな隙間を探している。「ニッキー・

ピンズ」アッカルドが声をかけた。

「あと四十五分です」ヴォルペが念を押した。

「ああ、わかっている」アッカルドは上機嫌だった。

「ボウリングをはじめるの、ジョー？」クラリセが訊いた。

「考えているところだ。パーム・スプリングスへミンクの毛皮なんかもっていく気か？」

「キツネよ。夜は肩が冷えるから」

「肩が冷える、か。確かに、それは困る。そうだろう、ニッキー？」

「ええ、そんなことになったらたいへんです」

「妻に冷たくされる（コールド・ショルダー）のはごめんだからな」

「最後にもう一度だけ見てくるわ」クラリセは手すりをつかみ、また階段を上がっていった。「メリークリスマス、ニッキー」

「楽しい旅行を」ニッキーは言った。

　クラリセが階段を上がって見えなくなるのを待ってから、アッカルドはニッキーに向かって首を振ってみせた。「スーツケースが十五個だぞ」彼は言った。「帰ってくるときには二十個になっているだろう。そのボウリング・バッグのなかか？　それはおまえのバッグか？」

ニッキーは首を振った。「この状態で渡されました」

アッカルドは舌を使って歯に挟まった何かを取ろうとしながら、ニッキーが手にしたバッグに目を向けた。「わかった。安全なところで確かめよう」アッカルドは荷物のあいだを縫って玄関ホールの横の壁のところへ行った。脇へよけたニッキーは、鏡張りのパネルで歯でもチェックするのだろうかと思った。だが鏡の前に立ったアッカルドは、パネルの縁を引っ張った。パネル全体が手前に開いた——その内側には、ボタン式ロックの付いた扉があった。

アッカルドは暗証番号を打ちこんでその扉を開けた。その先には下へ向から階段がつづいていた。

「ニッキー、こっちだ。マイケル、おまえも来てくれ」

アッカルドが階段をおりていった。ニッキーは二つの秘密の扉を抜けて木の階段へ足を踏み出した。その階段はすぐに左へ曲がっていた。下がるほどにひんやりし、空気が変わったように感じる。階段の下には、両側にドアが並ぶ長い廊下があった。その地下室の大きさに、ニッキーは衝撃を受けるとともに少しばかり困惑した。そこは広々としていて、家そのものと同じくらいの広さがありそうだった。カーペットが敷かれ、空調管理もされた、至れり尽くせりの地下の隠れ家だ。

ニッキーは廊下の途中にある右側の暗いオフィスにちらっと目をやり、アッカルドにつづいて左側の会議室のドアを入った。そこには会議用テーブルと、十脚以上の革張りの椅子が並んでいた。

ニッキーは、この部屋を見せられたことが信じられなかった。この部屋で、何度話し合いが行なわれたのだろう？　何人の運命が決められたのだろう？

「では、見てみるとするか」アッカルドが言った。

アッカルドはバッグのジッパーを開けて逆さまにした。ラッカー塗装の施されたマホガニーのテーブルに、バッグの中身がぶちまけられた。ダイアモンド、ルビー、エメラルド、そのほかにもニッキーが名前を知らない宝石が山積みになった。小さなビニール袋に入ったものもあるが、ほとんどはむき出しだ。それに加えて指輪やイアリング、ネックレス――そういったものが、ハロウィーンでもらった大量のお菓子のようにテーブルに積み上げられた。

山積みにされると、宝石はそれほど価値があるようには見えなかった。どうして宝石を明るい光で照らしてヴェルヴェットの上で展示する必要があるのか、ニッキーは納得した。

ニッキーは口を開いた。「これで全部だと言っていました。直接、故買屋から取り返したと」

「その話を信じるのか？」

「こんなことになったっていうのに、いまさらくすねようなんて考えるのは、よっぽどの大ばか野郎だと思います」

アッカルドは太い指先で絡まったチェーンを脇へよけ、数十万ドル相当の宝石を選り分けていった。小さなタグの付いた指輪やブレスレット、大きめの宝石といった特注品が入ったいくつかのヴェルヴェットのポーチも開けた。幅半インチほどのゴールドとダイアモンドの女性用ブレスレットを見つけたとたん、その手が止まった。それを天井の明かりにかざし、ブレスレットの内側を調べた。

「これだ」アッカルドは手の先に掲げて見とれていた。「どう思う？」

ニッキーは首を縦に振った。「素敵なブレスレットです」

「見てみろ」アッカルドはニッキーにブレスレットを渡した。「刻まれた文字を」

ニッキーは内側に彫られた繊細な筆記体の文字に目をやった。〝クラリセへ、愛している、一九七七、クリスマス〟

ニッキーは顔をほころばせた。アッカルドがこの強盗事件に気をもんでいた理由が、ようやくわかった。どうしてニッキーに直接やらせたのかということが。ニッキーは嬉しくなった。アッカルドの使い走り――ただの取立役のひとりになるかもしれないと不安だったのだ。これは特別な案件だ。アッカルドは、信頼できる者に頼みたかったのだ。

「惚れ惚れします」ニッキーはブレスレットを返した。

「マイケル、きれいな箱に入れてくれないか？　私のキャリーオン・バッグにしまっておいてくれ。クラリセに見つからないように」

「かしこまりました」ヴォルペは、傷つきやすい雛鳥でもあるかのようにブレスレットをそっと両手で受け取り、部屋を出ていった。

ニッキーは、壁に飾られた写真に気を取られていた。どこかのレセプションでフランク・シナトラと並んで笑みを浮かべるアッカルドとクラリセの写真。デイリー・シカゴ市長やコーディ枢機卿と坐っているアッカルドの写真。

「それで、どう思う？」アッカルドは取り戻した宝石を見て顔をしかめた。「サリータと仲間たちについて」

「まちがいなく、サリータはカッとなりやすい男です」

アッカルドは頷いた。「すぐにカッとなるのは、悪いことではない。私もカッとなりやすかった。私だって若いころは向こう見ずだった。だが、礼儀はわきまえていた、ニッキー」

ニッキーは頷いた。「そうですね」

「いつから短気が美徳と見なされるようになったのだ？」

「いちばん驚かされたのはラボッタです。あれだけ年を重ねてきたのだから、わかっていそうなものですが」

「ヴィンは、いわゆる慎重な男ではない。ヴィンも、あいつの二人の兄も」

「サリータは」さきほど〈クライドの店〉で会ったときのサリータの目つきが、いまだにニッキーは気になっていた。まるで耳鳴りのように残っている。「腕は確かですが、身のほどを知らないようです」

アッカルドは眼鏡越しにニッキーへ目をやってから、またテーブルの宝石を選り分けはじめた。「あの男は始末したほうがいい。そう言っているのか？」

「おれがですか？」ニッキーは驚いた。「いいえ。おれにわかるわけないじゃないですか。ちょっと思っただけです」

「あの男にはマナーというものを教えてやらなければ、誰かがな。たっぷり思い知らせてやるのだ」

ニッキーは両手を挙げた。「そういうのは、おれの役目じゃありません」

「あの男が嫌いなようだな」

「嫌われているのはおれのほうです」ニッキーは宝石を指した。「今回の件で身に染みたはずです。そのうちわかるでしょう」

「そうだといいが」

アッカルドはサファイアとダイアモンドをあしらったゴールドの細いブレスレットを抜き出し、ゆでたスパゲッティのように親指と人差し指でつまんでテーブルからもち上げた。

「これはなかなかのものだ。このブルーとダイアモンドとゴールド。実にいい」

「確かに」

アッカルドはそのブレスレットをニッキーに差し出した。「メリークリスマス、ニッキー・ピンズ」

ニッキーは、試されているのではないかというような目を向けた。「どういうことですか？」

「受け取れ」

「おれに？」ニッキーは笑い声をあげたが、すぐに真剣な顔になった。「いいえ、結構です」

ニッキーはどうすればいいのかわからなかった。「どうしておれなんかに？」

「おまえにではない――おまえの奥さんへと思ったのだ」

ニッキーは手を伸ばした。アッカルドは、宝石の付いた上等のブレスレットをニッキーの手にのせた。

ボスのなかのボスからの、本物のギフトだ。ニッキーは呆然となった。何か言わなければならない。「なんと言ったらいいのか」

「〝メリークリスマス〟と言えばいいんだ。どのみち、レヴィンソンはおまえに借りができた。宝石を取り戻してやったんだからな、そうだろう?」

ニッキーは感謝の気持ちで胸がいっぱいになり、なんとか感情を抑えていた。頷くのが精いっぱいだった。

アッカルドが言った。「それをプレゼントしてクリスマスに奥さんとヤレないとすれば、何をしても無駄だということだ。片付けるのを手伝ってくれ、飛行機に遅れてしまう」

ニッキーは小銭が入っているズボンのポケットにブレスレットをしまった。AMFのバッグをつかみ、その口を開いてテーブルの縁にあてがった——アッカルドはそのなかにひと財産になりそうな宝石を掻き入れた。

クリスマスの日の朝、足つきパジャマを着た十歳のニコラス・ジュニアは汗ばんでいた。こんなに嬉しそうな息子を、ニッキーは見たことがなかった。ニッキーの息子はたいてい何を考えているのかわかりにくいのだが、その日の朝だけはちがった。たくさんのおもちゃ。散らかったたくさんの包装紙や段ボール箱。ぎっしり詰まったクリスマス・ストッキングは床で横倒しになり、ハーシーズ・ミニチュアーズ・チョコレートやスマーティーズ・キャンディがあふれ出している。

ニコラス・ジュニアは最後に残ったいくつかのプレゼントを開けはじめた。ハーモニカには興味を示したものの、大喜びはしなかった。新しいくしと歯ブラシはもっと身だしなみに気をつけようというサンタクロースからの気配りだったが、うしろへ放り投げられてしまった。開いた包みから新しい下着とアンダーシャツが出てきたときの失望感と嫌悪に近い顔つきは、まぎれもない本心だった。

包装紙の形から簡単にわかるナショナル・フットボール・リーグの公式ボールは、気に入ってくれた。

「見せて」母親のヘレナが言い、インスタント・カメラを構えた。「笑って」横のボタンを押すと四角い写真が出てきた。それをそっとマントルピースに置き、画像が浮かび上がるのを待った。ニコラスは別のプレゼントを開けようと手を伸ばした。

ヘレナはカメラを置き、緑色の硬めのクッションに腰をおろした。黒髪は寝癖がついてぼさぼさだが、それを除けば、花の刺繍が施された白いテリークロスのローブをまとった彼女はこざっぱりしていてきれいだった。見とれているニッキーに気づいたかもしれないが、彼の方に目をやろうとはしなかった。その代わりにセラミックのコーヒーマグを手に取り、それに意識を向けていた。

「スライムだ！」

ニコラスは誇らしげにごみ箱型の容器を掲げてみせた。

「ゲームに使うやつだろう？」ニッキーは言った。「言っただろ、サンタクロースはなんでもお見通しだって」

ニコラスは、いままで疑問に思っていたことをすっかり疑ってかかるようになったとはいえ、どちらに転んでもいいように振る舞う、そんな年ごろだった。トナカイを連れたサンタクロースなどいないと言ってクリスマスの朝の盛大なプレゼントをもらい損ねてもかまわない、そんなふうに思っている子どもなどいないのだ。

「ほかにないか、よく確かめてごらん」ニッキーは言った。息子はしわくちゃの紙の下をあさり、大量のプレゼントをひとまとめにした。いまだ、ニッキーは思った。脇にあるバッグから、金色の紙に包まれた小さな箱を取り出した。金色で縁取られたパイングリーン色のリボンで結わえられている。それをヘレナに差し出した。

ヘレナはプレゼントを受け取った。中身は見当もつかなかった。ニッキーがニコラスの気を引くと、息子は膝立ちのまま絨毯を近づいてきた。母親がリボンをほどき、慎重にテープの下に指を入れて包装紙を広げるのを見つめている。ヘレナは箱の蓋を開けた。ニッキーには、彼女が目を見開くのがわかった。四角いティッシュペーパーからブレスレットをつまみ上げ、その高級感と美しさに衝撃を受けていた。

「ワォ」ニコラスが洩らした。

「まさに〝ワォ〟だ」ニッキーは言った。

ニコラスは自分のプレゼントのところへ戻っていった。ヘレナはどう言えばいいか考えているようだった。ニッキーに視線を向けた彼女の目に浮かんでいたのは、喜びというよりも疑念だった。

「ちがうよ」ニッキーは言った。「ちゃんとカネを払って買ったものだ」

「そのお金はどうしたの？」混乱し、疑っているような声だった。

「知り合いの宝石商と取引をしたんだ。そんなことはどうだっていいじゃないか――で、どう思う？」

ヘレナはこの贈り物に戸惑っていた。「ニッキー、とっても……どこに着けていけっていうの？」

「手首だろう？　冗談だよ――着けたいときに着ければいい。特別な機会とか。正確にはテニス・ブレスレットだから、なんならバレーボールをするときに着けたってかまわない」

いまはどんなに冗談を言っても、ヘレナには通じなかった。「本物なの？」

「そのはずだ。せめて着けてみてくれないか」

ヘレナはローブの袖をまくり上げ、手首にブレスレットを当てた。「とってもきれい、でも……」

「でもはなしだ。手伝おうか？」

ニッキーは手を伸ばし、小さな留め具をはめようとした。最初はうまくいかなかったが、二度目ではめられた。ヘレナは腕をおろし、肌に触れるゴールドの感触を味わった。手を振って落ちないことを確かめる。

「こんなのもらえないわ」

「ならよかった」ニッキーはにっこりした。「きみにぴったりってことだ」

教会でニコラスは二人のあいだに坐っていた。新しいウールのセーターの襟の部分がかゆくてもぞもぞしている。ヘレナが息子の腕に手を伸ばしておとなしくさせた。彼女のむき出しの手首を見たニッキーは、あのブレスレットを着けていないことに気づいた。クリスマスのミサは、彼女にとって一年でいちばん特別な機会だ。ニッキーは気を悪くしたりはしなかった。ヘレナはあんな高価なものをもらって本気で戸惑っているのだ。彼に嫌な思いをさせようとしているわけではない。とはいえ、彼女がそれを着けてくれることを願っていた。もし着けてくれれば、それだけで意味があるような気がした。この真意が伝わり、プレゼントに応えてくれたということだと。やりなおし、過去のことを忘れ、前へ進む準備ができたということだと。

彼らは立ち上がって歌いはじめた。ニッキーは、二人のあいだで立っている息子のことを考えた。ほとんど父親を知らずに育ったニッキーは、自分がほかの子よりもずっと早く、少しばかりすさんで育ったことを自覚していた。この別居生活はあまりに長すぎ、それがい。

定着しつつあった。ヘレナとよりを戻し、うまくやっていく方法を見つけなければならない。

ディナーのまえにサリー・ブラッグスとクリースマンがやって来て、その夜に足りなかった活気を与えてくれた。クリースマンのガールフレンドのデブラが、コートを脱ぐより先に婚約指輪を見せつけ、女性たちは歓喜の悲鳴をあげて抱き合った。次にサリー・ブラッグスの妻のトリクシーがマタニティ・コートを脱ぐと、女性たちは大きなお腹の張りに驚いていた。ニッキーは、ヘレナが女友だちと夢中になっておしゃべりをするのを見て楽しんでいたが、ほろ苦い気分にもなった。ニッキーとヘレナは友人たちのはるか先を行き、結婚してニコラスを授かり、マイホームを買った。だがいまやほかの二人が迫り、まもなく追い抜こうとしている。ニッキーとヘレナは、せめて現状維持がいいところだ。

ディナーのあと、女性たちはキッチンでおしゃべりをしていた。男たちはリヴィング・ルームでミケロブ・ビールを飲みながら、ワイズのポテトチップスにガラスのボウルに入ったオニオン・ディップを付けて食べていた。「ようやくデブラの両親の家の居間で二人きりになれて」クリースマンは言った。「指輪を渡して、それから片膝をついたんだ」

「ふつうは順番が逆だぞ」ニッキーが言った。

「それから、デブラが母親とおばさん、またいとこたちを呼んだ。みんな大喜びして泣いていた。何をそんなに驚いているのかわからなかった。彼女はあからさまにほのめかしていたからな。もしおれが指輪を渡さなかったら、面白いことになっただろうな」

「頭のうしろに弾を食らうよりはましさ」サリー・ブラッグスが言った。「少しだけな」

「デブラはいい子だ」クリースマンは言った。「信頼できる。だって――一日じゅうサロンでおかまたちと働いているんだから。浮気なんかしない」

ニッキーはニコラスに目をやった。深々と椅子に腰かけ、《六百万ドルの男》のアクション・フィギュアを手元に置いてテレビで《六百万ドルの男》を見ている。三人のことなどまるで気にしていないようだが、子どもというのはいつ聞いているかわからないものだ。テレビがコマーシャルになり、またニコラスはマテル社のフットボールの電子ゲーム機を手に取って遊びはじめた。「なあ、ニコラス、ちょっと来てくれ」ニッキーは声をかけた。

ニコラスはゲームを手にしたまま、言われたとおりに立ち上がってやって来た。

「いいか、おまえに特別任務を言い渡す。ここにミケロブのビールがあるだろう？　冷蔵庫にこの茶色いボトルがあと三本入っている。でもあそこでママたちが噂話をしたりしていて、パパたち三人は怖くて取りに行けないんだ」

ニコラスはにっこりして目をまわしてみせた。

サリー・ブラッグスが言った。「本当のことを言うとな、ニコラス、ママたちはおれたちにそばに来てほしくないんだ」

「それもある」ニッキーは調子を合わせた。「おまえはほっぺをつねられたり、髪をくしゃくしゃにされたりするかもしれない。でも、これはおまえにしか頼めない。こっそり敵の戦線をまわりこんで、三本の冷えたビールを取ってきてくれないか？」

ニッキーは息子から笑顔を引き出した。ふだんはなかなか難しいことだ。ニコラスは新品のゲーム機を預け、キッチンへ向かった。

サリー・ブラッグスは、ニコラスの背を見ながらビールを飲み干した。「あの年のころのおまえにそっくりだ。あの子を見ていると、むかしのホーム・ビデオを見ているような感じがする」

「そうか？」ニッキーは言った。家のどこかにあるむかしの写真を引っ張り出してみなければ。彼の父親の写真も。もしかしたら、三世代にわたって似ているかもしれない。ニコラスにスイッチを入れたまま渡された電子ゲーム機を見つめた。この魔法のような機械は、いくつかの点滅するダイオードと電子計算回路、それに九ボルトのバッテリーがプラスティックのケースの内側に入っているだけにすぎない。それを見て、ニッキーはあることを思い出した。

「なあ、聞いてくれ。まだ詳しいことは言いたくないんだが、いまあることを計画している。おれたちにとってうまい話だ。来年には実行に移せるかもしれない。年が明けたら、〈テン・ピン・レーンズ〉に集まってくれ」

「ちょっと待てよ」サリー・ブラッグスが言った。「そこまで話しておいて、ヒントも何もないのか？」

ニッキーは手にしたフットボールの電子ゲーム機を振ってみせた。「信じてくれ」

サリー・ブラッグスとクリースマンは視線を交わして肩をすくめた。サリー・ブラッグスが言った。「信じるしかないようだな」

クリースマンが言った。「結婚式とハネムーンが控えているんだ。どんな計画か知らないが、おれには必要だ。その話に乗った」

クリースマンは埠頭で港湾労働者として働いている。彼のような怠け者にとってはいい組合系の仕事だ。サリー・ブラッグスはシカゴ交通局で高架鉄道の整備士をしている。二人がその安定した仕事に就けるようニッキーが手を貸したのだが、週四十時間の仕事では理想の生活はほど遠かった。

「年明けに話をしよう」ニッキーは言った。「あまり期待しすぎないでくれよ」

とはいえ、ニッキーには自信があった。その希望があるからこそ前へ進め、頑張っていけるのだ。このホリデー週間をとりわけ楽しんでいるのは、そのためだった。新しい年とともに、新しいチャンスがやって来る——一九七八年はニッキーの年になる。ありとあらゆることが、それを指し示していた。障害になることがひとつだけあった——なんとかしなければならないのだが、どうすればいいかわからなかった。

ニコラスが、三本の冷えたビールを抱えて戻ってきた。ニッキーは落とさないでコーヒー・テーブルに置けるよう手伝った。「これを見てくれ」冗談めかした口調で、心から誇らしく思っていることを隠そうとした。「ご苦労だった。よくやってくれた。これはご褒美だ」

ニコラスはゲーム機を受け取り、テレビの前の深い椅子に戻った。

ニッキーと仲間たちは、ビールのキャップを開けて乾杯をした。「将来に」

みんなが帰り、裏庭の金属製のごみ箱にごみを捨てて裏口の鍵を閉めたあと、ニッキーは足音を忍ばせて二階のニコラスのベッドルームへ行った。ニコラスは眠っていた。新品の野球ミットを型付けするために、新しいボールを挟んでマットレスの下に押しこんでいる。ナイト・テーブルには、その日の朝いちばんにクリスマス・ストッキングから取り出したプレゼントがあった。水の入ったグラスの横に、シリーパティーをしまっておく赤いプラスティックの卵形のケースが置かれている。

〝この子ときたら〟ニッキーは思った。毎日会えないのは寂しいが、この冬休みには大きな計画があるだけでなく、模型を作って塗装もすることになっていた。スーパーマンの愛犬で宇宙も飛べる、マントを着けたラブラドールレトリバーのクリプトの模型だ。何はともあれ、それは二人でいっしょにできることだった。

ニッキーがナイト・ライトをつけて出ていこうとすると、ニコラスが口を開いた。「どうしていっしょに住まないの？」

ニッキーは動けなくなった。半ば驚き、半ば不意を突かれたのだ。「寝てるのかと思った」

「まだ寝てなかった」

ニコラスはこれを訊くために、頑張って眠気と戦っていたのだ。つまり楽しい一日を過ごし、まだ寝たくないということだろう。ニッキーは毛布で息子をしっかりくるみ、眠そうな目を見つめた。

「どうしてかな」ニッキーは言った。「ちょっとした嫌なことばから口喧嘩になって、気がついたらもとに戻れなくなっていたんだ。それに、パパとママが喧嘩しているときのおまえの顔を見たことがある。おまえをつらい目に遭わせているのがわかったんだ。そういうときのことは、パパもよく覚えている。おまえはそんなの嫌だろうし、パパも嫌だ」

ニコラスは素っ気なく、眠そうに唾を飲みこんだ。「何を喧嘩してたの？」

ニッキーはぼさぼさで柔らかい息子の髪を優しくなでた。「どっちのほうがおまえを愛しているかってことさ。いつも最後は引き分けなんだ」

ニコラスの口が一、二度開いたが、うとうとしていた。息子が眠るのを見届けたあともしばらくそこに立ち、それから階段をおりていった。

家のなかには、まだローストビーフの匂いが漂っていた。椅子はもとに戻され、テーブルも片付けられている。部屋の隅ではクリスマスツリーが点灯し、その下にはおもちゃが置きっぱなしだ。いっしょにくつろいでその日の余韻に浸るには、理想的な時間のはずだった。

ニッキーがキッチンへ行くと、まだヘレナは食器を洗っていた。長いことそうしているように思えた。二人きりで話をせずにすむなら、なんでもいいのだ。

ヘレナは彼に背を向けていた。テーブルにはアルミ箔で包まれた残り物をまとめた皿が用意してあり、いつでももっていけるようになっている。メッセージは明らかだ。

それでもニッキーは帰ろうとせず、自分がいることに気づいているヘレナが振り返ってくれるのではないかと願っていた。何か優しいことばでもかけてくれるのではないかと。

「そろそろ帰るよ」ニッキーは口を開いた。

ヘレナは頷き、少しだけ顔を向けた。「お皿を用意しておいたから――」

「ああ、気づいたよ。ありがとう」

ニッキーはもうしばらく動かず、時間をかけてボウルをゆすぐ彼女を見つめていた。それから背を向けたままのヘレナに向かって頷いた。

「それじゃあ」ニッキーは皿を手にして出ていった。


正面の看板には真ん中に青い文字で〝テン・ピン・レーンズ〟と書かれ、その上には〝三十六レーン〟と記されたボウリング・ピン、下には〝カクテル〟と書かれたカヤックの形をした小さな表示がある。その下には映画館のひさしにあるような四角い看板があり、付け替え可能な文字で〝オープン・プレイ、平日午後五時までと土日終日〟〝ピンボール・マシン〟と表示されている。ニッキーが入り口にいちばん近いところに車を駐めたとき、その正面看板の明かりは消えていた。

店内に入り、八個ある照明のスイッチのうちのひとつをつけた。バー・カウンターだけが照らされ、ボウリング・レーンは暗いままだ。ダッフルバッグと残り物の皿をオフィスへもっていき、ドアの鍵を開け、デスクを通り過ぎて奥の部屋へ行った。簡易ベッドの脇の床にバッグをおろし、シャワールームを設置したせいで狭苦しい隣のバスルームに入って用を足した。

カウンターへ行き、棚の上に吊されたきらびやかな白いクリスマス・ライトをつけて苛ついた気持ちを和らげようとしたが、効果はなかった。そこに皿を置き、真っ暗ななか三十六番レーンに沿って建物の奥へ向かった。マスターキーを使って非常口のドアの鍵を開ける。それからカウンターに戻り、皿のアルミ箔をめくった。

ローストビーフとポテトはまだ温かかった。カウンター下の冷蔵庫からミラー・ハイライフを取り出し、プラスティックのフォークを見つけて食べはじめた。自分の咀嚼音が気になったニッキーはカウンターの端にあるハイファイ・チューナーのところへ行き、寂しさを紛らわせるためにラジオをつけた。

パーム・スプリングスのことを思い浮かべた。もちろん行ったことはないが、世界的に有名なビング・クロスビーやフランク・シナトラを連想した。いまはそこでトニー・アッカルドだけでなく、シカゴやニューアーク、ニューヨークなどの大物たちが冬を過ごしているのだ。アッカルドはゴルフ・コース沿いに家をもっていると聞いたことがある。十二月にゴルフ。食事をしながら、砂漠の縁に造られたリゾートでの生活を想像しようとした。

正面と裏に大きなガラス・ドアのある家。さわやかな緑の裏庭で腰をおろし、陽射しに顔を向けるアッカルド。充実した暮らしを満喫している。間の抜けたゴルフパンツ姿でゴルフ・コースをまわり、腕を曲げたぶざまなフォームでボールをあらぬ方向へ打っている。クラブ・ハウスのテラスで、つねに寛容なクラリセとランチを楽しんでいる。

クリスマスの朝、白い人工のクリスマスツリーの前で家族がプレゼントを開けるのを眺めるアッカルド。娘のマリーとリンダ、養子の息子のアンソニーとジョー、義理の息子や娘、そして孫たち——みんなせいぞろいしている。最後に渡されるのは、アッカルドからクラリセへのプレゼントだ。きれいに包まれた箱に入ったブレスレット。そこに刻まれた文字が声高らかに読み上げられ、クラリセは目に涙を浮かべる。部屋にいる全員にブレスレットがまわされ、その見事なできばえにため息が洩れる。アッカルドとクラリセは口をすぼめてキスを交わす。朝食やエッグノッグを囲んで家族が和気あいあいと楽しむなか、アッカルドは捨てられた包装紙を暖炉に放りこみ、その火を見つめて満足げな表情を浮かべる。

そういったイメージがありありと浮かび、ニッキーはその理由を考えた。もちろんうらやましいとはいえ、腹を立てているわけではない。いつか自分もアッカルドのように、陽射しの降り注ぐそんな場所で親族一同を集めて楽しむことができるだろうか？　それとも、自分には手が届かないのがわかっているのだろうか？ 駐車場に車が入ってきてわれに返った。

正面のガラス・ドアからヘッドライトが射しこみ、駐車場に車が入ってきてわれに返った。車は正面には停まらず、脇から裏へまわった。

フォークを置くと、あのむかつくような感じが胸にこみ上げてきた。決して消えることはなく、料理とは関係のない、この二年半のあいだずっと潰瘍のように彼を蝕んできたあの感じ。そしてそのむかつくような感じとともに怒りが湧いてきた。

一度も使われたことのない重い非常ドアが外から押し開けられ、床に擦れる音がした。ぼんやりした人影がドアを閉め、暗がりからレーンを歩いてくる。ニッキーはビールを口にしたが、味を感じられなかった。その人物が一段高いカーペット敷きのロビーにやって来てレンタル・カウンターをまわりこみ、ニッキーの視界に入った。

ジェラルド・ロイは、トラのようなオレンジ色をした楕円形の肘当てが付いたアンズ色のスポーツ・ジャケットの下に、ハチのような黄色いフレアカラーのシャツを着ていた。ネクタイは締めておらず、子ジカのような色をしたポリエステルのズボンをはいている。琥珀(こはく)色の髪はじめて出会ったときよりも短く、うしろになでつけられていていまふうだ。彼があの夜、雨のなかを〈マールの店〉に入ってきたときとまったく変わらぬ姿で現われるのでないか、なぜかニッキーはいつもそう思っていた。

「変な感じだな、看板が消えていると」ロイは言った。「年に何日、店を閉めるんだ？」

ニッキーはカウンターを一回叩いた。「今日だけだ」

「イースターの日もやっているのか？」

「ユダヤ人はボウリングをするからな」

ロイは笑みを浮かべてカウンターのところへ上がり、ニッキーのひとつ手前の椅子のそばで立ち止まった。「ユダヤ人の捜査官がいるかどうかは知らないが」ロイは言った。「結婚している捜査官はクリスマスに休みをもらえるというのは知っている。おれは仕事をしていたがな」上着を脱いでカウンターの椅子の背にかけると、何かが床に落ちた。ロイは身を屈めてそれを拾い上げ、カウンターに放った。認定証とバッジ、写真付き身分証が入ったＦＢＩ手帳だ。「それ、いいか……？」からだを伸ばし、カウンターの奥にあるボトルに向かってあごをしゃくった。

ニッキーは黙ったままだった。ロイはニッキーをまわりこんでカウンターの奥へ行き、きれいなグラス・タンブラーを選んでカナディアンクラブ・ウイスキーを注いだ。

「家で夕食を食べなかったのか？」ニッキーの皿を見て訊いた。

ニッキーは、自分の店のカウンターの奥に立って店のウイスキーを飲んでいるＦＢＩ捜査官に目を向けた。「さっさと用件を言え」

「わかった。いま話す」ロイはグラスに口をつけ、顔をしかめて息を吐いた。「レヴィンソン宝石店の強盗事件についてだ。何か知っているか?」

ニッキーは腕を広げて肩をすくめた。「読んでいる新聞は同じだ」

「でかい事件だっていうのに、なんの情報もない。ストリートでの報復もない、そこが気になっている。何もないんだ。レヴィンソンはアウトフィットの友人じゃなかったか?それとも、あの男のジョークに嫌気が差したのか?」

「さあな。宝石強盗というのは、少しばかりおれの手には余る」

ロイはにやりとした。「そうだな。一般人に対してそういうふりをしているのは知っている」ロイはラウンジとボウリング場の経営者。「ニッキー・ピンズ、控えめなボウリング場の経営者。別にここがシカゴにおける組織犯罪の交差点だと言っているわけじゃないが、いざというときには何かと役に立つ。クリスマスを除けば毎日のように、アウトフィットの連中はここに顔を出している。賄賂や噂話。おまえのたわごとは癪に障る。それに」ロイはカウンターの電話を指差した。「ボウリングの音がうるさすぎて、盗聴もできない」

どうやら、いまロイが手にしている酒は今夜の一杯目ではなさそうだ。「ここで聞けるのは、人が集まるところでよく耳にするような、代わり映えのないばかげたたわごとばかりさ。おれを買いかぶりすぎだ」

「そうか」ロイは信じてはいなかったが、嘘つき呼ばわりするのもうんざりしていた。

「それで、レヴィンソンの件だが。百万ドル以上に相当する強盗だっていうのに、ここに来るやつらは誰もおまえにその話をしていないというのか。誰も関心がないと」

「さっきも言ったように、みんな天気の話をしたり、人生を愚痴ったりするだけだ。だがドアから入ってきて、でかい犯罪をやったなんて宣言するようなやつは、ひとりだっていやしない。ここにやって来て、大金を手に入れたって自慢するやつがいるとでも思っているのか？　そんなことをすれば、長生きできないぞ」

　ロイは、そこは納得して頷いた。「つまり、何も聞いていないんだな」

「ちょっと待ってろ、靴に隠してある宝石をもってきてやるから」

「おまえのユーモアのセンスも買いかぶられているな」

「それなら、誰がジミー・ホッファ（米国の労働組合指導者。一九七五年に失踪したが、マフィアに暗殺されたとされている）を殺したか訊いてみてくれ」

　ロイは無視した。「レヴィンソンの店をやったのが誰にしろ、まずは話を通さなきゃならない、そうだろう？　それから、それを扱える故買屋を見つける。どうも腑に落ちない」

「よその街のやつらの仕業だとしたら納得もいく。バッファローを拠点にした腕利きのチームがいるって、聞いたことがある。そいつらかもしれない」

ロイはニッキーを見つめた。「バッファローか」

「そう、バッファローだ。バッファローだとなんだっていうんだ?」

ロイはカウンターに並ぶボトルやグラスを見まわした。それからまたウイスキーをすすった。気が緩んできている。「クリスマスのクソッたれ。サンタに何をもらった? いいのはあったか?」

「電気シェーバー。でも、おれはストレート・カミソリ派なんだ」

ロイは首を振った。「乗り換えてみろ」そう言って自分の頬とあごを叩いた。「だまされたと思って、何週間か試してみろよ。時間もわずらわしさも半分になるぞ」ロイはボウリング・ボールの形をした磁器のパンチボウルを見つけて掲げた。ストローを差す穴が開いている。「こいつはなかなかのもんだ」

「気をつけて置いてくれよ」

ロイはそのボウルをカウンターの下の棚に戻した。それからニッキーの方へやって来た。

「おれが何を頼んだか知りたいか?」

「サンタクロースに?」

「殺人事件の有罪判決だ。たった一件でいい。それだけだ」無造作にカナディアンクラブ・ウイスキーのキャップをひねり、さらに半分ほど注いだ。「おれは欲張りじゃない。別にジアンカーナじゃなくたっていいんだ。でもジアンカーナのようなやつをぶちこめれば、出世するだろうがな」またグラスに口をつけた。「そういえば、ジアンカーナはおれたちがはじめて会った夜に殺されたんだったよな」

ニッキーはポーカーフェイスが得意だったとはいえ、あの夜のことを思い出したくはなかった。ジアンカーナを殺したことも、二人がはじめて会ったことも。

「さっきも言ったように」ロイはつづけた。「おれは欲張りじゃない。アウトフィットの幹部をぶちこめるなら、誰だっていい。知ってるか？　サム・ジアンカーナが殺されてから三十カ月のあいだに、三十一件も裏社会（ギャングランド）の虐殺があったんだ。平均すると、シカゴの街でひと月にひとり以上ってことだ。それなのに、有罪になったやつはひとりもいない」

「〝ギャングランドの虐殺〟っていう言い方はいいな」ニッキーはその独特の言いまわしをからかった。「遊園地か何かみたいだ。〝ギャングランド〟か。おれたちが暮らすところがそうなのか？」

「それがおれたちの暮らすところだ」

「ある男が別の男に歯向かわれる――あるいは歯向かわれたように感じる。バンバン、誰かが殺される。それがおまえの言う〝ギャングランドの虐殺〟ってやつだ——道理も理由もあったもんじゃない。三十一人殺された？　だからってなんの意味もない。ただ三十一人が殺されたってだけの話だ」

「まさにそこだ。なんだってみんな肩をすくめる？　内輪もめだからさ。アウトフィット内のいざこざ、ギャング同士の撃ち合い、そうやって仲間を殺しているだけだ。ジミーなんとか……〝ジミー・チークボーンズ（頬骨）〟でもなんでもいい、とにかくそんなふざけたニックネームを付ける。すると、新聞でスポーツやエンタテインメントみたいに取り上げられる」

「半分は当たっている。でもみんなすぐにページをめくって、ふだんの生活をつづける」

ロイは首を振った。「おれはちがう。組織の粛清だと言って、肩をすくめて見すごすのか？　それだけじゃないはずだ。世代抗争が起こっているんだと思う。おまえも気づいているんじゃないのか、ただ言いたくないだけで。それとも自分には関係ないとでも思っているのかもしれないな。だっておまえ、いくつだ、三十五か？　ちょうど真ん中あたりだからな。こっち側では若いが、あっち側では年寄りだ。あれこれ決める年寄りたちは、身を退(ひ)こうとしない。トニー・アッカルドもそうだ、それはまちがいない。あいつはそういう男じゃない。まえに言ってたよな、退くとすれば——」

「死ぬときだけだ、ああ、確かに言った。でもあれはただのコメントで、とくに――」

「トニー・アッカルドは充実した長期政権を築いてきた。充実しすぎているうえに、長すぎるくらいだ」ロイはにんまりし、馴れ馴れしくニッキーに近寄ってきた。「おれはそう思う」

これまでニッキーは、ロイにしつこく訊かれてもアッカルドのことはうまくはぐらかしてきた。ロイに与えるのは、エサというよりも撒き餌だった。できるだけ少なく、なんとかその場をしのげる程度に。うんざりするだけでなく、無性に腹が立つダンスだ。ニッキーは、別々の方向に引っ張られてからだが裂けると同時に、両脇から押しつぶされる、そんな悪夢を見ることがあった。

ロイからは逃れられない。ロイにもそれがわかっている。ロイに合わせるふりをしなければならないと思うと、ニッキーは気が滅入った。

ニッキーの顔つきが変わったにちがいない。否定的な考えに顔が曇ったのだろう。ロイが突っかかるような態度をやめ、慎重になったのだ。「とにかく」ロイはつづけた。「これで、おれの知りたいことはわかっただろ」そう言って酒を飲み干した。

「レヴィンソンの件について、いろいろ訊いてみる」ニッキーは言った。「それでいいか?」

「期待はずれだが、まあ、いつものことだからな」

「おれは、おまえの欲しがっているものをもってない」

ロイはにやりとした。「おれは、おまえが欲しがっているものをもっている」

ニッキーの顔が熱くなった。「クソッたれ」

「ああ」ロイは言い、それからため息をついた。「そうだな」グラスを置き、カウンターの奥から出てきた。「よく聞けよ。もうすぐ年が明ける。おまえにはこれまで以上に期待しているからな、肝に銘じておけ。役に立ってもらう。さもないと」ジャケットに手を伸ばし、ポケットを探って名刺を取り出した。「この番号は、新しい安全な回線だ。これを使え」

おぼつかない手でニッキーに名刺を差し出した。ニッキーは一瞬、間を空けてから名刺を受け取り、カウンターに置いた。

ロイが言った。「おれのためにあれこれしてくれれば、妙なまねはしない。わかったか?」

ニッキーは答えなかった。

ロイは、ニッキーに目を向けずにジャケットを着た。「こんな面倒なまねをせずにすむものを。おたがいのためになり得るっていうのに。おまえがおれを助け、おれがおまえを助ける。おまえにとってどんなにいいことか、考えてみろ。これから歯医者に行かなきゃならないような態度をしてないで」下襟を引っ張り、オープン・シャツの襟をなおした。「役に立て、手を汚さずにな。簡単なことだ。わかったか？」

ニッキーは口を開かなかった。

「黙っているということは、イエスということだな。酒をごちそうさま」出ていこうとしたが、カウンターにFBI手帳を置きっぱなしだということを思い出して振り返った。「メリークリスマス、ニッキー・ピンズ」ロイは裏口の方へ歩きながら、無人のレーンに向かって言った。「それではみなさん、おやすみなさい！」

していた」

「知っている人もいると思うが、私はここに来るまえ、三年間ラスヴェガスで潜入捜査を

シカゴ市警察のフェリックス・バンカ刑事は、特別捜査班のミーティングに遅刻して入ってきた。ダークセン連邦ビルの九階にある会議室の場所がわからなかったのだ。八人の男が彼に目を向けた。四人はＦＢＩ捜査官で、あとの四人は別の連邦機関の職員だ。市警察官はバンカだけだった。彼がＦＢＩに呼ばれることなど、めったになかった。

これ以上邪魔をしないように、バンカは部屋のうしろへ行き、塗装されたセメントの壁に寄りかかった。彼をここへ呼んだのは、部屋の正面で注目を浴びている捜査官のジェラルド・ロイだ。ロイはその部屋のなかでいちばん若く、ひときわカジュアルな格好をしていた。とりあえず、クリーム色の上着とそれにマッチしたズボンがスーツの役割をしているのだろう、バンカは思った。バンカは一九七一年くらいから衣服を新調していなかった。

ロイは話をつづけた。

「末端の連中を逮捕したり、何人かを手駒にしたりした。もともと誰かの仲間でないかぎり、組織内で居場所を確保するのは難しい。だが街じゅうの安っぽいラウンジやオフストリップのカジノに通い詰めて何カ月かすると、ある男とつながりができた。私はその男を言いくるめ、今度はその男が別の男を言いくるめた。そして私を本物のもとへ連れていってくれた。大物でも幹部でもないが、本物だ。年配の男——そいつを丸めこんだ。〝ジャージー〟・ジョージ・ガリジ、この名前に聞き覚えがあるかもしれない。ニュージャージーの〝ジャージー〟ではなくて、シャツの〝ジャージー〟から来ている。私の知るかぎり、ジャージー・ジョージはミシシッピ川から東へ行ったことはない。その男自身、どうしてそんなニックネームが付けられたのかわからないと言っていた。とにかくその男を抱きこんで、手駒にした。私の意のままだった。その男は役目を果たして、私をいくつかの件に関わらせてくれたり、仲間の何人かを密告したりした。だがその男を利用し尽くしたあと、そいつを踏み台にして次のレベルへ向かおうとしたとき、問題が起きた。ある知らせが来たんだ——ここ、シカゴから。私のことではなく、何かほかのことで——なんだったのかはわからない。だがジャージー・ジョージは、町の五十マイル北にある砂漠で喉を切り裂かれるはめになった。誤解しないでほしいんだが、ジャージー・ジョージは愛想のいい男ではなかった。とても善人と呼べる男ではない。私や貸しがある何人かの男たちを除けば、あの男の死を気にかけるのは未成年の売春婦くらいだ。つまり、殺されて当然の男だ。私が驚いたのは、いかにトップダウンかということだ。指示が下されたとたん、あの男は真っ二つにされた。任務完了。それでシカゴに目をつけるようになった。どういう仕組みになっているのか。ラスヴェガスがどの程度アウトフィットに支配されているのか。そしてその状態が五〇年代からつづいているということ。具体的には、おもにひとりの男によって。パット？」

映写機のそばにいる捜査官がタバコをもった手でスイッチを入れ、ロイは部屋の明かりを消した。すでにブラインドはおろされている。

壁に丸みを帯びた四角い光が浮かび上がった。FBIの索引ナンバーを記した見出しが表示されたあと、ゴルフ・コースにいる高齢の四人連れをとらえた、ぼやけて見づらいホーム・ビデオが映し出された。ピントはマニュアルで調整されていた――一時的に映像が指で隠れてしまっている。隣のグリーンから、ゴルフ・カートのうしろに積んだゴルフ・バッグに隠してあるスーパー8カメラで映したものだろう――チェックのズボンにピクルスのような緑色をしたポリエステルのシャツという格好をしたゴルファーが、ほかならぬトニー・アッカルドだということに気づき、バンカはにやりとした。

葉巻をくわえたアッカルドはそそくさとラインを読み、その年齢の男性にありがちなぎこちないフォームでボールを打った。画面からボールが消え、カメラは明らかにがっかりしているアッカルドをとらえていた。

捜査官たちはそのミスショットを鼻で笑った。もしかしたら、継ぎはぎだらけのようにも見える彼のズボンのことも笑ったのかもしれない。バンカは眼鏡をはずし、ワッフルニットのネクタイでレンズを拭いた。

ロイが解説をした。「これは二日まえに撮影されたものだ。パーム・スプリングスでのクリスマス。悪くない。ここに映っている悪名高い〝ジョー・バッターズ〟も、これでは〝ジョーおじいちゃん〟といったところじゃないか？」

カートに戻ったアッカルドは、だしぬけに両手で握ったパターを振りまわし、ルーフを支える柱を何度も何度も殴りつけた。パターが折れるまで。

ロイが映像の前に立つと、画面が白くなった。タバコをもった捜査官は映写機のモーターを切ったが、ランプがついたままになっている。

「トニー・アッカルドは二、三週間のバケーションへ出かけ、陽射しの下で釣りをしたり、ゴルフをしたり、動かないものを叩きのめしたりしている。いまだに癇癪もちだ。知っているかもしれないが、いま現在、今週だけでパーム・スプリングスには組織犯罪に関わっている人物が五十人以上はいる。シカゴ、ニューヨーク、ニューアーク。ギャングにとってのスイスってところだ。マイアミで通信傍受法が改正されてあそこを逃げ出してから、やつらにとっての遊び場になっている。すぐに新しい環境に馴染むんだから、あの老いぼれたちもたいしたもんだ。とにかく、われわれがここで働いているあいだも、アッカルドは南カリフォルニアの陽射しを浴びている。これでわかっただろう？　われわれはアッカルドを笑っているんじゃない。アッカルドに笑われているんだ」

その若い捜査官は一瞬の怒り、そして情熱をほとばしらせた。ＦＢＩ捜査官にしてはめずらしい。バンカは感心していた。

ロイはこう締めくくった。「来たるべき一九七八年という年は、われわれの年になる。この部屋にいるわれわれが、トニー・アッカルドをはじめて独房に案内する年になるんだ」

明かりがついて講義が終わると、ほかの人たちは足早に部屋を出ていった。バンカは二人きりで話をしようと、ロイに歩み寄った。

「遅れてすまなかった」バンカは謝った。「あの映像を見逃さずにすんでよかったよ」

ロイは笑みを浮かべ、バンカと握手を交わした。「パーム・スプリングスだぞ、バンカ刑事。信じられるか？　映画スターか、王族気取りだ」

「気に入らないのはそこか？　特別扱いされていることが？　ここシカゴでは、とんでもない特別扱いをされているんだぞ」

「いや、ちがう——この薄汚れたこと何もかもがだ。とはいえ、あの映像のことか？　上に盛ったクリームとでも言っておこう。今日ここで、ほかのメンバーを熱くさせるにはちょうどいいかもしれないと思ったんだ。外は華氏八度くらいしかないんだからな」

バンカは頷き、この若い捜査官の品定めをした。これまで会ったＦＢＩ捜査官の多くはまじめで正義感が強く、法を遵守し、それを執行することを信仰していると言ってもいいくらいだった。だが、本当に野心のある者はほとんどいない。ジェラルド・ロイは、全身から野心があふれ出している。なかなか面白い男だ。

「なるほど」バンカは言った。「それで、どうして私がここに？」

「明白だと思ったが。この特別チームに地元の警察官は欠かせない。イタリア系ギャングの組織図は誰だって見ればわかる。だがあんたなら、プレイアーやあちこちの通りの本当の意味での歴史的背景を知っている」

「そういうことか」バンカは頷いた。「盛大なダンスに招待してもらって嬉しいよ。こういった特別チームに地方機関を参加させることには眉をひそめるんだと思っていた」

ロイは肩をすくめた。「たぶんひそめるだろうな。この件に関しては、かなりの発言権を与えられている。私のやり方で進めることができるんだ。しかも――ここシカゴでは、信頼できる相手を見つけるのは簡単ではない。判事から駐車違反を取り締まる婦人警官にいたるまで、誰も彼もがアウトフィットとつながっている。そこであんたを強く推されてね」

バンカはにやりとした。「おたがいに一匹オオカミ的なところがあるのかもしれない。私は上の方まで昇任したことはない。上へ行くとどういうことになるか目にしているしな。なかなか厄介なゲームだ。ちなみに、悪者じゃない連中――つまりいいやつらも、少しばかり道を踏みはずすことがある。それで充分だ。そこにトラバサミが仕掛けられている。逃れるために自分の脚を食いちぎるやつなんていやしない。だから、その代わりにうまく付き合う方法を探そうとするのさ」

「だが、あんたはちがう」

「夜はぐっすり眠りたいからな」

ロイは首を縦に振った。「私の言ったこと、どう思う？　私のターゲットについて」

「トニー・アッカルドか？　夢はでかいな」

「私はスーパーコップなんかじゃない。ゆっくりとまではいかないが、着実に進めて、立件への証拠を固める。トップを取り逃したとしたら？　それでも、ほかのやつらを引きずりおろせる可能性は高い。とはいえ、トップを取り逃すつもりはさらさらないがな」

「ひとつだけ言わせてほしいんだが、誤解しないでくれ。そんなことを言ったのはあんたがはじめてじゃない」

ロイはにやりとし、事実を突きつけられても動じなかった。「今度は私が一発ぶちかましてみる番ということさ。私の斧は正確に切りこんで、組織を打ち倒す、バンカ刑事。弱点を見つけて、それを利用するんだ。ちょっとしたひび、ちょっとした穴、ちょっとしたへま——それで充分なのさ」

「もう弱点を見つけたような口ぶりだな」

ロイは意味ありげな笑みを浮かべた。「選択肢を検討している、とでも言っておこう。廊下の先にある自動販売機のコーヒーをおごるから、話せることを説明しよう」

カウンターにいるヴィン・ラボッタは、うしろのテーブル席で痙攣しているかのように脚を揺らしているジョニー・サリータに目をやった。夜まで酒を飲まなければあの男の気は静まらないかもしれない。

シュッという音とともにボトルのキャップが開く金属音を耳にし、ラボッタは振り返った。カウンターの反対側の端で、Bプラスくらいの胸――形の評価であって、カップのサイズではない――をした退屈そうなダンサーがGストリングを着けたヒップを揺らし、人生に行き詰まって昼間から飲んだくれている男たちの視線を浴びているが、いやらしい視線ではなかった。〈ペガサス・ラウンジ〉は暗い洞穴といった感じの店で、数時間ほど世のなかから姿を消したいと思うときに逃げこむようなところだ。ほかの店がこぞってディスコ・ミュージックに切り替えたいまでも、ゴーゴーを流している。

ラボッタはボトルをもってサリータのところへ戻り、また懸命になだめなければならなそうだと覚悟した。シュリッツ・ビールを受け取ったサリータは直接口にくわえてボトルを逆さまにし、ひと息で半分ほど空にした。

「うまいだろう?」ラボッタはにっこりして言った。「街いちばんの、キンキンに冷えたビールだ。ボトルも氷みたいに冷たいんだからな」

「あの宝石屋には保険金がおりる」

ラボッタは飲んでいたビールにむせそうになった。サリータは、そのことしか頭にない。

「なんの話だ、保険金だって?」

「レヴィンソンだよ。アッカルドは自分で宝石を売り飛ばす気だ。おれたちが手に入れるはずのカネが、あいつのものに」

ラボッタはまわりに目を配った。サリータは声を潜めようともしない。「そんなわけないだろ、ジョニー。でたらめだよ。誰に聞いたんだ?」

サリータは答えなかった。興奮して考えが頭のなかを駆けめぐっているのが、ラボッタにはわかった。「これに関わった連中は、おれたち以外みんなリッチになってる。もううんざりだ、ヴィン。こけにされるのはうんざりなんだよ」

「ジョニー、なんだってそんな考えを?」

「あいつはパーム・スプリングスにいるんだぞ! 人生を楽しんでいやがる。おれたちみたいなやつからカネを巻きあげているからだ。おれたちを坐らせておいて、これが組織というものだ、われわれは仲間だ、とかなんとか言って説教をたれる。みんなはひとりのために、ってやつだよ、ヴィン。目を覚ませ——おれは目が覚めた」

「なあ、ジョニー、上にカネを払ったり、一人前だってことを証明したり、うんと稼いだり役に立ったりして出世する。そういうものなんだ。ずっとむかしからそうだった。自分は特別だと思っていても——」

「クリスマスはどうだった、ヴィン？　どうなんだ？　最高で申し分なかったか？　おれのクリスマスがどうだったか教えてやるよ。ちっぽけなツリーの下には、プレゼントが少しだけ。アンジーにはまたコートで、ちっちゃな娘にはラガディ・アンの人形。おれはといえば《ひいらぎかざろう》を大声で歌ったよ。いや、実際にはうつろな笑顔を作って、こんなはずじゃなかったって考えてた」

「気持ちはわかる、ジョニー。つらいもんだ、あんなふうにせっかく手に入れたものを奪われるっていうのは——」

「屈辱だよ、ヴィン。いいようにもてあそばれたんだ。盗んだ獲物を横取りされた泥棒ってわけさ。盗まれたのはおれたちのほうだ。そう思わないのは、チンピラくらいだ」

「ちょっと待て。おれがそうだって言うのか？」

サリータは目をそむけ、何か納得のいくことでも書かれているかのように壁を見つめた。何が見えているにせよ、それはいいことではない。「アッカルドは、おれたちがブツを渡した日に街を離れた。つまり、まだ宝石はアッシュランド・アヴェニューのあの家にあるってことだ」

「だから？」

「だから、まだあそこにあるんだよ、あいつの家に。置きっぱなしだ」

「あいつの家だって……？」ラボッタはこのきりもみ状態にある会話から抜け出す詳しい説明を待っていたが、説明はなかった。「ちょっと待て、ジョニー」

「あれはおれのカネだ、ヴィン。あんたのカネでもある、もし気にしているならな。気になんてしてないようだが」

「おれたちのカネだ。おれやおまえ、それにほかのやつらの――だがもうない。ないんだよ、ジョニー。わからないのか？　こっちを見ろ。頭が混乱してるのは、おれのほうかもしれない」

「おれの家族は、楽しいクリスマスを迎えられなかった」

「ジョニー、声を抑えて、こっちを見ろ」

サリータはラボッタに目を向けた。「まわりに聞かれるのが不安なのか？　ちっぽけなことを心配しすぎるわりには、大きなことを気にかけない。おれたちを見てみろよ、ヴィン。おれたちがいる場所を。あんたに連れてこられたこのクソみたいなところを。ここは〝負けイヌの町〟だ。わからないのか？　アッカルドに目の前の食い物を奪われてるんだ！」

サリータは叫ばんばかりだった。そんな大声でトニー・アッカルドの名前を出すのは、キリストの名前を軽々しく口にするようなものだ。「立て」ラボッタは言った。

「おれは立たないぞ」

「立つんだ」

「このシュリッツを飲み終えて——」

ラボッタはサリータをつかんで引っ張り起こした。反った床に椅子が擦れて音をたてた。ラボッタはサリータを押しやってテーブルのあいだを抜け、裏口へ向かった。警察官だったころ、まったく同じようにして酔っ払いを急きたてていた。雪が踏み固められた薄汚い路地に出ると、あまりの空気の冷たさに衝撃を受けた。ラボッタにもう一度だけ荒々しく突き飛ばされ、サリータは横に滑って転びそうになった。

「なんだよ、ヴィン！」

ラボッタはうしろ手にドアを閉めた。サリータの顔をぶん殴ってやりたかった。だがそんなことをすれば、二人の関係はこれっきり終わってしまう。それに、ラボッタには計画があった。「頭を冷やせ。聞こえたか？　冷静になるんだ、ジョニー。もう終わったんだよ。あきらめろ。まだ腹を立てているが、それが問題だ。忘れるんだ！　ほかにも狙えるものは山ほどある。街にはお宝があふれているじゃないか」

「狙えるものは山ほどある、か」サリータはからかうように言った。「それには、おうかがいをたてなきゃならない」

「まったく。おまえは頭が切れると思っていたんだがな」

「どれくらい頭が切れるか知りたいか、ヴィン？」

「いや、知りたくない、ジョニー」

「頭が切れるところを見せてやるよ」ラボッタの顔に吐き捨てるような勢いでまくし立てた。「アッカルドの使用人は、毎日五時にはあの家を出る。あのじいさんが警報装置をセットしてからドアに鍵をかけて、トヨタ・クレシーダで家に帰る。警報装置は、三方向を感知するアデムコ社の警報ベルだ。コンバータ中継器にはラッチ回路が組みこまれている。自動ダイアル装置はない。タンパー・スイッチはひとつだけで、しかも子どもだましみたいなやつだ——あれじゃ意味がない」

ラボッタはサリータを見つめた。意気ごんで吐き出された自分の息が真っ白に染まり、向こう側が見えなくなりそうなほどだった。

「やめろ」ラボッタの声は、自分で思ったよりも静かだった。「その口を閉じろ。いまおまえが言っているのは、ただ口にしただけでも、外に発しただけでも、痛い目に遭わされかねないことだぞ。おまえだけじゃない、このおれもだ」ラボッタは空を見上げた。遠くのはるか上空に、シアーズ・タワーの一角が見える。「こうしよう。シアーズ・タワーをやるなんていうのはどうだ？　あのビルをまるごと、一階ごとに根こそぎいただく。それともフォート・ノックスの金塊を奪うか。いいことを思いついた、ゴールドフィンガー。金塊を積むための平ボディ・トラックを手に入れるんだ。それならやってもいい」ラボッタは怒鳴らないように、サリータに顔を近づけた。「だが、それには冷静になる必要がある。それと、ザ・マンの家には近づくな」

サリータはふてくされた顔をし、口ひげがめくれ上がった。その瞬間、ラボッタは立ち去ろうかと思った。サリータと別れ、決して振り返らない覚悟ができていた。もう終わりにするのだ。この男が自分の飯の種だとしてもだ。ラボッタがこんな状況に追いこまれてしまったのは、自らの判断の甘さのせいだ。この手に負えない男は、五フィート先の目の前さえ見えていない。

ラボッタは自分を抑えていた。彼はサリータと同じくカネがないとはいえ、サリータより二十五年も長く生き、残された時間もたいしてない。この男は彼の競走馬であり、たったひとつのチャンスなのだ。

ようやくサリータの目つきが和らいできた。ラボッタの猛烈な怒りを目の当たりにし、落ち着きを取り戻したのかもしれない。おそらくサリータに必要だったのは、こういった説教だったのだろう。怖れを感じる必要があったのだ。

「わかった」サリータは一歩下がった。「大丈夫だ。わかったから」

ラボッタは引かなかった。「大丈夫じゃないし、わかってもいない。おまえには問題がある、ジョニー。そのふざけた態度は大問題だ。つまり、それはおれの問題でもあるということだ――おれは問題なんてごめんだ」

「ヴィン――わかったって言っただろ」

「いまおまえは、おれなんかに会わなきゃよかったというような目をしている。どうしてわかるかって？　おれもまったく同じことを考えているからだ。この件を乗り越えないと、ジョニー。おれたちならできる、もっと大きなことだってできる。おれがしくじった？　ああ、しくじったよ。だがしくじった理由のひとつは、おまえひとりに仕切らせたことだ。自分じゃ何も考えられないような五人の男がいると言われて、おれはそいつらを用意した。次はもっとうまくやれる。もう少しましなやつらを集めて。自分ひとりでやりたいだろうが、それは無理だ。おまえにはおれが必要だ。おたがい信じていれば、できないことなんてない。いつか、いまここでのこと、〈ペガサス・ラウンジ〉の裏の路地でのことを思い出して、きっと大笑いする。やりなおそう。まっさらな状態から。ほかのやつらなんてどうでもいい、ただの人数合わせだ。おまえとおれは、ずっといっしょだ。だから約束してくれ。ザ・マンの家には近づかない、面倒は避ける、そう約束してくれ。頼む」

サリータの目はまだ興奮しているようだった。ラボッタには彼の心が読めなかった。どういう返事をするか見当もつかなかった。ひとつだけはっきりしているのは、サリータは小言を言われるのが好きではないということだ。

「約束してくれ」ラボッタは繰り返した。「口に出して」

「わかった、ヴィン」サリータの口は、そのことばが毒でもあるかのように強張っていた。「わかったよ」

一九七八年

〈テン・ピン・レーンズ〉のゲーム・ルームでは、ゲーム機のまわりにティーンエイジャーたちが群がっていた。ブロック崩しの『ブレイクアウト』で最高得点を更新しようとしているプレイアーがいれば、友人であろうと他校の知らない子どもであろうと関係なく応援している。

ピンポン・ゲームの『ポン』のまわりは、まるでウィンブルドンでのジミー・コナーズとビヨン・ボルグの決勝戦のような盛り上がりだった。子どもたちはゲーム・パネルに二十五セント硬貨を積み上げ、次のゲームの順番を確保している。

電子画面上を猛スピードで動きまわる小さなライト、長方形対正方形。まるでアーリントンパーク競馬場の最終コーナーの柵際にでも立っているかのように、子どもたちは電子音や跳ね返る光に釘付けになっている。

ゲームをしているのはたいてい少年たちだが、それを見ている少女たちもいた――ゲームの画面だけでなく、ブルージーンズ姿でプレイしている少年たちの腰の動きにも注目している。

そこは大人気のたまり場だった。だが同時に、店に並ぶむかしながらの電球と実際のベルで装飾されたピンボール・マシンは、ほとんど誰にも遊ばれずにひっそりしている。ある少年がひとりでエルトン・ジョンのピンボール・ゲームを打ちつづけているが、上達するために多くの時間とカネを注ぎこんできたからだろう。とはいえ、彼を見ている人は誰もいなかった。いまいちばん熱いのは、もはやそこではないのだ。

「これを見れば一目瞭然だ」ニッキーは言った。サリー・ブラッグスとクリースマンとともに、うしろの方のガラス・ドアのそばで立っている。「いまの子どもたちにとって、ピンボールは白黒テレビみたいなものだ。駅馬車なのさ。プランジャーで打ち出して、カンカン、お次はフリッパー、まずい角度で跳ね返ってゲームオーバー。そんなのは、父親たちの世代のゲームだ。プッシュボタン式ゲーム、ビデオ・ゲーム機、それがいまの流行だ。それと気づいてないかもしれないが、今日は月曜日だ。土曜日でも日曜日でもない。毎日午後になると学校からまっすぐやって来て、カネがなくなるまで、それか夕食の時間になるまでここで遊んでいく――週末はこんなもんじゃない。週末は、店でこの光景をチェックしながらたむろしている子どもたちのほうが、ボウリングをしに来る子たちよりずっと多い。もっとゲーム機を増やそうにも、業者のほうで注文が殺到していて追いつかない状態だ。しかも、たった二十五セントでプレイできる。親から二、三枚の二十五セント硬貨をもらえない子なんて、いるわけがない」

ニッキーは二人に向きなおった。

「おれが考えているのは、これに便乗できるんじゃないかってことだ。むかし、シセロの連中がタバコなんかの自動販売機でうまくやったようにな。何もしなくても勝手にカネが入ってくる。こういった二十五セント硬貨はあっという間にたまる。クック郡じゅうのチカチカ光って音を出す子ども版スロットマシンからカネが入ってくるところを、想像してみてくれ」

クリースマンは組んでいた腕をおろして頷いた。サリー・ブラッグスが口を開いた。

「悪くない」

クリースマンが言った。「冴えてるな、ニッキー。いつはじめるんだ？」

「もうゲーム業者と話をしているところだ。ばれないように注意しながら、ビジネスはどういう仕組みになっているかとか、新しいゲーム機はどのくらい待たなきゃならないかとか、そういったことを訊いている。そういうゲーム機は日本からライセンスを受けていて、製造が間に合ってないんだ。専門誌を手に入れて、販売業者を見つけるつもりだ。そして自動販売機の連中がやったようにやる。おまえたち二人には、業者を説得してもらいたい。ちょっとばかり圧力をかけて、これは向こうにとってもいい話で、おれたちがお膳立てをする、そう言ってな。誰にとってもうまい話になる。クック郡、そしてイリノイ州じゅうの店やレストラン、ピザハウスにゲーム機を置くんだ。ゲーム機を置きたい店から代金を払ってもらって、売り上げの一部をリベートとして受け取る。言っていることがわかるか？」

サリー・ブラッグスが言った。「おまえは子どものころから、ゲームに関しては先を行ってたよな」

「それを」ニッキーは言った。「役立てるときが来たってことだ」

誰かの順番が終わってゲーム機から音楽が流れ、ティーンエイジャーたちから楽しそうなうめき声があがった。ニッキーは二人を向きなおらせてゲーム・ルームの外へ連れ出し、レーンがあるメイン・エリアへ行った。クリースマンが肩越しに訊いた。「ピンボール・マシンはどうするんだ？」

「トラックに積んで」ニッキーは言った。「博物館行きさ」

「誰かに話は通したのか？」

「まだその段階じゃない。動くのが早すぎると、パートナーが出てきて歩合をもらえるか、あるいは何もかも奪われるかのどちらかになる。ほかのやつらには話さないで、おれたち三人だけでやる。誰を引き入れなきゃならないかとか、引き入れるタイミングとかは、おれに任せてくれ」

「アッカルドか？」クリースマンが訊いた。

ニッキーはクリースマンに鋭い視線を向けた。「いまのは、秘密にしておくのとは正反対のことだぞ」

「わかった、わかったよ」クリースマンは言った。

チャッキーがカウンターからニッキーに合図をしていた。片手で電話の受話器を掲げている。

ニッキーが言った。「それじゃ、仕事に戻るとするか。おまえたちもな。詳しい話はまだまだこれからだ」

クリースマンとサリー・ブラッグスという身長差のある二人組は、ドアの方へ歩いていった。カウンターへ向かったニッキーは、太った市政委員に行く手を阻まれた。肩書きは忘れてしまったが、たしかルーベンという名前だった。「ニッキー、元気か？」市政委員のルーベンが声をかけてきた。封のされた白い封筒を手にしている。

「やあ、これはどうも」ニッキーには手当が来たのがわかった。「その封筒なら、あっちにいるうちの片腕の盗賊のチャッキーに渡してください」

「ああ、わかった」太ったルーベンは封筒を引っこめ、ニッキーといっしょに歩いていった。「景気はどうだ?」

「まあ、月曜日ですから。その封筒が行くべきところへ行くように、チャッキーがしっかり預かってくれますよ」

ニッキーは電話に手を伸ばした。チャッキーに向かって頷き、委員が来た目的を伝えた。封筒に手を触れたくなかったので、受け渡しは二人に任せたのだ。ニッキーは受話器を耳に当てた。「〈テン・ピン〉、ニッキーです」

ニッキーは急いでアッシュランド・アヴェニューを渡り、見張られていないかどうか通りに目を光らせた。これまで、日中にアッカルドの家を訪れたことはなかった。

電話から聞こえた使用人の声に不安を覚えた。あの年老いた男は動揺しているようだった。しかも彼から電話をもらったのは、これがはじめてだった。

ニッキーはドアベルを鳴らして待った。マイケル・ヴォルペではなくトニー・アッカルドがドアを開けるとは思ってもいなかったが、ドアを開けたのはアッカルド本人だった。

アッカルドの目は、もはやビーグル犬のような悲しげな目ではなかった。ニッキーの頭からつま先まで品定めするように素早く目を走らせ、それからニッキーの背後の通りに視線を送った。一瞬、ニッキーは思った。面倒なことになっているのは自分なのだろうか？

ニッキーは口を開いた。「こんなに早く戻ってきて、どうしたんですか？」

「なかへ入れ」アッカルドは言った。

アッカルドは脇へよけ、小さく首を横に振って入るよう促した。ニッキーが磨き上げられたタイルの上に足を踏み入れると、アッカルドはドアを閉めた。アッカルドは無言のまま、鏡張りの玄関ホールでニッキーと向かい合った。戸惑い以外の反応がないかどうか見極めているかのようだった。

ニッキーが言った。「すぐに来るようにと、マイケルに言われました。だから飛んで来たんです――何ごとですか？　いったい何が？」

「知らないのか？」

「知らないって、何を？　何があったんですか？　どうして家にいるんですか？」

明らかに疑心暗鬼にとらわれていたアッカルドの気が収まり、いくらか冷静さを取り戻したようだ。「いっしょに来い」親指でカーペット敷きの階段を指した。

ニッキーはあとについていった。二階に上がったことはなかった。アッカルドは角を曲がってマスター・ベッドルームに入った。その広い部屋にはシッティング・エリアやテレビ、両開きのドアのウォークイン・クロゼット、そして黒い大理石と銀で装飾されたバスルームなどが備わっていた。

クロゼットの外の床には服が散らばり、クラリセのもちものも放り出されている。まるでクロゼットが物色されたかのようだ。ドレッサー用のクッション付きの椅子は横倒しになり、引き出しは開けられ、床にパウダーがこぼれている。

争った跡？　ニッキーにはわけがわからなかった。アッカルドに目を向け——その背後にある深紅色とクリーム色で仕上げられた東洋風のベッドカバーがしわだらけでへこんでいるのに気づいた。まるでそのキングサイズのベッドの上を誰かが歩いたかのように。アッカルドが自分のベッドルームをめちゃくちゃにしたのだろうか？「ミセス・アッカルドは大丈夫なんですか？」ニッキーは訊いた。

はらわたが煮えくり返っているアッカルドは答えず、部屋を出ていった。ニッキーは混乱したままついていった。

一階へおり、廊下の先のキッチンへ向かった。カウンターに、食べかけのサンドウィッチが残されていた。引き出しやキャビネットは開けっぱなしになっている。カウンターに塗り付けられたマスタードは、さながら動物の糞のようだった。

ただの不法侵入のはずがない。それでは筋が通らない。

「こっちだ」アッカルドの動きは硬く、張り詰めているのは明らかだ。ニッキーを玄関ホールへ連れていき、正面ドアのそばにある鏡張りのパネルを開いた。

内側の扉のボタン式ロックが壊されていた。

ニッキーはつぶやいた。「いったい……？」

狭い曲がった階段を地下へおりていった。会議室のドアの前を通り過ぎたが、部屋のなかはとくに変わった様子はなかった。アッカルドは右に曲がり、オフィスに入った。

アッカルドのオフィス。鍵のかかったドアはこじ開けられ、ドア・ノブのまわりの板は鋭利な道具で傷つけられて削られていた。

トニー・アッカルドのプライヴェート・オフィスには、仕事用というよりはただのお飾りのようなデスクがあった。そのうしろの棚には額入りの写真が飾られている。釣り上げた魚や、仕留めたシマウマといっしょに写ったアッカルドの写真だ。棚の下には、幅の広い板張りのファイル・キャビネットがあった。

そのキャビネットは引き開けられ、床に書類が落ちている。請求書や新聞の切り抜きなどのようだ。株券も数枚あった。

ようやくニッキーにもわかった。筋が通らないとはいえ、少なくとも理解はできた。侵入者が鍵のかかったドアをぶち壊し、ファイルを選り分け、無造作に書類を床に投げ捨てるところを思い浮かべた。

「クソッ」ニッキーはアッカルドに目を向けた。「なんてことだ」そのとき、ニッキーは一度だけここに連れてこられたときのことを思い出した。「あの宝石は？」

アッカルドは首を振った。それを見てニッキーは驚いた。

「無事だったと？　盗まれなかったんですか？」

頭に血が上ってとても説明できる状態ではないアッカルドは向きなおり、出し抜けに部屋を出ていった。

ニッキーも一階へ戻った。アッカルドはリヴィング・ルームで立っていた。そこは控えめに家具がしつらえられ、ソファーや椅子には針山のようにきつく縫い合わされたハチミツ色の丈夫な布が張られている。スーツの上にエプロンを着けたマイケル・ヴォルペがふかふかのシャギーラグの上で四つんばいになり、大きくて頑固な染みを擦っていた。

ニッキーは息を呑むのをこらえた。アッカルドは怒りのはけ口を求めていた。気をつけなければ、ニッキーにその矛先が向けられかねない。そこで、ニッキーは自分が考えていることを口にしないようにした。

〝誰かがトニー・アッカルドのリヴィング・ルームの床で小便をしたのだ〟

使用人はフクロウのような眼鏡でニッキーを見上げた。その表情は、悲しげにいらっしゃいませと言っていた。そしてまた床を擦りはじめた。

ニッキーはいたる所に目を向けたが、アッカルドだけは見ないようにした。「警報装置は？」

「教えてやれ、マイケル」アッカルドはそう言い残して出ていった。

ヴォルペは椅子の肘掛けに手を伸ばし、片膝立ちになった。ニッキーは手を貸して彼を立たせた。

「いったい何があったんだ？」ニッキーは声を潜めて訊いた。

「今朝ここに来て」ヴォルペは息が上がっているせいで、ふだんより訛りがきつくなっていた。「いつもどおり、ドアの鍵を開けて、警報装置のキーをまわしました。ですが赤いランプがつかずに、緑のままで」

「昨夜はセットを――」

「もちろん、毎日セットしています、ミスタ・パッセロ。ですが一瞬、確かにその考えが頭をよぎって自問しました。そのとき、地下室へのパネルが目に留まりました。パネルが開いていました。それで思ったのです――誰かがいると」

のです」

「なるほど。それで?」

「誰もいませんでした。さいわい出ていったあとでした。ですが、何者かに侵入されたのです」

「なんてことだ」ニッキーは息を吐いた。

「ミスタ・アッカルドの別荘に連絡しましたが、いらっしゃいませんでした。クラブでようやく連絡がつきました。誰にも知らせるな、警察も呼ぶなと言われました。戻るまで待てと。そこで、私はそのとおりにしたというわけです」

ニッキーは顔に手を当て、指を頬に這わせながらいまの話を飲みこもうとした。シカゴの自宅に戻ってきたアッカルドがはじめに連絡したのは自分だろうか、ニッキーはそんなことを考えた。どうやらそのようだ。ということは、この問題は彼の肩にかかっている——そしてアッカルドはこの件を伏せておきたいということだ。

屋敷の警報装置が破られていた。サリータの仕業だろうか?　アッカルドはニッキーにどうしてほしいというのだろう?

「あまり気を張らずに、いいか?」ニッキーはヴォルペの体調が心配だったとはいえ、その場を離れてアッカルドを見つける必要があった。廊下を戻ってキッチンを通り過ぎ、開きっぱなしのスライド・ドアを抜けて寒い裏庭のテラスに出た。

アッカルドはガラス・テーブルの横で立っていた。テーブルには灰皿が置かれ、もみ消されてからさほど時間が経っていない数本の葉巻が入っていた。

ニッキーは、凍えるような深夜のテラスでサリータが椅子に坐り、屋敷の領主のように高価な葉巻を味わっているところを思い浮かべた。どう考えても筋が通らない。

「これがどういうことかわかるか？」アッカルドが口を開いた。

「わかります」そう言ったものの、にわかには信じられなかった。

アッカルドは怒りに打ち震えていた。そのエネルギーは怖ろしいほどだ。

「大丈夫ですか？」

「いま、大丈夫かと訊いたのか？」

「そんなつもりでは――」

「ここは私の家だぞ！」

アッカルドの声がニッキーの耳に響き渡った。怒りに満ちた白い息が、風に流されていく。ニッキーは小刻みに頷き、そのまま首を縦に振りつづけた。なんて間抜けなことを訊いてしまったのだろう。

「ミセス・アッカルドはどこに？」

アッカルドはニッキーをにらみつけ、いくらか落ち着きを取り戻してから答えた。「まだパーム・スプリングスにいる」

「なるほど。このことは？」

アッカルドは首を振った。

「誰も知らないんですか？」

「私は知っている。こんなことをしたやつら、そいつらも知っている」

アッカルドが犯人は誰か考えていないところをみると、彼もサリータだと思っているのだろう。「しばらくいたようですね。何を盗まれたんですか？」

「カフスボタンだ」

「いまなんて？」

「カフスボタンがひと組。ナイト・テーブルに置いてあったやつだ。スターダスト・ホテルのカフスボタン。ギフトだ」

「わかりました。カフスボタンですね。ほかには？」

「酒を飲まれた」

ニッキーは頷いた。それなら少しは納得できる。「こんなふうに暴れまわるなんて、酔っ払ってなければできません」

アッカルドは地面を指差して自宅を示したが、そのずっと下の地獄を指しているようなものだった。「ここは私の家だ」

「とてもじゃないが信じられません。ことばも出ない。ボスがここにいるのを知っているのは？　戻ってきたのを知っているのは？」

「誰も知らない。ひとりもな」

「つまりマイケルと、おれだけ」

「誰にも知られるわけにはいかない。わかったか、ニッキー？　誰にもだ」

「わかりました。もちろんです」

「誰にも言うな。おまえの息子の命にかけて。約束しろ」

ニッキーと向かい合ったアッカルドは、極寒のなかで熱く煮えたぎっていた。ニッキーは胃がむかつきながらもまっすぐ見つめ返した。「息子の命にかけて」

アッカルドは視線をそらさず、その瞬間をしっかり刻みつけた。それから頷いた。「誰にもだぞ」そう念を押した。

ニッキーには、面目を潰されたアッカルドの気持ちがわかった。冒瀆（ぼうとく）されたという屈辱。ボスである自分のカーペットへの小便。だがそれ以上に、これは明らかな脅しだった。ボスには実際にもっている力と、もっていると思われている力の二つがある。トニー・アッカルドが絶大な力をもっていられるのは、人々にそう思われているからこそなのだ。それは、アウトフィットや組織犯罪全般における暗黙の了解のひとつだった。そういった裏社会では、軽んじられたと感じるだけで、実際に軽んじられた場合と同様に相手を殺すこともめずらしくはない。人のステータスというのは、その人がどう思われているかということ、そしてその人が誇示する力によって決まるのだ。だからこそ、アッカルドはこのことを誰にも知られるわけにはいかず、ニッキーを呼んだのだった。いまアッカルドの目をとおして理解したニッキーは、自分自身でも怒りを感じた。秘密というのは、どんなことをしてでも守りとおさなければならないものなのだ。

「それで」ニッキーは言った。「おれにどうしろと?」

「おまえにどうしてほしいかだと?」アッカルドは暗くなっていく空を見上げた。一月の夜というのは長い。ニッキーは、夜が長くなっていくのを感じた。「迅速に対処しなければならない」

「わかりました」

「断固とした態度で、しっかり計画を立てて、リストを作れ」

「リストですね」ニッキーにはまだ飲みこめていなかった。

アッカルドは一度だけ頷き、考えを整理するためにニッキーの横を通って屋敷へ戻った。

ニッキーはもうしばらく凍えるような寒さのなかでたたずみ、裏庭とキャンバス地のカバーで覆われたプールを見つめていた。そのプールは、凍てついた地表に掘られた大きな細長い共同墓地のようだった。ニッキーは向きなおり、アッカルドにつづいてなかへ戻った。

〈ハイクオリティ・タイル・アンド・フローリング〉は、サウス・ダメン・アヴェニューから入ったところにあるアウトレットのタイル会社だ。そこは安っぽい工場が並ぶ通りで、かつてはあたり一帯が食肉加工を行なう家畜飼育場で占められていた。いまでもその地域は〝バック・オブ・ザ・ヤーズ（裏庭）〟と呼ばれている。最近になってそのあたりで暮らす移民たちの様相がまた変わりはじめ、いまでは急速にメキシコ人が増えていた。ビジネスは撤退し、スラムへと逆戻りする危機に瀕していた。

　そのショウルームはアンズ色やアヴォカド色のリノリウムやフォーマイカであふれ、そのほかにもさまざまなパステルカラーのものも並んでいた。ラミネート加工製品のせいで店内には薬品のような臭いが漂い、ほぼすべての展示品が欠けたタイル・サンプルから出た粉でうっすら覆われている。積み上げられた見本帳で掩体壕（えんたいごう）のようになっているレジカウンターの奥で、ヴィン・ラボッタは格子柄の魔法瓶の蓋に入った熱々のトマトスープを飲んでいた。その魔法瓶は、クリスマスまえのあの凍えるような土曜日の夜に、ハリー・A・レヴィンソン宝石店にもっていったものだった——いい思い出がいまや台なしだ。ドアの上のベルが鳴り、客がカウンターの方へやって来た。その横広の顔と黒っぽい髪には見覚えがあった。ラボッタは少しばかり気が滅入ったとはいえ、それを顔に出さないようにした。

「ニッキー」ラボッタはボウリング場のオウナーに挨拶をし、あごや唇に付いたスープを拭った。「どうしたんだ?」

「ちょうどよかった」ニッキーは言った。「ランチの最中のようだな」

「ええと——まあ、そんなところだ」

「ちょっといいか? 裏で話がしたい」

ラボッタはキャロルに声をかけて店を任せた。スープの入った魔法瓶に蓋をし、それを手にして倉庫へ通じる従業員専用のドアのところへ向かった。そのドアを開けると、ウェット・タイル・カッターによってタイルが切断される甲高い音が響いていた。ラボッタはニッキーを連れてその音から遠ざかり、トラックの搬入口の方へ行った。そばにあるずっしりした木の枠には未加工のタイルが重ねて立てかけられ、その反対側にはラミネート加工されたフローリング材が丸められている。ラボッタはニッキーが来たことに不安を感じていたが、怯えてはいなかった。ニッキーはそういった評判の男ではない。ラボッタは切断作業台に魔法瓶を置いた。

「いい話ではなさそうだな」ラボッタは言った。「どうしたんだ？」

「なんでもないかもしれないが、どうかな」ニッキーは、手袋をした両手をピーコートのポケットに突っこんだ。「あの日、〈クライドの店〉でジョニー・サリータとあんたを前にして坐っていたときのことが頭から離れないんだ。あんたがボウリング・ボール・バッグをもってきたときのことが」

「それで？」

「さあな、ただ——あいつはおれに文句がありそうに思えたから」

「ジョニーはそういうやつなんだ。ほとんどの人と反りが合わない、それはまちがいない。だけど、あのときは言うことを聞かされたから。それが気にくわないのさ。たとえ自分がまちがっていたとしても、とやかく言われたくないんだ。別におまえを恨んでいるわけじゃない」

「ちょっと引っかかってな、それだけさ。気になっているんだ。あんたがどう思っているか」

あれからどうなっているか確かめに来ただけだということがわかり、ラボッタはほっとした。サリータは、相手の神経を逆なですることがよくあるのだ。「ジョニーはつい生意気な口を利く。控えめに言っても——そういうやつなんだ。おれもあのガキには手一杯なんだよ」

「そうか」ニッキーは信じていないかのように顔をしかめた。「もうガキでもない。せっかく盗んだものを返さなきゃならなかったことで、まだ文句を言っているのか？」

「ニッキー、もう気にしてない、と言ったら嘘になる。だが、あいつとはとことん話し合って言い聞かせた。今回はどじを踏んでしまったが——もう二度とこんなへまはしない」

「おれに言っても仕方がない」ニッキーはポケットから手を出し、手袋を着けた手を広げて大きく肩をすくめた。「それはあんたと、その、ジョーの問題だ。おれはただの——ジョーがどう思うかはわからない」

ニッキーにはこの件を放っておく気はないようだ。しかもニッキー・ピンズのなかでサリータの問題がとんでもなく大きくなっているのが、ラボッタにはわかった。「何か言っていないことでもあるのか、それとも……いったいどうなっているんだ？」

「ヴィン、おれたちの付き合いは長い。あの競馬の一件——あの大失敗——とか、いろいろあった。まあ、むかしの話だ。だがサリータ、あいつのことは信用してない。いまのうちに言っておくぞ。それにもしかしたら、あんたは自分で思っているほどあいつのことをわかっていないかもしれない」

ラボッタは大きなため息をついた。「あいつは扱いにくい、ニッキー。頭が切れすぎるんだ。生意気なのは確かだ。だが、それを補って余りあるものをもっている。そう感じていなければ、縁を切るさ。でも、おまえは何も心配する必要はない」

「さっきも言ったが、自分の心配をしているわけじゃない。本音を言えば、あいつのこともそれほど心配してはいない。心配なのはあんただ、ヴィン。だからここに来たんだ。だが、あんたがあいつのことを保証するって言うなら……」

ラボッタはそのことばにからだを強張らせた。この件は深刻になってきている。「保証って、どういう意味だ？」

「そのままの意味だ」

「つまり――〝保証する〟の保証か？」

ニッキー・ピンズは、頷きも肩をすくめもしなかった。ただ無言で立っているだけだ。そのわずかのあいだに、ラボッタは自分の顔が青ざめ、喉が渇いていくのを感じた。最悪の事態を怖れた。その思いが顔に現われ、ニッキーに見透かされているのはまちがいない。

「ニッキー」ラボッタは声を潜めた。「ニッキー――教えてくれ、あいつは何をしたんだ？」

ニッキー・ピンズが去ったあと、ラボッタは呆然としてショウルームへ戻った。その日の午後にはやることがあり、仕事もたまっているが、それはあとまわしにしなければならない。キャロルに具合が悪いと伝え、厚手のコートを手に取って外に駐めてあるビュイックへ向かった。ポケットに小銭が入っていることを確かめる。

ラボッタは二ブロックほど車を走らせた。いつも使っている電話ボックスに着くころには、かつてないほどの不安に苛まれていた。もし誰かがなかで電話をしていたら、首をつかんで引きずり出していただろう。だが電話ボックスは空っぽだったため、なかに入って中折れ式の扉を閉めた。何台も車が通り過ぎていくなか、コイン投入口に十セント硬貨を入れた。七桁の数字をひとつずつダイアルでまわしていく。

呼び出し音に耳を澄ました。それが聞こえると、電話を切って待った。

ラボッタの知り合いで、ポケットベルをもっているのはジョニー・サリータがはじめてだった。子宮摘出手術のため妻を病院へ連れていったときに医師がポケットベルをもっているのを見たが、サリータはそのまえからもっていた。それがどういう仕組みになっているのか百パーセント理解しているわけではないとはいえ、サリータのこの番号にかけると、その小さな機械はサリータに電話をかけなおすよう知らせるのだ。この電話ボックスの番号は、二人が利用している唯一の番号だった。そういった最新の装置のことは、サリータに任せておけばいい。

ラボッタは扉の冷たいプレキシガラスに後頭部を預け、目を閉じた。ニッキー・ピンズは、サリータが何をしたのか話そうとしなかった。だが、ラボッタにはわかっていた。それでも――そんなはずはないと思った。首を振ると電話ボックスが揺れ、ラボッタは目を開けて背筋を伸ばした。そんなはずがない。脅せば鳴るとでもいうように、電話機をにらみつけた。

それがうまくいった。電話が鳴ったのだ。すかさずフックから受話器をつかみ取り、通話がつながるまえに耳に当てた。

「ジョニーか？」ラボッタは言った。

「よう、ヴィン」

「いまどこだ、ジョニー？　いったいどうなっているんだ？」

しばらく間が空いた。やがてサリータが口を開いた。「調子に乗ってやりすぎた、ヴィン」

コートの下で、ラボッタのからだが凍りついた。「やりすぎたって、何を？」

サリータはどこかの電話ボックスで立っている。受話器をとおしてサリータの息づかいが聞こえた。どう言えばいいか考えているのだ。

「おれだってことはばれてない」サリータは言った。「金庫室にも、宝石にも手をつけてない。近寄りもしなかった。だから証拠はない」

「証拠はない、だと？」ラボッタは自分の耳が信じられなかった。

「ああ、まったくない」

「まさか……？」ラボッタは気持ちを落ち着け、電話ボックスの天井を見上げた。色あせたチューインガムの白いかたまりが張り付いている。冷静さと同時に正気も失いかけていた。「はっきりさせておきたいんだが、ばれてないと思うんだな？」

「証拠はないし――」

「言ったよな、ジョニー。おれは……あれだけ頼みこんだのに……警告しただろ！」

沈黙が返ってきた。電話ボックス内にラボッタの声がこだましているようだった。

「ああ、それで――ヴィン？」サリータの声は驚くほど抑揚がなく、冷静だった。「そんな言い方はやめろ」

ラボッタは血走った目を見開いた。ばかや間抜けに取り囲まれているかのように、電話ボックスを見まわした。「いまなんて言った？」

「そんな言い方はやめろと言ったんだ、ヴィン。おれと組んでやってるような言い方しやがって。組んでやってるのはおれのほうだ。それを頭に叩きこんでおけ」

ラボッタのからだがさらに冷たくなった。支えがなければ立っていられなくなり、電話機の上部をつかんだ。口を開いたが、しばらくことばが出てこなかった。

「おれにはわからない」ラボッタは、末期患者にでも話しかけるかのように声を落とした。「おまえを助けてやれるかどうか、ジョニー。助けるべきかどうかさえわからない。これ以上おまえのために危険を冒せというのか？　こんなこと、話すだけ無駄だ」

「トニー・アッカルドなんかクソ食らえだ」

ラボッタの顔に笑みが浮かび、笑い声が洩れそうになった。呆気にとられて首を振った。

「なんてこと言うんだ、ジョニー。その年にもなって、どっちが上かもわからないのか？」

「知ったことか、ヴィン。もううんざりだ」

「うんざりだって？」

頭をフル回転させた。ラボッタには、明らかにサリータには見えていないことが見えていた。自分がどうなるか不安だったが、それにも増して、その瞬間はジョニー・サリータが心配で仕方がなかった。

「聞いてくれ、ジョニー。よく聞くんだ。アンジーと赤ちゃんは、いまどこにいる？」

二十分後、ラボッタは〈テン・ピン・レーンズ〉の看板の下に車を駐めた。ニッキーの青いプリムス・サテライトの二つ向こう側だ。ここに来たのは、こちらの言い分を聞いてもらうためだ。望みはこれしかない。ラボッタは車を降り、足早に入り口へ向かった。これからやるべきことで頭がいっぱいになり、行く手を遮ろうと近づいてくる男に気づかなかった。

ラボッタは、撃たれるとでも言わんばかりに飛び退いた。男はミリタリー・ジャケットにだぶだぶのジーンズという格好をしていた。背は高くはないが、大きな手をしていて、その素早い身のこなしにはどこか非情で威圧的なところがあった。その薄茶色の髪をした男の丸顔には見覚えがあった。

「サリー。サリー・ブラッグスじゃないか。まったく、脅かすなよ」

サリー・ブラッグスは首を振った。「ここではだめだ、ヴィン」

「待て、待ってくれ、わかってないんだ。ニッキー・ピンズに会って話を――」

「ヴィン」サリー・ブラッグスは繰り返した。「ここではだめだ」

ラボッタの胸にサリー・ブラッグスのぶ厚い手が押し当てられた。素早くラボッタが振り返ると、駐車場に駐まっている緑色のセダンの運転席にクリースマン――フランキー・

サンタンジェロ――が坐っているのが目に入った。そのとき、電話ボックスのそばで同じセダンを見かけたことを思い出した。

すかさずラボッタはサリー・ブラッグスに向きなおった。二人に尾けられていたのだ。まずいことになった。

ラボッタは二人を説得しなければならない。「サリー、聞いてくれ――」

「〈クライドの店〉だ」サリー・ブラッグスは言った。「あのときと同じように。あそこであんたが待っていると、ニッキーに伝えておく」

ラボッタはサリー・ブラッグスの手からからだを離した。これは現実に起こっていることなのだ。ラボッタは気を引き締め、なんとかして切り抜けなければならない。

「いまから行く」ラボッタはまっすぐ自分のビュイックへ引き返した。駐車場から車を出し、クリースマンの緑色のセダンの横を通り過ぎていった。サリー・ブラッグスは、さっきの場所から動いていなかった。

ニッキー・ピンズが入ってくると、ラボッタはバースツールから飛びおりた。ニッキーはバーテンダーに向かって首を縦に振ったものの、酒は断わった。そしてそのバーテンダーに言った。「しばらくそいつと下にいる」ラボッタのことを言っているのだ。

ニッキー・ピンズのうしろからサリー・ブラッグスが入ってきて、バーテンダーと握手を交わした。クリースマンは車を駐めているにちがいない。ニッキーは、先ほどタイル店に来たときと同じピーコートに黒いズボン、靴という格好をしている。ニッキーがこの店のオウナーに力を貸してやったとかなんとかいうことで、店の権利の一部をもっていることをラボッタは思い出した。

ラボッタはニッキーのあとについてカウンターの端まで行った。ニッキー・ピンズが腰を屈め、古い木の床にはめこまれた鉄の掛け金を引き上げて跳ね上げ戸を開くと、下へ通じるむき出しの木の階段があった。

ニッキーが先におり、ストリング・ライトをつけた。ラボッタもつづいた。石造りの地下室は湿っぽく、冷蔵庫のようにひんやりしていた。未開栓のドラフトビールのミニ樽の脇には、バドワイザーやオールドスタイルのビールのケースが積まれている。コートがかけられたラックには、毛皮のコートも見受けられる。専用の箱に入ったマグナボックスの二十五インチ型テレビも三台あった。

ニッキー・ピンズが振り向くのを待たずに、ラボッタは口を開いた。「どうしてサリー・ブラッグスはおれを尾けていたんだ？」

「心配だったのさ」ニッキーは寒くなって腕を組んだ。「みんな心配している。あんたのことを」

ラボッタはそれを両方の意味でとらえた。そしてすぐさま白状した。「あいつと話した、ニッキー。どこにいるかはわからない。確かにあいつは何かをしでかした。まちがいない。あのクソ野郎が」

「何かってなんだ？　何をしたんだ？」

ラボッタは混乱して首を振った。ニッキーはからかっているだけなのか、あるいは絶対に洩らしてはならないことなので、彼でさえ口にしたくないかのどちらかだ。「ニッキー、おまえが知らないなら……おれの口から言うつもりはない」

ニッキーは下唇を嚙み、よく考えてから頷いた。「とんでもないことにちがいない」

「これだけはわかってくれ、ニッキー――おれはまったくの無関係なんだ。や、め、さ、せ、よ、う、としたんだ。だめだと言ったのに」

「つまり、知っていたってことだな」

「ちがう！　あいつが好き放題言って、熱くなってたのは知っている。でもまさか……なんてことだ。おれはその場にいなかったし、関わってもいない。やったのはおれじゃない。おれを見てくれ、いまにも吐きそうだ」

「落ち着け、落ち着けよ。それから口を拭え」

ラボッタはハンカチを取り出し、唇と口ひげを拭いた。唾をまき散らしていることに気づいていなかった。

ニッキー・ピンズは固く腕を組んだままラボッタから離れ、考えながら戻ってきた。

「これからどうする、ヴィン?」

「ニッキー」ラボッタはポケットにハンカチを戻し、ニッキーの前腕に手を伸ばした。

「助けてくれないか、ニッキー?」

ニッキーはラボッタの顔を見つめ、正直に話しているかどうか見極めようとした。そして頷いた。「やってみる、ヴィン。やってみるよ。いっしょになんとかする方法を考えよう」

歯が生えはじめてきた赤ん坊は泣きわめき、いくらあやしても泣きやまなかった。アンジー・サリータは赤ん坊を前後に揺すりながら、モーテルの部屋の窓際からダブルベッドの足元を通って木製のベビーベッドのところへ行った。口にくわえたおしゃぶりも、アイスバケットで冷やしておいたにもかかわらずまるで効果がない。

これでは何も聞こえやしない。サリータは電話のコードを伸ばし、バスルームに逃げこんでうしろ手にドアを閉めた。バスタブの縁に腰をおろし、閉じたトイレの蓋の上に電話機を置いた。そのモーテルは、ジョリエットの東のインガルズ・パークにあった。ループから南西に一時間のところだ。

「ステファニーが癇癪(かんしゃく)を起こしてるんだ」サリータは受話器に向かって言った。「もう一回言ってくれないか?」

ラボッタは繰り返した。「なんとかなりそうだ、ジョニー。オフィスに来てくれ、そこで話そう」

サリータは、モーテルの床にはめこまれた六角形のタイルのパターンを見つめた。タンポポのような色からマーマレードのような色まで、色合いはさまざまだ。ラボッタのフローリング店のことを思い浮かべ、眉をひそめた。「どうするんだ?」

「おれがおまえのことを保証する。おれの身が危うくなるかもしれないがな。もうごめんだと言ったが、結局はおまえのために危険を冒すことにした」

「それで、おれはどうすれば?」

「まずは店に来てくれ。それから話し合う」

「話し合うだと? 〝すみませんでした〟じゃすまないぞ、ヴィン。謝ったところで、どうなるっていうんだ?」

「おまえのために危ない橋を渡ろうっていうんだ、ジョニー。だから教えてやる。おまえを説得してみせると約束したんだ。がっかりさせないでくれよ」

サリータは髪をかきむしった。ドアの向こう側から聞こえるくぐもった泣き声のせいで、考えがまとまらない。受話器をとおして車の音が聞こえた。バック・オブ・ザ・ヤーズにある電話ボックスで、虫食いのウールの帽子をかぶったラボッタが自分に命令している姿が目に浮かんだ。遠いむかし、ヴィン・ラボッタは自分にふさわしい男だとサリータは思っていた。コネがあり、年上で、元警察官としての経験と泥棒の狡猾さを兼ね備えているというのは、これ以上ない組み合わせだ。それまで知らなかったことを教えてくれ、てっぺんへと導いてくれる、そう信じていた。そう思って握手を交わした。そうなるはずだったのだ。だがあの瞬間から、ラボッタはどこへ向かおうとその三歩目は必ず泥沼にはまっていた。結局、ラボッタは大口を叩くただの小物にすぎなかった。ほかの小物とひとつだけちがうのは、ラボッタは自分に自信をもっているということだ。自分は本物だと勘ちがいしているのだ。そうやって五十代を迎えたものの、これといった輝かしい実績はほとんどない。そんな男が、いまサリータの運命を左右しようとしているのだ。

確かに、サリータもどじを踏んだ。ブランデーとコカインでまともな判断ができなくなり、ボスが街にいないのをいいことに自宅へ押し入った——家のなかでさらに酒を飲んで気が大きくなり、怒りをぶちまけた。ばかなことをしてしまったとはいえ、アッカルドたちはこうなることを予想していなかったとでもいうのか？　この冬のあいだじゅう、サリータが惨めな思いに耐えるとでも？　頭が切れ、少しでも進取（しんしゅ）の気性があるなら、サリータが見せた度胸や大胆さを認めるはずだ。今回は見逃してくれるかもしれない。水に流そうと。だが、おそらくそんな考えは甘いだろう。罰が待っているのは避けられない。もしかしたら、最悪の罰が。

もうひとつの選択肢は、このまま進みつづけることだ。やりなおすのだ。だが、どこで？　サウスダコタ州へ戻る？　アンジーは嫌がるだろうし、自分もあそこへは戻りたくない。どこかほかの街、大きすぎず、小さすぎもしないところへ行き、またゆっくり這い上がっていく？　ラボッタのような男には引っかからないようにし、今度こそ見込みのある相手、本物のプレイアーを探す？　そうやって新たな街で人脈を作るのに、どれくらいかかるだろう？

有望な選択肢は残されていなかった。実際にラボッタがなんとかしてくれる可能性がほんのわずかでもあるというなら——賭けてみる価値はあるかもしれない。それから老いぼれのラボッタとは縁を切り、勝手に転がり落ちていくのを眺めていればいい。

「早いほうがいいのか？」サリータは訊いた。

「おまえが来たらすぐに」ラボッタは答えた。

「二時間で行く」

サリータは電話を切った。オリーヴ・グリーン色のトイレに置いた電話機を見つめる。いまの通話は逆探知されていたかもしれないが、サリータは気にしなかった。こんな薄汚いモーテルはさっさと出ていくつもりだった。頭を整理しながらタバコが吸いたかった。

トイレから出ると、アンジーが途方に暮れていた。「何かあったの、ジョニー？　いまのは誰？　ヴィン？」

いまだにアンジーはラボッタを信頼していた。アンジーは、金属加工店を営むかたわら違法で銃のサプレッサーを製造している父親と仲がよかった。そのため、年配の男を信頼しているのだ。

「ああ、ヴィンだよ」サリータは仕事用のダッフルバッグに手を伸ばし、ベッドにのせた。

「どうしたの、ジョニー？　いい知らせ？　教えて」

何も言わなければ、誰かを殺したと思われるだろう。そんなふうに思われるわけにはいかなかった。「ちょっとまずいことをやっちまったんだ。深刻なことじゃないけど、やっちゃまずいようなことを。いまはもう大丈夫かもしれない。それを確かめてくる。でも問題ないことがわかるまで、おまえと赤ん坊はここを離れていてくれ」

「離れる？　どこへ行けばいいの？　ジョニー、わたしたち、ここで――」

「ここは嫌だろう。でも、おまえを連れて戻るわけにはいかない、いまはまだ。だからここを離れるしかないんだ。こうしよう。向こうに着いたとしても、どこかは言わないでくれ。知りたくない。車で二、三時間くらいの町がいい。おまえがよさそうだと思ったところならどこだってかまわない。部屋を借りて待っていてくれ。父親にも、誰にも居場所は言っちゃだめだ、いいか？　わかったか？　電話もだめだ。それと、知り合いに会いそうなところへは絶対に行くな」

「なんてこと、ジョニー。それじゃまるで――」

「そこまで深刻じゃない。おまえが安全だってことを知っておきたいんだ。おまえとステファニーが。だから、気をつけてほしいってだけだ」

「でも、わたしたちがどこにいるか、どうして知りたくないの？」

「知らなければ、誰も聞き出せないだろう？　ほら、これを」

輪ゴムで丸めた札束を二つ取り出し、カーラーのようにベッドカバーの上に放った。

「これだけあれば不自由はしないはずだ」ポケットベルをひとつ手に取り、それに貼られた番号を確かめた。そのポケットベルをアンジーに差し出した。「これを肌身離さずにもっていてくれ。これが鳴ったら、この案内の番号に電話するんだ」そのポケットベルには、電話番号を打ちこんだ赤いエンボス・テープが貼ってあった。「おれがいる場所の電話番号を教えてくれるから、そこに電話すればつながる。だから、おまえがどこにいるか知らなくても大丈夫というわけさ。わかったかい？」

アンジーはポケットベルを受け取って目をやった。「ジョニー、その……わかったわ」

サリータは、ポケットベルをもつ彼女の手を握った。滑らかな指の爪の先で、おしゃぶりをくわえているステファニーのふっくらした頬をなでた。「いまはつらいかもしれない、わかってる。でも大丈夫だから、約束する。いつだって家族を支えてきただろう？　おれは大丈夫だ。もしかしたら今夜にでも連絡して、〝終わったよ、アンジー、戻っておいで〟って言えるかもしれない」

アンジーはサリータの目をまじまじと見つめた。いかに彼女に信頼されているかと思うと、サリータの胸が熱くなった。

「どうして笑っているの？」アンジーはいまにも泣きだしそうな顔をしている。

「おまえがきれいだからだ。それと、おれを信じてくれているから、おれが自分を信じているのと同じくらいに。二人とも大丈夫だ。ただこれだけは忘れないでくれ——おれ以外とはしゃべらないように」

サリータはアンジーにキスをし、赤ん坊にもキスをした。アンジーが何かをしようとよそを向いた隙に、サリータはダッフルバッグに銃があることを確かめてからファスナーを閉めた。

サリータは〈ハイクオリティ・タイル・アンド・フローリング〉の前を二回車で通り過ぎた。いまは午後も遅く、駐車場には数台の車が駐められている。とはいえいつもの業者のトラックではなく、ふつうの車ばかりだ。そのほかには、これといって気になるものは見当たらない。三度目で駐車場に入った。店の入り口にいちばん近いところにバックで駐めた。しばらく運転席に坐ったまま店の窓を見つめていたが、自分でも何に目を光らせているのかわからなかった。看板や窓辺に吊されたオリヅルランのせいで、店内の様子はよく見えない。

ドアの内側に〝閉店〟と書かれたボードがかけられていた。ラボッタは早めに店を閉めたのかもしれない。おそらくそうだろう。ラボッタはかなり取り乱していたようだった。サリータはレンタカーを降り、上着の腰のあたりを整えた。ドアを開けようとしたが、鍵がかかっていた。ガラスを叩いてみる。しばらくするとラボッタが現われ、鍵を開けてサリータをとおした。

「よお、ジョニー」ラボッタが口を開いた。「来てくれたか。時間どおりだな」

サリータのうしろでドアが閉まった。「おれたちだけか？」

「ああ、そうだ。荷物を取ってくる。これから会いに行く」

ラボッタは店の奥へ行った。少しばかり興奮しているようだが、怪しげなところはない。

「会いに行くだって？」

「人目のある場所にしたから、心配はいらない」

「たったそれだけか？」

「まあ、これは話し合いだ。何も決まってはいないし、終わってもいない。これがスタート、いいスタートだ」ラボッタは倉庫のドアの方へ曲がった。「荷物を取りに行くから、いっしょに来てくれ」

ラボッタは従業員専用のドアを押し開けて入っていった。サリータもつづいたが、ドアに手をかけたところで立ち止まった。それより先には行かなかった。

気になることがひとつでもあったわけではない。あるいはあったのかもしれない。あんなふうにラボッタが先に入ることが。

サリータは数歩下がった。なんでもないなら、そこで待っていても問題ないはずだ。

ラボッタがドアのところへ戻ってきた。顔と肩だけを出し、サリータに目を向ける。

「来いよ。こっちから外へ出よう」

「そっちから?」

「ああ、ここを抜けて」

「あんたの車で?」

「いいだろう?」

サリータは首を振った。「自分の車でついていく」

ラボッタはその場を動かなかった。からだの半分は店のなか、もう半分は外にある。

「わかった。好きにしろ。さあ、行くぞ」

サリータは本気で訝しんだ。さらに数歩下がる。「おれはこっちから行く」

「ジョニー、いったい何を――？」

突然、ラボッタがうしろから押されてつんのめった。バランスを取ろうとしてふらつき、ディスプレイ・ラックにぶつかった。

ラボッタのうしろから男が出てきた。ミリタリー・ジャケットを着たその男は丸顔をしかめ、右手には銃をもっている。

一発目の銃声と着弾音が聞こえたときには、すでにサリータは走りだしていた。銃弾ははずれた。二発目、三発目の銃声が響き、角に身を潜めた。窓ガラスが砕け散る。

腰に挟んだ拳銃を抜きながら正面のドアまで走っていった。外にはさらなるトラブルが待ちかまえているのはまちがいない。

車までの短い距離を駆け抜けた。振り向くと、ミリタリー・ジャケット姿の男が閉まりかけているドアへ迫っていた。

サリータは二発撃った。バンバン。引き金を強く引きすぎ、銃弾はあらぬ方向へ飛んでいった――とはいえ、車へたどり着くまでの時間稼ぎには充分だ。キーはイグニッションに差したままになっている。

そのとき、さらに大きな銃声がとどろき、近くのアスファルトから石が砕けるような音がした。

建物の倉庫側から、大柄なもうひとりの男が足音を響かせて飛び出してきた。サリータの車の方へ走りながら発砲してくる。

サリータはやみくもにもう一発撃ち、車に飛び乗った。力いっぱいキーをまわしたせいで、キーが折れそうになった。エンジンがかかり、サリータはクラッチを離してアクセルを踏みこんだ。

フロントガラスの隅に銃弾が撃ちこまれ、ガラスにひびが入った。サリータはからだを右へ屈め、タイアをスピンさせて通りを目指した。ひびが入ったフロントガラスでは、左から向かってくる車が見えにくい。

大きく縁石に乗り上げ、サスペンションが跳ねる。右に急ハンドルを切ったせいで、うしろがスリップした。一瞬、コントロールを失ったものの、なんとかもちなおした。

車体にもう一発当たる小さな音がした。車は駐まっているヴァンをかすり、やがてタイアが路面をしっかりとらえた。ダッシュボードの先に目を凝らすと前方に車はなかった。またサリータはアクセルを踏みこみ、ガーフィールド・パークの方へ向かってサウス・ダメン・アヴェニューを走り去っていった。

店を閉めて十五分後、ニッキーはヴィン・ラボッタの前にセブン・アンド・セブンのカクテルをもう一杯置いた。ひと口飲むたびに、その泥棒のしわの寄った暗い顔がほぐれていき、感情が表に出るようになってきた。

「落ち着いてきたか？」ニッキーが訊いた。

「ああ、だいぶな」ラボッタは、カウンターの濡れた丸い跡を手のひらで拭いた。「なんて一日だ。信じられない」

「そういう日もあるさ」

「こんな日も？」ラボッタは疑うような笑みを見せた。

「こんな日はないかもしれないな」ニッキーは言った。「目はどうだ？」

ラボッタは右眉のすぐ上の部分に触れた。倉庫のドアから出てきたサリー・ブラッグスに押されたとき、ディスプレイ・ラックに倒れこんで額を切ったのだ。「たいしたことない。大丈夫だ」

「そんなに強く押したつもりはなかったんだ、ヴィン」三つ離れた椅子に坐ったサリー・ブラッグスが言った。「あのときはな」

「いや、そんなに気にしないでくれ」ラボッタは新しいグラスに口をつけた。冷えた炭酸の泡が、まだグラスの縁ではじけている。「銃撃戦の流れ弾を食らわなくて運がよかったよ。まったく」椅子に深く腰かけ、立ち上がって出ていこうとするかのように背筋を伸ばした。だが首を左右に曲げて鳴らすだけで、またカウンターに身を乗り出した。「シカゴの市外局番三一二の地域のなかで、警報装置にかけてはあいつの右に出る者はいない」

「なあ」ニッキーは言った。「あんたはよくやったよ」

「頑張ったさ、本当だ。ニッキー、一カ月まえには準備万端だった。やる気満々だった。将来は明るかったっていうのに。それがいまや……？」

「どんなに入念な計画だって、失敗することはある、ヴィン」

「あいつには小さな娘がいる。幼い女の子の赤ちゃんだ。きれいな奥さんだって。まったくばかなやつだよ」

ラボッタはうつむき、ジョニー・サリータに迫る死の影を嘆いた。クリースマンがオフィスから出てきて明かりを消した。クリースマンはニッキーに目を向け、それからサリー

・ブラッグスに視線を移した。三人が視線を交わす。またラボッタが顔を上げ、ニッキーを見やった。
「ところで、どうやってこの店をはじめたんだ?」

「おれが? この店を? ステューを覚えているか? ユダヤ人のステューじゃない。この店をもってたのは、お菓子屋のステューのほうだ。片目が白く濁ってた男だよ」

「ああ、覚えている」

「糖尿病だったくせに、お菓子屋をやっていた。とにかく、ステューは借金をしていた。ボウリングで全盛期だったころのおれを覚えていて、ことを丸く収めるのに力を貸してほしいと、おれを店に引き入れたんだ。おれは少しばかり彼を守ってやって、代わりにこの店の権利のほんの一部をもらい受けた。だがステューの健康状態は悪くなるいっぽうで、つま先を失った。それでも、食生活を改めようとはしなかった。そのころ、ギャンブルというもっと大きなリスクにも手を出すようになっていた。おれが店を見ているおかげで、週末はラスヴェガスへ行けるようになったからな。ビュッフェやらルーレットやら、ステューにとってあっちは悪いものばかりだ。しかも身寄りもなくて、ここより病院にいることのほうが多くなった。おれはそれまで以上にこの店の経営に関わるしかなかった。とにかく、ステューが亡くなって、おれは店を手放したくなかった。あの競馬の一件ではしくじってしまったが、あれに関わった理由の一部は、この店をつづけられるようにするためだったんだ。皮肉なことに、おれがいないあいだに店は儲かるようになった。結局、何もかもうまくいったというわけさ。少なくとも、おれにとってはな」

ラボッタは話に聞き入っていた。彼自身にとって明るいメッセージがこめられているように思えたのだ。「きっとおれもなんとかなる」そう口にした。「この埋め合わせをするためなら、なんだってやる」カウンターの縁に左拳の肉厚の部分を押し当て、そう誓った。「もうジョニーがおれに耳を貸すとは思えないが、でも……彼らに訊いてくれ、ニッキー、おれは何をすればいいのか。必ずやるから。ジョー・バッターズにそう伝えてくれ。どんなことだってやってみせる」

「わかった、ヴィン、それでいい」

またラボッタはうつむいたが、サリー・ブラッグスがスツールから立ち上がっていることに気づいていなかった。クリースマンがすぐそばで立っていることにも——二人ともニッキーを見つめ、やめろという合図を待っている。

ニッキーは、目の前でうつむいて坐っているラボッタを見下ろした。「こんなことを望んでいなかったのはわかっている、ヴィン」

「ありがとう、ニッキー。感謝しているよ」

「それと、これだけは言っておきたい。あの競馬の一件、責任の一部はあんたにあると恨んでいた。あんたのせいでみんなぶちこまれたと。でも、水に流すことにした。許してやるよ、ヴィン」

ラボッタは目に感謝の気持ちを浮かべ、ニッキーを見上げた。そのとき一瞬、カウンターの奥に並べられたボトルのうしろにある鏡に、背後から迫ってくるサリー・ブラッグスとクリースマンが映っているのが目に入った。

抵抗する暇もなかった。サリー・ブラッグスがラボッタの頭に布袋をかぶせた。ラボッタは右手を振りまわし、グラスが倒れて残っていたカクテルがカウンターにこぼれた。クリースマンがラボッタのあごの下にワイアを巻きつけ、スツールのうしろへ引きずりおろした。

ラボッタは脚をばたつかせた。苦しそうなくぐもった声をあげ、勢いよく肩から床に落ちた。クリースマンの膝が胸に食いこみ、ラボッタはもがいた。

身構えたサリー・ブラッグスがラボッタの顔にかぶせたフードを蹴り上げた。コットンの布地にラボッタの鼻血が飛び散ったが、布が吸収してカーペットに垂れることはなかった。

ラボッタの脚から力が抜けた。かすかに弱々しく脚が跳ね上がり、やがてからだが動かなくなった。

サリー・ブラッグスとクリースマンは、自分たちがしたことの結果を見下ろした。ニッキーはカウンターにこぼれたカクテルを拭いていた。

「懐中電灯を取ってくる」ニッキーが言った。「二人は裏の非常口へこいつを運んでくれ」

かつてサリー・ブラッグスは街のファー・ノースウエスト・サイドで盗難車の解体工場を経営していたが、交通局での仕事に就くと足を洗った。とはいえ、ダニングにある二連棟タイプのガレージは手放さなかった。そこは、かつて悪名高い精神科病院があった場所からそれほど遠くはない。その精神科病院は、子どもたちが悪さをすると母親がその病院へ連れていくと言って脅すようなところだった。

いまではそのボディショップ（自動車の部品・修理・解体工場）の看板はおろされ、正面の窓には石鹸（せっけん）で〝閉店〟という文字が書かれている。そこは、彼らにとってたまに利用するクラブ・ハウスのような場所になっていた。冷蔵庫や誰も掃除をしたことがないトイレ、台車に置かれたテレビなどがある。必要とあらばそこで車を修理したり、武器や道具——自宅に置いておきたくないもの——を隠しておいたり、あるいはただのんびりビールを飲んだりトランプの『ハーツ』をしたりしていた。そこは三人の場所だった。ほかに来る人は誰もいない。

ニッキーは、正面に駐めたプリムス・サテライトの運転席に坐っていた。エンジンは切ってある。震えているのは寒さのせいもあるが、神経質になっているせいでもあった。すでに夜は遅く、ますます更けていく。何もかも早く終わりにしてしまいたかった。特徴的なキャデラックの四角いヘッドライトが駐車場を照らし出した——ニッキーの胃が縮み上がり、とたんにあと二、三時間くらい待ってほしいと願った。

ニッキーは車を降りた。トニー・アッカルドも黒いキャデラックから降りてきた。ファーのフラットカラーが付いたキャメルのコートに、ウールツイードのフェドーラ・ハット、ウィングチップの靴といういでたちだった。真夜中に呼び出された怒り肩の保険調査員といった感じだ。流線型をした大きなキャデラックは見たら忘れないほど目立つが、駐車場は暗く、明かりもない。それでも、さっさとすませなければならない。

凍えるような寒さに腕を組んでいるニッキーが声をかけた。「こんなところに来るのはまずいですよ」

アッカルドが口を開いた。「もう来てしまった」

二人はオフィスのドアから入った。ニッキーがそのドアの鍵をかけ、また別のドアを抜けて二連棟タイプのガレージへ行った。唯一の明かりは隅にある作業用ライトだが、それは充分に明るかった。くっきりとした長い影ができている。

ガレージの中央に十二フィート四方のぶ厚いプラスティックのシートが敷かれ、そこに椅子が置かれている。その椅子に縛り付けられているのは、ヴィン・ラボッタだった。細い紐で肘、手首、足首を固定されている。

うなだれた頭は血まみれのフードで覆われていた。サリー・ブラッグスとクリースマンがプラスティック・シートのうしろに立って見張っている。二人はアウトフィットのボスと顔を合わせたことはなく、トニー・アッカルドと同じ部屋にいたこともなかった。アッカルドは二人には目もくれず、話しかけようともしなかった。磨き上げられたウィングチップの靴でしわの寄ったプラスティック・シートに上がり、縛り上げられた泥棒に意識を向けている。

革の手袋をした手でラボッタの頭からフードを取った。鼻が潰れ、口ひげには血と鼻水がこびり付き、口はハンカチでふさがれている。

アッカルドに気づき、ラボッタの目に生気が戻った。まずは恐怖が、次に希望が浮かんだ。猿ぐつわをとおしてしゃべろうとした。「ンーッ、フーッ、ムーッ――！」あの押し込みにはいっさい関わっていない、そうアッカルドに言おうとしているのだ。

アッカルドは身もだえしているラボッタを見やった。「やあ、ヴィン」そう声をかけた。またラボッタがくぐもった声を発した。ニッキーに目をやり、代わりに話をするよう訴えかけている。

アッカルドが言った。「私は寛容すぎた。甘すぎたようだ。いまは自分がまちがっていたのがわかる」

ラボッタが激しく頭を揺らした。「ンーッ、フーッ、ムーッ——！」

「ヴィンともあろうものが、おまえなら分をわきまえていると思ったがな。こんなことになったのは、おまえの責任だ」

アッカルドに指を差され、クリースマンはぎくりとした。やがて、アッカルドに何を求められているのか察しがついた。

クリースマンは台車にのせたアセチレンのタンクを押してきた。

バーナーの付いたタンクを見たラボッタの目が、極限まで見開かれた。

アッカルドは、パニックになったラボッタを見つめた。純然たる喜びを感じているというよりも、興味を引かれている。アッカルドは他人の極限状態に酔いしれているのだ。それは犠牲者の感じている恐怖が正しいことを裏付けている。

アッカルドが言った。「こういうタンクの使い方は知っているな、ヴィン？」アッカルドは赤いシリンダーのそばへ行った。「強盗の道具というやつだ。時間をかければ、どんなものでも焼き切れるそうだな。鉄だろうと、セメントだろうと——なんだろうと。人のからだなど、きっと簡単だろう」アッカルドはクリースマンを指差した。「試してみよう」

クリースマンはその意味を理解した。左手の三本の指でタンクの上にあるバルブをひねり、右手でトーチに火をつけた。ノズルから炎が噴き出す。

ラボッタは激しく左右に首を振り、椅子が揺れた。不意にアッカルドが近づき、ラボッタの喉をつかんだ。そのあまりの力強さに、ラボッタの発作のような震えが止まった。

「いまから一時間後」アッカルドは、ドラゴンの息のごとき炎に負けない声で言った。「私は上等のぶ厚いステーキを切り分ける――それとちょうど同じころ、この二人がおまえを切り分ける」

ラボッタは目をむいた。炎に照らされた目でアッカルドの顔を見つめる。アッカルドはもうしばらく首を絞めつけ、それから手を放した。唐突に向きなおってプラスティック・シートから離れ、オフィスの方へ戻っていった。

クリースマンはトーチを手にしたままニッキーに目をやった。サリー・ブラッグスはニッキーに向かって軽く肩をすくめた。〝一時間も待たなきゃならないのか?〟と訊いているかのようだ。

愚かにも、ニッキーはもう一度ラボッタに顔を向けてしまった――ラボッタの目は懇願し、助けを求めていた。

クリースマンがトーチの火を消した。ガレージは異様な静けさに包まれた。

サリー・ブラッグスが口を開いた。「ニッキー——これでいいのか？」

ニッキーに選択の余地はなかった。それは二人も同じだ。「一時間待て」そう言って歩きだした。「それから始末を」

ニッキーがオフィスへ行くと、ザ・マンはニッキーが鍵を開けるのを待っていた。ニッキーは鍵を開けた。

「行くぞ」アッカルドが言った。「あとはあの二人に任せる」

ニッキーはガレージを振り返った。そこにはいたくないとはいえ、この時間にアッカルドとどこかほかの場所へ行きたいかどうか自分でもよくわからなかった。「これからどこへ？」ニッキーは訊いた。

「決まっているだろ」アッカルドは言った。

アッカルドとニッキーは、アッカルドの自宅のダイニング・テーブルで向かい合って坐っていた。二人の前にマイケル・ヴォルペが料理を出すころには、深夜零時をゆうにまわっていた。それぞれの皿には、グリルから出したばかりで熱々の十二オンスのサーロインステーキがのっている。ほかの料理も付け合わせの野菜もない。肉だけだ。

アッカルドは腕時計に目をやり、ナプキンを広げて片方の膝にのせた。「ありがとう、マイケル。時間どおりだ」

ヴォルペはニッキーの前にそっと皿を置いた。焼けた肉から湯気が立ち上っている。ヴォルペにこの真夜中のステーキの意味がわかっているのかどうか、ニッキーには見当もつかなかった。

「ほかに何か？」ヴォルペが訊いた。

「いや」アッカルドが言うと、ヴォルペは出ていった。

アッカルドはステーキの真ん中にコショウを振りかけた。小さな山になったコショウをナイフで広げる。ナイフを置き、また腕時計をチェックした。

「あと二分だ」

ニッキーは頭がどうにかなりそうだった。ディナー・テーブルでボスと同席するというのは名誉なことだが、ニッキーの気持ちと良心は、ガレージにいるサリー・ブラッグスやクリースマンとともにあった。二人がしなければならないことに責任を感じながらも――ちゃんとやれるかどうか不安でもあった。

「知っているとは思いますが」ニッキーは言った。「ヴィンは例のことに直接関わっていたわけでは……」

ニッキーはことばを濁し、肩をすくめていまいるこの家を示した。

アッカルドがテーブル越しにニッキーを見やった。「それで？」

「確かにサリータの仲間です、そういうつもりで言ったんじゃありません」

「おまえはサリータを連れてきたか？」

「それは……まだです」

「ならいい」またアッカルドは腕時計に目をやった。ニッキーはアッカルドを見つめた。その顔や日焼けした肌、目の下のたるみ、テレビ画面のような形をした眼鏡、耳たぶの長い耳。薄くなった白髪は、頭頂やこめかみのあたりからうしろになでつけられている。唇は肌と同じ色をしている。アッカルドの父親が靴職人だったことを思い出した。チェアマンは、年老いた優しげな靴職人に見えなくもない。

「おまえの仲間だが」アッカルドが言った。「頼りになるのか？　時間には正確か？」

「ええ、もちろんです」

アッカルドは秒針を見つめている。タイミングが重要なのだ。

「よし」アッカルドは顔を上げた。「食べるとしよう」

アッカルドはステーキにフォークを突き刺し、ナイフを入れた。ピンクがかった赤い牛肉から肉汁があふれ、皿に広がっていった。ひと口大に切り分け、よく眺めてから口にもっていって舌にのせた。血色の悪い唇を閉じ、ゆっくりと満足げに嚙みしめて味わっている。

ニッキーは吐き気がした。アッカルドはまたステーキを切り分け、先ほどよりも速く嚙んで食べた。まるで、それがヴィン・ラボッタの焼かれた肉体そのものでもあるかのように。

ニッキーは仕方なくステーキにナイフを入れた。すぐに肉汁が染み出してきた。血のような赤にところどころ黒いものが交ざっている。カジノのサイコロくらいのサイズに切ってフォークにのせたが、口に運ぶことができなかった。

胸がむかつき、フォークを置いてワインが入ったクリスタルのゴブレットに手を伸ばした。ワインを少し味わい、それからゴブレットを置いた。ニッキーはしゃべりだした。ステーキを食べないようにするために、何かしなければならなかったのだ。「ひとつ訊いてもいいですか？」

アッカルドは切り分けているステーキから目を離さず、肩をすくめた。

「ひと晩も刑務所で過ごしたことがないというのは、本当ですか？」

最初に頭に浮かんだのがそれだった。まえから訊きたかったこととはいえ、嫌悪感で目まいがし、話題を変えようと必死でなければ切り出さなかっただろう。

アッカルドはナイフをもつ手を止め、顔を上げた。「どうしてそんなことを？」

ニッキーは一線を越えてしまった。だがもう遅い。それでも、目の前で繰り広げられる血まみれの宴よりはましだ。「わかりません、ただ……信じられなくて。もしそれが本当なら」

アッカルドはかすかに首をかしげた。「信じられない？」ワインをひと口飲んだ。「からだと血、聖体というわけだ。「そうは思わない」

「とても信じられません」

「キーフォーヴァー委員会のやつらだ、ひと晩も過ごしたことがないとかいう話を言いだしたのは。それを私の首にかけて、私が誇らしげにしているように見せかけようとしたのだ。キーフォーヴァー委員会があったとき、おまえはまだ子どもだっただろう。いまから二十五年くらいまえ、たしか一九五一年だった。ちょうどいまごろだ。上院特別委員会。十年おきくらいに、現職の上院議員が話題を作らなければならないときにそういう委員会を立ち上げる。だがこのキーフォーヴァー委員会が開かれたのはテレビが出はじめたころで、テレビは目新しいものだった。連中はテレビで流すものを探していた。昼間の時間帯を埋められるようなものを。そういった公聴会は全国に生中継されるからな。信じられるか？」

しゃべりだしたアッカルドが食事の手を止めたことにほっとし、ニッキーは調子を合わせた。「テレビの生中継ですか？」

「私が入っていったとき、各局のロゴが書かれた大きなカメラで部屋の奥が埋め尽くされていた。しかも、どこもかしこもまぶしい照明で照らされていた。まぶしすぎて、サングラスをはずさなかったくらいだ。とにかく、やつらは私に狙いを定めたが――見事にはずしたというわけだ」アッカルドはまたステーキをひと口頬張り、嚙みながら話をつづけた。「エステス・キーフォーヴァー上院議員は、急に共産主義者どもより州間通商犯罪に興味をもちだした。〝ミスタ・アッカルド〟私にそう言った。〝シカゴやイリノイ州、もしくはアメリカのそのほかの場所でのギャンブルになんらかの形で関わっていますか？〟そうやって演説をはじめた。そこで私はこう言ってやった。〝上院議員、回答を拒否する〟とな。しばらくそんなやりとりがつづいた。〝違法薬物に関わっていますか？〟〝いいえ〟〝マフィアのメンバーですか、ミスタ・アッカルド？〟〝マフィアというのがどういうものか知らない〟それが気に入らなかったようだ。〝アウトフィットと呼ばれている組織については？〟〝回答を拒否する〟

当時は、そういう選択肢があったのだ。〝これは答えるが、これには答えない〟というようにな。黙秘権を行使してもいいし、使いたくないときには答えればいい。やつらがそれに気づいたせいで、いまでは〝自分に不利になる怖れがあるので黙秘する〟と言わなければならない――なんでもかんでもな。さもなければ、ドアやらゲートやらなんやらを開けることになって、何もかも答えなければならないはめになる」

「なるほど」

「とにかく」またステーキにナイフを入れた。「やつらは、十六歳からそれまでの私の前科を引っ張り出してきた。〝ミスタ・アッカルド、この二十五年間で二十三回も逮捕されているにもかかわらず、そのたびに出し抜いてきたのはどういうことですか？〟〝出し抜いてきた〟という言い方はしなかったが、わかるだろ。私を叩きのめしているつもりのようだったが、実際には私の評判を高めることになっただけだ――余計なことをしてくれたものだ。〝シカゴで政治的な影響力をもっていますか？〟〝ミスタ・キーフォーヴァー上院議員、善良な人というのは自分の信念を曲げないものだ、それは私だけでなくあんたたち政治家もよく知っているはずだ〟その回答も気に入らなかったようだ」

ニッキーは笑みを洩らし、さらにワインを飲んだ。今度はすっと喉を通り、しっかり味も感じられた。

「その公聴会のせいで、私はテレビに出たがるうぬぼれ屋扱いされる始末だ。とにかく何かしらの罪で挙げなければならない。そこで議会侮辱罪で出頭を命じられた。どうなったと思う？　それも出し抜いてやったのさ」また肩をすくめた。「だが、このもうひとつのほうはガムのようにひっついて離れなくなってしまった――どうしようもない。私が刑に服したことがないというのが、善良ぶったやつらの癪に障るのだ。刑務所に対して恐怖症のようなものを抱いている、そんなふうに思われるようになった。刑務所に入れられたカポネは頭がおかしくなったし、ニッティは逆戻りするよりも自分の頭を撃ち抜くことを選んだくらいだからな。だが、考えれば誰だってわかることだ。おまえはたしか、ジョリエット刑務所に二年間入れられていたんだったな、ニッキー？　聞かせてくれ――刑務所というのは、私が避けるべきところだと思うか？」

「もちろんです。とうていお勧めはできません」

「しっかり刑を務めることで、一人前だと認められるやつらもいる。そのいっぽうで、刑務所へ行かないのは……おそらく頭が切れるやつらだ」アッカルドは肩をすくめた。「私には立派な頭がある。ニッキー、おまえだってそうだ」

「それでも、つまずきましたが」

「確かにそうだ。だが、何を学んだ？」

ニッキーは頷いた。「もっと頭を使うということを」

アッカルドはニッキーにナイフを向け、いまの話を強調した。「私には、そんな教訓など必要なかったのかもしれない。そのステーキ、気に入らないのか？」

「その……」ニッキーは、フォークにのせた四角い肉のかたまりに目をやった。それを口に入れ、よく噛んでから飲みこんだ。気分はましになっていた。またこれがただのステーキに思えるようになっていた。

「全部食べるんだぞ」アッカルドは言った。「力をつけておかなければならないからな」

「力をつける？」

アッカルドは頷き、ワインを飲み干した。「これはほんの手はじめにすぎない」

サリー・ブラッグスとクリースマンは、ダイナーのボックス席でニッキーの向かい側に坐っていた。テーブルに覆いかぶさるようにしてニッキーが注文してくれたモーニング・スペシャルをむさぼっている。空腹で、放心状態だった。

ウェイトレスが、コーヒーの入ったプラスティックのカラフェをもってきた。「ありがとう、全員ぶんを頼む」ニッキーは言った。ウェイトレスは三つのマグになみなみと注ぎ、それからほかのテーブルをまわった。

「今日は仕事へ行くつもりか？」ニッキーは声を潜めて訊いた。

「わからない」クリースマンがトーストに齧（かじ）りつきながら答えた。疲れ果てているように見える。指が二本ない左手を突き出し、手の両側をチェックしていた。どうしてそんなことをしているのか、ニッキーにはわからなかった。「臭いがついてないか？」

「大丈夫だよ」ニッキーは言った。

「なんとか消えないかな」サリー・ブラッグスが言った。

「おれもだ」クリースマンも言った。「あのあとどこへ行ったんだ？」

サリー・ブラッグスが言った。「ジョーの自宅だ。ちゃんと家に着くまで、見送ってほしかったようだ」

サリー・ブラッグスはさらに声を潜めた。「今回のことは、ジョーに言われたのか？」

ニッキーはその話に触れたくなかった。おかしな顔をして肩をすくめてみせた。「そんなところだ」

「なんてことだ、ニッキー」サリー・ブラッグスは自分よりもニッキーのことを心配していた。

「いいか」ニッキーは二人のために説明した。「たいへんなのはわかっている。でも、おかげでどんな道が開けるか想像してみろ。よく考えてみてくれ」ニッキーは囁き声で言った。「ジョーは、きつい仕事をしたやつのことを忘れない。厄介な仕事をしてくれたやつのことを。つらいのはわかっている。だが聞いてくれ。これはチャンスなんだ。これで二人はマーカーを付けられた。換金しなくてもいいやつだから、心配するな——だけど、これで顔を覚えられた。それが報酬というわけだ。心に留められるということが。より大きなものの一部になるんだ。誰かのために何かをすれば——相手も何かをしてくれる」

クリースマンは困惑し、椅子にもたれかかった。サリー・ブラッグスは首を縦に振った。ニッキーには、二人に話が通じているかどうか自信がなかった。

「さっきも言ったが」ニッキーはつづけた。「たいへんなのはわかっている」

「とんでもない悪夢だよ、ニッキー」クリースマンが言った。

ニッキーは頷いた。二人がその話をしたがっているのを感じた。詳しいことは知りたくないとはいえ、何か訊かなければならない。「ガレージはどうなってる？　片付けてきれいにしたんだよな？」

サリー・ブラッグスが頷いた。「あそこは売るしかない。戻りたくない、もう二度と。戻れるわけがない」

クリースマンも同意するように首を縦に振った。

ニッキーも頷いたが、同意したわけではない。二人にどう伝えればいいか考えていた。

「それはしばらく待ったほうがいいと思う」

「どうして？」サリー・ブラッグスが訊いた。

「何度かあそこを使うことになるかもしれないからだ」

二人はニッキーを見つめた。いまのことばの意味がしだいに飲みこめてきたようだ。

サリー・ブラッグスがテーブルに身を乗り出した。「ニッキー――冗談じゃないぞ」

「わかってる」すかさずニッキーは応えた。「よくわかってるさ」

クリースマンが訊いた。「〝何度か〟っていうのは?」

ニッキーにも確信はないが、想像はついた。あの一件に関わったのは全部で七人。ひとりは始末されたので、代償を払うべき連中は残り六人。アッカルドの気が収まれば話は変わるが、ニッキーはその可能性もなきにしもあらずだと思っていた。あるいは、早めにサリータを捕らえられればそれで満足し、そこで終わりになるかもしれない。

ニッキーは言った。「はっきりしたことがわかったら話す」

「いったいどうなってるんだ?」サリー・ブラッグスが訊いた。「ニッキー、教えてくれ」

「知らないほうがいい。信じてくれ」

サリー・ブラッグスとクリースマンはたがいに視線を交わした。

ニッキーはつづけた。「本当だ、とにかく――知らないほうがいい。いまは信じてくれとしか言えない」

クリースマンはコーヒーのマグを手に取ったが、すぐにおろした。「クソッたれ」ため息をついた。

「おまえはどうなんだ?」サリー・ブラッグスは長いこと窓の外を見つめてから口を開い

た。「今度のこと、納得しているのか？」

「そもそも」ニッキーは言った。「納得できるかどうかという選択肢があると思うか？　いや、ない。二つ目に——ああ、おれは納得している。というのも、あいつらは一線を越えた。想像してみてくれ。思いつくかぎり最悪のことを」

「子どもにいたずらをするやつら」クリースマンが言った。

ニッキーは息を吐いた。「それと同じくらい許しがたい。これは、どこからどう見ても当然の報いだ。詳しく知らないに越したことはない。正しいのはこっちだ、それだけは断言できる。だがはっきり言ってくれ、おまえたちにできるか？」

三人は見つめ合った。サリー・ブラッグスが口を開いた。「これは……ずっとこんな役目をするわけじゃないよな？　つまり、これを仕事にするってわけじゃない——そうだろう？」

「あたりまえだ」すぐにニッキーは答えた。「おれたちはチームだ。ユニットなんだ。それに戦争になったら、何をしたって許される」

「戦争だって？」クリースマンが言った。

「やるべきことをやれば、そんなことにはならない。おれたちがうまくやればな」

ニッキーは、高利貸しのダイムズ・フォーブステインを通じてゴンゾ・フォルテを知っていた。もはやニッキーは金貸し業はしていなかった。資金援助するのは交流がある数人だけだ。もし誰かの友人がせめて今月いっぱい乗り切るためにカネを貸してほしいと〈テン・ピン・レーンズ〉にやって来たとしたら、ダイムズに任せる。そういうわけで、ダイムズは午後の大半を店でぶらぶらして過ごしていた——高利貸しというのは細かいスケジュールを決めないものなのだ。ゴンゾはときどき店に顔を出し、無料のポップコーンを食べたり、自分で安く売っているようなタイプの輸入品のレザージャケットを見せびらかしたりしていた。そうやって店で顔を合わせているうちに、ニッキーはゴンゾがコイン好きだということを知ったのだった。

ニッキーは、ピルセンのラシーン・アヴェニューにあるコーヒー・ショップの外でゴンゾと出くわした。店から出てきたゴンゾは片手にタバコをもち、その煙が降りしきる雪のなかで立ち上っていた。大きな目は寄り目がちで、そのせいでうさんくさく、しかも少しばかりイカれているように見える。だから〝ゴンゾ（変人）〟というニックネームを付けられたのだ。

「よう、ニッキー」ゴンゾが言った。

「顔を見るまえに、そのジャケットに気づいたよ。〝あれはゴンゾが売ってるやつだ〟ってな。そしたらなんとおまえだったというわけさ」

「いいものは目立つからな」ゴンゾが言った。「どこへ行くんだ？」

「ちょっと用事があってな。おれがおまえを探してるって、ダイムズから聞いてないか？」

「いや。なんの用だ？」

ニッキーはドアをふさがないよう、ゴンゾを二、三歩脇へ連れ出した。「コインの話だ。めずらしいコイン、それにディーラー。興味があるだろう？　すぐにおまえが頭に浮かんだ」

「もちろんだ。おれはコインを集めているからな」ゴンゾは声を潜め、ニッキーに秘密を打ち明けた。「品質保証書付きの二十ドル金貨を六枚取っておいてあるんだ。老後のためにな」通りの左右を見まわした。「ものによっては、コインはいいカネになる。みんなその価値がわかってないんだ。だが、どんなものを探せばいいか知らないと意味がない。それでどうした、アドバイスでもほしいのか、それとも別の話か？」

「別の話だ。その男はアーリントン・ハイツでディーラーをしている。名前くらいは耳にしたことがあるかもしれない。とにかく、この話を聞いたら気に入るぞ」

「もう気に入ってるよ」

「見せたいものがある。おれの車はすぐそこだ。タイアにチェーンを着けたところなんだ。サリー・ブラッグスもいる」

ゴンゾは融けかけた雪のぬかるみに吸い殻を弾き飛ばした。「時間ならある。わくわくしてきた」

ニッキーは行き先を指差し、ゴンゾといっしょに通りを渡った。まわりに知り合いは見受けられない。ニッキーが運転席に乗りこみ、ゴンゾは後部座席に坐った。

「サリー・ブラッグス、調子はどうだ？」ゴンゾが言った。

ニッキーの隣に坐っているサリー・ブラッグスは、ほとんど首を動かさなかった。「悪くない、ゴンゾ。ちっとも悪くない」

ニッキーはウエスト・リッジにある〈レヴズ・デリ〉の正面の窓際に立ってクニッシュ

を食べながら、ジョーイ・〝ザ・ジュー〟・レメルマンにある計画をもちかけていた。「ゴンゾにおまえを薦められたんだ」

「本当かよ？ 嬉しいけど、めずらしいな。ひと口乗せてくれるなんて、あいつらしくない」

「わかってるだろ。あいつは小物だ」

レメルマンはにやりとした。「いつもあのジャケットを売りつけようとしてくる。自分が着ているやつを売るのを見たことだってあるくらいだ。〝これが気に入ったのか？ ほらよ、四十ドルだ〟ってな。歩くフリーマーケットだよ。その日一日、寒さで震えることになったとしても、儲かったんだからあいつにとっては上出来なのさ」

レメルマンは厚手のオーバーを着ていて、片方のポケットに手編みのスカーフを押しこんでいた。シャツはシュガークッキーのような黄色の柔らかいコットンで、首までボタンを留めている。

ニッキーが言った。「とんだへまをやらかしたっていう噂を聞いたから、何かうまい話でも探してるんじゃないかと思ったんだ」

レメルマンはうつむいて首を振った。「とんだへまっていうのは、控えめに言いすぎだ。いまだにどこでしくじったのかわからないが、そんなこと知りたくもない。知らないほうがいいってことくらい、心得てるさ」

「賢明だな」

「わかってる。でも、あれは背筋が冷たくなったよ。あんなふうに呼びつけられるなんて。ゴンゾは紹介料でも要求する気だろうな」

「さあな。それはおまえたち二人の問題だ」

「それじゃ」レメルマンはまわりに目をやり、誰にも盗み聞きされていないことを確かめた。「話を最後まで聞いてみて、それから決めることにする」

「一度ひどい目に遭ったんだから、慎重になるのも無理はない。現金輸送車の停車場について、どう思う？」

レメルマンは何度か目を瞬いた。「どう思うかだって？　やりがいがありそうだな。大胆な仕事だ。大当たりだと思う」

「内部のやつを抱きこんでいる。借金があるやつだ。おれにじゃなくて――ほかのやつに。だから接点はない。そいつはカネでなんとかしようとしているんだ。焦っているのさ。今回の件はひと筋縄ではいかない。おまえの言うとおり、大胆な仕事だ。できるだけ人数は抑えたい。まえに痛い目に遭っているからな」

「競馬の件か」そのことを思い出したレメルマンは、ニッキーの考えを察した。「あれはヴィンとやったんだったな」

「ああ。だから当然、ヴィンははずしてある」

レメルマンは肩をすくめた。「おれはかまわない」

「しくじる要因はできるだけ排除する方針なのさ」

レメルマンは頷いた。「ここまでの話は気に入った。つづけてくれ」

「最後まできっちり計画どおりにやりとおす。慎重に慎重を期してな。時間をかけて準備をする。話を通さなければならない人がいれば、話を通す。まえもって、そして終わったあとでどうにかしなければならない人がいれば、どうにかする。そうやって細部にまで気を配る。ルールどおりに」

「ルールどおりにやる」レメルマンも同意した。「おまえの話は最高だ」

「実を言うと、サリータが必要なんだ。厄介なのはわかっている。話をつけに行ったのがおれだから、あいつは機嫌が悪いかもしれない。だが、あれはおれの意思じゃない――指示に従っただけなんだ。とにかく、あいつ以上にふさわしいやつはいない。どう思う？」

「もちろん、あいつに勝るやつなんていない。だから、おれもあの話に乗ったんだ。あいつには才能がある。それだけじゃなくて、なんというか、欠点もあるがな。おまえとあいつのあいだにはわだかまりがあるかもしれない。だが現金輸送車の停車場だぞ？　そんなチャンスがめぐってくるのは、人生に一度か二度くらいだ。あいつなら、この挑戦を受けるだろう。おまえがそういう言い方をすればな、ニッキー。かなり難しいが、成功すれば大儲けできる、これをやれるのはおまえだけだ、そう言うんだ。あいつにはもっとしっかりした指導役、お手本が必要なんだと思う」

「おれがふさわしいかどうかわからないが、おまえとおれの二人で話をすればもしかしたら。なんとしてでも成功させたいんだが、スムーズにことを運ぶ必要もある」

「こうしよう」レメルマンが言った。「もう少し静かなところへ行って、話のつづきをしようじゃないか」

「いいね」ニッキーは両手を拭き、ワックス・ペーパーでクニッシュを包んでごみ箱に捨てた。二人そろってドアの方へ歩いていく。「さっそくサリータと話をしたほうがよさそうだ。だが、おれから電話するのはまずい。それほど親しいわけじゃないからな。おれよりおまえのほうが連絡がつきやすいんじゃないか？」

ディディ・パレは、バイザー・ミラーに映る自分の顔をうっとり眺めていた。雪でぬかるんだアディソン・ストリートを走るプリムス・サテライトの前の座席で、ニッキーの隣に坐っている。ディディというのはイタリア系の名前だが、服装も体形もアイルランド系のようだった。ぶ厚い胸に大きな頭、がっしりしたからだはボクサーを思わせる。彼の妻の顔にあざや傷ができていたのも、一度や二度ではない。ニッキーはディディのことをほとんど知らなかったし、知りたくもなかった。ディディは感じの悪い男だった。まさに筋肉のかたまり、暴力の権化、そして間抜けだった。

「稀少本だ」ニッキーは言った。「〝おれの時間を無駄にするな〟――そうだろう？　どうせならダイアモンドをくれ――本じゃなくて。絵ならまあいいかもしれないが、本はいらない。銅管でもなんでもいい――だが本なんかごめんだ」

ディディはにやりとして頷いた。「本か。本なんか誰が欲しがる？」

「だがこの男は」ニッキーは言った。「取引はいつも現金だ」

「現金か」ディディはバイザーを上げた。「現金っていうのはいいもんだ」

「つまり現金だ、本じゃない」

「ようやく興味が湧いてきた」

「この男は銀行に預けない。銀行を信じてないのかもしれない、よく知らないが。ただ預けるのが面倒なだけってこともあり得る。理由なんてどうでもいい。とにかく、自宅でカネの上に坐っているのさ。雌鶏みたいにな」

「いくらあるんだ？」

「知るわけないだろ――そいつの帳簿係じゃないんだ。稀少本には詳しくないが、高いのはまちがいない。そいつはそれで商売をしている。さっきも言ったように――現金での取引だ」

「なるほど」

「本好きならきっと腰抜けだ、そうだろう？　しかも、それだけのカネを貯めこんでいるとすれば、きっと最新の防犯装置があるにちがいない。まさにジョニー・サリータの出番というわけだ。あいつの天才的な腕が必要なんだ」

「あいつならやれる」ディディは頷いた。「まちがいない」

「最近、あいつと会ったか？　おれは会ってない。おれたちはつるむ仲間がちがうからな」

「おれがジョニーと会ったかだって？」

「ああ」

「ニッキー、あいつに言われておれのところに来たのかと思っていた」

「なんだって？　いや、ちがう。おまえに会いに来たのは、あいつを探すためだ。この仕事に必要だから」

「あれっきりあいつとは会ってない……年末から。家には行ってみたのか？」

「もちろんだ。誰もいなかった」

「旅行にでも行ってるのかもな」

「旅行だって？　そうかもしれない。たまにポケットベルを使っていると聞いたことがある。その番号を知らないか？」

「なんの番号だって？」

「ポケットベルだよ。それに電話して番号を残すと、向こうからかけなおしてくるんだ」

ディディは関心なさそうに首を振った。番号は知らないし、わざわざ調べる気もないとでもいうように。「たぶんバケーションにでも出かけたのさ」

ニッキーはがっかりし、通りからボディショップの駐車場に入った。「ああ、ならきっとそうだな」

ディディが顔を上げた。「おい、ここはサリー・ブラッグスのむかしの解体工場じゃないか」

ガレージの右側の扉が開いていて、そのすぐ内側にクリースマンが立っていた。扉のチェーンに手をかけている。ニッキーがそこに車を入れると、クリースマンは扉を引っ張りおろし、ディディ・パレを永遠に閉じこめた。

「それで、やつはいったいどこだ？」アッカルドが訊いた。「やつの家族でもなんでも、手がかりはないのか？」

ニッキーは、アッカルドの自宅の地下に広がる秘密の屋敷にいた。真ん中を走る廊下のこれほど奥まで来たことはなかった。会議室やアッカルドのオフィスを通り過ぎ、たっぷりと食べ物が貯蔵されているウォークイン冷凍庫が備え付けられたひと部屋ぶんの大きさがあるパントリーを抜け、一部が未完成のユーティリティ・ルームにいた。屋敷の地下には空気清浄システムのようなものだけでなく、カスタムメイドの業務用暖房空調システムまで設置されている。地下室全体に空気の流れがあり、乾燥していて、病院のような清潔さが保たれていることにニッキーは気づいた。その未完成の部屋を囲むむき出しのレンガの壁の裏側には焼却炉があり、肩の高さくらいに取り付けられた二フィート四方のスティール製の扉でつながっている。

アッカルドはその扉の前に立ち、シャツの袖をまくり上げて白い毛で覆われた前腕をあらわにしていた。そばにあるスツールには、ふつうの生活雑貨が入った洗濯かごが置かれていた。その中身をひとつひとつ、荒々しい炎へと放りこんでいく。ミセス・アッカルドの衣服、オフィスで使うファイルのようなもの、夫婦のベッドの掛け布団。ジョニー・サリータと共犯者たちが触れたものは何もかもだ。焼却炉はオレンジ色がかった黄色に燃え盛り、波打つようなすさまじい熱気を放っている。

ニッキーが口を開いた。「奥さんと赤ん坊はどこかへ逃げました。金属加工店を経営している義理の父親とは多少、面識があります――サプレッサーを作っているんです。その父親と話をしてみましたが――手がかりはありません」

「とぼけているということは？　なにせ自分の娘のことなんだからな」

「それはないと思います」

アッカルドはその答えが気に入らなかった。手にしたガラスの灰皿を見つめる。それは裏庭のテラスのテーブルに置かれていたもので、まだ吸い殻が入ったままだった。それを荒れ狂う炎に投げこんだ。投入口から火花や燃えさしが噴き出し、セメントの床に落ちて消えた。

「このままつづけろ」

ニッキーは首を縦に振ったものの、どういう意味かわからなかった。精神的に疲れ切っていた。「三回狙いをつけてみましたが、どれも空振りに終わりました。三人ともおれと同じようなもので、サリータのことはほとんど知りませんでした。残りのメンバーは二人、ライノとキュー・スティック――」

「ふざけた名前だ」

「はい、二人とも身を潜めていて――狩り出すこともできません。これまで指示どおり素早く動いて、不意を突いてきました。ですが、あの二人はなぜかこうなることがわかっていたか、あるいは何か耳にしたのかもしれません……おれが思うに、おそらく二人はこれに関わっていたのではないかと」――ニッキーは上の階を示し、押し込みをほのめかした――「もしかしたら直接的に。それでびくびくして逃げまわっている。それなら無理もない」

「ふざけたやつらめ」

「あとはサリータ、それで七人になります。レヴィンソンの一件に関わったのはその七人。それで全員です」

アッカルドは頷いた。「とにかくつづけろ」

「やっています。ですがさっき言ったように、どこかに隠れているんです。必ず捕まえてみせますが……時間がかかります」

「ニッキー、聞こえなかったようだな。いいからつづけるんだ」

アッカルドに誤解されているかもしれないと思ったが、やがて何もかも見透かされているのではないかという考えに変わった。

「まさか……まさか連中の家族を？」

アッカルドは苛々した様子でニッキーに目を向けた。眉は汗でしっとりし、顔は熱気で紅潮している。「ほかのこそ泥たちだ！　ばかなことを言うな！　つづけるんだ」

ニッキーは頷いたが、いまだに戸惑っていた。アッカルドは、侵入者たちが触れたかもしれない妻のくしとローションを投げこんだ。焼却することによって浄化しているのだ。

「ほかのというと？」ニッキーは訊いた。

「誰だってかまわん。こそ泥ならな。思い知らせてやるのだ。適当に見つくろえ」

ニッキーは危険を承知で問いただすしかなかった。アッカルドの怒りは爆発寸前だが、いったいなんの話をしているのか確かめなければならない。「まちがいがないように……はっきり指示してほしいのですが」

もう一度、アッカルドはニッキーに目をやった。失望し、苛立ちを募らせている。「いい加減にしろ、パッセロ。見つくろうんだ、こそ泥たちを。メッセージがしっかり伝わるようにな」

「わかりました」なんとか理解しようとしていた。アッカルドは罪のない泥棒たち――あの押し込みとは関わりのない者たち――も始末しろと言っているのだ。しかも、ニッキーが選ばなければならないというのか？

ニッキーはどうにかしてアッカルドを説得できないか考えてみた――だが、ここで危ない橋を渡っているのはニッキー自身だった。すでに四歩踏み出してしまったからには――ラボッタ、ゴンゾ、レメルマン、そしてディディ・パレ――いまさらきびすを返してスタート地点に戻るわけにはいかない。どうやればいいというのだ？　これをやり遂げると覚悟を決めていた。最後まで突き進むしかない。

「いいですか、ジョー」アッカルドが妻やほかの人たちから呼ばれている名前で話しかけた。「おれの役目は、ボスの指示に従って――」

「ああ、そのとおりだ」

ニッキーは首を縦に振った。「それで、おれの仲間たちのこともちゃんと考えてやりたいんです。あの二人は、こういったことをするようなやつらじゃありません。仕方なくやっているんです。喜んでやるやつもいるかもしれませんが――あの二人はちがいます。二人とも言われたとおりにしているとはいえ、精神的にこたえているんです」

「慣れるものだ」

「何ごとも」アッカルドは言った。

「そうかもしれません。ですが、ボスが出しているのはメッセージです——しかもそれは当然のメッセージです——この家のこと、部外者が何も知らないことについて」

アッカルドが数枚のスリップを放りこみ、それでかごは空になった。燃え盛る焼却炉の扉を閉めて掛け金をおろすと、レンガに金属がぶつかる音がして炎の息づかいも聞こえなくなった。

「ニッキー」アッカルドはカッとなっていた。「私にどうしろと言うのだ？」

これはトラップだ。ニッキーは言った。「こうしたほうがいい、しないほうがいいと提案しているわけでは——」

「おまえは、あのサリータのやつを見つけられないと言ったんだぞ」

ニッキーは頷いた。「そのとおりです」

「それで、私にどうしろと？　放っておけとでも？」

ニッキーは首を振った。

「ちがうのか？　わかった。それなら、どうすればいい？」

ニッキーは首を縦に振り、静かに答えた。「つづけるんです」

「だからこそ、おまえを頼りにしているのだ。やるべきことをやれるか？」

ニッキーは頷いた。

「サリータを連れてこられるか？」

「できないとは言っていません。時間がかかると言ったんです」

いまのはまちがった答えだ。〝車のトランクにジョニー・サリータをぶちこんで連れてきました〟以外の答えは受け入れられないのだ。

「おまえなら対応できると期待したのだが」

ニッキーは目をそらして首を縦に振った。「対応しているところです」

アッカルドは空の洗濯かごをもってニッキーのそばを通り過ぎた。「なら、対応しろ、ニッキー・ピンズ」

土曜日の午後、〈テン・ピン・レーンズ〉は大いに賑わっていた。九歳の誕生日パーティが二組同時に行なわれ、そのうえシニア・リーグのトーナメントも開催されていたのだ。ダニッキーは、常連客のティーンエイジャーの息子に週末だけ手伝ってもらっていた。ダニーという細身のその少年は、冬にもかかわらず長いストライプの入ったフレア・ジーンズにノースリーブ・シャツという格好をしている。ダニーはゲーム・ルームの子どもたちに目を配り、午後には角にあるコインランドリーまで走っていき、二十五セント硬貨がなくならないよう両替をしていた。さらに誕生日のろうそくに火をつけたり、引っかかったボウリングのボールに対処したりもしていた。

チャッキーはポップコーンを作りつづけ、脇にあるラウンジでは週末だけ雇っているバーテンダーのレオがビールのキャップを開けたり、ハイボールやサワーをかき混ぜたりしている。〈クライドの店〉から手伝いに来てもらっているレオは、聞いてくれそうな人を見つけては、一九五〇年代にカナダのウイスキーを密売していたという話を聞かせていた。そしてシフトが終わると酒を飲み、給料のほとんどを店に還元していた。レーンにいちばん近いカウンターの端では、マフィアのメンバーや取り巻きたちがくだらない話をしたり、誰かをからかったり、タバコを吸ったり、酒を飲んだり、笑い声をあげたりしている。

そのグループからダイムズ・フォーブステインが離れ、カウンターのうしろでひとりで郵便物を整理しているニッキーのところへやって来た。ダイムズは体重が三百五十ポンドくらいあり、ベルトやサスペンダーでなんとかそのからだを支えていた。しかもイモムシのような口ひげを生やしている。にやりとすると、チョコレート・ケーキに心を奪われた漫画のキャラクターのように見える。

「どう思う、ニッキー・ピンズ?」ダイムズはウィンストンゴールドのパックのセロファンをむいた。

「この寒さと雪のせいで、うちのボウリング場が犯罪者たちのクラブ・ハウスになっちまったようだ、ダイムズ」

ダイムズは含み笑いを洩らした。彼は禿げかかっていて優しげだが、タフな男でもあった。とはいえニッキーと同じように、荒っぽいことはほかの男たちにやってもらっていた。

「誕生日パーティの特別料金を請求したらどうだ。ところで、最近ゴンゾは来てるか?」

「こそ泥のゴンゾか？」ニッキーは請求書やチラシから目を上げずに言った。

「ここのポップコーンがお気に入りだからな」

「うちの無料ポップコーンか」ニッキーは首を振った。「チャッキーに訊いてみてくれ——たぶん来てないと思うが。どうして？」

「あいつを探してるんだ」ダイムズは出っ張っている腹をカウンターに押しつけて近づいた。「ひょっとして知らないか……何が起こっているか？」

ニッキーは郵便物を置き、興味を引かれたふりをした。「何が起こっているかだって？どういうことだ？」

「ゴンゾはいつもきっちりカネを払ってる。支払いが遅れたことはない。あのレザーの服とおかしな目つきのせいで少しばかりイカれて見えるだけだ。だが、おれを避けるなんてあいつらしくない。多少は目をつぶってやってもいいが、二週間というのは見すごすわけにはいかない。あいつとは何年もカネのやりとりをしてきたし、近くに来たついでだから、ちょっと様子を見に家へ寄ってみた——ただの様子見だ。ゴンゾの奥さんが出てきたんだが、何がどうなっているのかわからなくて取り乱していた。おれをなかに入れて、ゴンゾから連絡も何もないと言うんだ。車もなくて、どこへ行ったのか誰もわからない。それで、何か知らないか訊かれたんだ」

「なんてことだ」

「一週間以上まえの話だ」

「なるほど」

「最後に奥さんがゴンゾと話をしたとき、人と会うことになっていると言って朝早く出かけたそうだ。それ以来、誰ひとり影も形も見ていない」

「人と会う？」

「奥さんの話ではな」

「それから誰も見ていないのか？」

「ゴンゾはふらっとやって来てはどこかへ行ったりする――おれたちみんなそうだ。だから、心配ないだろうと自分に言い聞かせて、二、三日放っておいた。それで今朝、教会でレバント人の仲間のジョーイ・〝ザ・ジュー〟に訊いてみることにした。あいつはおれといっしょで、教会の内陣（ベーマ）のあたりに坐るのが好きなんだ」

「それで、なんて言ってた？」

「あいつもいなかった。ジョーイも消えたんだ」

ニッキーは目を見開いた。「〝消えた〟って、本当に消えたのか？」

「教会にあいつの奥さんの友だちがいた。同じだよ。さっきまでいたのに、次の日にはいなくなっていたらしい」

「そうか。理由はなんだってあり得る」

「それと、おれには関係ないことだが――ただし、おれの商売に関係ある部分を除いてだが――何か妙な感じがするんだ。おまえはこういうことに詳しいだろ」

「そんなことはじめて聞いたよ、おまえの話で」

「ついでに言うと、不安になっている連中がほかにもいるらしい。早めにカネを返しにきて、しばらく街を離れると言っていた。跡形もなく消え去るより、事態が収まるのを待つほうがいいと言ってな」

「そいつらもこそ泥なのか？」

ダイムズはそうだと言うように肩をすくめた。

ニッキーはあごを掻いた。「こそ泥なんてそんなもんさ。街の外でうまい話でもあるのかもしれない。まえに、オーロラで製薬会社の倉庫がやられた一件があっただろう？」

「そういえばそうだった。忘れていたよ」

「あのとき、ここはゴーストタウンみたいだった。誰にも理由はわからない。すると突然みんな戻ってきたが、誰も何も言わない。だがどういうわけか、急にみんな景気がよくなって、しかもいつもハイになっていた」

ダイムズはにやりとした。その笑みが顔全体に広がる。「あの一週間はなかなかの見物だった」

カウンターの電話が鳴った。チャッキーは近くにいない。ニッキーはダイムズに向かって人差し指を上げ、受話器を取った。「こちら〈テン・ピン〉、ニッキーです」ボールが転がったりピンが倒れたりする音で騒がしいとはいえ、いつもの電話とはちがうのがわかった。雑音が交ざったオペレーターの声は単調だった。「ジョリエット刑務所からのコレクトコールをお受けになりますか？」

ニッキーは動けなくなった。目の前では、ダイムズがウィンストンのタバコに火をつけている。ニッキーは電話機の下のカードに書きこまれた掛け率にちらっと目をやり、それに関する電話でもあるかのような素振りをした。「ええ、もちろん、わかりました。ちょっと待ってもらえますか？」

ニッキーは振り返ってチャッキーを探した。トーナメントが行なわれているレーンで、ボウリング・シャツを着た二人の年配の男と話をしていた。ニッキーが歯の隙間から口笛を吹くと、チャッキーが顔を上げた。ニッキーは手招きをした。

ニッキーはダイムズに言った。「この電話はオフィスで受ける」

ダイムズは煙を吐き出し、手を振って煙を払った。「かまわない」そう言ってカウンターの男たちのところへ戻っていった。

チャッキーがカウンターの二つの段差を上がってきた。「どうした？」

「邪魔の入らないところで電話を取る」ニッキーはカウンターに受話器を置いた。

カウンターを出たニッキーは、チャッキーと入れ替わった。レーンの割り当てと靴を待っている客のあいだを抜け、ラスター・キングのボール研磨機のそばを通り過ぎ、ゲーム・ルームの近くにあるオフィスのドアへ向かった。デスクの電話機をつかんで脇に抱え、開けたままのドアのところへ戻ってチャッキーに合図をした。するとチャッキーはカウンターの受話器を電話に戻した。

ニッキーはドアを閉じて外の音を遮った。椅子に腰をおろし、受話器を胸に押し当てる。デスクの方にキャスター付きの椅子を滑らせ、電卓やAMFのカタログ、タイムカードをどかした。意識を集中しなければならない。ブランズウィック社のカレンダー・パッドの上に身を乗り出し、冷たい受話器を耳に当てた。

「はい、どうぞ」ニッキーは言った。

「この通話は録音されます」オペレーターが言った。

カチッという音が二回した。別の回線とつながり、雑音が減った。

「もしもし、ニッキー？」

ニッキーは空いている方の手で首筋を押さえ、さらにからだを屈めた。唇はカレンダー・パッドから数インチしか離れていない。「やあ、クリストファー。久しぶりだな」

「ニッキー」クリストファーが言った。

「よう、元気か?」

「電話を受けてくれるかどうかわからなかったんだ」

「どういう意味だ? 何言ってるんだ? もちろん受けるに決まって——」

「ぼくのことなんか忘れたかもと」

ニッキーはクリストファーの声に耳をそばだてた。有料電話の乾いた通話とはいえ、その声から彼の気持ちを判断しようとした。

「忘れるわけないだろ。どうしてそんなことを? おれはちっとも変わってない。口座にカネは入っていたか?」

「刑務所内は封鎖されてしまったんだ。一部の人たちが違反したとかで。みんな暴れてる。それにこの天気で——中庭にも出してもらえない。ずっとまわりを壁に囲まれてて、頭がおかしくなりそうだよ」

「わかってる」ニッキーにはその様子がありありと浮かんだ。かつてともにした監房。

「頑張るんだ、いいか? おれのカレンダーだと、あと三カ月だ。もう少しじゃないか」

「そういうふうに考えようとしているけど」クリストファーはことばを切った。どこかから大声が聞こえ、気を取られたのだ。クリストファーがいるのは共用エリアだ。とはいえ土曜日の午後ということは、電話待ちの列はそれほど長くはないだろう。

「同室のやつはどうだ？」ニッキーは答えに用心し、気をつけながら話をした。「問題ないか？」

「大丈夫だよ。あんなやつどうだっていい。ニッキーじゃないんだから」

ニッキーは顔を上げた。誰かがオフィスに押し入ってきて受話器を取り上げるのではないかと心配するかのようにドアを見やり、また頭を下げた。「あと九十日だ」ニッキーは励ますような声で言った。「これまでのことを考えれば、逆立ちみたいなもんだ」

「どうなるんだろう、ニッキー？　ぼくがここを出たら？」

「大丈夫さ。楽しい生活が待っている。自由な生活が。もうすぐ出られるんだ」

「でも、どうなるの？」クリストファーのか細い声がさらに小さくなった。「ぼくたちは？」

ニッキーは、カレンダーに当たる自分の息の温かさを感じた。それほど顔を近づけていた。こんな会話はしたくなかった。いまも、これからも。「わからない」慎重にことばを選んだ。「同じというわけにはいかない」

長い沈黙が返ってきた。「やっぱりね」

「仕方ないだろう？　外はちがうんだ。何もかもちがう。おまえだって変わる」

「ニッキーは変わったの？」

「おれは……ああ、変わった。いいか、新しい世界、新しい人生が待っているんだ。あの場所、ジョリエット刑務所のことは頭から消え去る。ひと晩じゃ無理だが、そのうち消える。忘れてしまうんだよ」

「ニッキーはそうしたの？　忘れたってこと？」

しまった。「うまく説明できない。とにかくそこから出ること、自分自身のこと、ひとりでやっていくことだけを考えるんだ。おれも力になるから。あたりまえだろ——そんなことわかっているはずだ。おまえが自立できるように。ただし……なかにはなかの生活が、外には外の生活があるんだ」

クリストファーは無言だった。

ニッキーは反応がないままつづけた。「それがおまえのためだ。最高の人生が待っている。ただ……現実的に考えてくれ」

「考えているよ」

「いまにわかるさ」ニッキーは顔をしかめた。あまりにもつらすぎる。「なあ——そこを出られるっていうのに、あまり嬉しそうじゃないな」

「嬉しくないよ、ニッキー。ちっとも嬉しくなんかない」

クリストファーの声は、最後はうわずっていた。ニッキーは黙ったまま、クリストファーが落ち着くのを待った。

「嬉しくない」クリストファーは繰り返した。

「そうか」

「もう行かなくちゃ」

「なあ、おれが言ったこと、そんなに深く——」

カチャッ。

「クリストファー?」

通話が切れたのがわかったとたん、ニッキーも受話器を戻した。デスクからからだを離し、天井を見上げる。そして悪態をついた。

クリストファーが精神的にもろいというのは、まえからわかっていた。それは数年まえから悩んでいる深刻な問題だった。クリストファーを大切に思っていた。クリストファーと会うことでまた惹きつけられてしまったらと思うと、気が気ではなかった。そうなることを怖れていた。それはおたがいのためにならない。

もはや目前に迫っている。あの哀れな若者が街に戻ってくるのだ。クリストファーが立ちなおれば——何を言いだすか、あるいは何をしようとするかわかったものではない。場合によっては、どこまでしゃべるか……？

強請(ゆす)ってくるという可能性もある。実際に強請るだけでなく、精神的に揺さぶりをかけてくるかもしれない。もし街での生活がうまくいかなかった場合、そのどちらの手段にも訴えかねない。もちろん、クリストファーは強請りなどとは言わないだろう。だが追いこまれれば——いまよりさらに追いこまれれば——二人の関係を剣のようにニッキーの頭上で振りかざさないとは言い切れないのではないか？

あのジェラルド・ロイがしたように。

またニッキーは悪態をつき、思い切り顔を擦った。悪いのは自分だ。いろいろなことが同時に起こりすぎていて、とてもではないが対応しきれない。椅子から飛び上がり、オフィスのドアに手を伸ばしてレーンの方へ出ていった。土曜日の午後を満喫している楽しそうな声が聞こえてくる——ニッキーはこのまま突き進むしかないと決心した。

フェリックス・バンカ刑事はアイドリングしているオールズモビル・デルタ８８の運転席に坐り、ヒーターを全開にしていた。その週にオハイオ・ヴァレーと五大湖エリアにブリザードをもたらした嵐のせいで、雪が一フィートも積もっていた。ニュースではこの地域における過去最悪の嵐のひとつと言われ、ミシガン州がもっとも被害を受けていた。もう何日も、シカゴの気温は氷点下のままだった。天気予報によると、この先もしばらくこういった状況がつづくということだ。

薄茶色のマーキュリー・ボブキャットがレッカー車をまわりこんできた。検視局のヴァンの隣に寄せ、縁石に対して斜めに駐まった。バンカはエンジンを切り、コートの襟元を閉じてから車を降りてロイのところへ行った。寒くて都合がいいことがあるとすれば、野次馬たちが集まらないことだ。制服警察官たちでさえ、パトロール・カーから出ようとしない。

バンカが近づいてくるのに気づいたジェラルド・ロイ特別捜査官は、脇に寄せられた雪のかたまりを飛び越えて除雪された歩道へ行った。雪のなかを歩くにはもったいないような磨き上げられたブーツをはき、この寒さをしのぐには不充分な厚手のコートを着ている。いっぽうのバンカは、フェイクムートンの裏地が付いた暖かいチャコールグレーのオーバーを着こんでいるのでそれほど寒くは感じなかった。

「この天気に合った服をそろえたほうがいい」バンカは言った。

すでにロイは両腕をさすっていた。「ラスヴェガスが恋しくなるなんて、思いもしなかったよ」

「さっさとすませよう。これを見たいんじゃないかと思ったんでね」

「ありがとう。借りができたな」

「気にするな。とにかく、感謝するのはちょっと待ったほうがいいかもしれないぞ」検視局の職員が車を降り、何も触れないように目を光らせた。バンカが緑色のオールズモビル・トロネードのキーを取り出した。その車のボディは、彼のデルタ８８とさほど変わらない。車から取り除かれた凍った雪の欠片が、タイアのまわりに散らばっている。

バンカがキーをまわすと、トランクが開いた。なかの遺体は膝を抱えて丸くなり、クソと血にまみれた下着のほかには何も身に着けていなかった。特別な日に食べる鳥料理のように縛り上げられ、首には細いナイロンの紐が巻かれている。肌には深く食いこんだ紐の痕があり、背中に沿って延びたナイロンの紐が、縛られた手首や足首とつながっている。頭には不透明のビニール袋がかぶせられ、口は太いロープでふさがれている。顔は黒ずみ、原形をとどめていない。しかも、強烈な臭いが鼻を突いた。

「なんてことだ」ロイは鼻から息を吸いこまないようにした。

「これほどひどいのは見たことがない」バンカが言った。「身元の確認に苦労しそうだ」

「なんだってこんな顔に？」

「また焼かれたのさ」

ロイはトランクから離れ、新鮮な空気を吸おうとした。しゃべれるようになると、ロイは口を開いた。「まただと？」

バンカはキーと現場を検視官たちに引き渡し、ロイと話をするために車へ連れていった。エンジンをかけてデフロスターをつける。ロイは助手席に腰を落ち着けた。

「これは三日まえのものだ」バンカはダッシュボードのファイルから犯行現場の写真を抜き出して渡した。「オヘア国際空港の近くにあるホテルの駐車場に駐められた、リンカーン・コンチネンタルのトランクで見つかった。駐車券によると、一週間ほど駐められていたようだ」

次に、検視写真を手渡した。

「検視解剖をするまえに、遺体を解凍しなければならなかった。信じられるか？　これは焼かれただけじゃなくて、臓器を抜かれて、そのうえ性器まで切り取られていた」

ロイは写真に添えられた報告書に目をとおした。「ヴィンセント・ラボッタ？　警察官なのか？」

「元警察官だ。元警察一家のひとりだ。ラボッタは二十年くらいまえに警察をクビになっている。それがなんと、交通違反の切符を握り潰す代わりに二十五ドルの賄賂を受け取ったからということだ。たったの二十五ドル。時代がちがったということだ。組合もちがった。そこから百八十度方向転換して、泥棒を本業にするようになった。ギャンブルにも手を出して——六年くらいまえに競馬の八百長でへまをやらかしている。レースで負けるようジョッキーたちを脅して、掛け率を歪めようとしたんだ。根っからの悪者ってわけじゃない、わかるだろ。兄貴たちとはちがって凶悪犯でもない。どちらかと言えば、端のほうでちょこちょこやって、それで人生を楽しんでいるようなやつだ」

ロイは書類を返した。「なるほど。それで、こいつは誰をだましたんだ？　それとも誰かを怒らせたのか？」

「私もそう思ったんだが、二人目の被害者が出た」

ロイは頷いた。「顔を焼かれた被害者が二人というわけか」

「手も焼かれているから、指紋が採れない。これは何かありそうだ。解凍したり、歯を抜いて治療記録と照合したりで、このミスタ・トロネードの身元確認には何日かかかりそうだ」

「しばらくここに駐められていたのか？」

「大雪のまえからだから、少なくとも一週間は放置されていたことになる」ロイを待つあいだ、バンカはこの件について頭をめぐらせていた。「思いついたことがある。確かめてみたいんだが、一時間くらい空いているか？」

「コートでも買いに連れていってくれるのか？」

「それはまた別の機会に」バンカはダッシュボード下の無線機からハンドセットを手に取り、通信指令係になんと言おうか考えた。「こうしよう」

バンカはシカゴの街なかでオールズモビルを走らせていた。両側に迫る雪の壁のせいでふだんより通りが狭くなっているため、車体が長く、前に重心がある車は運転しづらい。

彼は無線機が鳴るのを待っていた。

「訊きたいことがある」バンカはロイに言った。「ラスヴェガスで潜入捜査をしていたころの知り合いに出くわすかもしれないと、不安になったことはないのか？」

ロイは窓の外に目を向け、肩をすくめた。「正直に言って、本当に価値のある情報を得られるほど内部まで潜りこめたとは思っていない。少なくとも、その結果としてどこかのFBI捜査官が付け狙われることになるようなところまではな。そう願いたい。とはいえ、実際のところはわからない。いつも私は気をつけている。家に帰るときも、同じ道は使わない――絶対に。いまはそうやって暮らしているし、それがいまの自分なんだ」

バンカは頷いた。「賢明だ。あんたの話を聞いて興味が湧いてね。そこでジャージー・ジョージのことを調べて、訊いてまわってみた。気が滅入るような話だな」

「ああ。未成年の少女たちの話だろう？」

バンカは首を縦に振った。

「それほど驚くことでもない、フェリックス。あいつらはいい人間ではないんだからな」

「それはわかっているが、それにしても。そこにつけこんで手駒にしたのか？」

「どういう意味だ？」

「そいつに犯罪の証拠を突きつけることで。逃げられない状況を作ったり、おとり捜査をしたりしてはめる。そういう売春婦の少女たちを利用して。刑務所へ行くか〝私に手を貸す〟かどちらか選べ、と迫って？」

ロイはため息をついた。バンカは何もかも打ち明けてもらえるとは期待していなかったが、その深いため息はバンカの考えが正しいことを認めたようなものだった。「私が学んだことを教えてやろう」ロイは言った。「信頼できる内通者というのは、ゆうに潜入捜査官五人ぶんの価値があるということだ。潜入捜査官にできることには限界がある。おたがいにそれはわかっているはずだ。潜入捜査官には何ができるか、どこまで行けるか。だがもとから組織の一員として認められていて、階段を上がるために信頼を勝ち取らなくてもいいやつなら？　そいつを使えば奥深くまで潜りこめる。とびきりの情報源になるというわけだ」

「なるほどな」バンカは包み隠さず打ち明けられたことに驚いた。「それで、ここでも内通者がいるんじゃないかという気がするんだが」

ロイはにやりとした「そんなことは言ってない」

「確かに、言ってはいない」

無線機が鳴り、バンカはハンドセットを手に取った。

「バンカだ。それで、どうだった？」

「バンカ刑事、この七日間で四通の交通違反チケットを切られた車が一台見つかりました――サウス・サンガモン・ストリート五二一五番地です」

バンカとロイは通りを渡り、雪が積もったキャデラックのところへ行った。雪で覆われたフロントガラスからは、チケットは一枚しか見えない。スクレーパーを手にしたバンカはトランクの方へまわりこんだ。ロイは運転席側の窓に近づき、ウールの手袋で窓に積もった雪を払いのけた。

バンカがトランクを開けるのに手こずっていると、ロイが声をあげた。「フェリックス」

バンカはロイがいる窓側へ行った。ロイは凍ったガラスと格闘していた。まだ不透明だが、ステアリングに寄りかかった人の姿が見える。

ロイが脇へどくと、バンカはスクレーパーを使ってもう少しはっきり見えるまで氷を削り落とした。

裸の男性の遺体だった。

ロイが内側のロックを指差した。ロックは上がっていて、鍵はかかっていない。ドア・ハンドルに手をかけてから両手で握りなおし、力いっぱい引いた。ドアが軋(きし)み、ドアフレームのまわりの氷がわずかに砕けた。「下がってろ」ロイに言われてバンカは下がった。ロイは車体に足をかけてドア・ハンドルを引っ張った。

大きなドアが開いた。極寒の気温のおかげで腐敗は進んでいない。遺体には無数の刺傷があった。腹はおそらくソーザル・ブレードか何かで切り裂かれ、臓器が抜かれている。だが、焼かれてはいなかった。腐りかけの顔は、呆然としたような表情で固まっている。

ロイが口走った。「こいつはひどい」

解き放たれた悪臭の斜めうしろに立つバンカは、その凍りついた顔に見覚えがあった。

「パレだ」

「なんだって？」ロイは腕で鼻を押さえている。

「ディディ・パレ。荒っぽいこそ泥だ。まえに逮捕したことがある。九十パーセントまちがいない」

ロイは車内に首を伸ばしてなかの様子を確かめようとしたが、あまりの臭いにあきらめた。バンカとともに下がり、ステアリングに倒れこんでいる裸の遺体を見つめた。

「フェリックス」ロイ捜査官が口を開いた。「これは何かあるな」

《ジ・エッジ・オブ・ナイト》は午後遅くに放送されているテレビのメロドラマだが、犯罪ドラマでもある。放送時間はたったの三十分だ。女家長とその家族を中心に物語は展開し、いくつもの不慮の死、復讐、不倫、いつまでも治らない記憶喪失などが盛りこまれている。さらに、モンティチェロという架空の街を舞台にした刑事ものでもあった。午後四時にテレビを見ているおもな視聴者は学校から帰ってきた子どもたちの世話をしながら家事をしている母親たちだということを考えると、ドラッグの密輸やギャング、地方検事などの物語というのは重苦しい。このドラマがどういった人をターゲットにしているのか判断するのは難しい。ニッキー・ピンズは欠かさず見ていたが。

最近になって、モンティチェロにデレク・マロリーという新しい警察署長が赴任してきた。長身で均整が取れ、身だしなみもよく、濃い口ひげをたくわえている。身のこなしは滑らかで、落ち着きがあり、話上手だ。ニッキーはそのキャラクターに引きつけられていったが、彼が登場してから二カ月ほど経って気づいた。まえにその俳優を見たことがあるのだ。あるバチェラー・パーティで友人たちとダウンタウンにあるホテルのスイートを借り、映写技師組合の誰かがもってきた《パンク・ロック》というタイトルの十六ミリのポルノを見た。そこに登場した警察官を演じていたのが、まさしくモンティチェロ警察署長デレク・マロリー役の俳優だった。そのバチェラー・パーティのポルノでは、もちろんデレク・マロリーは女性たちとセックスをしていた――これはただの願望かもしれないが――

そのポルノ俳優を見たニッキーは、一度だけニューヨークへ行ったときのことを思い出した。自分で対応しなければならない取立の仕事があったのだ。その夜は数杯飲んだのだが、当時のニッキーにとって酒はいまよりもずっと厄介な問題だった。その後、タイムズスクエアの奥まったところにある小屋へ行き着き、〝ループ〟と呼ばれるものを見た。それは短編のポルノで、プロットもストーリーもなく、出会いが延々とつづくだけのものだ。ニッキーの記憶が正しければ、そのループのなかで警察署長のデレク・マロリー役の男が女性とやっていなかったのはまちがいない。プールサイドのラウンジ・チェアで、カウボーイ・ハットにあごひげ姿のたくましい男とセックスをしていた。当時のその俳優はいまより若く、短くて控えめな髪型をしていたとはいえ、同じ口ひげ、同じ胸毛、同じカリフォルニア・ブルーの目をしていた。

もちろん、ゲイ・ループとストレート・ポルノ、メロドラマの俳優たちがごっちゃになっているとも考えられる。ほかの映画も調べてみないかぎり、確信はもてない。

だが、これに関してひとつだけはっきりしているのは——いまの時点で疑問の余地はない——モンティチェロ警察署長のデレク・マロリーがシカゴのFBI特別捜査官ジェラルド・ロイに似ているということだ。瓜二つというわけではないが、口ひげから体形にいたるまでそっくりだった。

ふだんはカウンターの奥にある十三インチのトリニトロンのテレビで《エッジ》を見ながら、レンタル・シューズに消毒液をスプレーしたりして忙しそうなふりをしていた。その暇な火曜日の午後もそうしようとしていたのだが、カウンターの向かい側に坐るケヴィン・クイストン刑事が面白い警察話をしてやると言って聞かなかった。

「警部が出動命令を出して、暴動鎮圧部隊が映画館に突入したんだ。おれなんか最前列だよ。最初に目に入ったのは、レジの女だ。だが実際には女じゃなくて、クロスドレッサーだった。かつらにメイク、スカート。とはいえはっきり言って、たいした努力はしていないようだった。ひげは三日くらい剃ってないし、もみあげももじゃもじゃ。それでも女みたいな悲鳴をあげた。おれたちはカネを払おうと待っていたレインコート姿の二人のホモを押しのけて、〝男性キャストのみ〟って書かれたポスターの脇にあるカーテンをくぐった。まったくの別世界ってやつだ。スクリーンでは二人の男がアナルセックス、座席のあちこちでは男たちがもつれ合っている。予想どおりの臭いがしたが、もっとひどかった。通路を進みながら椅子の背もたれを叩いて連中を怒らせていると、館内の明かりがついた。まさにキッチンのゴキブリといったところだ。おかまどもときたら、ファスナーを上げて出口へ一目散だ。ところで、そのくだらないドラマはなんだ？」

　ニッキーは、飾り革の縫い目がほつれている靴を脇に置いた。「警察は〝赤毛の殺人鬼〟が署内の誰かじゃないかと疑っているんだ。つまり、次に狙われるのはデボラかもしれないってことさ」

「赤毛の殺人鬼、か？」クイストンはカウンターに身を乗り出し、テレビに目をやった。「このデボラっていうのは美人だな。でも警官たちは、ビジュー・シアターから出てきたところを殴りつけてやったおかまみたいだ」

　ニッキーはそこには触れなかった。「ビジュー・シアターは閉鎖されたのか？」

「いや、公民権だとか、なんとかの自由ってやつさ。おれたちは嫌がらせをしただけだ。まわりから苦情があってな。暗くなってからあのあたりの歩道を歩いてみろよ、ニッキー。口笛で呼び止められるぞ。みんなセックスの相手を探してやがる。本物のゴキブリみたいなやつらだ。一ヵ所から追い払ったとしても、一ヵ月後には別のところに湧いてくる。あいつらにとってのスラム街みたいなところを与えてやるほうがましだ。まっとうな地域に近づけないためにもな。そうすれば、あいつらみんなどこにいるかわかるってもんだ」

メロドラマがコマーシャルに入り、ニッキーはクイストンに目を向けた。男たちとモラルに審判を下そうと息巻いているその顔を見つめる。「あんたなら、あいつらを見分けられるかもしれないな。ここで見かけたことは？」

「この店で、ニッキー？　冗談だろう？」

「まあ、もし見かけたら教えてくれ」

チャッキーが男を連れてやって来た。「ニッキー、この人はジェリー。ピンボール・マシンをなおしに来てくれた」

その修理工はデニムの作業着を着ていた。胸ポケットにバリーというブランド名が記されたワッペンが縫い付けられている。べっこう縁の眼鏡をかけているが、ニッキーの目をごまかせたのは一瞬だけだった。

カウンターの反対側に立っているのは、ジェラルド・ロイだった。片方の手にツールベルト、もう片方にツールボックスをもっている。彼はツールボックスを置き、空いた手を差し出した。「どうも」

ニッキーは差し出された手を見つめた。その手を握って握手を交わし、なんとか調子を合わせた。

修理工の格好をしたロイが言った。「ピンボール・マシンが壊れたということですが？」

ニッキーの頭には、ロイのことばがほとんど入ってこなかった。

チャッキーが言った。「イーベル・クニーヴェルの台だったよな、ニッキー？」

「イーベル・クニーヴェルか」クイストン刑事が口を挟んだ。「イカれたやつだよ」

クイストンの方を向いたニッキーは、はっとわれに返った。

「ゲーム・ルームは向こうだ」ニッキーは親指でガラス・ドアを指した。

「わかりました」ロイはツールボックスを手に取って奥へ行った。

ニッキーは歩いていくロイに目を向けなかった。ＦＢＩ捜査官が立っていた場所を見つめつづけている。

クイストン刑事が言った。「うちの子たちはあの男のまねをしてる。ガレージの屋根から自転車で飛びおりたりするんだ。あの男が国じゅうで訴えられてないのが不思議だよ」

「冗談は抜きにして」チャッキーが言った。「大金持ちになってもそのうち死ぬんじゃないか」

ニッキーはいまの状況に意識を戻した。「ああ、そうだな。おれは……」口ごもってしまった。またクイストンに目をやり、チャッキーに視線を移した。「あの修理工の様子を見てくる」

二人を残してカウンターを出ていった。ゲーム・ルームに近づくにつれ、怒りがこみ上げてきた。ガラス・ドアの前に立ったときには、はらわたが煮えくり返っていた。

いくつものピンボール・マシンが並ぶなか、ロイは完全電子制御のイーベル・クニーヴェルの台の前に立っていた。それはひときわ目立つ台だった。白で塗装され、側面には星のマークが並んだ青い帯があり、バイクに乗ってケープをたなびかせているクニーヴェルの姿が描かれている。バックグラスにはプレイアーに向かってバイクで飛び出してくるクニーヴェルの絵があり、その隣にはジーンズのショーツをはいたセクシーな女性が立っている。

すでにロイはプレイフィールドの金属板を車のフードのように開けていた。その下にあるワイアでつながれた複雑なマイクロプロセッサがむき出しになっている。ツールベルトを腰に巻き、片手に電工ドライバーをもっている。

ニッキーは三分の二くらいまで近づき、そこで立ち止まった。うしろのドアが閉まっていることを確かめる。そして声を潜めて言った。「気でも狂ったのか？」

ロイが振り返った。動じることもなく、ニッキーに対抗するような鋭い視線でにらみつけてきた。とはいえ、ニッキーとちがって怒りに震えているわけではない。「メッセージを返さないからだ、パッセロ」長いドライバーをニッキーに向けた。「おまえがおれに応えるんだ」

ロイの淡い青色の目に見据えられ、その強気な態度にニッキーは驚いた。自分の店だというのに、どうしてこんなことになっているのだ？　「いったいここで何をしてるんだ？」

ロイが答えようとしたところで、ニッキーのうしろのドアが開いた。ニッキーは振り向いた。

二人のティーンエイジャーが笑いながらゲーム・ルームに入ってきた。ひとりはシカゴ・ベアーズのパーカー、もうひとりは膝の部分が色あせたリーバイスという格好だ。ニッキーは出ていくように手を振った。「いまゲームは使えない」

少年たちは一台だけ修理中のマシンに目を向けた。ひとりが口を開いた。「ほかの台で――」

「出ていけ」ニッキーは言った。

ティーンエイジャーたちはがっかりし、引っ叩かれたかのようにうつむいた。だが、その場を動こうとはしなかった。

「出ていけと言ったんだ！」ニッキーに言われ、少年たちは背を向けて出ていった。ドアが閉じると、ニッキーはロイに向きなおった。「こんなところを見られたら、おれは殺されかねないんだぞ」

「おまえを追いかけるのにはうんざりだ、ニッキー。おれには最初に連絡しろ、最後ではなくて」

「おれにはここでの生活があるんだ――」

「おまえの生活なんかに興味はない。興味があるのは、街じゅうで見つかっている拷問されて処刑されたこそ泥たちだけだ」

ニッキーは閉じたドアを振り返った。「声を抑えろ」

「おまえが話しだしたら静かにしてやる」

ニッキーはもう少し落ち着いて話ができるように、数歩近づいた。「おれは知らない。そういう話が耳に入ってくるようになったばかりなんだ。恨みを晴らした、そういうことだろ。よくあることだ」

「顔を焼かれて？　それがよくあることなのか？」

「顔を――どうしたって？」

「焼かれているんだ。たとえば、トーチランプのようなもので。初耳か？」

「新聞にはそんなこと書かれてないからな。とにかく、ここが情報センターだとでも、本気で思っているのか？　男たちがやって来て、おれに罪や動機を打ち明けるとでも？　ここはボウリング場だ、教会なんかじゃない」

「それならおれは、ピンボール・マシンの修理工だ」

「どうだっていいだろう？　ゲームのプレイアーがゲームから退場させられただけなんだから」

「これはやりすぎだ。適当なことを言いやがって。恥を知れ、パッセロ。おまえの知り合いなんだぞ」

「知り合いだって？」ニッキーは鼻で笑った。「せいぜい名前を知ってるくらいだ」

「ヴィン・ラボッタは、おまえが逮捕されたあの競馬の八百長に関わっていた」

「ヴィンなら知ってる。ヴィンは間抜けだ。どうだっていい」

ロイは、手術台で切開された患者のように内側をさらしているマシンをドライバーで叩いた。「このままにしておいてやろうか、それとももっと派手に壊してやろうか？」

ニッキーはレーンを――そしてチャッキーやクイストンを――背後に感じていた。この建物からロイを追い出すためには、何か情報を渡すしかない。「おれの考えを聞かせてやろうか？　詳しくは知らないから、参考になるかどうかはわからない。たぶんレヴィンソンの一件に関係があると思う」

ロイの眉が吊り上がった。肩の力も抜けたようだ。もっと聞きたがっている。

「考えればわかることだ」ニッキーはつづけた。「山分けするまえに仲間が消えれば、ほかの仲間の取り分が増える」

ロイはそのことを考えてみた。「やつら、まだ分けていないというのか？」

「さあな。知るわけないだろう？　いつからトランクに入れられてたかも知らないんだ。知ってるか？」

ロイは頷いた。「殺されたのはしばらくまえだ」

「そうか。それなら、あり得る話だ」

ロイは納得したようだ。「宝石強盗か」

「さっきも言ったが、ただの推測だ――本当のところはわかるわけがない。おまえだって考えたはずだ。ただの仮説だよ。おまえに必要なのは読心術者だ――おれなんかじゃない」

ロイはニッキーを見つめ、いまの情報を考慮していた。二人のあいだにあった張り詰めた空気が薄らいだ。変装したロイを見ていると、また《エッジ》のデレク・マロリーが頭に浮かんできた。ロイもまた、役を演じているのだ。

ニッキーはマシンを指差した。「はじめにプラグを抜くべきだったんじゃないのか？」

「自分が何をしているのか、さっぱりわかっていないんだ。それじゃあ、アッカルドのことを聞かせてくれ」

あまりにも多くのことが起こりすぎている――しっかり整理しなければならない。ロイが何を知っているのか見当もつかなかった。「アッカルドとなんの関係があっていうんだ？」

「今月になって、アッカルドはパーム・スプリングスから帰ってきた。長距離電話で奥さんと話しているのが確認されている。ここシカゴから」

ニッキーはアッシュランド・アヴェニューのアッカルドの自宅にいるところを見られたかもしれないと思い、不安になった――そのせいで、ロイが打ち明けたことへの反応が遅れた。「ザ・マンを盗聴する許可が出たのか？」

ニッキーが本気で驚いたため、何も知らないというのを信用してもらえたようだ。ロイは肯定も否定もせず、肩をすくめもしなかった。無反応だ。

これで、ニッキーはますます不安になった。好奇心から訊いているといった口調でつづけた。「それで、何かわかったのか？」

「そんなことはどうでもいい。この件と関係があるはずだ。なんの連絡もせずに突然帰ってきたんだぞ。しかもミセス・アッカルドを置いて」

「どう関係があるのか、おれにはさっぱりわからない」

「アッカルドが戻ったことは知られていないようだ。それ自体おかしなことだ。まるで隠れているかのような——もしくは、何かを隠しているかのような」

ニッキーはぞっとした。今度ばかりは、ロイもいい線を行っている。

「いい加減にしてくれ」ニッキーは言った。「怪しまれるまえにそろそろ戻らないと。そいつを閉じて、さっさと出ていってくれ」

「おまえこそいい加減にしろ。人が殺されているんだ——殺されているんだぞ。トランクから遺体が出てくるなんていうのは、このあたりじゃめずらしくもなんともない。だが、トランクの遺体がベトコンにでも拷問されたかのようなありさまとなると話は別だ。何かあるにちがいない」

「それで？　きっと何かあるんだろ」

「それが何か知る必要がある。どうして急にジョー・バッターズが街に戻ってきたのか、どうしてこそ泥たちがぶち殺されているのか。そしてそれが誰の仕業なのか」

「リストでもよこす気か？　これは任務ってわけか？　バッジももらえるのか？」

「アウトフィット内で何か深刻なことが起こっている。それなのに、おまえときたらそれほど驚いてはいないようだし、興味もなさそうにしている」

「おれにどうしろっていうんだ？」

「おまえはニッキー・ピンズだろ。訊いてまわれ」


ゲーム・ルームを出たあともロイのことばが頭に残り、呆然としていた。〝FBIがアッカルドの電話を？〟それはジョーにとってまずい事態で、ニッキーにとってもあまり喜べる状況とは言えなかった。

カウンターでタバコを吸っているチャッキーのところへ行った。「どうだった？」チャッキーが訊いた。

「問題ない。もっとビデオ・ゲームを仕入れようかと考えているんだが、ジェリーなら何か知ってるんじゃないかと思ったんだ。でも、ちっとも使えやしない。クイストンは帰ったのか？」

「ああ。あの刑事、まるでヨーヨーみたいなやつだ」

「まったくだ」ニッキーは、何をすればいいかわからないとでもいうようにあたりを見まわした。本当にわからなかったのだ。ロイがいるこの自分の店にはいられない——とにかく耐えられなかった。

「メシでも食ってくる」ニッキーはカウンターの向こうに置かれた厚手のコートに手を伸ばした。

ニッキーは〈テン・ピン・レーンズ〉の店内でロイと出くわした緊張感がいまだにほぐれず、かなり熱くなっていた。しかも、電話線が盗聴されているか、もしくは盗聴器が仕掛けられているということをアウトフィットのチェアマンに告げるのが自分の役目になったことで、少しばかりいい気になり、のぼせ上がっていた。

だが、いまは悔やんでいた。アッカルドに肩越しに迫られ、質問攻めに遭っていた。

「サリータが忍びこんできたとき、FBIも連れてきたのかもしれん」アッカルドは言った。

ニッキーは慎重に電話機のカバーをもち上げ、分解した受話器の横に置いた。この家で調べるのは、キッチンの電話で最後だった。ニッキーはアッカルドをなだめなければならなかった。「どこにもそんな形跡はありません」

可能性は三つある。ひとつは完全に違法だが、もっとも頻繁に使われるやり方だ。有罪の証拠を不正につかもうとする刑事が好んで使用し、そのつかんだ証拠を利用して裁判所から合法的に盗聴する許可を得るのだ。そのためには、地下にある電話線ボックスの二本のワイアを音声作動式テープレコーダーにつなげればいいだけだ。当然、そのためには室内に入る必要があり、盗聴器を仕掛けるときとはずすときの少なくとも二回は侵入しなければならない。アッカルドの警報装置が修理されたいま、この方法はかなり難しいだろう。

もうひとつの方法も、直接、家に入らなければならない。電話機そのものに、小さな録音装置を取り付けるのだ。ニッキーはアッシュランド・アヴェニュー一四〇七番地にある六台の電話機をすべて分解してみた——そのいずれにも、そんな装置は取り付けられていなかった。

となると、残るは三つ目のもっとも厄介な方法ということになる。タイトルⅢの通信傍受だ。

ニッキーは電話機を組み立てなおした。「ここにはないようです。もしかしたらパーム・スプリングスの方かもしれません。確信はありませんが。そうだとしたら、向こうの家にはほとんどいないので、細工をするのはそれほど難しくはないでしょう。最悪の場合でも、盗聴装置のたぐいは仕掛けられていません。電話回線を利用したものです」

「つまり裁判所命令ということだな。理由はなんだ？」

「自分たちが何を知らないのかわからないんです。それが問題です」

アッカルドは部屋の照明器具や壁を見まわした。「電話機とはかぎらないんじゃないか？」

「徹底的に調べてもらうこともできますが」だがそれでは、自宅に侵入されたことを打ち明けるようなものだ。そんなことはしないだろう。

「おまえはどうしてこのことを？」

「知り合いの刑事から。窃盗犯罪を担当していてまったく関係ないんですが、FBIの捜査官が話しているのを小耳に挟んだそうです。ボスがこの街に戻ったのを知っていると」

「だったら、もっと聞き出せるだろう」

ニッキーは首を振った。「別件で小耳に挟んだだけだと言ったじゃないですか。おれも、たまたまなんの気なしに言われたんです。そいつに聞いてもこれ以上のことはわからないと思います。でもこれはさいわいです、いま知ることができて」

アッカルドはニッキーから離れ、立ち止まって腰に手を当てた。そして何か言いたそうな顔で戻ってきた。

「ドゥーヴズが警察に話を聞かれた」アッカルドは言った。

「なんですって？」

「パーム・スプリングスで二人の警察官に。私がどこにいるか訊かれたそうだ」

「市警察、それともFBI?」

「市警察だ」

「それで?」

「ドゥーヴズが連絡してきたから、話すしかなかった。とりあえず、だいたいのことを。レヴィンソンの宝石の件ということにしておいた」

「なんて言ったんですか?」

「あのこそ泥たちはどうしようもない、いまかたをつけているところだ、そう言った。この家のことにはひとことも触れていない」

ニッキーは首筋をもんだ。「なんてことだ」

「いや、それが功を奏した。ドゥーヴズが通りに人をやって探らせたところ、残り二人の居所について手がかりをつかんだ——あのふざけた名前の二人だ」

「ですが、ジョー……ドゥーヴズは警察に訊かれたんですよ」

「だから?」

「だから? 次はボスの番ということです」

「そうか、来たければ来ればいい」

「来ればいい、ですって？　この件について警察と話したいんですか？　関わってもいいと？」

「警察などどうでもいい。なんとでもなる」

ニッキーは、自分には関係ないとでもいうように両手のひらを突き出した。だが、関係あるのだ。「よく聞いてください。いいですか？」

アッカルドはしぶしぶ肩をすくめた。

「この件を解決するのは簡単です。パーム・スプリングスへ戻ればいいんです」すぐさまアッカルドは首を振った。「だめだ」

「落ち着くのを待つんです。事態が収まるのを。こんなことする必要なんかありません。こっちはおれに任せてください」

「問題外だ」

ニッキーは退かなかった。ニッキーが健全な生活を送れるかどうかもかかっているのだ。

「いいですか。警察に泥棒。誰も彼もあたふたしている。何が起こっているのか――あるいはどうしてこんなことになっているのか、誰もわからない。ボスはパラシュートで逃げればいいだけです。こんなことする必要がありますか？」ニッキーは車のセールスマンになりきっていた。「陽射しの下でのんびりしてください――ゆっくり休むんです。こっちはおれが片付けておきます。静かになれば、あのこそ泥たちももう大丈夫だと思って顔を出すかもしれない。そしたらあいつらに近づいて、始末を……」

ニッキーの声が小さくなっていった。またアッカルドはその場を離れ、考えこんでいる。アッカルドにわかってもらえたような気がして、ニッキーに希望が湧いてきた。すでにプレッシャーが減ってきたように思える。

アッカルドはニッキーに背を向けたまま、大きなため息をついた。「それだけではない」アッカルドは言った。

「それだけじゃない？　なるほど。なんですか？」

「あのカフスボタン。サリータが盗んだのはあれだけではないのだ」

復讐をやめるようアッカルドを説得できたと思ってニッキーはほっとしていたのだが、その安堵感が床に叩きつけられた。いまだにアッカルドは背を向けている。

「ノートが二冊」アッカルドはつづけた。「地下室のオフィスから盗まれた。取引が記録してある」

不安というマントによってニッキーはすっぽり覆い尽くされた。「なんの取引ですか？」

「何もかもだ。ラスヴェガスでの取引が何もかも」

「何もかもと言うと……？」

「はじめからだ。何年もまえまでさかのぼる。すべて、何から何まで」不意に、アッカルドは開きなおったような声音になった――どうしてそんな致命的な証拠を紙に書き残しておいたのか、ニッキーが訊こうとした矢先だった。「全部、暗号で書かれているんだ！どこかに帳簿をつけておかなければ……」

ニッキーは黙っていた。ボスを責めるなどもってのほかだ。たとえ知らせておくべきことをすべては話していなかった、そう言われたとしても。たとえそのせいでさらなる危険にさらされるとしても。たとえ目の前のまずい状況が悪化の一途をたどっているとしてもだ。

ニッキーは言った。「ほかに何か――どんなに些細なことでも――おれが知っておくべきことはありますか？」

アッカルドはキッチン・カウンターの乾いた染みを指の爪で引っかいた。「ノートには名前も書かれている。判事やら、政治家やら、警察官やらの名前が」

アッカルドはニッキーと正面から向かい合い、ビーグル犬のような目でにらみつけた。「サリータを連れてこい、ニッキー。あのノートを取り戻すのだ」

〈照明器具のピノ〉は、三十年以上にわたってウエスト・アーミテージ・アヴェニューを象徴してきた建物だ。あたりが暗くなると、店頭の派手なシャンデリアが窓を明るく照らし出す。通りの向かい側には六時に閉まる理髪店があり、その理髪店の隣にある薄暗い小さな駐車場からは、はす向かいの〈ピノ〉がはっきり見える。

その駐車場に、薄茶色地に白の箱型トラックが駐められていた。後部のロールアップ・ドアには解読不能の落書きがある。エンジンは切られていて、前の座席には二人の男が坐っていた。助手席では、キュー・スティック・ピノがそわそわしていた。この三十八年間その照明器具店を経営してきたのは、彼のおじだった。キュー・スティックは何週間も気が張り詰めていたが、いまやその不安はピークに達していた。ライノ・グァリーノは苛立ち、落ち着かず、寒さに震えていた。いまは十一時四十五分。押し入る時間は、とりあえず午前零時ということにしていた。

「いいから行こう」ライノが言った。さっさとすませてしまいたがっている。

車のヘッドライトがウエスト・アーミテージ・アヴェニューを東へ向かい、ノース・カリフォルニア・アヴェニューの方へ走っていった。緑色のプリムス・ヴォラーレ・ステーションワゴンだ。

キュー・スティックが身を乗り出して指差した。「あの緑のヴォラーレ、十分まえにも通らなかったか？」

「そうだとしたらなんだっていうんだ？　誰かが緑のヴォラーレのワゴンでおれたちを捜しているとでも？　どんな殺し屋だよ？」

「運転しているやつを見たか？」

「いや、おまえだって見てないだろ。キュー、いつも怯えているだけじゃだめだ。そんなのは用心しているのとはちがう――ただびくびくしていて、小うるさいだけだ。ちゃんと自分の目で確かめろ、頭を使え」

「緑のヴォラーレが二台だぞ、ライノ？　もうちょっと様子を見たほうがいい」

「様子なんか見ない」キュー・スティックのばかげた考えを聞いて熱くなったライノは手袋をしっかりはめ、ニット・キャップを目深にかぶった。「待ちたいなら、勝手に待ってろ。ただしひとりでな」

ライノはドアを開けて車を降りた。ルームランプは切ってあるので、ドアを開閉しても音がするだけだった。

キュー・スティックは呼びかけたが、そんなことをしても無駄だった。駐車場を見まわし、車に残らないほうがいいと判断した。「あの野郎――」車を飛びおりるとブーツの底が氷で滑り、尻餅をつきそうになった。トラックのドアを閉め、凍った箇所を小走りで駆け抜けて歩道にいるライノのところへ急いだ。

ライノは道の両側に目をやった。東西に走る通りには、信号機が延々とつづいている。問題はなさそうだ。上着のポケットに両手を突っこんで除雪された通りを渡り、反対側の歩道に低く積み上げられた凍った雪の方へ走っていった。

歩幅を小さくして慎重に歩き、明るく照らされた入り口へ近づいた。店内のいくつかの照明が点滅し、通り過ぎる人たちの目を引こうとしている。いまだに通りを走る車はない――運がいい。ライノは三つの鍵が付いたキーリングを取り出した。最初に試した鍵がぴったりはまってまわった。ドアが開く。二人はなかへ入った。

キュー・スティックは飛び跳ねるようにして歩いていき、ライノがドアの鍵をかけなおした。キュー・スティックのおじの店に警報装置はない。明るい照明のおかげで泥棒たちが敬遠するだけでなく、店があるのは安全な地区だからだ。緊急事態になったとしても、おじは妹であるキュー・スティックの母親の家にスペアのキーリングを預けておけば心配ないだろうと考えていた。

これは確かに緊急事態だった。ただし、おじが想定していたような事態とはちがうというだけだ。今回の緊急事態では、アウトフィットの何者かが泥棒たちを殺してまわっているのだ。ヴィン、ゴンゾ、ディディ、ジョーイ・ザ・ジュー。拷問されたあげくにトランクに放りこまれている。キュー・スティックとライノはライノの知り合いの女性たちに会いにセントルイスへ行って年を越し、向こうでカネがなくなるまでパーティをして数週間過ごした。シカゴに戻ってきた二人はいい仕事でもないか探したが、誰も電話に出なかった。やがて何かおかしいことに気づいた。それ以来、二人は逃亡者のように身を隠し、郊外に駐めたヴァンで寝起きしていた。ビーチ・パークで忍びこんだ家に数日間こもっていたこともあるが、近所の住人に見つかってしまい、誰なのか訊かれるというまずい状況に陥った。ライノは知り合いの娼婦を頼り、二人は彼女が客を相手にしていないときに床で寝かせてもらっていたのだが、ずっとそうしているわけにもいかない。大きな賭けに出るためにも、カネが必要だった。この街に別れを告げるのだ。おそらく、二度と戻ってくることはないだろう。

急いで二人は明るい窓際から離れ、店の奥へ行った。ディスプレイ用のシーリングファンからの穏やかな風で、頭上に吊された値札が揺れている。奥へ行くほど店内は暗くなり、二人の影も目立たなくなっていった。ライノはペンライトで照らしながら特別注文専用のカウンターをまわりこみ、キュー・スティックのおじのオフィスを探した。

そのオフィスのドアも、スペアのキーで開けられた。ライノにつづいてオフィスに入ったキュー・スティックは、彼のおじが横に立っているのを見て叫び声を上げそうになった。それは厚紙でできた宣伝用のパネルだった。キュー・スティックのおじが片手を腰に当て、もう片方の手で明かりのついた電球を頭上に掲げている。〝〈照明器具のピノ〉でひらめきを！〟

「まったく、脅かしやがって」キュー・スティックが言った。激しく脈打つ鼓動を耳の奥で感じ、一刻も早く出ていきたかった。親族から盗むのは大罪だ。もちろん返すつもりだったが、いつか返すとしても、おじや母親、親族一同は二度と彼の目を見ようとはしないだろう。そう考えると気が重かったが、いまは窮地に立たされている。これしか道はない、そうライノに説き伏せられたのだ。

キュー・スティックが物色をはじめ、おじのデスクの引き出しを開けていった。ひとつずつあさっていくと、右側のいちばん下の引き出しの奥に黒い金庫が入っていた。

その金庫を引っ張り出してデスクに置いた。重いとはいえ、それほど頑丈ではない。こじ開けられそうだ。ライノがペンライトの明かりで調べた。シンプルな三桁のダイアル・ロックだ。キュー・スティックは、自分の魂を救うためにも、なかに入っているのが書類や資料だけであることを心のどこかで願っていた。とはいえ、二人にはカネが必要だった。その金庫は、ペーパーナイフや丈夫な爪ヤスリなどで簡単に開けられるだろう。

「ここじゃだめだ」キュー・スティックは言った。妄想が際限なく膨らんでいく。「行こう」

ライノが言った。「ここで開ける。いるものだけいただいて、もとに戻せばいい。何日かはなくなっていることに気づかないかもしれない」

キュー・スティックは首を振り、アメリカンフットボールでクォーターバック・スニークを狙うかのように金庫を脇に抱えた。「目的は果たした。明日のいまごろには、ここから三つ離れた州あたりにでもいるはずだ」

キュー・スティックがドアへ向かい、ライノはついていくしかなかった。

キュー・スティックは、ジャングルの枝葉をかき分けて宝を探す墓荒らしのように、目の前にぶら下がる値札を払いのけていった。正面のディスプレイ・ライトの手前まで来たところで、不意に立ち止まった。

腕を組んだ若いカップルが左側からやって来て、店の前を通りかかった。カップルは照明のディスプレイに引き寄せられて立ち止まり、窓に近づいてきた。キュー・スティックには二人がはっきり見えるが、明るい照明のうしろに立つ彼の姿は二人からは見えない――とはいえ、まるで見られているような気がした。照明ではなく、まっすぐ自分が見つめられているように思えた。

女が男のあごに手を伸ばし、男の顔を引き寄せた。二人はキスをしていちゃいちゃしはじめた。ライノはキュー・スティックの横に立ち、その様子を眺めている。

「舌を入れてやがる」キュー・スティックが言った。

男が女の赤いコートの上の方へ手を這わせていった。

「見ろよ、この二人」ライノが言った。

「この女、欲しがってる」

「このままここでやりだすぞ」

女はもの欲しそうに男から唇を離した。男の肘を引っ張り、店の前を離れて家へ帰っていった。

「クソッ、うらやましい野郎だ」ライノが言った。

すぐさまキュー・スティックのなかに不安がよみがえってきた。「行こう」

二人はドアのところへ行って鍵をまわし、急いで出ていった。外からライノが鍵をかけなおす。だがトラックを降りたライノが待たなかったように、キュー・スティックも待ったりはしなかった。積み上げられた雪を飛び越えて通りを渡り、金庫を一斤の食パンのように脇に抱えて駐車場へ走っていった。

娼婦のロキシーはキッチンのコンロのそばに立ち、腕を組んでタバコを吸っていた。ヒップまで覆う銀色のシルクのローブをゆったりと腰で結わえ、レースのキャミソールと白いコットンのパンティをのぞかせている。肩にかかる黒髪、緑色の目、少し出た腹、ふくよかなヒップ。ポルトガル人だが、イタリア人とまちがわれても不思議ではない。モカシンのスリッパだけが、マッチしていなかった。

ニッキーは部屋を隔てる壁を背にしてテーブルに着いていた。アパートメントのドアからは見えないところだ。ロキシーは彼にフランセジーニャ（ポルトガルのポルトを発祥とするサンドウィッチの一種）を用意した——しばらく彼らがここで待つことがわかったロキシーは、パンやハム、リングイッサを使ってサンドウィッチを作ると言ったのだ。ライノがここに身を隠しているのはロキシーの料理がうまいからではないというのは明らかだが、仮にそうだったとしてもおかしくない腕前だった。ロキシーはライノを避けるべきだと察するほど頭はまわらないものの、部屋に押し入ってきた三人にちょっとした料理を出し、機嫌を取って手もちぶさたにならないようにしておいたほうがいいと考えるくらいには、生き延びるための機転が利く。ニッキーやサリー・ブラッグス、クリースマンにはロキシーに危害を加えるつもりはないとはいえ、彼女はそのことを知らないのだ。ニッキーは感心していた。

階段から足音が聞こえてきた。ニッキーがロキシーを安心させるよう頷くと、彼女はからだを強張らせた。鍵が差しこまれ、ドアが開いた。「帰ったぞ」男の声がした。

ロキシーはコンロのそばから動かなかった。ドアが閉まり、二組の足音が近づいてくる。最初にドアを入ってきたのはライノだった——そしてテーブルに着いたニッキーと、冷蔵庫の脇に立つサリー・ブラッグスに気づいた。

ライノの動きが止まった。口を開くより先にキュー・スティックがうしろからぶつかり、予想外の訪問者たちに目を留めた。すぐに振り返った——が、背後にクリースマンが立っていた。二人は混み合った狭いキッチンに入るよう促された。

「おかえり、二人とも」ニッキーが声をかけた。ロキシーはコンロから腰を離し、両腕をおろした。ニッキーは彼女に向かって首を縦に振った。「ありがとう、あとで片付けてくれ」

そう言われたとたんにロキシーはその場を離れた。ライノにことばをかけられたり目線を向けられたりするのを待とうとはせず、彼とキュー・スティックの背後をそっと抜けていった。クリースマンはからだの向きを変えて彼女を通した。ニッキーはベッドルームのドアが閉まる音が聞こえるのを待った。すでに電話線は抜いてある。

ニッキーは、キュー・スティックが抱えている金庫を指差した。「その中身はなんだ?」

キュー・スティックはいまにも泣きだしそうだった。「帰ってこなければよかったんだ。言っただろ――」

ライノが素早く振り向き、キュー・スティックに吐き捨てた。「黙れ!」

「あのまま車で逃げられたっていうのに。おまえが荷物を――」

「黙れと言ったんだ!」ライノはどう対処するべきか考えていた。頭のギアを入れ、ニッキーとサリー・ブラッグスに意識を戻した。

「なんのことだ?」ニッキーはサンドウィッチを手に取り、「あれはおまえたちなのか?」彼は言った。

サンドウィッチを食べるニッキーを見つめながら、ライノは状況を把握しようとしていた。「あの女が洩らしたのか?」

ニッキーはペーパー・ナプキンで唇を拭いた。「ロキシーが? そんなこと、どうだっていいだろう?」

ありとあらゆる希望を失ったキュー・スティックがまた口を開いた。「車で逃げられたんだ……」

ニッキーはロキシーがサンドウィッチを切るのに使ったナイフをつかみ、もち手の部分をライノに向けて差し出した。

「ほら。開けてみろよ」

ライノはナイフを受け取るべきかどうか迷っていた。頭が混乱していた。

ニッキーはつづけた。「金庫だよ。開けるんだ」

ライノはナイフを受け取り、キュー・スティックから金庫をもぎ取った。キュー・スティックはちっとも抵抗しなかった。ライノはダイアル・ロックを手前にして金庫をテーブルに置き、向かい側にいるニッキーを見つめた。蓋の隙間に鋭い刃物を差しこんで横に滑らせると、ダイアル部分のところで手応えがあった。

ニッキーは、ナイフから三フィートも離れていないところに坐っていた——何か仕掛けてこいと言わんばかりにライノを挑発している。ライノの背後にサリー・ブラッグス、キュー・スティックのうしろにクリースマンがいれば、そんな余裕があるのも当然だ。

「手を切らないように気をつけろよ」ニッキーは言った。「手を滑らせないように」二人にプレッシャーをかけていた。これがうまくいくことを願った。

ライノはナイフを握りなおし、内側の掛け金に力をかけた。わずかに刃先が曲がり、ナイフをしっかり握ってひねった。さほど苦労もせずにロックが開いた。

ライノは曲がったナイフをテーブルに置いた。ニッキーはにんまりしてナイフを引き寄せ、ライノが妙な誘惑に駆られないよう遠ざけた。ライノは金庫をまっすぐに置きなおして蓋を開けた。その蓋が邪魔をし、ニッキーには中身が見えなかった。

ライノは背筋を伸ばした。キュー・スティックも金庫を覗きこむ。

「それで?」ニッキーが訊いた。「焦らさないで見せてくれ」

ライノは三つの札束を取り出した。それぞれ半インチほどの厚さがあり、使用ずみの二十ドル紙幣が二本の輪ゴムできつく縛られている。次に取り出したのは、金の文字盤にメタル・バンドが付いたシルヴァーのロレックスの腕時計だった。そして折りたたまれた紙の包み。ニッキーはコカインかもしれないと思ったが、開いてみるとなかに入っていたのはダイアモンドがはめこまれた男性用の指輪と、エメラルドとルビーの二つの宝石だった。

ほかには、書類や保険会社の資料などもあった。

ニッキーが言った。「いいロレックスだ。おじさんの照明器具店だろう? アーミテージ・アヴェニューの? いい家族に、いい甥っ子だな」

キュー・スティックの目から涙があふれ出し、丸顔を流れ落ちていった。

ニッキーはつづけた。「二人で街を出ていくには充分ありそうだ。もっとましな計画を立てていれば、の話だが。キュー・スティックの言うとおりだ、ライノ。そのまま車で逃げるべきだったな」

ライノは気分が悪くなってきたかのようにうつむいた。たとえどんなことであろうと、キュー・スティックの考えが正しいというのは我慢がならなかった。

キュー・スティックが言った。「あの緑のプリムス・ヴォラーレか?」

ニッキーが言った。「今度はなんの話だ?」

「緑のヴォラーレのワゴン——そうだろう?」

ニッキーはライノに目をやった。「いったい何を言ってるんだ?」

「こいつは間抜けだ」ライノはニッキーだけでなく、自分自身にも言い聞かせていた。ニッキーに視線を上げ、面と向かい合った。「何もかも、おまえが指示したことなのか、パッセロ?」

「おれが? まさか、そんなわけないだろ。おれはこれを止めようとしているんだ、ライノ。誰の指示かはわかっているはずだ。みんな、どうすればいいかもわかっている。これはジョニー・サリータではじまって、ジョニー・サリータで終わるんだ」

ライノは、もはやなんの役にも立たない札束に視線を戻した。「どこにいるか知らない」

ニッキーは肩をすくめた。「まだ訊いてもいないが」

ライノがキュー・スティックに目をやると、キュー・スティックも見返してきた。二人とも何も言わなかった。

ニッキーがにやりとした。「さて、では聞かせてもらおうか」

ニッキーは、張り詰めた空気のガレージ内から入り口に出た。かつての受付カウンターには何もなく、ノーブランドのジュースの自動販売機も空っぽでプラグが抜かれている。暗い通りに目をやった。頬を擦って温める。そのとき、電話の鳴る音がした。

急いでガレージ内に戻った。ライノが坐る椅子の横のツール・カートに、一台の電話が置かれている。ライノは膝に肘をついてうなだれ、まるで祈りを捧げているかのようだった。ニッキーが近づくと、ライノは電話を見つめた。

数フィート離れた別の椅子にはキュー・スティックが坐っていた。二人とも、サリー・ブラッグスとクリースマンに見張られている。延長コードでつながれた電話がもう一台あり、パッド付きの折りたたみ式テーブルに置かれていた。それはガレージが自由や楽しみの場所だったころに、ニッキーがサリー・ブラッグスやクリースマンとカードをしていたテーブルだった。

ニッキーは受話器をつかんだがまだもち上げず、ライノに目を向けた。ライノも薄汚いガレージの電話をつかんで同じようにしている。

「よし」ニッキーが言った。

二人は同時にフックから受話器をもち上げた。ニッキーは耳を澄まし、ライノが自分の受話器に向かって言った。「もしもし？」

「誰だ？」相手が言った。「この番号から誰かがかけてきたようだが」

「ライノだ、ジョニー。ドムだよ」

「ドム？」ジョニー・サリータはどこかの公衆電話からかけている、ニッキーはそう確信していた。「いまどこだ？　この番号はなんだ？」

ライノはニッキーに言われたとおりに答えた。「郊外のホテルにいる。オヘア国際空港の近くだ。どうしたらいいか考えているんだ。おまえに連絡したくて、ジョニー」

「ドム、生きてるなんて運がいいな。もう誰からも電話はないと思ってた」

「どうすればいいかわからないんだ」

「どうすればいいかだと？　あいつら、おれたちを殺してまわってるんだ。ひとり残らずな。飛行機に乗れ」

「カネがない」ライノはニッキーにちらっと目をやった。ニッキーはそのままつづけるように頷いた。ライノにサリータをおびき出してもらいたかった。「ここから動けないんだ。おまえはどこにいるんだ?」

「どこにいるかだって? いるべきところだ。誰かいっしょなのか?」

「いま? ああ、いるよ」前のめりになってライノのことばに耳を傾けているキュー・スティックに目を向けた。「キュー・スティックがいっしょだ。挨拶しろよ」

キュー・スティックはさらに身を乗り出し、弱々しい声ながらも空元気を出した。「よう! ジョニー!」

「あいつらのなかで、まさかおまえたち二人が生き延びたとはな。どこに隠れていたんだ?」

「しばらく街を離れていて、戻ってきたらこのありさまさ」

「また離れたほうがいい」

ライノは食い下がった。「どうするつもりなんだ? 会えないか? いま何をしてるんだ?」

「トランクにぶちこまれそうになった、ドム。ほかのやつらと同じようにな。だけど逃げおおせた」

「誰に?」

「ヴィンだよ、だが誰かにそそのかされたようだ。きっとニッキー・ピンズと間抜けな仲間たちにちがいない。いっしょにつるんでいるあの二人の能なしどもだよ」

ライノは目をつぶり、小刻みに首を振った。キュー・スティックの頭が膝のあたりまで落ちこんだ。

クリースマンとサリー・ブラッグスはたがいに視線を交わし、受話器を手にしたライノに目を戻した。

ライノがニッキーを見やると、ニッキーは首を振った。〝おれたちじゃない〟という意味だ。

だが、ライノにはわかっていた。昨夜、あの売春婦のキッチンに入ったとたんに悟った。ここでなんとか役に立たなければならない――仮にうまくいったとしても、悲惨な運命が待っていることもあり得る。とはいえ、やってみるしかない。受話器をにぎる手がリラックスし、肩の力も抜けた。ライノはニッキーの筋書きを無視し、思ったことをそのまま口にした。

「あんなこと、やるべきじゃなかったんだ、ジョニー。おまえに酔っ払わされて、うまいことのせられた。ザ・マンの家に忍びこむなんて……自殺行為だ。なんだってそんなことをやらせたんだ？」

「理由が知りたいのか？　あんなやつクソ食らえだ、だからだよ」

「だが、ジョニー。そのせいで街じゅうから狙われるはめになったんだぞ」

しばらく沈黙がつづき、サリータが口を開いた。「わかってる。おまえの言うとおりだ。とんでもないことをやらかした。そんなことわかってるさ。どうしろっていうんだ？」

「なんとかなるかもしれない」ライノは身を乗り出した。「せめてどこかで会えないか？どうするか話し合おう」

さらに沈黙が流れた。ニッキーは、内線を通じて聞かれないよう息を殺していた。

「どうにもならない、ドム」サリータが言った。「あと戻りはできない。前に進むしかないんだ」

「だが、ジョニー――」

「このまま行くしかない、ドム。それだけだ。誰が聞いてるか知らないが、そいつにもそう伝えろ。そいつらは、このことも知ってるはずだ。おれにはあれがある――ザ・マンの家で手に入れたものだ。あれがどういうものかもわかってる。わかっているんだ、クソ野郎ども。暗号なんて意味がない。おれと取引するしかないんだ。こっちの条件でな」

通話が切れた。

耳から受話器を離したライノは混乱していた。サリータがなんの話をしているのか見当もつかなかった。そばに坐るキュー・スティックに理解できたのは、サリータが電話を切ったということだけだった。

「ああ、クソッ」キュー・スティックは口走った。「あの家から何かを盗んだと言ってた。暗号がどうとか？　何を盗んだんだ？」

ライノが言った。

またキュー・スティックは泣きだし、首を振っていた。

ライノはニッキーに目をやった。二人とも受話器を手にしたままだ。

ニッキーは内線を切り、二人の泥棒を見つめた。

フェリックス・バンカはまた別の遺体を見つけた。この遺体は、クリーム色のビニール・トップを備えたダークブルーのリンカーン・コンチネンタルのトランクに押しこめられていた。その車は盗難車で、オヘア国際空港の立体駐車場の三階の角に駐められていた。いまは夕方ということもあり、その車と開いたトランク内の青いカーペットの上で丸くなっている血まみれの裸の遺体は、パトロール・カーの二つのサーチライトによって照らし出されていた。

バンカ刑事とロイ捜査官はライトの明かりを遮らないよう、車に対して斜めの位置に立っていた。丸々と太った遺体の顔は焼かれ、髪は黒焦げになり、目も融けている。遺体の衣類は、ワイアで縛られた足元に束ねられていた。

「こいつもやりすぎだ」バンカは言った。「だが、少し様子がちがう。今回はトーチランプじゃない。からだと服にライターオイルをかけて、車のなかで火をつけた。だがこの天オどもはトランクを閉めて、窓も開けなかった。だから空気がなくなって火が消えてしまった。こいつは歯の治療記録を調べるまでもなさそうだ」

バンカはハンカチを使って死亡した男の財布をつまみ、ロイに見せた。慣れた手つきで財布を開き、指で触れることなくイリノイ州の運転免許証を抜き出した。

「カルメン・ベラルディ」ロイが読み上げた。

「名前を調べてみたんだが、前科二犯だった。トラック強盗だ」

ロイは目を細め、その二重あごの男の写真を見つめた。生年月日によると、五十代ということだ。「ほかの被害者、ラボッタよりも年配だな」

「ひとり目の被害者、ラボッタほどではない」

「ラボッタとのつながりは？」

「ほかの被害者の誰とも結びつけるつもりはないが、いろいろ重なるところはある」バンカは運転免許証を財布に戻し、遺体の衣服の上へ放った。「はっきりしているのは、まだつづいているということだ」

ロイは頷いた。「いまアメリカの職業でいちばん危険なのは、アウトフィットの泥棒のようだな」

「だからこの街に泥棒たちがあまり残っていないという話だ。逃げられるうちに街から出ていったんだ。みんな散り散りさ」

「マフィアの連中が怯えている。ただごとではない」

「確かに」バンカはロイに顔を向けた。「だが、いったいなんだ？」

ロイはパトロール・カーのライトから離れ、高さ四フィートのセメントの壁の方へ行った。半マイル先では、管制塔の厳しい監視のもと、航空機が離着陸をしている。

ロイが言った。「〝聖バレンタインデーの虐殺（一九二九年二月十四日にシカゴで起きたバグズ・モラン率いるノースサイド・ギャングとアル・カポネ率いるサウスサイド・ギャング、のちのアウトフィットとのあいだで起きた抗争事件）〟の再来かもしれない、フェリックス。ただし今回は、スローモーションのようだが。あのときは、ガレージに七人のノースサイド・ギャングのメンバーが立たされて、警察官の格好をした殺し屋たちに撃ち殺された、そうだったよな？」

「二人は警察官の制服、二人は小型サブマシンガンを隠せるくらい大きなオーバーを着ていた。噂では、そのうちのひとりが……」

「〝ビッグ・ツナ（大きなマグロを釣り上げたことから付けられたアッカルドのニックネーム）〟本人だった。〝ジョー・バッターズ〟が、バットをやめてサブマシンガンにもち替えたというわけだ。それが本当かどうかは別として、つまりこういうことだ。トニー・アッカルドは徹底的かつ迅速に敵を排除するということを、ほかでもないアルフォンス・カポネ本人から学んだということだ」

「敵だと？　この太ったこそ泥のベラルディが？」

「私にわかるのは、はっきりしている部分だけだ。シカゴで何者かがザ・マンに牙をむいていると仮定すれば、これまで目にしてきたことはどれも納得がいく」

一週間に二度、ヘレナは午後に教区学校や司祭館でボランティアをしているため、放課後にニコラスを〈テン・ピン・レーンズ〉に預けていた。ニッキーはニコラスが退屈しないようにあれこれ考えていたが、ただのんびりしているのがいちばん楽しいということもあった。その日も、ニコラスはレンタル・シューズ・カウンターの奥にいるニッキーの横で木のスツールに坐り、ストローとスプーンを使ってルートビア・フロートを飲んでいた。そのドリンクをぐちゃぐちゃにし、父親を微笑ませている。

「泡のところがいちばん好きなのか?」ニッキーが訊いた。

ニコラスはスプーンで茶色い泡をすくい、口を上に向けて頬張った。

「どうかしてる」ニッキーは言った。「いちばんうまいのはアイスクリームのところだ。そういえば、この二つを組み合わせたのは誰なんだ? ルートビアとヴァニラアイスの相性が抜群だってことに、誰が気づいたんだ?」ニコラスが肩をすくめ、ニッキーはつづけた。「きっとミスタ・フロートだ」ニコラスはクスクス笑った。

十七番レーンの磨き上げられたカエデの床板にレンチが落ちてけたたましい音をたて、ニッキーは顔をしかめた。中央の二つのレーンをまたぐようにして置かれた脚立の上に、サリー・ブラッグスがのっていた。「すまない、ニッキー。手が滑った」

クリースマンが脚立から手を放し、レンチを拾い上げた。二人は吊り天井に金具を取り付け、ニッキーが買った新しいミラーボールを設置しているところだった。

「いい感じだ」ニッキーは言った。「ただし気をつけてくれよ」

クリースマンがサリー・ブラッグスにレンチを手渡した。AMFの業界誌に、ボウリング場でのディスコ・ダンス・ナイトが流行ってきているという記事が載っていた。小さな鏡で覆われた回転する球体と四つのスポットライトによって、渦巻く星空のナイトクラブのような雰囲気が作り出されるのだ。

ニッキーはニコラスを小突き、サリーおじさんとフランキーおじさんを指して小声で言った。「《ヘッケルとジャッケル》を見たことあるか?」

ニコラスは頷いた。「アニメでしょ」

「たまに、サリーおじさんとフランキーおじさんがあの兄弟カササギに見える。パパが言ったなんて言うなよ」

「言わないよ」ニコラスはにんまりした。

ニッキーは二人の方を向いて声をかけた。「ニコラスが、おまえたち二人はヘッケルとジャッケルにそっくりだとさ」

すぐさまニコラスが口を開いた。「そんなこと言ってない――言ったのはパパだよ！」

ニコラスはこの二人の〝義理のおじさん〟が大好きだとはいえ、少しだけ怖がってもいた。

ニッキーはカウンターに置かれたファウンテングラスのまわりを布巾で叩き、息子の柔らかそうな鼻、明るい目、黒いまつ毛を見つめた。十歳らしい顔つきになってきた。これまでは遠くて受信できなかったシグナルが、しだいに調整されてきたかのようだ。

「ママは元気かい？」ニッキーは訊いた。

「元気だよ」ニコラスは肩をすくめてつづけた。「毎日、ぼくたち教会に行ってるんだ」

「毎日だって？」

「ここに来ないときは、毎日だよ」

「そうか、いいことだ。おまえにとっていいことだよ。パパとママが出会った場所なんだ。その教会で、パパたちが行く教会で会ったんだ。ママは聖歌隊のメンバーでいちばんきれいだった。顔だけじゃなくて、その声も。はじめてママを見たとき、頭のうしろにレースのヴェールみたいなのを着けていて、天使かお嫁さんみたいだった。パパは心のなかで思ったんだ。〝絶対にあの人と結婚する〟って」恋愛の話が苦手なニコラスは顔をしかめた。

「ママはおまえみたいに恥ずかしがり屋だった。もしかしたら、明日、教会で未来のお嫁さんに会うかもしれないぞ」

ニコラスは舌を突き出し、ニッキーが見たこともないくらい顔を歪めた。その顔つきがあまりにも嫌そうだったため、ニッキーは大笑いした。

「いまにわかるさ」ニッキーは言った。「そのうちな」

ニッキーは顔を上げ、レーンを見渡した。使用中のレーンは、八本くらいしかない。協会所属のプレイアーたちが来るのは、六時以降だ。チャッキーは遅めのランチに出かけたところだった。

サリー・ブラッグスとクリースマンにミラーボールの設置を手伝ってほしいと頼んだあとで、その日はニコラスが来ることを思い出した。このあと感謝の意味もこめて、二人にはステーキのディナーをごちそうして驚かせるつもりだった。だが目的はそれだけではなく、二人のそばにいて目を配るためでもあった。二人がいまの状況を乗り切れるように。

「拘置所ってどんなところ？」ニコラスが訊いてきた。

ニッキーは息子を見つめた。ニコラスはグラスの底にあるアイスクリームのかたまりをすくおうとしている。

「えっ。ママから聞いたのか？」

ニコラスは首を振ったが、嘘なのは見え見えだった。

「そもそも、あそこは拘置所じゃない。刑務所だ。大きな拘置所みたいなもので、何カ月も入れられるところなんだ。まだおまえは小さかったから。でもこれだけは言える。楽しいところじゃないし、毎日、一時間おきにおまえに会いたくなった。そんなところかな」

ニコラスは不安げな顔つきになった。「どうしてそこへ入れられたの？」

「どうしてそこへ入れられたかって？　テレビは見るだろう？　悪いやつらが悪いことをして、施設に入れられる。あれが刑務所だ。アルカトラズとか。パパは大きくて悪いやつかい？　どう思う？」

ニコラスは首を振った。「ちがうよ」

「パパが何をしたかというと、まちがいをしちゃったんだ。よくない人たちを信用して、やっちゃいけないようなことをしてしまった。それでバチが当たった。だからこれだけは覚えておいてほしい。よくない人たちを信用しないこと。信じていいのは、友だちと家族だけだ」

ニコラスは頷いた。「でも……パパは何をしたの？」

「本当のことが知りたい？」ニッキーはからだを寄せ、さも重大な秘密を打ち明けるようなふりをした。「キャンディを盗んだんだ。絶対にキャンディを盗んじゃだめだぞ」ニコラスに訝しげな目を向けられたが、ニッキーは表情を変えなかった。いまの答えなら、ニコラスの日常においても理解できることだ。とりあえずは父親を信じたようだ。いまはそれで充分だ。

一番レーンの上に取り付けられた赤いライトが点滅し、ニッキーには話題を変える口実ができた。

「あれが見える?」ニッキーは言った。「一番レーンでボールがひっかかった。チャッキーは休憩中だ。さあ、手を貸してくれ」

ニッキーはニコラスの腕を取ってスツールからおろした。カウンターを出たパッセロ親子は二段おり、いちばん左のボウリング・レーンへ向かった。そのレーンでは、父親が二人の幼い子どもたちのためにスコアをつけていた。あまり似ていない男の子と女の子だ。レーンの先に置かれたピンの前にゲートがおりている。

ニッキーはスコア・テーブルを囲むボウラーズ・ベンチに入り、ニコラスのために少しばかり大げさに振る舞ってみせた。「どうも、何かお困りですか?」

父親が振り向いた。〈テン・ピン・レーンズ〉のスコアペンを耳のうしろにかけている。ニッキーに向かって笑みを向け、それからニッキーの息子ににっこりした。

ニッキーの気分が急降下した。その父親──その男──は、ジェラルド・ロイ捜査官だったのだ。

「ピンがリセットされなくて」ロイはブルージーンズにオリーヴ色のタートルネック姿で、いかにも二人の子どもをもつ父親のような格好だった。

ニッキーは疑り深い目でにらみつけ、それからいっしょにいる子どもたちに視線を向けた。サリー・ブラッグスとクリースマンにちらっと目をやった。二人はボウリング場の真ん中あたりで金具にミラーボールを固定するのに忙しく、いまのところニッキーには気づいていない。

ニッキーはそばにニコラスがいることを思い出し、息子を守るようにして前に出た。ロイが愛想よく言った。「この二人はボールが遅くてね。ボールが重いから、ひとつ引っかかったみたいだ」

ニッキーは怒りをにじませて振り向き、一番レーン沿いの細い通路を歩いていった。その先には従業員専用のドアがある。ニッキーはそのドアを抜けて四段の階段をおり、レーンのうしろにある作業エリアに入った。自動ピンセッターが大きな音をたてて動いている。全部で三十六台あり、忙しい週末にはそのすべてが稼働するのでこの作業エリアの騒音は耐えがたいほどになる。

「うしろがどうなっているのか、ずっと気になっていたんだ」

ニッキーは振り返った。開いたドアのところにロイが立っていた。そのすぐまえにはニコラスもいる。二人ともニッキーのあとをついてきたのだ。

ニッキーはニコラスに険しい視線を向けた。「あの子たちのところへ戻って待っててくれ、いいね？」

「パパ、さっき手を貸してって――」

「いいから戻るんだ、ニコラス。ほら」

ニコラスは口を閉じた。父親の表情を見て、逆らわないほうがいいと感じたようだ。ニコラスは背を向け、ロイの横を通って通路を戻っていった。からだの両脇でまっすぐ伸ばした腕が強張っている。

ロイはニコラスが戻っていくのを見送ってから、四段の階段をおりた。背後のドアはほぼ閉まりかけている。「あれがおまえの息子か、なるほど――」

ニッキーはロイの胸ぐらをつかんで喉元に前腕を食いこませ、ＦＢＩ捜査官をうしろの壁に押しやった。壁に激突したロイは、はじめは驚いていた。

「いったいここで何をしてるんだ？」ニッキーはピンセッターの音で外に聞こえない程度に声を抑えて言った。前腕でロイのあごを押し上げる。

ロイはニッキーから視線をそらさなかった。カッとなっているとはいえ、不気味にほくそ笑んでいる。「本気か？」息を詰まらせながら言った。

ニッキーは手を緩めなかった。「この場でぶちのめしてやろうか」

「やれよ」

ニッキーは、このときほどこの捜査官を憎いと思ったことはなかった。階段の上のドアは、一フィートくらい開いたままだ。いつ誰が入ってきてもおかしくはない。

ニッキーは前腕の力を抜き、ロイを放して下がった。ロイはタートルネックの折り返しの部分をなおし、ニッキーをにらみつけた。

ニッキーは顔を背け、ピンセッターに目を向けた。ベルト・コンベアの下にピンの頭が挟まっているのに気づき、停止ボタンを押して手を差しこんだ。

うしろでロイが言った。「こっちは待てない」

「知ったことか」ニッキーは肩越しに言い放った。「いいから待ってろ」

「おまえはここに住んでいるようなものだ、パッセロ。確実に会えるのは、ここだけだ」

ニッキーは挟まっていたピンを抜き取り、バスケットに戻した。

「そんなピンなんてどうだっていい。こっちを見ろ」

ニッキーは作業をつづけた。

「トランクに入れられたこそ泥が、また二人見つかった」

ニッキーはピンを入れなおし、停止ボタンを解除した。スイープ・バーが動きだし、ベルト・コンベアが再稼働した。入れなおされたピンがエレヴェータにのせられ、上へ運ばれていく。

「これで八人だ」

後ずさりして出てきてはじめて、ロイのことばが頭に入ってきた。八人だと？　八人のはずがない。二人多すぎる。ロイは何かたくらんでいて、ニッキーを引っかけようとしているのだろう。

ニッキーは薄笑いを浮かべて向きなおった。「交通情報や天気予報も教えてくれるのか？」

「二人のこそ泥、ベラルディとマクレーンだ。知ってるか？　レヴィンソンの店を襲った連中の仲間かどうかわかるか？」

「誰だって？」

「ベラルディはでぶのトラック強盗。マクレーンはドイツ系アイルランド人のすりで、高級住宅を狙った押し込みもしている」

ニッキーの困惑は偽りではなかった。「そいつらのことは知らないし、おまえがなんの話をしているのか見当もつかない。出ていってくれ。おれはもう行く」

「アッカルドだ」ロイは言った。「たわごとはもうたくさんだ。はぐらかすな。何かがあったにちがいない。誰かがアッカルドを狙ったのか？　何があったんだ？」

「盗聴してるんだから、おまえこそ教えてくれ」

「ああ、そのことだがな。どういうわけか、電話でおしゃべりをしなくなってしまった」

ニッキーは視線をそらさず、何も読ませまいと表情を変えなかった。「おれのせいだとでもいうのか？」

「街じゅうでこそ泥たちの遺体が見つかっている――だが〈テン・ピン・レーンズ〉はいつもどおり営業中だ」

「いったいおれとなんの関係があるっていうんだ？」

「おまえは気にもしていない。まるで無関心だ」

「自分の身を心配するべきだと？　おれはこそ泥か？」

「おまえはなんだ、ニッキー・ピンズ？」

ニッキーはロイの目つきが気に入らなかった――ロイがほのめかしていることには我慢がならなかった。「息子のところに戻らないと。おまえは戻らなくていいのか？」

ロイはにやりとした。「あの子たちは、二人の捜査官から借りたのさ」

「変装の名人とはおまえのことだな」

「いまや、FBIに捜査を一任されているんだ、ニッキー。もしおまえが何か隠しているのがわかれば――」

「どうするつもりだ？　脅しを強めるのか？　さらに奥までナイフでえぐるとでも？　もっと店に顔を出すのか？　そんなにここが好きなら、週末に雇ってやろうか？」

ニッキーは階段を上がろうとした。話は終わりだ。二段目に足をかけたところで、ロイに右肘をつかまれて止められた。

ニッキーは自分の腕を見返し、それからロイの顔に目を向けた。頭に血が上っていた。二人の距離は近い。ロイの目をこんなまぢかで見るのははじめてだった。

ロイが言った。「おまえのそういう態度にはうんざりだ。自分が主導権を握っているとでも思っているのか？　おれがたった一本電話をかけるだけでいい。ちょっとほのめかすだけで。ここの閉じたドアの内側ではタフを気取っているが、ニッキー・ピンズについておれが知っていることを店に出入りする連中に知られたとしても、タフでいられるかな？　奥さんと別居している理由について、そしてスコッチや男の好みについて知られたとしても？」

ニッキーはロイの目を、そしていまのことばを発した唇を見つめた。面と向かい合った顔は、数インチしか離れていない——そしてふと気づいた。「ここに来るのが楽しいんだな。おれをもてあそぶのが楽しいんだ」

ロイはにやりとした。さらに顔が近づき、メントールとミントのアフターシェイブの匂いが漂ってきた。「実はな、ニッキー・ピンズ」ロイは言った。「おまえの言うとおり。なんとなく楽しいのさ」

ニッキーは飛び退き、ロイの手を振りほどいた。FBI捜査官の胸を突き飛ばし、数歩下がらせた。

ロイはそれを受け止め、バランスを取り戻した。まだ顔はにやけたままだ。

ニッキーは、まえにもそういう顔つきを見たことがあった。刑務所内で序列の頂点にいる男たちが、そんな顔をしていた。そういう男たちは、まわりの人間をもてあそぶのが生きがいなのだ。ロイはそういった陰惨な喜びを目に浮かべ、淫らな笑みと——強烈なあざけりが交ざり合った表情をしていた。ニッキーの人生をその手に握り、悦に入っているのだ。

ニッキーは背を向けて階段を上がり、そそくさとドアを抜けてレーンに出た。通路のなかほどにニコラスがいた。ニッキーは足早に歩いていってニコラスを抱き上げた。そんなことをするのは数年ぶりだった。大きくなったニコラスを抱えるのは楽ではなかった。だがニッキーはニコラスを肌で感じ、両腕でしっかり守ってやりたかったのだ。

うしろからロイの声がした。「ありがとうございました！」嬉しそうな演技をしている。

「なかなか面白いものを見せてもらいました！」

ニッキーは振り返らなかった。早くその場を離れたくて仕方がなかった。

「ニッキー！」

サリー・ブラッグスに呼ばれて立ち止まった。ニッキーは中央のレーンに置かれた脚立の方を向いた。

四つのスポットライトの明かりがつき、それぞれがまわりはじめたミラーボールに向けられた。ゆっくりまわる球体が無数の光の筋を反射する。その光がサーチライトのようにレーンのあちこちを照らし出し、広い室内がまわっているように感じられた。

　ニッキーはラスロップ・アヴェニューとル・モイン・パークウェイの角に車を駐め、二軒の家のあいだを通っていった。身を屈めて動きまわり、さながら不審者のようだ。背割り長屋の中庭を抜け、月のない闇夜のなかを誰にも見つからないようにして通りを進んだ。ジャングルジムの斜めの支柱に膝をぶつけ、イヌに吠えられ、裏のテラスで近所の住人がタバコを吸い終えるのを物置小屋のうしろに隠れて待った。木の枝をくぐり、ごみ箱に上がって不安定な柵を乗り越えた。テレビを見ている家族や、キッチン・テーブルでひとりで酒を飲んでいる女性、無言で箱入りのアイスクリームを食べているカップルなどが目に留まった。イボタノキの生け垣の隙間を抜けて最後の裏庭を横切り、頑丈な鉄のフェンスの前に目隠し用として一定の間隔で植えられた高さ八フィートのマツのところまでたどり着いた。

　針のような葉をつけた枝を登り、フェンスの上の尖った先端部分をまたいで反対側の庭におりた。影のなかに男が立っていた。「クソッ！」ニッキーは飛び退いた。

黒っぽいウールのコートに身を包んだマイケル・ヴォルペがニッキーを待っていた。

「びっくりさせてしまって申しわけありません、ミスタ・パッセロ」

「なんとかたどり着いたよ、マイケル」ニッキーはコートの襟から松葉を払いのけ、ブーツで敷石を蹴って靴底の汚れや泥を落とした。「大事なのはそこだ」

二人はカバーのかけられたプールをまわり、テラスのスライド・ドアのところへ行った。ドアを開けると音楽が聞こえた。不気味な曲が大きな音を奏でている。なかに入ったヴォルペがドアを閉めて鍵をかけた。ニッキーはコートを脱いだ。「この音楽はいったい？」

ヴォルペは楽しそうに肩をすくめ、手袋をはずした。いまになってニッキーは思い出した。これは悲しげなファルセットで歌うボビー・ヴィントンの《ミスタ・ロンリー》だ。

ニッキーはリヴィング・ルームへ歩いていった。シャツとズボンの上にイブニング・ローブをまとったトニー・アッカルドが窓辺に立ち、サンフラワー・ゴールド色の厚手のカーテンの隙間からピクチャー・ウィンドウの向こうの通りを覗いていた。キャビネットのステレオ・システムでアルバム・レコードがかけられ、スピーカーから大音響を響かせている。いまではその理由もわかった。この〝ポーランドのプリンス〟の耳に残る歌声がボリュームを最大まで上げられているのは、アッシュランド・アヴェニュー一四〇七番地に仕掛けられているかもしれない盗聴器で会話を聞かれないようにするためだ。

ニッキーの気配を感じたアッカルドがカーテンから振り向いた。話をするのが待ちきれない様子で、ローブのポケットに手を入れたまま近づいてきた。「誰かに見られなかったか？」

「何匹かのリスに」ニッキーは、まだ背中に松葉が入っているのを感じていた。

「少しまえに、マイケルを散歩に行かせた」ニッキーに顔を寄せたアッカルドの口から、煮こんだトマトの匂いが漂ってきた。「このブロックを往復させた。駐まっている車には、どれも誰もいなかったそうだ」

「それはよかった」ニッキーは首を縦に振った。わざわざ裏庭を抜けてきたのは無駄な苦労だったかもしれないが、おそらく無駄ではなかっただろう。いまいちばん避けたいのは、アッカルドの家の玄関でドアベルを鳴らしているところをＦＢＩに見られることだった。

昨夜、ニッキーはマイケル・ヴォルペの自宅の電話に連絡を入れ、この面会をセッティングしたのだった。

「よくない、いい」アッカルドはニッキーのことばを否定した。「おそらく、連中は通りの向かい側にいるのだ」

「通りの向かい側？　向かいの家ということですか？」

「そう想定して行動しろ」アッカルドは自信たっぷりに頷いた。「何もかも想定しておくんだ」

ニッキーに疑う気はないとはいえ、おかしなことを言うものだとは思った。FBIは家のはす向かいにある公園に、長距離双眼鏡をもたせた捜査官を配置していることも考えられる。そのほうが家族を追い出すより簡単だし、ずっと気づかれにくい。

廊下の向かいの書斎から、誰かが部屋に入ってきた。ヴォルペではない。まだ幼さが残る、せいぜい二十二、三歳くらいの若者だ。きれいに切りそろえた黒羽色の髪が小さな目にかかっている。濃灰色のレザージャケットの下襟から黒いポリエステルのシャツの広がった襟を出し、何か特別な機会のためにめかしこんででもいるかのようだ。そのうしろからもうひとり男が入ってきた。同じくらいの年齢で、なよなよした感じがするものの腕が太く、気取ったように目を細めている。

ニッキーが訊いた。「こいつらはいったい？」

アッカルドは片方の手をニッキーの肩に置き、曲をかけたまま紹介した。「こいつはスティンギー、ドゥーヴズの甥の息子だ。近ごろはこいつとこの友人をそばに置いている。ここを守ってもらっているのだ」

「こいつらに守ってもらっている？　何から守っているんですか？」

「そのうちわかる。たとえ何が来ようと、このスティンギーに任せておけば大丈夫だ」

ニッキーはちっとも気に入らなかった。自分はアッカルドのためになんとかしようと昼夜を問わず頑張っているというのに、銃を使って自らの根性を示したがるようなこの二人の若者が出しゃばってきたのだ。もしかしたらアッカルドはニッキーの知らないことを知っていて、本当にバックアップが必要なのかもしれない。あるいは、疑心暗鬼にとらわれてしまった怖れもある。ミセス・アッカルドのお気に入りのポーランド系パフォーマーの悲しげな歌声が動物の叫び声のように家じゅうに響き渡っていることを考えると、おそらく後者だろうとニッキーは思った。

ニッキーは二人のチンピラからアッカルドを向きなおらせた。「部下ならいくらでもいるじゃないですか。信頼できる部下、忠実な部下が。なのにどうしてこんなミッキーマウス・クラブみたいなやつらを？」

「表沙汰にしたくないのだ。ごく少数の者だけにとどめておきたい。この二人は誰にも話さない、誰も知らないからな。しかも、よく言うことを聞く」

ニッキーはステレオのスピーカーから、そしてスティンギーとその相棒からいちばん離れた部屋の隅を指した。アッカルドはニッキーのあとについていき、それぞれシェードのガラスの色がちがう三灯のフロア・ライトのそばへ行った。ニッキーは声を潜めて言った。

「本当に大丈夫ですか?」

「どういう意味だ?」

「あまり寝てないように見えるので。ひげも剃ってないし、しばらく家から出てもいない。あの二匹のイヌを散歩にでも連れていって、外の空気を吸ってみては?」

「空気なら問題ない。何が言いたいんだ?」

ニッキーは聞き流した。「さらに二人のこそ泥の遺体が見つかったそうです」

「ああ」

「二人とも、トランクに入れられて」

「ああ」

ニッキーはアッカルドを見つめ、説明を待っていた。「どういうことですか?」

「悪い知らせのようだな」

アッカルドは盗聴マイクを想定して用心しているのかもしれない。あるいは、とりわけニッキーに対して用心しているとも考えられる。

「その二人をやったのはおれじゃありません」ニッキーは言った。「いったいどうなってるんですか?」

「誰かがメッセージを出しているようだ」

「待ってください、別のメッセージですか？　それとも、同じメッセージを何度も？　もう把握しきれない。あのメッセージは伝わりました」

「あのことは、もう気にしなくていい」

「気にしなくていい？」ニッキーはスティンギーと名無しの男に目をやった。この二人にちがいない。「もしあれをやったやつらがへまをすれば、おれもとばっちりを食います。こっちに返ってくることも充分に考えられるんです。おれが最初に送ったメッセージ、ボスのために送った特別配達のせいで。メッセンジャーは何人いるんですか？」

「ニッキー、落ち着け。気にするなと言っただろ」

アッカルドがニッキーに厳しい態度を取りはじめたとはいえ、すでにニッキーは頭に血が上っていた。「気にします」

「まえに送ったメッセージには、たいして反応がなかった」

ニッキーの笑みは、ナイフのように鋭かった。「そうですか？」

「たいしてあったとは思えない。私はいまだに問題を抱えているのだ。だが、いまはそんなことどうでもいい。別の問題がある。誰かがしゃべっているのだ」

アッカルドはニッキーを見据えている。

「しゃべっているって、何を？　誰かっていうのは？」

「それを突き止めたい」

「わかりました、ひとつ確認させてください。そう思っているんですか――それとも事実なんですか？」

「おまえのところの二人はどうなんだ？　おまえの仲間は？」

ニッキーの口がぽかんと開いた。「なんのことですか？　おれの仲間ですって？」

「さあな。あの二人のことをもっと聞かせてくれ」

「ちがう」ニッキーはただひとこと繰り返した。「ちがう」その問いには答えず、アッカルドの目をまっすぐ見つめた。アッカルドはまちがっている、もしかしたら何もかもまちがっているかもしれない、そう訴えかけた。もう一度、力強く言った。「ちがいます」

「二人は信頼できると保証しろと言っているわけではない。ただ知りたいだけだ――」

「保証します。これでいいですか？　二人は信頼できます」

「取り乱しているようだが」

「百パーセント断言できます。取り乱している？　力になるためにあれだけ苦労して裏庭を抜けてきたっていうのに、ソルジャーのまねごとをしている二人のガキがいるうえに、おれの仲間が疑われているんですよ」ニッキーはひと息ついて気持ちを切り替えた。「きっと考えすぎです。根を詰めすぎているんですよ。おれの仲間は、何もかも指示どおりにしてきました――何もかも。あの二人は、もともと野蛮なやつらじゃありません。まえにも言いましたが。ですが、ボスがあるやり方を望んだので――二人はそのやり方でやったんです。ボスのために。そう指示されたから」

「私につながるようなことがあってはならん」

「つながるようなことなんてありません！　そんな心配は無用です」

「心配は無用、か」アッカルドは考えこんでいた。「だが本当にそうか？　はっきりさせておきたい」

「二人が何を知っていると？　何も知りません」

「私のことを知っている。二人はおまえといっしょにいるんだろう？　おまえはあれこれ知っている」

ニッキーはたじろいだ。聞きまちがいだろうか？　突然、自分が窮地に追いこまれてしまっているのだろうか？

「おれがあれこれ知っているですって？」ニッキーはアッカルドのことばを繰り返した。

「うちが押し入られたことを、二人は知っているのか？　簡単な質問だ」

「答えは簡単です」ニッキーは言った。「いいえ。二人には話していません。誰にも話していません。本当です。答えはノーです」

だ」

「おまえを疑っているのではない、ニッキー。わかるな？　ただおまえに訊いているだけ
「そんなことを言われても、ちっとも気が楽になんかなりません」ニッキーはなんとか主導権を握ろうとした。「ミセス・アッカルドはいつ戻ってくるんですか？」

「私がいいと判断したときだ。もうすぐだろう」

「いまは家族といっしょにいるべきです。気を紛らわせてくれる人と。どの娘さんに電話しましょうか？」

「おまえが娘に電話するのか？」アッカルドの目つきが険しくなった。

ニッキーは片方の手を挙げた。「ボスはここに閉じこもって、カーテンの隙間から外を覗いたり、役立たずの二人組をそばに置いたりしているんですよ？　よけいに怪しまれるだけです」

「サリータを捕らえるんだ、ニッキー」

「捕らえます」

「時間がかかりすぎだ。遅すぎる」

「あのトランクはやめてください。もう充分です、こそ泥も、トランクも」

アッカルドににらみつけられた。アッカルドに対してこんな口を利いた者などいやしな

い。だが、この点を明確にしておかなければならなかった。危険にさらされているのはザ・マンだけではない。ニッキー自身もそうなのだ。より危ういのはニッキーのほうかもしれない。

「サリータを連れてこい」アッカルドは言った。

「魔法の杖でもあれば……」

「なら、その杖を手に入れろ!」アッカルドは首を縦に振り、ライトやステレオに目をやった。少しばかり落ち着いたようだ。「いいだろう、もうトランクはなしだ。消えるほうがいいということか?」

「トランクよりは、なんだってましです」

「わかった」アッカルドは一歩下がった。「いい考えかもしれない」ディナー・ジャケットの腹の部分に手を当てた。「何か食わないと」

アッカルドはそう言うと部屋から出ていき、マイケル・ヴォルペを呼んだ。ニッキーはライトのそばに立ったまま、《ザ・メニー・ムーズ・オブ・ボビー・ヴィントン》の曲が流れる部屋にひとり残された。たったいまいったい何が起こったのか、そして次はどうなるのか、そんなことを考えていた。

サリー・ブラッグスと妻のトリクシーの新居は、ウエスト・レイヴンズウッドのサニーサイド・アヴェニューにあった。エイヴォンデールのニッキーとヘレナの家から数分のところだ。ニッキーの自宅と同じように、サリー・ブラッグスの家には小さな裏庭があり、そのガレージは隣の通りと平行に走る裏道へ通じている。

なかのトイレから出てきたニッキーは、裏にあるレンガのステップのところで立ち止まった。窓をとおして、リヴィング・ルームで坐っている女性たちが見える。トリクシーがプレゼントを開け、大きな腹の上でワンジーを広げていた。クリースマンのフィアンセのデブラと、膝にティーカップとソーサーをのせたヘレナは、それを見て喜んでいた。くつろいで楽しそうにしているヘレナを目にし、ニッキーの顔に笑みが浮かんだ。

ニッキーは外にいるサリー・ブラッグスとクリースマンのところへ行った。二人はグリルのまわりで木の棒を使って炭をくべ、暖かくして寒さをしのごうとしていた。「今年の冬もいいかげん終わってほしいな」サリー・ブラッグスはミリタリー・ジャケットの下で肩を丸めている。

「冬が終わることなんてない」クリースマンは足踏みをしながら言った。「五月にいったんストップして、十月からまたはじまるだけだ」

「なかで女性陣がプレゼントを開けていたよ」ニッキーはコートのポケットから、しわだらけのランチ用の紙袋を取り出した。「おれたちもそうしよう」

二人は紙袋に目をやり、それからたがいに視線を交わした。

ニッキーは袋を開けて手を入れ、オレンジ色の残り火の明かりを頼りに中身を配った。サリー・ブラッグスには、照明器具店の金庫に入っていた指輪と宝石を渡した。

「おいおい、ニッキー」サリー・ブラッグスは宝石を眺めながらつぶやいた。「それをはめなおして、トリクシーのために何かしてやれるんじゃないかと思ったんだ」

「すげえ」サリー・ブラッグスが言った。

ニッキーはロレックスを取り出し、クリースマンに手渡した。

「本気かよ？」クリースマンは手袋をはずし、指が三本しかない左手首にその腕時計をはめた。

ニッキーは言った。「金庫を開けたとき、おまえの目が点になっていたからな」さらに三つの札束を取り出してサリー・ブラッグスに渡した。「あとこれも。その腕時計の価値も考えて、なるべく二人とも同じくらいになるようにしたつもりだ」

サリー・ブラッグスは嬉しそうに現金を受け取った。

クリースマンは炭の明かりに腕時計をかざして見とれている。「自分のぶんは、ニッキー？」

「運んでくれたのはおまえたちだ。感謝してる。二人にも分け前があって、ちゃんと考えてるってことを示さないと。乾杯しよう」

三人はビールのボトルをつかんで飲んだ。二人ともこのプレゼントにことばを失っていた。

ニッキーが言った。「そういえば、ザ・マンがよろしくと言っていたよ。ザ・マンもこのことは承知している——汚い仕事をしてもらっている礼ということだ。本当にねぎらっていたよ。ああいったことをするのがどういうことかわかっているから、感謝しているんだ」

二人は神妙な顔つきで頷いたものの、自分たちがしてきたことを思い出してしまった。

「そのことに関して」ニッキーはつづけた。「何か心配ごとはないか？　なんだっていい」

サリー・ブラッグスは首を振った。「とくにない」

「何も問題はないのか?」ニッキーはクリースマンに訊いた。

「これで終わりなのか、ニッキー? 正直に言うと……こいつのせいで夜も寝られないんだ」

すぐさまニッキーは頷いた。「あとはサリータだけだろう。あいつを見つけないと。それがすんだら、もうこのことは口にしなくていい。とにかく訊いてまわるしかない、ただし頭を使ってな。完全にこの街から姿を消したわけじゃないと思う——街のどこかにいるはずだ。おれたちの手でこいつを終わらせるんだ」

「わかった」クリースマンが言った。

サリー・ブラッグスが訊いた。「ザ・マンにビデオ・ゲームのことは話したのか? そっちはどうなっているんだ?」

「二、三日まえに会ったときにその話をするつもりだったんだが、なかなかいいタイミングがなくて。このごたごたをなんとか乗り切ってからだ。とはいえ、いろいろ準備しているところだ——忘れてはいない」

「おれたちの将来がかかっているんだ」サリー・ブラッグスは言った。「それがうまくいけば、いい暮らしができるようになる」

クリースマンがボトルを掲げた。「近所で育ったおれたち三人にも、いつかパーム・スプリングスに家をもてるようになる日が来る——そしたら冬ともおさらばだ」

ニッキーは二人とボトルを合わせた。「それに乾杯」

夕食でヘレナはワインを一杯飲み、充分に楽しんでいた。だがその帰りにニッキーが運転する車のなかで二人きりになると、無口になった。ニッキーよりも窓の外の方が面白いのだろう。

「トリクシーはもうすぐ生まれそうだな」

「信じられない。双子だなんて」

「ブラッグスが二人増えるってことか。苦労も二倍だな。二人のためにも、女の子ならいいが。でも、トリクシーは幸せそうだ」

「ええ、とっても」

「そうだな。いまは幸せな時期だ」

ミルウォーキー・アヴェニューを曲がり、シカゴのポーランド系の地区を通り過ぎた。セント・ハイアシンス大聖堂の三つのバロック様式の塔が見えてきた。家はもうすぐだ。

「今度の土曜日の夜に、うちの店で新しいことをやるんだ」ニッキーは言った。「ディスク・ジョッキーを雇って、ラジオで宣伝なんかもしてる。ダンス・パーティやら、新しい照明やら。カネのある大人たちを呼びこむつもりだ。そういう人たちに、映画やいつものナイトクラブじゃなくて、うちの店に来てもらう。〈テン・ピン・レーンズ〉が好きじゃないのはわかってる。でも――ぜひ来てくれないか。ニコラスといっしょに」

ヘレナはニッキーに顔を向けて頷いた。彼女なりに丁寧に断わっているのだ。ニッキーは車でひとまわりし、一方通行のウィズナー・アヴェニューに入った。

「ベビーシッターに払うカネは？」ニッキーは訊いた。

「大丈夫よ」ヘレナは膝にハンドバッグをのせている。

ニッキーは自宅のフロント・ステップの前に車を寄せた。ギアをパーキングに入れ、ヘレナの方を向いた。「ありがとう。今日は来てくれて。楽しかったよ。むかしに戻ったみたいで」

「わたしも楽しかったわ。おやすみなさい、ニッキー」

ヘレナがプリムス・サテライトを降りた。ニッキーは身を乗り出し、フロント・ステップに目をやった。ヘレナが望んでいるようなら、玄関まで送るつもりだった。

「おやすみ」ニッキーが言うとヘレナは首を縦に振り、車のドアを閉めてステップを上がっていった。

〝ボウリング・フィーバー〟では、まるで〝なんとか熱(フィーバー)〟のようで病気の名前に思えてしまう。〝サタデー・ナイト・ボウリング〟もしっくりこない。《サタデー・ナイト・フィーバー》という名前を盗用すると訴えられるかもしれない。結局〝ディスコ・ボウリング〟ということになった。

ラジオ局のDJが、ラウンジのレーン側に機材を設置していた。ドラッグ常習者のように痩せこけたそのDJは《スター・ウォーズ》のチューバッカの絵がアイロンプリントされたリンガーTシャツを着ていて、サラダ・ボウルくらいもあるヘッドフォンをつけている。ディスコ・ライトによって宇宙空間のような雰囲気が作り出された店内では、DJが着ているもうひとつの大ヒット映画のTシャツは、このイベントをいっそう盛り上げるのにひと役買っていた。

実際の大人よりもティーンエイジャーのほうが多いとはいえ、店は超満員だった。レンタル・シューズ代込みで二ドルのカバー・チャージが入るので、肝心なのは客が詰めかけているということなのだ。ミニスカートや胸元を大きく開いたポリエステルのシャツといった格好が目立つ。誰もがビートを楽しんだり、気取って歩いたり、口説いたりしていた。そしてもちろん、ボウリングもしている。カウンターには客が三列に並び、細い腕をむき出しにしてトラボルタのような髪型をした新人のダニーは、女性たちからちやほやされて浮かれていた。

いずれにせよ、ディスコ・ボウリングは大成功だった。流行を取り入れてこのイベントをまとめ上げたのはニッキーなのだが、盛り上がっている最中にもかかわらずどうして途方に暮れているのか自分でもわからなかった。もしかしたら、何も楽しめない精神状態にあるのかもしれない。はじめて年を取ったように感じ、どうやって踊ればいいのか見当もつかない曲をメインにしたパーティを開いている気分だった。チャッキーでさえ、シャツのボタンをいくつかはずして歩きまわっている。だが、ニッキーはその気になれなかった。

カウンターの在庫をチェックしていると、ケヴィン・クイストン刑事がやって来た。軽く一杯やろうと思って立ち寄ったのだが、何に足を踏み入れたのかさっぱりわかっていなかった。「どうなっているんだ?」

「これが未来だよ」ニッキーは言った。

「おれの未来ではないな」

「子どもたちは？」

「ディスコに興味はないらしい」

「まだ小さいからだろう。そういえば」ニッキーは音楽に声がかき消されないように近づいた。「ブルズに賭けるなんて、何を考えてるんだ？　シカゴ・ブルズなんかに？」

「弱いほうに賭けないと、ニッキー。借金をチャラにするために」

「わかったよ、ケヴィン。あんたは深刻な問題を抱えている。びくびくしながら賭けるのが好きなんだ――借金をチャラにするだって？　おれは銀行じゃないし、カジノでもない。あんたにツキがまわってくるまで待っているとでも思っているのか？　おれにいくら借金してるか、わかってるのか？」

すぐさまクイストンは頷いた。「わかってるって」

「どうだかな。このまま底なし沼にはまって沈んでいけば、いつか中国まで行っちまうぞ。そしたらどうなる？　これからどうすればいいか、話し合う必要がある」

「わかってるだろ、カネは必ず返す――」

「そこなんだよ。おれにはそれがわからないってことだ。子どもが四人もいるうえに、家のローンもあるっていうのに？　それにおれ――おれはあんたの五人目の子どもみたいなもんだ」

「おまえを避けてるとしたら、ここに立ち寄ると思うか?」

「それは警察バッジがあるからだ。その盾がなかったら、いまごろ両脚をへし折られて入院しているぞ。問題はおつむが弱いってことじゃない——あんたは病気なんだ」

この渦巻く光のなかで自分を見つめるクイストンの表情から、いまのことばが意図したよりもきつく聞こえたことにニッキーは気づいた。ニッキーは微妙な立場にいた。だが、これは事実だ。この刑事はとりつかれていて、麻薬常習者と大差はない。ゲームに賭けても興奮することはなく、スポーツとしての楽しみも感じていない。心の病なのだ。ニッキーはダイムズのような高利貸しとはちがう——二十パーセントの利子を取り立て、死ぬまで客を苦しめたくなどない。いまのことばは本心だった。警察官ということに、クイストンは守られているのだ。逆に言えば、刑事に資金援助をして貸しを作るというのが、ニッキーにとっての唯一の利点だった。

「ほら」ニッキーはカウンターの方を向いた。バーテンダーのレオに、店のおごりでクイストンに一杯出すよう合図をした。「ひとつ頼みがある」片方の手をクイストンの肩に置き、もう片方の手を自分の胸に当てた。「おれのために。頼むよ。これが最後だ。シカゴには賭けないでくれ」

クイストンはうつむいて弱々しい笑みを見せた。何もかも許してくれたようだ。「わかったよ」

「一杯やって、子どもたちが待ってる家に帰るんだ。子どもたちがディスコの餌食になるまえにな」

ニッキーは彼の背中を叩き、その場を離れた。この短気なところをなんとかしなければ、そう決心した。カウンターに入ってレオを手伝おうかと考えたが、いまの気分ではやめておいたほうがよさそうだ。カウンターの先で、ベルボトムにヒールのついた靴、オープン・シャツ姿の体重が百ポンドもなさそうな男が、レオタードのトップスの上にひだ付きの袖があるブラウス、ほとんど透けているようなスカートという格好をしたラテン系の女性とおしゃべりをしていた。ディスコでゲームを楽しむには、それらしい格好をするだけでよさそうだ。

ヘレナは顔を見せなかった。これほど盛り上がっている店を、ニコラスに見せたかった。だがそれと同時に、家へ帰って二人といっしょに過ごしたいとも思っていた。

カウンターのさらに奥の光景を見て、その夜はじめてニッキーの顔に笑みが浮かんだ。マフィアとコネがある男たちやいつものマフィア志望者たちがひっそりと身を寄せ合い、新世代の若者たちに数で圧倒されている——とはいうものの、そういった男たちでさえ急に金のメダルが付いたチェーンを身につけ、オープン・シャツにフレア・パンツという格好をしていた。ディスコ・ブームはウィルスのように広がっている。そこは認めなければならない。

ベルツがやって来てニッキーを呼び止めた。ベルツはグループ内にいるとはいえ実際には何をしているのかよくわからないような小物のひとりで、いつもニッキーに馴れ馴れしく接してくる背の低い男だった。

「ニッキー、うちの娘が来ているんだが、たったいま、女性用トイレでコカインを買わないかと声をかけられたそうだ」

「わかった。それはいいことなのか、それとも悪いことなのか？」

「娘にとってはいいことだ。だからおれにとってもいいことだろう。ただ、知らせておいたほうがいいと思って」

「知りたくはない」ニッキーは小さく笑みを浮かべた。「何も知りたくない」

「わかった。こっちに来ていっしょに飲まないか？」

ニッキーは仲間に加わった。そこには薄い口ひげに大きな笑みを浮かべたダイムズ・フォーブステインもいた。「大盛況だな、ニッキー」ダイムズが言った。

「若い連中は気に入ってくれたようだ」

「あれを見ろよ」ダイムズは十二番レーンにいる二人組の若い女性を指差した。ノーブラで胸の谷間を見せつけているほうと、明るい青のチューブトップを着た友人のどちらを指しているかはわからない。

「ダンスのレッスンを申しこんでおいてやるよ」ニッキーのことばに、そのグループから笑いが起こった。ダイムズは含み笑いを洩らし、大きな腹を叩いた。カウンターにショットグラスをのせたトレイが運ばれてきた。「これは？」

「ワイルドターキーが十二杯」レオは言い、別の注文を受けに行った。

「みんなで飲むには充分だ」ダイムズはそう言ってグラスを配った。ニッキーも一杯受け取った。「お友だちの刑事はなんて名前だ？」

「クイストンだ」ニッキーは振り向き、非番の刑事に向かって手招きをした。クイストンも彼らに加わり、ベルツやほかの人たちとともにグラスを渡された。

「何に乾杯する？」ニッキーはクイストンに訊かれたが、何も思いつかなかった。

ダイムズが言った。「死んだやつのために、また弔い(とむら)の酒だ」

「またトランクに？」クイストンは音楽に負けないような声で言った。「クソッ。おれの知ってるやつか？」

「泥棒じゃない」ダイムズは指摘した。「トランクに入れられたわけでもない。しばらく誰も会ってなかったやつだ。あの世でみんなが再会するまで、会うこともない。クラムス・カッシーノだ。ジョリエット刑務所の。本名はなんだったかな……？」

ベルツが言った。「クリストファーじゃなかったか？」

「そうだ。監房のなかで死んでいたらしい。ビニールのランドリー・バッグを二枚、頭にかぶって、首にはゴムバンドが巻かれていたって話だ。あの哀れなガキは、自分で窒息したんだ。だが、本当に悲しいのはここからだ。出所まで、あとたったの二週間くらいだったんだ」

ベルツが言った。「おまえなら知ってるんじゃないか、ニッキー。あいつと同じころにジョリエットに入っていたんだから」

ニッキーには、まわりのことがほとんど何も感じられなかった。会話も、ボウリング・レーンも、ディスコの音楽も、まわっている光も。唯一感じられたのは、自分の呼吸音だけだった。

ほかの人たちはショットグラスを掲げ、わずかに酒をこぼしていた。

「じゃあクラムスに？」

「クラムスに」

全員がひと息で酒を飲んだ。

「クラムスに！」

「乾杯！」

閉店後、ようやく人がいなくなり、片付けもほぼ終わって音楽も鳴りやんでいた――ゆっくりと静かにまわりつづけるミラーボールを除いて、店内は真っ暗だった。ニッキーはカネを数えてすらいなかった。銀行の布袋に現金を入れ、オフィスのファイル・キャビネットの奥に突っこんだ。しばらくオフィス・チェアに坐っていた。やがてベッドの下に潜りこみ、そこにしまってある服などを引っ張り出して手紙の束を見つけた。

その手紙をもってラウンジへ行き、カウンターをまわって酒を注いだ。それを飲み干すとまた半分ほど注ぎ、ぼんやり立ち尽くしてボウリング場を動きまわる白いディスコ・ライトを眺めていた。店自体がまわっているように感じはじめると、気を取りなおした。グラスをもってバースツールのところへ行き、手紙の前に腰をおろした。

差出人住所はどれも同じだった。〝ジョリエット刑務所〟という赤いスタンプが押され、その下のスペースにクリストファーの名前と囚人番号、監房棟が書かれている。手紙は斜めの大文字で書かれ、特筆に値するようなものでもない。自分のところへ送り返されるような内容は記されていない。ニッキーが受け取った十二通の手紙のうちの二通は、刑務所長のオフィスの職員によって開けられ、またテープで閉じられていた。ニッキーが手紙を取っておいたのは――

封筒の一通から写真を抜き出した。そこに写っているのは、十九歳のころのクリストファー・カッシーノだった。細い腕をしたクリストファーが笑みを浮かべ、おじが所有していた六九年型のフォード・マスタング・マッハ1に寄りかかっている。クリストファーがいつか自分でももちたいと夢見ていた車、彼が刑務所に入れられる原因になった車だ。クリストファーは似たような車を盗み、その後の警察とのカーチェイスでひいてしまった年配の男性が心臓発作で死亡したのだ。起訴状に殺人が加えられた。クリストファーはその罪を逃れたものの、弁護士たちがそれほど優秀ではなかったため、重窃盗で受けるよりも重い判決を言い渡されたのだった。懲役十年、最低でも七年の刑を宣告された。

ニッキーが収監されて半年後、二人は同房になった。ニッキーは刑務所に入れられるまえから、クリストファーの亡くなった兄〝チップス〟・カッシーノをとおしてたまたま彼のことを知っていた。クリストファーは実際よりも若く見え、振る舞いも幼かったため、ジョリエット刑務所内では目をつけられた。そこで、ニッキーは監房棟では彼に目を配っていた。クリストファーはひとりになると、気が滅入るほどひとりごとを言うようになった――ホームシックになり、会えなくなった外の人たちやできなくなったことなどを延々とつぶやいていた。潰瘍のせいで食も細かった。消灯後の夜、泣き疲れて寝てしまうクリストファーに気づいたこともある――ほとんど声もあげずにひっそり泣き、肩をふるわせているせいでベッドの上段がかすかに軋んでいた。はじめは、そういったことに苛ついた。もはや少年ではないこの若者に活を入れるか、ひと思いに殺して楽にしてやりたいと思った。だがそれから数週間、数ヵ月と過ぎていくうちにクリストファーのか弱さに情が移り、気がつくと自分の気持ちを安らげるためにもクリストファーの気持ちを安らげてやろうと思うようになっていた。

長いあいだ自由が奪われた状況で誰かといっしょにいると、どんな相手だろうとそのうち何かが起こるものだ。それが結婚生活であろうと、救命ボートの上であろうと関係ない。自分の一部が相手の一部になり、相手の一部が自分の一部になる。あんなことになった理由のひとつもそのせいだろう、ニッキーはそう考えていた。もうひとつの理由は、クリストファーとの感情的なつながりは、これまでの人生でずっとニッキーがあらがってきたものだからだ。

ある夜、クリストファーを慰めているうちに一線を越えてしまった。翌朝、そのことにはひとことも触れなかった。あんなことは起こらなかったし、これからも起こらない、とでもいうように。それが二度、三度とつづき、不意に自分自身が越えた境界線そのものになっていることに気づく。すると何かを抱えることになる。秘密を抱えるのだ。人目を避けた人生を。だが、その人生はひとりきりではない。ともに歩いてくれる者がいる。その秘密は許されざるものでありながら尊いものでもあり、それまで自分が思っていたありとあらゆることに反する。守りとおさなければならない秘められたもの、自分でコントロールし、そして自分をコントロールするもの。それを愛と言う必要はない。なんとでも好きなように言えばいい。希望とでも。

出所したニッキーは、当然、葛藤に苦しんだ。それまでは自分自身のことがよくわかっていた。それがいまや、別人になってしまったのだろうか？　当面の問題はヘレナとの関係だった。はじめは彼女も辛抱してくれた。やがてヘレナは神経質になり、不安になった。そして自らを責めるようになった。ニッキーはそんな彼女に何も言わなかった。

ある夜、酔っ払ったニッキーはヘレナに打ち明けようとした。が、それはまちがいだった。

どこまで話したのか、自分でもはっきりしなかった。だがヘレナは知らなかったとしても、うすうす察していたのかもしれない。明らかにそれを怖れていた。ヘレナもニッキーと同じように育てられてきたのだ。

やがてニッキーはジョリエット刑務所のことを忘れることにし、基本的にはかつての自分に戻った。だが、ヘレナにとっては手遅れだった。二人のあいだの溝は、生活のありとあらゆるところまで広がってしまっていた。いまやヘレナは有罪判決を受けた犯罪者の妻で、それは両親にも教会にも快くは受け入れられなかった。何カ月もヘレナを遠ざけておきながら、ニッキーは彼女にすがりつこうとしている自分に気づいた。ヘレナといれば、理想の自分でいられる、本当の自分を抑えられるからだ。

ニッキーはブリキの灰皿を動かし、その上に手紙を重ねて置いた。〝〈テン・ピン・レーンズ〉──三十六レーン──ここで擦る(ストライク)〟と書かれたブックマッチのマッチを擦り、いちばん下の封筒の角に火をつけた。やがて手紙の束が燃えはじめた。

火がまわるとその束の上にあの写真をのせ、十字を切った。そしてたったひとことに追悼の意をこめてつぶやいた。「クリストファー」

手紙の縁から上に向かって炎が燃え広がり、写真の角が焦げて丸まっていった。揺れ動くライトに照らされた黒い煙は、まるで生きているかのようだった。失意に打ちのめされながらも、勝手に問題が解決してくれたと考えずにはいられなかった。刑務所の外でクリストファーと向き合うということは、自らの心の内と対峙するということなのだ。そんなふうに考えている自分がひどい人間だということを、ニッキーは認めた。

外からの光に照らし出され、店内が明るくなった。ニッキーの方へ影が斜めに伸びてくる。駐車場に車が入ってきて、店の前の暗くなった看板の下に駐まった。ロイと会うことになっているのを、すっかり忘れていた――ニッキーにとってはより深刻な、消え去ることのない問題だった。だが、どうしてロイは店の前に車を駐めたのだ？

ニッキーは湿った布巾をつかんで顔を拭き、それを灰皿にかぶせて火を消した。ドアを照らしつづけるヘッドライトを見ているうちに、怒りがこみ上げてきた。店の前で見られるのがどれほど危険なことか、ロイにはわかっているはずだ。ニッキーは立ち上がり、バースツールの背もたれをつかんで酔ったからだを支えた。裏にまわるよう合図をしようと、ドアの方へ行った。

ドアのかなり手前で、コンコンコンとガラスを叩く音が聞こえた。ヘッドライトを背にした男の輪郭が見える。ベレー帽のようなものをかぶっていて――手にはライフルをもっていた。

車のヘッドライトが消え、ガラスを叩いたのが若い黒人だということがわかった。かぶっているのはミリタリーふうのベレー帽だ。男は鍵のかかったドア・ノブを指していた。

〝強盗だ〟ニッキーは戸惑いながらもまるで他人ごとのようにそう思った。

そのとき、黒人の背後の車からもうひとり男が降りてきた。七分丈のコートを着たその男がドアの方へやって来た。

相手の顔より先に口ひげが目に留まった。ジョニー・サリータだ。

ニッキーは死を悟った。クリストファーのことで動揺していたニッキーは、ここでサリータに追い詰められたのだ。殺されて当然だと思った。

さらに驚いたことに、ニッキーは〝覚悟はできている〟と考えていた。

サリータはドアの外で立ち止まり、待っていた。銃をもった男がまたガラスを叩いた――今度はもっと強く。そのとき、ニッキーは三人目の男に気づいた。ベレー帽をかぶってアサルト・ライフルを手にした別の黒人の男が車の外に立っている。

ニッキーに選択の余地はなかった。鍵をまわし、ドアを押し開けた。ひとり目のボディガードがニッキーを店内に押しやった。銃を手にしたままにやりとしている。そのうしろからサリータが入ってきた。二人目のボディガードが閉まりかけているドアをすり抜け、駐車場や通りから見えないよう脇の方へ行った。

サリータは両手をコートのポケットに入れていた。銃をもっているかもしれないが、ニッキーにはわからなかった。サリータはもったいぶるように肩をすくめてみせた。

「ニッキー・ピンズ」サリータが口を開いた。

サリータの蔑(さげす)んだ顔を見て、ニッキーは平静を取り戻した。「一時間くらいまえに店は閉めた。だが、まあいい」二人のボディガードを指差して言った。「二人とも、靴のサイズは十二くらいか？　ジョニー、おまえは九ってところかな？」

ニッキーはしゃべりながら後ずさりをし、レンタル・シューズ・カウンターの手前で振り返った。そのカウンターの引き出しの下には、二五口径の拳銃がテープで留めてある。

そのとき、サリータが言った。「そこまでだ」

ニッキーは立ち止まり、ため息をついた。回転しているミラーボールに目をやり、意識を集中しようとした。選択肢を考えてみたが、そんなものはないことに気づいた。ニッキーは向きなおった。

「それで」ニッキーは言った。「ボウリングをする気がないなら、何をしに来たんだ？」

サリータが足を踏み出し、ボディガードの横に並んだ。「人の顔を焼くのは楽しいか、パッセロ？　知っている相手を絞め殺すのは？　ナニを切り取るのは？　それがおまえの仕事なのか？　老いぼれのアッカルドのために？」サリータはさらに一歩前に出た。ポケットから両手を出したが、何ももっていなかった。その両手をニッキーの方へ伸ばした。

「こういうのは好きか？」

サリータの手に指輪などはなく、とくに気になるものはなかった——そのとき、コートの袖からのぞくシャツの袖口に付いたカフスボタンが目に留まった。そのカフスボタンには、オニキスのクラップス・テーブルとそれを囲む小さな金色のプレイアーたちが彫られ盗まれたものだ。スターダスト・ホテルから贈られたもの――アッカルドのナイト・テーブルからていた。

　サリータは満面の笑みを浮かべ、その瞬間を楽しんでいた。ミラーボールのきらめく光のなか、ニッキーはサリータの目が血走っていることに気づいた。笑みは強張り、あごの筋肉がひくひくし、歯もむき出しになっている。

　サリータがコカインをやってここに来たということは、二つのうちのどちらかを意味している。ひとつは仲間の内臓をえぐり出すよう命令したアッカルドに復讐し、ニッキーを虐殺する度胸を据えるため。あるいは――銃をもった二人の男を雇っていても、しらふで〈テン・ピン・レーンズ〉に来てニッキーと対峙する勇気がなかったということだ。

「教えてくれ」ニッキーは派手なカフスボタンを無視して言った。「ザ・マンの家に押し入ることで、何を期待していたんだ？　あのあといろいろあったが、それ以外に。おまえのお友だちが無残に殺されたのは、おまえのせいだ。いまやおまえは逃げまわっていて、血の気の多い連中を雇っている――あんたたち、ブラック・P・ストーン・ネーションか？　それともラテン・キングス？　しかも、おまえはひどい顔をしている」

　サリータは小刻みに首を縦に振り、怒りをあらわにした。「戦争をしたかったわけじゃない。これは戦争なんかじゃない」

「どう見たって戦争だよ」

「おれの望みは、おれのものを取り返すこと。それと身の安全だ。おれが何をもってるか、知ってるんだろう？　アッカルドやジョーイ・ドゥーヴズ、ほかの化け物どもを引きずり下ろすのに、銃なんか必要ない。判事や警察もいらない。おれにはあのノートがあるんだ」

「そろそろ出てきたほうが身のためだぞ」

「ザ・マンの使い走りはそう言ってるが。街に戻ってきて、放っておいてくれるわけがない、そんなことわかりきってる。かたをつけたいなら、カネを払え。二百万ドルだ。ノート一冊につき百万。おまえのその目つき——実際にその目でノートを見れば、そんな目つきはしないはずだ」

正面ドアの横に立っている男が険しい声で言った。「車だ」

サリータが振り向くと、駐車場にひと組のヘッドライトが入ってきた。ニッキーの胃が締めつけられた。ロイにちがいない。ニッキーは頭をフル回転させた——ロイを利用してこのピンチを切り抜ける方法はあるだろうか？　そんな方法はない。事態を悪化させるだけだ。

サリータは駐車場から見えないように、横へ身を隠した。車が停まり、また前に動きだした――ニッキーはおしまいだと思った。だがそのとき、ヘッドライトの向きが変わった。車はUターンして駐車場から出ていき、走り去っていった。

サリータの仲間たちは緊張を解き、ライフルを握っていた手の力を抜いた。これに動揺したサリータは、さっさと話をつけようとした。ニッキーに向きなおり、コートのポケットからカードを取り出して二人のあいだの床に放り投げた。

「そこにかければ連絡がつく」サリータは言った。「おまえだ、パッセロ――おまえにその栄誉を与えてやる。おまえだけにな。アッカルドには、値切ろうとしたり、時間稼ぎをしたりしようとはするなと伝えろ。時間稼ぎをすれば、ページを破って一枚ずつFBIに送りつけてやる。それか『シカゴ・トリビューン』紙に」サリータは二人の男とともにドアの方へ下がっていった。「そしたらどうなるかわかるか、パッセロ？　アウトフィットの秘密がばらされたらどうなるか？」サリータは立ち止まってにやりとした。「そしたら、次にトランクへ入れられるのはトニー・アッカルドってことになる。たぶんおまえもな」

サリータがドアから出ていき、二人の男たちもあとにつづいた。ひとりはニッキーから目を離さず、もうひとりは車の方へ走っていってエンジンをかけた。ニッキーはその場を動かず、彼らが車に乗ってバックで急発進して走り去って行くのを見つめていた。

ニッキーはドアのところへ行き、鍵をかけなおした。店内を振り返ると、光が揺れ動いていた。空っぽの空間。

殺されるかと思った。「やれやれ」ニッキーはつぶやいた。

床からカードを拾い上げた。七桁の数字、ここイリノイ州の市内電話交換局だ。とはいえ、おそらく別のポケットベルだろう。ニッキーはそのカードを左ポケットにしまった。店内で揺れ動く光のように頭がまわっている。カウンターへ戻り、灰皿にかぶせた布巾に目をやった。そして燃えかすをごみ箱に放りこんだ。

サリータは、ニッキーがいるかどうか確認するために〈テン・ピン・レーンズ〉を見張っていたにちがいない。これからは、いままで以上に気をつけなければ。ここでは格好の的になってしまう。サリータの車のトランクに閉じこめられ、それで終わっていたかもしれないのだ。ヘレナやニコラスに別れを告げることもなく。なんの痕跡も残さずに。

ニッキーはもう一杯スコッチを注ぎ、〝ファック〟ということばを矢継ぎ早に何度も繰り返した。スポットライトとミラーボールのスイッチを切り、カウンターの明かりだけをつけた。自分自身に腹が立ってきた。死んでいたかもしれないのだ。もっと頭を使わなければならない。

またヘッドライトが目に入った。素早く振り向くと、車は店の前を通り過ぎて裏へまわった。ニッキーは酒を飲み干し、激しく目を擦った。「いいだろう」自らを奮い立たせた。

「わかった、クソッたれ」レンタル・シューズ・カウンターをまわりこみ、カウンターとレーンのあいだへ行って正面のドアから見えないようにした。

裏の非常ドアが軋み、外から押し開けられた。ロイ捜査官が顔を覗きこませた。薄明かりに照らされたニッキーを見つけ、用心深く入ってきた。ドアが大きな音をたてて閉まる。

ニッキーは指を差し、レーンの向こうにいるロイに聞こえるよう大声で言った。「おまえのせいで、いつかトランクに押しこめられることになりそうだ」

ロイはドアから数歩入ったところで立ち止まった。「おれが何をしたっていうんだ?」

「そのうちトランク行きだ」

ロイが横の通路を歩いてきた。「駐車場に入ってみたら、まだ車が駐まっていた。お、ま、え、が言ってきた時間に。だから車を出して、しばらく走りまわってから——」

「黙れ。いいから黙ってろ」

ロイは右端のレーンの前を横切り、二段上がってニッキーのところへやって来た。「何があった? 誰がいたんだ?」

「気にするな。このことだが、ほかに誰が知ってる?」

「なんのことだ? おれたちの取、決、め、のことか?」

「〝取決め〟だと? この強請りのことだ。おれがおまえに強請られていること。誰が知って？」

「酔っているな。何があったんだ？」

ニッキーは首を振り、鼻で笑った。「何がおれを守ってくれるんだ？　おれが話したとして？」

ロイは腰に両手を当てた。「おれだ。おれがおまえを守ってやる」

ニッキーは笑い声をあげた。「おまえじゃ頼りにならない。ちっともな」

「そいつは残念だが――」

「アッカルドの手下はそこらじゅうにいるんだ！」ニッキーはわれを忘れそうになってい
た。いくらか自分を抑え、息を整えた。「そこらじゅうにな。こんなところで話していたら、車のトランクへ一直線なんてことになりかねないんだぞ！」

「困っているなら言ってくれ。なんとかする方法を考えよう」

「ふざけるな。おれのことなんかどうでもいいくせに。とんでもない悪魔だ。おまえがおれに何をしようと、どのみちおれの身に降りかかってくることに比べればたいしたことはない。だから、脅しても無駄だ。もう終わりだよ。さっさと出ていって、やらなきゃならないことでもやるんだな」

ロイは眉をひそめ、心を探ろうとするかのようにニッキーを見つめた。ニッキーのこんな側面は見たことがなかった。ロイは何かを決心し、口を開いた。

「おまえは〝トップレベルの情報提供者〟という扱いになっている。つまり利用価値が高いということだ。そうするためには、上をかなり説得しなければならなかった。ふつうなら、そういったことはアッカルドやジアンカーナのような大物のために温存しておく。おまえの存在、ようするにおれに協力している情報提供者の存在を把握しているのは、シカゴ支局のトップだけだ――それでさえ、コードネームでしか知られていない。正体がばれるような詳細はいっさいない。おまえの正体を明かす必要もない――ただし、おれたちからカネを受け取るようになれば話は別だが」

「絶対にそれはない」ニッキーはロイの顔を見つめた。本当のことを知る必要があった。「いい、ほかには誰も？」

「おれ以外は誰も知らない。誓ってもいい」

「誓うんだな」ニッキーは数歩下がってから立ち止まった。天井を見上げ、目を瞬く。そして向きなおった。「おれのコードネームは？」

「コードネームだと？」

「FBIの秘密のコードネーム。なんていうんだ？」

ロイは戸惑っているようだった。「どうして知りたいんだ？」

「自分のコードネームを知りたくないやつなんているのか?」ニッキーには信じられなかった。「本気で言っているのか?」

ロイは困惑し、そんなことはどうでもいいとでも思っているかのようだった。ニッキーにとっては、どうでもいいことではなかった。

「スコッチ・ミスト」ロイは言った。

今度はニッキーが戸惑う番だった。ロイは酒を頼んでいるのだろうか? 「いまなんて?」

「おまえのコードネームだよ。〝スコッチ・ミスト〟だ」

そのとき、ニッキーは思い出した。〝〈マールの店〉で会ったあの夜のことだ〟あのボックス席のニッキーにロイがもってきた酒。毒入りのカップのほうがまだましだったかもしれない。

あの苦い思い出がよみがえり、はらわたが煮えくり返った。「まちがいなく、史上最悪のコードネームだ――こんなにひどいのは聞いたことがない。しかも、そんなコードネームをつけたやつに、おれの命は握られている。なんてことだ」

ニッキーはまた歩きだし、その場を行ったり来たりした――どうすればいいかわからず、時間を稼いでいるのだ。

ロイが言った。「何かがあった。おれに言いたいことがあるはずだ」

ニッキーは振り向いてロイのところへ戻った。「〝くたばれ〟のほかに？」親指の爪を噛んだが、その指を口から離した。「ひとつだけ条件がある」

ロイは首を振った。「条件などなしだ」

「二度とここに来るな——今後いっさい。これからはほかの場所で、どこだっていい——ここ以外ならどこでもな」

ロイはニッキーに譲歩したくないとはいえ、ニッキーの話を聞きたくて仕方がなかった。

「いいだろう。約束する。では聞かせろ」

ニッキーは大きく息をついた。彼の直感は、やめろと叫んでいた。

「おれは義理堅い。義理堅い男だ」ロイに話していたが、実際には自分自身に語っていた。

ロイは面食らった。「それで……？」

「レヴィンソンの店の件だ。あの宝石強盗。すべての発端は、レヴィンソンの一件だ。あれをやった連中は、話を通さなかった。話を通さなかったせいで、呼び出しを食らって、全部返すはめになった。ひとつ残らず——アッカルドの命令で。わかるか？　だが、連中はそれが不服だった。その後、アッカルドはパーム・スプリングスへ行って……連中の何人かが——全員じゃない——今年のはじめに家へ押し入って宝石を取り返そうとした」

ロイがニッキーを見つめた。「押し入るってまさか――」

「わかってる。正気の沙汰とは思えない。実際に正気の沙汰じゃないからな。そいつらはアッカルドの自宅の警報装置を解除して――おれが聞いた話では――アッカルドがいない隙に忍びこんだ。たぶん宝石を取り戻すために。ちなみに、結局、宝石は見つからなかったらしい」

ロイはゆっくりした口調で言った。「トニー・アッカルドの自宅に忍びこんだっていうのか?」

ニッキーは、マジックを成功させたかのように両腕を広げてみせた。

ロイが片方の手を挙げた。プレイアーからのタイムの合図だ。「全部で何人だ?」

「おれが思うに、アッカルドにしてみればその間抜けたちに思い知らせるだけのつもりが――歯向かったこそ泥たちを殺すつもりだったのかもしれないが――いつのまにかエスカレートしていったんだろう」

ロイは片手を腰に当て、ニッキーに横顔を向けていまの話を考えていた。「なるほど」彼は言った。「気が狂っているとしか言いようがないが、とにかくわかった。アッカルドのために汚れ仕事をしているのは誰だ?」

「わからない。だが、いまでは四六時中、血気盛んな若い二人組をはべらせているという話を最近になって聞いた。あとは想像に任せる」

ロイは何度か口ひげをなでつけ、上唇の上で大きく広げた。「いまの話、納得できるかどうかわからない。どうしていまになって打ち明けることにしたんだ？」

「少しずつわかってきたんだ。つなぎ合わせるのに時間がかかったのさ。おまえと同じで、最初はおれも信じられなかったというのもある。ザ・マンの自宅に？　イカれているとしか思えない。もっと早くわかっていれば、もっと早く教えていた。だが、もう収まりつつある——関わったこそ泥たちはほとんど殺されたからな。そのほかにも何人かやられたが」

「収まりつつあるって、何がだ？」

「こいつだよ。始末するこそ泥の数にも限りがある。またいつもどおりに戻ってきているような気がする」

「ほう」ロイは小さく笑みを浮かべた。「それはどうかな」

ニッキーはロイに目をやった。「どういう意味だ？」

「おまえは知らなくてもいいことだ」いまや満面に笑みをたたえている。「教えてやろうか？　たったいま、おれの期待に応えてくれたから特別にな。大陪審が開かれることになった」

「なんだって？」

「このこそ泥殺しを審理する大陪審だ」

ニッキーは口を開いたが、また閉じてしまった。

「アッカルドが関わっているとふんでいた——なんだって関わっているのか、その具体的な理由まではどうしてもわからなかったが。だがいまはどうだ？　自宅に押し入られた報復に、殺しまくるよう命じているということだろう？」ロイは嬉しそうに頷いた。「トニー・アッカルドに刑務所でのはじめての夜を味わわせてやりたいと思っていた。だがいまは？　いいいま、いまはどうだ？　アッカルドは刑務所の外での最後の夜を眺めているかもしれないということだ」

ニッキーはシカゴから北上し、広々とした草原地帯を車で走っていた。まだ葉は芽吹いていないものの、突然の寒波はとっくに過ぎ去り、しつこく残っている雪は街が乗り越えようとしているショッキングな記憶ででもあるかのようだった。

バーリントン・ヒルズという表示を通り過ぎ、助手席に置いた地図を頼りに目的地の通りと家を探した。茶色いレンガ造りのチューダー様式の家で、城のような小塔型の屋根と格子窓がある。ドライヴウェイには幾何学模様に並べられた敷石があり、両側には新芽を出そうとしている裸の木々が植えられている。ガレージのそばに三台の車が駐められているが、ニッキーにわかったのはアッカルドの黒いキャデラックだけだった。とはいえ、金色のリムを付けた黒いポンティアック・トランザムが誰の車かは想像がついた。

ドアベルを鳴らしてしばらく待っていた。ドアを開けた三十代後半の女性、マリー・アッカルド・キューメロウは、母親に負けず劣らず魅力的だった。

「私はニッキー・パッセロという者です。先ほど電話で話を」

「ああ、さっきの。父から話は聞いています。どうぞ。長旅でしたか？」

「それほどでもありません、どうも」玄関ホールは豪華な作りで、らせん階段が二階へとつづいている。高い天井から長い鎖で吊されたシャンデリアは、窓の中央に来るよう調節されている。ニッキーのそばにあるテーブルには、トニーとクラリセのアッカルド夫妻や親戚たちが写った写真が飾られている。

「父は奥の部屋に――このまままっすぐ行ったところです」彼女はそう言って別の方へ向かった。「ハイチェアに子どもがいて手が離せないの。何か飲み物でも？」

「ありがとうございます、でも大丈夫です」ニッキーは彼女のうしろから答えたが、すでに姿は見えなかった。アッカルドの娘は組合長と結婚しているとはいえ、それでもこの豪華な家の説明はつかない。教会と豪邸の中間のような家だ。ウィズナー・アヴェニューに建つベッドルームが三部屋あるニッキーの自宅の両側の窓から見えるものといえば、十フィート先にある両隣の家のカビの生えた羽目板くらいだ。

彼女に教えられた方へ向かった。二段上がってハチミツ色の壁の廊下を進み、二段下がって直角に曲がった。二人の幼い子どもがニッキーの両脇を駆け抜け、「走るな！」というおなじみのうなり声が向こうから聞こえた。

ニッキーは風通しのいいサンルームに入った。片側の壁際には端から端まで届く低いソファーが置かれている。床にはいくつかのおもちゃや室内用三輪車がほったらかしにされ、テーブルには『タイム』誌と『ニューズウィーク』誌が広げられている。窓の外には茶色い草や節だらけの木々が生える庭があり、その先には短い桟橋が設置された池も見える。

窓の前にトニー・アッカルドが立っていた。ケーブル編みのカーディガンを着て、だぶだぶのズボンのポケットに両手を突っこんでいる。「シェイクだよ」アッカルドは肩をすくめて言った。「おばあちゃんがアイスクリーム・シェイクを作っているんだ。あの子たちはシェイクが大好きでな」

ニッキーは頷き、スティンギーとそのお友だちを探した。「いいところですね」

「坐ってくれ。マリーに何か飲み物を？」

ニッキーはソファーではなくクッションの付いた籐椅子に腰をおろした。「いいえ、おれは大丈夫です」

アッカルドは首を縦に振り、ニッキーの方へやって来た。「あの電話番号を調べてみたか？　何かわかったか？」

「思ったとおり、ポケットベルの番号でした。テキサス州ダラスの無線局に転送されるようになっています。そこからデラウェア州に――さらにニューアークに転送されて――

延々と転送されているようです」

「あいつめ。通信をたどれないのか？」

「電子機器はあいつの得意分野です。テクノロジーの使い方も、ごまかし方も熟知しています。もしかしたらそういった場所に誰かをやって請求書を調べさせれば、もしかしたらサリータがミスを犯して、為替で前払いしていなかったら、そう思ったのですが……」ニッキーは首を振った。

「方法があるはずだ。何かしらの」

ニッキーは開いたドアに目をやり、ほかに誰もいないことを確かめた。「ひとつあります」そう言った。「カネを払うんです」

アッカルドは首を振った。それでもニッキーはつづけた。

「ノートを買い戻して、何もかもかたをつけるんです。あんなやつどうだっていいじゃないですか。さっさと厄介払いするんです。それで丸く収まります」

アッカルドは自分のスリッパに視線を落とした。まだ首を振っている。

ニッキーはさらにつづけた。「サリータはこそ泥です――根っからのこそ泥です。あの二人の子分やポケットベルのカネを払うのに、街でちょっとした盗みをやっているにちがいありません。そのうちほかのところに現われて、また別の盗みを働く。ボスの知り合いがいるほかの街で。みんなに知らせて、アンテナを張っておく——そしてあいつを捕らえる。時間の問題です」

アッカルドはだめだと言わんばかりに手を振った。「あの男は、ノートをＦＢＩに渡すというのか？　ただで？　それでどうなる？　やつは何を手に入れる？　何も手に入らない。証人保護プログラムにでも入るというのか？」

「もう証人保護プログラムに入っているようなものです、自分自身でやっているようなたぐいですが。あのノートを大事に抱えて。やつにはそれしか手がない。もしＦＢＩの手に渡ったら、どうなるというんですか？」

「そんなことになれば、私はおしまいだ。とにかく——おしまいなのだ」

「だったら、カネを払うしかありません」

「おかしなものだな。あれだけやつを捜していたというのに、サリータのほうがおまえを見つけるとは」

ニッキーは皮肉を言われてむっとした。「おれを？　おれを見つけるのは簡単です。三十六レーン、週末は深夜まで営業。いったい何が言いたいんですか？」

「あの黒人のボディガードは？」

ニッキーは息をついた。「調べているところですが、街のあっち側の連中とはあまりつてがないので。聞いた話では、ブラック・P・ストーン・ネーションのリーダーはイスラム教徒になって、モスクを建てようとしているとか。それで部下のなかには乗り換えたり抜けたりした者もいるそうです。そんなことのために入ったのではないということで。そういった抜けたうちの二人かもしれません。仮にそいつらを見つけたところで——どうなると？」

「カネを握らせて買収しろ。とにかく捜せ。やつがあの黒人たちを雇ったのは、ほかの連中は誰もやつとは関わろうとしないからだ。そこらへんのネズミと同じで、必死なのだ。懸命に逃げまわっている」

「おれもそう思います」ニッキーは言った。家のどこかでミキサーがまわり、アイスクリーム・シェイクを作っている音が聞こえた。「しばらくはここで身を隠しているつもりですか？」

「いや。イエスとノーだ。行ったり来たりする。マイケルをひとりきりにしたくはないからな」アッカルドは何かを思い出して顔を上げた。「マイケルは呼び出しを食らった。信じられるか？　あいつらときたら、あの家にいるマイケルに召喚状を送りつけてきたのだ。弁護士を通じて、私だけでなくクラリセにも。これがどういうことか、わかるな」

ニッキーは首を振った。「どういうことですか？」

「出廷に備えて、クラリセに新しい服を買ってやらなければならないということだ」

ニッキーは笑みを浮かべた。アッカルドは大陪審のことをそれほど懸念してはいない——だったら、ニッキーも気にすることはないだろう。

「それと、マイケルにも弁護士をつけてやらなければ」アッカルドはつづけた。「おまえのところに召喚状は来ていないだろうな？」

「おれに？　召喚状が？　来るわけないですよ。どうしておれなんかに召喚状が？」

アッカルドは肩をすくめた。「このスリッパ、どう思う？」

ニッキーはスリッパに目を向けた。コーヒー色をした、スエードのモカシンだ。「いいですね」

「私も気に入っている。絶対に脱がない」

ニッキーは首を縦に振り、つづきを待った。

アッカルドはまわりに目をやった。「マイケルは何も知らん」

「はい。それで、どうするんですか？　守りを固めて、おとなしくしている、ということですね？」

アッカルドは困惑した。「どうして？　いつもどおりだ、ほかのやつらからしてみればな」

「ちっとも心配していないようですが」

「友人は大勢いる」アッカルドはニッキーの正面に立ち、眼鏡の奥から見下ろした。「とはいえ、誰かに大陪審のことを調べさせたほうがいいかもしれない」

「調べさせる？」

「陪審員たちを。手柄を挙げようと躍起になっている検察官にのせられて、まちがった方向へ導かれる陪審員もときにはいるからな。熱くなりすぎて。そもそもありもしないことを見つけ出そうとするのだ」

「どういうことですか？」

「無関係な者にやらせるのがいい。手際のいい者に。おまえは手際がいい、ニッキー」

「おれですか？」

「予想外の厄介な展開になるよりも、ある程度、先が読めたほうがいい——そうは思わないか？」

《続・星の国から来た仲間》は、宇宙を旅する宇宙人の兄と妹の物語を描いた映画だ。その兄妹は地球人にそっくりで、たがいにテレパシーで会話できるだけでなく、手を触れずにものを動かすこともできる。ニッキーは、その映画が続篇だということがわかって納得した。というのも、映画の展開にちっともついていけなかったのだ。とはいえ、昼間の上映に詰めかけた子どもやその親たちは夢中になっていた。

ニコラスはとくに興奮していた。自分のまわりの世界や大人を操る力が欲しくてたまらないのは明らかだ。上映中、ずっとニッキーはニコラスの様子をこっそりうかがっていた。反対側に坐るヘレナも同じことをしているのに二度ほど気づいた。スクリーンに釘付けになった息子の顔を見て微笑んでいた。その瞬間、ニッキーはヘレナとつながったような気がした。そのおかげで、いままで見に行った映画のなかで最高の思い出になった。

その後、ニコラスがディープ・ディッシュ・ピザを食べたいと言うので、ピザパーラーで食事をした。テーブルには赤と白のチェックのビニールのテーブルクロスがかけられ、ジュークボックスも置かれている。二十五セントで三曲選べるのだが、ニコラスは三曲ともキッスの《ロックンロール・オール・ナイト》にした。そのフェイスペイントを施したハードロック・グループをヘレナは嫌っているものの、その日の午後だけは大目に見ていた。ニッキーが映画の兄妹のまねをしてこめかみに指を押しつけ、チーズのピザを浮かせて口へ運ぼうと念じると、ヘレナでさえ笑い声をあげた。嫌な思い出というトラップが仕掛けられた自宅の外で三人がいっしょにいるときは、ヘレナはむかしのように楽しく過ごしたかったのだ。

食事のあと、ニコラスは歩道で二人の前を歩いていた。手にしたリボンの先に浮かんでいるレストランでもらった風船のように、からだを弾(はず)ませている。ニッキーはヘレナと並んで歩いていた。彼女は組んだ腕にハンドバッグをかけている。

「映画に、ピザに、風船?」ニッキーは口を開いた。「今日のあの子は三連勝だな」

「本当にそうね」

「あんな楽しそうなニコラスを見るのはいいもんだ、そうだろう?」

「ええ、ニッキー。とってもいいわね」

また二人は笑みを交わした。いい雰囲気に感じられた。

「もっと家に顔を出すのはどうかな？」ニッキーは言った。「ニッキー・ジュニアのためにも」

「ニコラスよ」ヘレナは指摘した。

ヘレナは息子をフルネームで呼びたがっているのだ。ニッキーはいまだに軽く傷つきながらも、気にしないことにした。「おれたちの息子のためにも――どうだい？　それに、おれ自身のためにも」

ヘレナはニッキーに顔を向け、もっとよく見えるように目にかかった黒髪を払った。この提案にはいろいろな意味がこめられていることが、ヘレナにはわかっていた。ニッキーにそうしてもらいたがっているように感じられるが――そうしてほしくないようにも思える。

「日曜日のディナーは？」ニッキーはうまくギアを低速に切り替えた。「教会へ行って、そのあと家でいっしょに食事をするのはどう？　いまみたいにいい雰囲気なら、そのあと散歩に行くのも悪くない。まずはそこからはじめてみないか？」

ヘレナは、縁石のところで二人を待っているニコラスに目を向けた。頭の上に青い風船が浮かんでいる。幼いニッキーといったところだ。

「いいわ」ヘレナは言った。それから足早にニコラスのところへ向かい、通りを渡るまえに手をつないだ。

もっと頭の回転が速ければ、あるいは抜け目がなければ、免除されたほかの人たちのようにまぬがれることができたかもしれない。生活が苦しい。病気の子どもがいる。英語が話せない。臆面もなく明らかな嘘をつき、逃れるためならなんだって言う者もいた。裁判所事務官が読み上げた市民の義務に、ポール・ラトリッジは感銘を受けた。それでも部屋にいる誰もが、何かのコンテストに負け、大陪審員として坐ることがその罰でもあるかのように感じていた。

半年間。長いこと自分のデスクを離れることになる。戻ったときには、仕事が山積みになっているのだろうか？　もっと悪ければ、なんの仕事もたまっておらず——誰かが彼の業務を引き継いでいて——彼がいないことにオフィスが慣れてしまっているということもあり得るのではないだろうか？

少なくとも、仕事は確保されている。コモンウェルス・エジソン電力会社のような公益事業会社で働くことのいちばんの利点は、雇用保障だ。カスタマー・サーヴィスのマネージャーでは贅沢な暮らしは望めないとはいえ、ラトリッジは社用車を使え、確実に年金も約束されているので、不安のない安定した将来の計画を立てることができる。

大陪審員になって十三週間が経ち、ラトリッジは思っていたほどオフィスに戻りたいと感じていないことに気づいた。新しい経験ということもあってはじめは大陪審も面白そうだったのだが、すぐにそれがあたりまえになってしまった。民事訴訟というのは、とりわけつまらないものだった。だがそんなとき、アウトフィットの件がはじまった。この件がはじまるにあたり、延々と長引くようなギャングの殺人事件の裁判に関わることを友人たちにからかわれた。この件について話すことを禁じられていてほっとした。彼が鼻の折れた連中と関わっていることを知れば——そういう連中と同じ部屋にいるのがわかっただけでも、きっと妻は心配するだろう。だが、ラトリッジは夢中になっていた。不満だらけの電気利用者や切れて垂れ下がった電線に対処するよりも、まちがいなく興奮した。

車を運転しながらラジオから流れるドリー・パートンの曲に合わせて鼻歌を歌い、もうすぐ家に着くところだった。そのとき、ルームミラーに映る警察の青い回転灯が目に入った。速度計に目をやったが、スピードオーバーはしていない。右のウィンカーを出し、車を寄せてパトロール・カーが通り過ぎるのを待った。

だがパトロール・カーは通り過ぎず、ラトリッジのうしろで停まった。ヘッドライトがミラーに反射し、青い回転灯が住宅街の家々を照らしている。ポール・ラトリッジが最後に停止させられたのは、ティーンエイジャーのころだった。グローヴボックスを開き、この社用車の登録証が入ったビニールのファイルを取り出した。シャツのフロント・ポケットに留めてあるソフト・ケースから眼鏡を出し、書類に目をとおした。もちろん、彼の名前は書かれていない。一九七五年式のシボレー・マリブは、コモンウェルス・エジソン電力会社名義で登録されているのだ。とはいえ、それは問題にならないはずだ。

懐中電灯を手にした警察官が近づいてきた。ラトリッジはウィンドウをおろし、登録証を用意した。明るい光に照らされてよく見えないものの、奇妙なことにその警察官が制服を着ていないことだけはわかった。

「こんばんは、免許証と登録証を」

かしこまった口調だが、無愛想というわけではない。「ここに」ラトリッジは尻を上げて財布を取り出し、なかから運転免許証を抜き出した。「この車は会社のもので、私の車ではありません。コモンウェルス・エジソン電力会社に勤務していて、家に帰るところです」

「そうですか」

「警察のかたですよね？　スピード違反はしていないはずですが」

警察官は自分の身分証を取り出したが、さっと懐中電灯でバッジを照らしただけなので、ラトリッジはちゃんと確認できなかった。わかったのはその警察官が刑事で、苗字が〝クエスチョン〟のように見えたということくらいだった。

ラトリッジは免許証と登録証を差し出した。その刑事は懐中電灯の明かりで二つを調べ、振り返って車へ戻っていった。

反射しているヘッドライトに目を細めながら、ラトリッジは前の道路をまっすぐ見つめた。自宅近くの通りで止められなくて助かった。そんなことになっていたら、一生後悔していただろう。何日も、近隣の人たちに噂されてしまう。刑事だと？　光っている青い回転灯はひとつだけだった——ふつうのパトロール・カーの上にあるように二つではない。警察もののテレビ番組で見るような、マグネット式のものにちがいない。スピード違反のチケットは会社にも連絡が行くだろうか、自分や会社の保険契約に影響はあるだろうか、そんなことを考えていた——だが、気にする必要はないと思った。おそらくこの一マイルかそこらのあいだで、右左折禁止のところを曲がったか、一時停止で停まらなかっただけだろう。

車の後部ドアが開き、サスペンションが一インチくらい下がった。うしろに誰かが乗りこんできたのだ。またドアが閉まる。ラトリッジはびっくりした。刑事の懐中電灯の明かりは見えなかった。右肩越しに振り返った。

「前を向いていろ」そう言う声がした――あの刑事の声ではなく、地元のアクセントがより強かった。背後にいる影になった男の顔と肩の一部のほかにルームミラーをとおして見えるものといえば、サイズが合っていないつば広の帽子の輪郭だけだった。

「本当におれの顔を確かめたいのか？」男が言った。

ラトリッジは顔を背けてうつむいた。これは警察官の話し方ではない。別の口調だ。自分の車の後部座席に、見ず知らずの男が坐っているのだ。

「誰だ、あんたは？」ラトリッジは訊いた。

「気にするな。家に帰るところか？」

ギャングのような話し方だ。そのアクセントと口調。あの刑事はどこにいるのだ？

「そうだ」そう答えてから、ラトリッジは嘘をつくべきだっただろうかと考えた。

「うらやましい。夜に家へ帰れるのは」

それからラトリッジは口を開かなかった。からだが震えていた。

「ウエスタン・スプリングス」男が言った。「郊外の安全で住みやすいところだな」

何か鋭いもので肩を叩かれた。ラトリッジはどうすればいいかわからなかった。

「受け取れ」男が言った。

ラトリッジは手を伸ばして受け取った。運転免許証とビニールのファイルに入った車両登録証だった。どうしてこれを、あの刑事ではなくこの男が？

自宅の住所を知られてしまった。

「どういうことだ？」ラトリッジの声はささやき声に近かった。

「礼を言いに来た。市民の義務を果たして、この大陪審を務めてくれて感謝している」

一瞬、ラトリッジの息が詰まった。気分が悪くなってきた。

「それと、かわいらしい家族だと言いたかったのさ」

また肩を叩かれた。ラトリッジはからだを強張らせ、差し出されたものを受け取った。

うしろのヘッドライトに照らし出されたのは、光沢のある白枠付きのスナップ写真だった。

腕に赤ん坊を抱えて家から出てくるキャシー。

庭で遊んでいる双子。おそろいのロンパースの上におそろいの赤いヴェルヴェットのコートを着ていて、茶色のくせ毛をプラスティックの髪留めで押さえている。

フォルクスワーゲンのハッチバックの後部座席に双子を乗せているラトリッジ本人の写真もあった。

そういった写真は、クレア・アヴェニューのベッドルームが三つあるラトリッジのレンガ造りの自宅の向かい側から撮られたものだった。どうやら車から盗み撮りされたようだ。ラトリッジの写真は、先週末のものだった。

「陪審員長になれる見込みが充分にありそうだ。本当になれると思う」

ラトリッジは息苦しくなっていた。写真を返すべきかどうかもわからなかった。

「それはアルバムにでもしまっておけ。小さな子どものいる明るい家族だな。ミスタ・ラトリッジ、たいしたことをする必要はない。いたってシンプルだ。毎日、その日の終わりに、どんな証言がされて、どういう展開になりそうか教えてくれるだけでいい。裁判所から離れたところにある公衆電話から——そこが重要だ、ポール——毎日、欠かさずに。何か問題でもあるか？」

また肩を叩かれた。ラトリッジはためらうことなく手を伸ばして受け取った。

一枚のカード。そこには電話番号が書かれていた。

そのとき、ラトリッジは肩をつかまれてびくりとした。

「きれいな髪の娘たちだ。そんな娘たちとずっと家にいるのは奥さんだけ。家族のことを考えろ。これは、おまえにとっていままでいちばん簡単なことだ。そしていちばん賢明なことでもある」

もう一度、肩をがっしり握られて僧帽筋を強く叩かれ、ラトリッジは顔をしかめた。また後部ドアが開いて閉じ、車のサスペンションが上がった。うしろのヘッドライトが遠ざかって向きを変え、刑事の車が別の方向へ走り去っていくのを待った。ポール・ラトリッジはドアを開け、道路に身を乗り出して嘔吐した。

ニッキーは二十三番レーンに電動ポリッシャーをかけていた。ツイン・ロータリー・ブラシが磨き上げられたカエデ材の上を滑っていく。毎年、春に行なう清掃だ。こればかりは片腕のチャッキーにはできない仕事だが、ニッキーは気にしなかった。何も考えずにできることを探していたのだ——ピンポン・ゲームの『ポン』のなかで動きまわるデジタルの四角形のように、トニー・アッカルドとジェラルド・ロイのあいだを行ったり来たりせずにすむことならなんでもよかった。

その前日、ニッキーはヘレナの聖歌隊が歌う聖堂の盛式ミサにニコラスを連れていった。盛式ミサというのはふつうのミサよりも長いのだが、ニッキーは気に入っていた。その後、ヘレナがラム肉を蒸し煮しているあいだ、ニッキーはニコラスとスライム・モンスターのボードゲームをしていた。テレビでは、実写とアニメーションを合成したドン・ノッツ主演の魚の映画が放送されていた。ディナーの席では笑い声が絶えなかった。三人のなかでいちばん機嫌がいいのはニコラスだった。それは、当然ヘレナも気づいていた。

その夜に〈テン・ピン・レーンズ〉へ戻り、店を閉めて狭苦しい奥の部屋で寝るのはとりわけ惨めに感じられたものの、頭の働きを刺激する効果もあった。ヘレナと別居したあと、ニッキーは自分の部屋を借りようとしなかった。これは一時的なことだと自分に言い聞かせ、自宅に戻りたかったからだ。それから週を追うごとにあれこれあきらめ、シャワーを設置することになり、新しい生活パターンにも慣れていき、やがてそういった暮らしがあたりまえになっていった。そんな自分を受け入れてしまったのだ。いまや実際の自分の姿が見えていた。ボウリング場で暮らす男。なんと寂しく、ぞっとするような前途だろう。こんなのは人生とは呼べない。

ニッキーはレンタル・シューズ・カウンターの上の時計を見上げた。時間はたっぷりある。五時くらいにここを出て、コンラッド・ヒルトン・ホテルのロビーの端に並ぶ公衆電話のブースへ行く。一番ブースに陣取り、コモンウェルス・エジソン電力会社のマネージャー、ラトリッジからの電話を待つ。それからニッキーはその日の進展があればアッカルドに伝え、ホテルのコーヒー・ショップかダウンタウンのどこかで何か食べる。そのあとヘレナに電話をして家に立ち寄り、ニコラスが苦労している分数の計算を手伝ってやるのもいいだろう。家に自分がいることが当然に思えるようにするのだ。

二十三番レーンを磨き終えると、レジからチャッキーが声をかけてきた。「電話だよ。女の人から」

「女だって？ ヘレナか？」

チャッキーは首を振った。ニッキーはレーンの先にポリッシャーを立てかけ、長いコードをまたいでカウンターの電話のところへ歩いていった。

「はい、ニッキーです」

「ニッキー？ トリクシーよ」サリー・ブラッグスの妻だ。

「やあ、トリクシー、元気かい？」

「ええ、元気よ、ニッキー。ニッキー——サリーはいっしょ？」

「おれと？ うちの店に？ こっちにはいないよ」

「昨夜、何があったの？ 帰ってきてないのよ。そのまま仕事へ行ったのかと思ったんだけど——たまにそういうこともあるから。車もないし。でも、今日の三時に病院へ連れていってくれることになっていたの。それで職場の上司に電話してみたら、朝から見てないと言われて」

彼女の話を聞いているうちに、ニッキーの首と顔が冷たくなった。なんとか声を絞り出した。「トリクシー？ よく聞いてくれ。帰ってきてないって、どういう意味だ？ どこから帰ってきてないんだ？」

「あなたといっしょだったのよね、ニッキー。そうでしょう？」

コンラッド・ヒルトン・ホテルのロビーの端にある公衆電話の一番ブースのなかで、ニッキーはじっと床を見つめていた。電話の相手のトニー・アッカルドは、街の反対側にあるドラッグストアの公衆電話のところにいる。

「おれの二人の仲間のことなんですが」ニッキーは言った。「どこにもいないんです」

アッカルドのうしろで客たちが騒いでいるのが聞こえた。「今度はなんだ？」

「おれの仲間が、二人とも見つからないんです。例の仕事をしてくれた二人で……」ニッキーは眉をひそめた——アッカルドは誰の話をしているかわかっているはずだ。「おれの仲間たちです、ジョー」

「さあ、私は知らん、ニッキー。二人はおまえの仲間だろ——私は知らん。いまは大陪審のことで頭がいっぱいなんだ。眠れないか、寝すぎるかのどちらかでな」

「突き止めないと。突き止めないといけないんです。誰の仕業かわかりませんか？　サリータですか？」ニッキーは〝ボスですか？〟と訊きたかった。

「知るわけないだろ」

「もしかしたら知っているのではと……」ニッキーは目を閉じた。そんなことは考えたくなかった。「あの二人は、指示されたとおりなんでもやりました。ボスの望みどおりのやり方で。二人はおれの仲間です。小学校三年生のころからの付き合いで……」

「おい、こんな話をするために電話しているのではない。なんのことかさっぱりわからん。もう切るぞ」

アッカルドは電話を切った。ニッキーは通話の切れた受話器を耳に当てたまま、ブースの壁に貼られたタクシー会社のステッカーを見つめていた。電話を切り、次はどうするか考えた。

〝もうトランクはやめてください〟ニッキーはアッカルドに進言し――アッカルドは渋い顔をした。

〝消えるほうがいい〟アッカルドはそう言っていた。

ニッキーはその可能性を考えまいとした。サリータはあの二人のこともこきおろしていた。サリータにちがいない――サリータ本人ではなく、あの血の気の多いチンピラたちだろう。もしそうだとしたら、次に狙われるのはニッキーだ。ブースの窓の向こうでロビーを行き来する宿泊客たちに目をやった。ここでニッキーを見張るのは簡単だ。誰でもたやすくニッキーのあとを尾けられる。

ニッキーたちは、ウエスト・レイヴンズウッドのサリー・ブラッグスの自宅に集まった。ヘレナは、妊娠中のトリクシーと、取り乱しているクリースマンの婚約者のデブラに寄り添うようにして坐っている。その部屋にいる男はニッキーだけだった。三人の女性に対して斜めの位置にある椅子に腰かけている。ニッキーも同じ気持ちだったのだ。気分が重く、ショックを受けていた。彼女たちの苦しみが痛いほどわかった。

二人の女性は警察に話した内容を繰り返したが、その話からは何も新しいことはわからなかった。サリー・ブラッグスは、ニッキーに会いに行くとはっきり言ったそうだ――とはいえ、そのまえにどこかへ行かなければならないというようなことを言っていなかったかどうか、トリクシーはよく覚えていなかった。デブラは職場のサロンの友人たちと、誰かの誕生日祝いをするために出かけていたという。クリースマンの書き置きなどはなかったが、それはとくにめずらしいことでもない。現に、トリクシーからサリー・ブラッグスを探しているという電話があるまで、クリースマンがずっと帰ってきていないことに気づかなかったということだ。

殺された泥棒たちのことを口にしたのは、デブラだった。車のトランクで見つかった男たちの記事を新聞で読んでいたのだ――しかも、サリー・ブラッグスの車もクリースマンの車も家になかった。

ニッキーはそんなわけがないと言って、二人を元気づけようとした。二人してどこかで酔っ払っているのだろうと――だが、部屋にいる誰もそんなことは信じていなかった。そうであってほしいと信じたかっただけだ。デブラは自分の車をもっているが、いまのトリクシーには車がなく、しかも妊娠八ヵ月だった。ニッキーは、明日には車を用意すると約束した。

「どうなっているのか調べてみる」ニッキーは言った。

「でも、これからどうなるの、ニッキー?」トリクシーは自分の膨らんだ腹に手を当てていた。デブラと二人でニッキーを見つめ、答えを待っている。それぞれのパートナーがいつもそうしていたように。

ニッキーにはっきりわかっていることといえば、二人が無事に戻ってくる確率は時間とともに低くなっていくということだけだった。

「わからない」ニッキーはヘレナの視線も感じていた。「残念だけど、本当にわからないんだ」

隙を見てバスルームへ逃れ、水を流しっぱなしにして鏡に映る自分を見つめた。二人にロープをかけるために、ニッキーの名前を使って呼び出したのは誰だろうと考えていた。

それからキッチンへ行って冷蔵庫を開けた。下の段にミケロブ・ビールがあったが、飲む気になれなかった。冷蔵庫には三人で写った写真が磁石で留められていた。三年くらいまえにシカゴ・カブスの試合を観に行ったときのものだ——いい席で、三人とも笑っている。裏口から外の裏庭を眺め、ほんの数週間まえに三人で囲んだ黒いドラム・グリルに目をやった。その場所でニッキーは金庫から奪ったものを二人に渡し、将来について語り合ったのだった。

ヘレナがやって来たときも、ニッキーは窓の外を見つめていた。ヘレナに背中を触れられ、ニッキーはびっくりして振り返った。「ひどい顔ね」ヘレナは言った。

ニッキーは首を縦に振った。「もう行かないと。行こう」

ニッキーのプリムス・サテライトの助手席に坐ったヘレナは、涙ぐんでいた。友人たちの前では二人のためにも気丈に振る舞っていたのだが、刺繡入りのハンカチで目を押さえている。ニッキーは胃がむかつき、黙って運転していた。前方の道路に集中している。駐められた車の列を通り過ぎるたびに、サリー・ブラッグスとクリースマンの車はどこだろうと考えていた。

シフトレバーに置いた手に何かが触れた。それは妻の手だった。慰めようとしているのだ。ニッキーは嬉しかった——それと同時に心が張り裂けそうだった。

「教会へ行ってお祈りをする?」ヘレナが訊いた。すぐさまニッキーは頷いた。それこそまさに、いましたいことだというのに気づいたのだ。

聖堂は二十四時間いつでも開いている。入り口で十字を切り、二人そろってなかに入った。白いろうそくが並んでいるところへ行き、細いろうそくを使って別の白いろうそくに火をともした。こうべを垂れ、黙って祈りを捧げる。それが終わると教会の正面へ行き、二人が結婚の誓いを交わした祭壇の前でもう一度、十字を切った。それから横へ移動し、手すりのそばでひざまずいた。二人は肩を寄せ合い、ヘレナはハンカチとロザリオを手にして祈った。ニッキーは両手で頭を抱え、自分を導いてください、奇跡を起こしてくださいと祈った。

移動式黒板の正面にテープで留められているのは、ポスター用紙に描かれた組織図だった。幅広のピラミッド型をしている。枝分かれしたそれぞれのいちばん下には〝アソシエート（準構成員）〟と書かれた長いリストが並んでいる。その上にいるのは〝ソルジャー（構成員）〟だ。通り名が引用符で囲まれ、写真も添えられている。そのほとんどが逮捕写真だ。さらにその上にいるのが〝カポ・レジーム（エリア・ボス）〟で、やはり写真も付いている。ウエスト・サイド（デュページ郡）、サウス・サイド（アイゼンハワー南部とインディアナ州の北西部）、ノース・サイド（エルムウッド・パークとレイク郡）にひとりずついて、それぞれのエリア・ボスの苗字はアルファベット十文字以上ある。細くなっていくピラミッドでその上にいるのは〝コンシリエーレ（顧問）〟で、ここには二人書かれている。さらにその上が〝アンダーボス〟のジャッキー・〝ザ・ラキィ〟・セローネ。彼の上にいるのが〝ボス〟のジョゼフ・〝ジョーイ・ドゥーヴズ〟・アイウッパだ。

大陪審での証言の初日、主任検事のひとりが、組織図の頂点にいる〝ボス〟の上に別の名前と写真を見せつけるようにして貼り付けた。アンソニー・ジョゼフ・アッカルド、正式名アントニノ・レオナルド・アッカルドだ。ニックネームもリストにされている。〝ジョー〟〝ジョー・バッターズ〟〝ビッグ・ツナ〟〝ザ・マン〟〝チェアマン〟〝キング〟

その日から、オーバーヘッド・プロジェクターを使って透明プラスティック・シートも見せるようになった。そこに映し出されたのは、裏社会（ギャングランド）の関係者たちの遺体だった。その多くが車のトランクに入れられ、適当に埋められた者や、情け深く至近距離から何度も撃たれた者もいる。

その日、ポール・ラトリッジは椅子の上で身もだえしたりはしなかった。からだを強張らせてまっすぐ坐っていた。証拠を客観的に判断すると宣誓していた。その宣誓はいまだに守られている。さらに、法廷内で明かされた事実や証拠として述べられた証言を他言しないという誓いも立てていた。その誓いは破らざるを得なかった。

午後に審議が終わると、毎日ラトリッジはコモンウェルス・エジソン電力会社の社用車まで歩いていき、三ブロック先のタバコ屋の外にある公衆電話まで車を走らせる。その公衆電話から、頭に刻みこまれたカードの番号に電話をする。街のどこかにある別の公衆電話の番号だ。そしてあの夜、車に乗りこんできて自分と家族を脅した男と話をする。毎晩のように、夢のなかにその男が現われた。夢のなかで突然うしろから迫られ、自分を呼ぶその声にベッドから飛び起きていた。その男のせいで、ラトリッジは夜遅くにカーテンをほんの少しだけ開けて窓の外を覗き、自分を見張っている男がいないかどうか通りに目を光らせるようになった。

その電話のあと、ラトリッジはまっすぐ家に帰る。毎晩、自宅のドアを開けてキャシーにキスをし、双子をハグし、幼いスージーを抱きかかえつつ、こうするしかないと自分に言い聞かせて慰めていた。自分はただ情報を伝えているだけだ。家族の命を守るために、指示されたとおりにこの役目を果たしつづけるつもりだった。

毎朝ウエスタン・スプリングスの自宅を出たあと、一ブロックを占めるエヴァレット・マッキンリー・ダークセン連邦裁判所までの長い道をひとり寂しく運転しながら、そのまま自分のオフィスへ向かいたいと考えていた。シカゴで暮らす三百万人の電気利用者に対応する、あのつまらないデスクのところへ。これは夢なのではないかと感じる日がほとんどだった。シカゴという街の多様性を象徴するように選ばれたほかの十五人の陪審員に目をやると、誰もが熱心に耳を傾けている。このうちの何人が同じように脅されているのだろう、そんなことを考えた。全員ではない？　もしかしたら数人？　誓いを破っているのが自分だけではないと思いこむことで、ある意味では気持ちが楽になった。

その日の朝は、廊下にいつもより多くの裁判所事務官がいることに気づいた——必ずしも警備のためというわけではなく、どちらかと言えば見物に来ているようだった。野次馬だ。いつものように同僚の陪審員たちと朝の挨拶を交わし、タバコを吸い、陪審員室に置かれた四ガロンのコーヒーメーカーから煮詰まったコーヒーを半カップほど飲んだあと、ラトリッジはほかの陪審員たちとともに廷吏に案内されて大陪審室の横の扉からなかに通された。そこは法廷と似たようなところで、担当検察官や廷吏、裁判所事務官、速記者がいて、最後には判事も同席する。足りないものといえば、傍聴席と被告人弁護団だ。証言する証人はひとりずつ呼ばれ、弁護士の同伴は許されない。

トニー・アッカルドが入ってきたとたん、ラトリッジは新聞で見た顔だと思った。アッカルドが厚手のコートとツイードの帽子を脱いで証人席へ向かうあいだ、室内は静まり返っていた。がっしりした体格で、背は高くなく、ほぼ長方形といった感じだ。聖書に手を置いてこれから証言することはすべて真実だと誓うときも、リラックスしていてまるで心配などしていない様子だった。それから席に着くと、検察官のどんな質問にも答えようとしなかった。

検察官 ミスタ・アッカルド、一九七八年一月八日の夜、あなたはどこにいましたか？

アッカルド 自分に不利になる怖れがあるので黙秘する。

検察官 ミスタ・アッカルド、あなたの住所はリヴァー・フォレスト、アッシュランド・アヴェニュー一四〇七番地でまちがいありませんか?

アッカルド 自分に不利になる怖れがあるので黙秘する。

検察官 ミスタ・アッカルド、ただあなたの法的住所を確認しているだけですが。

アッカルド 自分に不利になる怖れがあるので黙秘する。

検察官 ミスタ・アッカルド、カリフォルニア州パーム・スプリングスのロードランナー・ドライヴにコンドミニアムも所有していますか? インディアン・ウェルズ・カントリー・クラブの隣に。

アッカルド また言わせたいのか? 自分に不利になる怖れがあるので黙秘する。

アッカルドは自信なげで打ちひしがれたような顔をしている。年老いたバスの運転手のような顔と言えなくもない。だが、その何ごとも見逃さない鋭い目は際立っていた。そして低くうなるような声。いまのところ、ポール・ラトリッジは自分の目の前にいるのが殺人犯だとは思えなかった。とはいえ、五十年まえのこの男と出くわしたいとは思わなかった。

二度ほど、ラトリッジはこの七十代のマフィアのボスに見つめられているような気がした。その二度とも、パニックになるのを懸命にこらえた。その場で立ち上がり、違法な脅しを受けていると罵ってしまうかもしれない、そんな理由のない恐怖にあらがった。彼の苛まれた心は、妻と娘たちの遺体を見つける自分の姿を思い浮かべることで、不安を押さえつけていた。

次に入ってきたミセス・クラリセ・アッカルドは、実に愛想がよかった。

検察官　ミセス・アッカルド、一九七八年一月八日の夜、あなたはパーム・スプリングスにいましたか？

ミセス・アッカルド　自分に不利になる怖れがあるので黙秘します。

検察官　それが答えですか、ミセス・アッカルド？　こんな簡単な質問だというのに？

ミセス・アッカルド　それがわたしの答えです。どんな質問に対しても。

検察官に向けたミセス・アッカルドの表情には、断固とした決意と嫌悪感が交ざっていた。だが陪審員席に向きなおり、ひとりひとりと視線を合わせようとする彼女の顔に浮かんでいたのは――とくに女性の陪審員たちの気を引こうとしていることにラトリッジは気づいた――まるで祖母のような笑みだった。この優しげな女性にらちが明かない質問をしても陪審員の心はつかめないと判断した検察官は、たった数分でミセス・アッカルドへの尋問を切り上げてしまった。

翌日、白髪頭に大きな眼鏡をかけた、長身で品のある男性が大陪審室に入ってきた。誰もいないベンチの背もたれに丁寧にトップコートをかける。召喚命令を受けて出頭し、敵意をむき出して回答を拒否していた老いたマフィアのあということもあり、このマイケル・ヴォルペという男からは同年代のちがうグループに見られる敬意と慎み深さが感じられた。

ヴォルペは証人席に坐り、背筋をまっすぐ伸ばした。ネクタイを固く結び、ピンでしっかり留めている。大きな縁の眼鏡の奥には、不安そうで戸惑っているような表情が見て取れた。アメリカに帰化して四十年になるヴォルペが、薄れているとはいえはっきりしたイタリア訛りで話すのを聞いても、ラトリッジは驚かなかった。

検察官　ミスタ・ヴォルペ、リヴァー・フォレスト、アッシュランド・アヴェニュー一四〇七番地にあるミスタ・トニー・アッカルドの家で使用人をして何年になりますか？

ヴォルペ　自分に……自分に不意に――不利になる怖れがあるので黙秘します。
検察官　四十年以上ですか、ミスタ・ヴォルペ？
ヴォルペ　自分に不利になる怖れがあるので黙秘します。
検察官　それとも、もうミスタ・トニー・アッカルドには雇われていないのですか？
ヴォルペ　自分に……黙秘します。
検察官　黙秘するのは、それが事実ではないからですか？　それとも事実だから？　トニー・アッカルドのところで働いていないのですか、ミスタ・ヴォルペ？

そのとき、その男がかたくなに同じことを繰り返すべきか、それとも使用人としての長年にわたる習慣から言われたとおりにして役に立つべきか葛藤しているのが、ラトリッジにはわかった。

ヴォルペ　働いています。素晴らしいおかたです。

それで充分だった。検察官は証人から陪審員の方へ向きなおった。ミスタ・ヴォルペから返答を得たことで、検察当局の同僚たちとともに驚きと喜びの表情を浮かべている。

検察官　ありがとうございます、ミスタ・ヴォルペ。それでは、一九七八年一月九日の朝のことを思い出してみてください。その日、アッカルドの自宅へ着いて何を見たのか、説明していただけますか？

ヴォルペ　自分に不利になる怖れがあるので黙秘します。

検察官　裁判長、証人はさらなる証言に応じるきっかけとなる扉を開きました。

サミュエルズ判事　ミスタ・ヴォルペ、真実を述べると宣誓したことを忘れないように。質問に答えてください。

　前回、裏庭を抜けたときよりも外は暖かかった。おもちゃやイヌ用サークル、スプリンクラーのホースといった気をつけなければならない危険なものが増えたとはいえ、少なくともどう進めばいいかはわかっている。ニッキーは、夜遅くにアッカルドの屋敷へ足早に向かっていた。

　庭におり立ち、テラスのスライド・ドアのところへ行って軽くノックをした。確かめに来たマイケル・ヴォルペがニッキーに気づき、布巾で手を拭いてからドアを開けた。表情はうつろで、目のまわりが赤く腫れぼったい。

「こんばんは、ミスタ・パッセロ」ヴォルペは静かに言った。

「いい夜だな、マイケル」ニッキーはそう言ったものの、そうでないのは明らかだった。

　キッチンでの仕事に戻ったヴォルペを残して先へ行くと、アッカルドがフォーマルなダイニング・ルームのテーブルの上座に坐って襟元にナプキンをかけていた——今回は耳に残るポーランドのポップミュージックは流れていない。

部屋に入ってきたニッキーに向かって、アッカルドは首を縦に振った。「坐れ」彼は言った。

テーブルは二人用にセットされ、サンフラワー・イエローのテーブルクロスがかけられていた。ニッキーの席は、アッカルドの正面だった。ニッキーは腰をおろし、なぜ呼ばれたのか考えながらザ・マンを見つめていたが、口は開かなかった。

やがて、ヴォルペが部屋に入ってきた。硬めのカーペットでも、足音は立てていない。プレートを二皿もち、火傷をしないように薄手の布巾を使ってつかんでいる。アッカルドとニッキーの前に、それぞれ千切りにしたポテトと茹でたタマネギ、それにビートを添えたフィレステーキを置いた。

ヴォルペは極度に気が張り詰め、手元がおぼつかないように見えた。アッカルドにとってマイケル・ヴォルペがどういう存在なのか、二人がどれほどの年月をともにしてきたのか、ニッキーは知っていた。その夜、二人のあいだでほとんどことばが交わされておらず、それがヴォルペのストレスの原因になっているのだろう。

アッカルドはフォークを手に取ろうとはしなかった。ヴォルペはしばらく脇に立っていたが、向きなおって部屋を出ていこうとした。

「マイケル」

ヴォルペは立ち止まり、四十年仕えてきた主人のところへ戻った。

アッカルドは無表情で言った。「今日はどうだった？」

ヴォルペは首を縦に振ってうつむいた。「順調にはいかなかったと思います」

重苦しい沈黙が流れ、アッカルドが口を開いた。「詳しく聞かせてくれないか？」

「質問をされて……検察は旦那さまを悪く見せようと……」

「そうだろうな」アッカルドにとって、そんなことはどうでもよかった。「聞きたいのは、おまえがなんと言ったかだ」

ヴォルペは懺悔をする老人のようだった。「あの日の朝、ゴルフ・クラブにいる旦那さまに電話をしたと言いました。警察に通報しなかったのは……旦那さまにするなと言われたからだと」

「押し入られたことを話したのか？」

ヴォルペは頷いた。「押し入られたと言いました」

「この家のことは？」

ヴォルペはうつむいたままつづけた。「地下室のことを訊かれました。建築業者の設計図を見せられて。地下に何があるのか知りたがっていました」

「それで、なんと答えた?」

「会議室にオフィス、焼却炉、ヒーター、パントリー、金庫室」

アッカルドは落ち着き払っていた。「マイケル、念入りに指導したはずだ。練習したはずだぞ」

ヴォルペは涙を浮かべて頷いた。「わかっております」

「何を訊かれてもつねにどう答えるべきか、教えたはずだ。何度も何度も」

「問い詰められて」不意にヴォルペは顔を上げた。

「そうなるだろうと忠告しておいた。それに屈するなと」

「旦那さまを傷つけるようなつもりなど、断じてありません」

ニッキーにはどうすることもできなかった。口を挟む度胸もなかった。

「マイケル」アッカルドは隣の空いている椅子を引いた。「こっちへ来い」

アッカルドに坐るよう促され、ヴォルペは腰をおろした。リネンのナプキンを渡されると、ヴォルペはそれで涙を拭いた。アッカルドはその様子を見つめていた。疲れているようだった。

「マイケル、おまえは何年も私に尽くしてくれたし、よき友人でもあった。いまならわかる、おまえの召喚状に異議を唱えるべきだったとな。私は自分のことしか考えていなかった——おまえにはここにいてほしかったのだ。パレルモの実家へ帰してやるべきだったのに」

「この家のことを任せていただきたいだけです」

アッカルドは頷き、安心させるようにヴォルペの膝を叩いた。

「そうか。いいだろう、マイケル。よくわかった。もう終わったことだ。戻っていいぞ」

ヴォルペは聞きまちがえていないことを確かめようとした。いまではハンカチ代わりのそのナプキンをどうすればいいのかわからなかったので、それをテーブルクロスに置いた。それから立ち上がって部屋を出ていき、キッチンへ戻っていった。

アッカルドは料理に目をやった。プレートを一インチほど押しやり、テーブルに両方の前腕を置いてまっすぐ前を見つめた。とはいえ、ニッキーを見ているわけではない。

「あいつらめ」アッカルドはつぶやいた。

ニッキーは口を開かなかった。アッカルドがヴォルペを許したことに、ニッキーはほっとしていた。あの年老いたシチリア人を心配せずともよくなったいま、今度はアッカルドのことが気がかりだった。これで、大陪審から逃れられなくなったように思えた。

アッカルドが言った。「疲れた、ニッキー」

ニッキーは頷いた。「わかります」

「何もかもに疲れた。あいつらはマイケルを公開法廷に呼び出して、罵声を浴びせる気だ」

ニッキーは首を縦に振った。それはまずい。

「弁護士が言うには、この押し込みが動機だと見なされれば、死刑もあり得るということだ。どんなことになってもおかしくはないと」

「何か方法があるはずです」

アッカルドは首を振って目を伏せた。「どうかな」打ちひしがれているようだった。

「そろそろ頃合いなのかもしれない。きっともう充分なのだろう」

ニッキーにはなんのことかよくわからなかったとはいえ、アッカルドが身を引こうとしているように聞こえた。それはいいことだった。おたがいにとって。ニッキーは穏やかな口調で言った。「まずい立場に追いこまれてしまいましたね」

アッカルドはあきらめの表情を浮かべて頷いた。何かの終わり、旅の終点にたどり着き、この列車が停まれば降りるほかない、そう覚悟したようにも思えた。

〈テン・ピン・レーンズ〉のドアが開くたびに、ニッキーは顔を向けた。電話が鳴るたびに、鼓動が跳ね上がった。

ニッキーは、ボディショップでサリー・ブラッグスとクリースマンを見つけるという悪夢に悩まされていた。二人は切り刻まれて焼かれているにもかかわらずまだ息があり、ニッキーを待っている——ニッキーをトランクに入れるのを。ニッキーはトリクシー・ブラゴッティに食料品や雑貨を届けていた。トリクシーは妊娠して六カ月は禁煙していたのだが、またタバコを吸うようになった。サリー・ブラッグスがどこかにカネをしまっているかもしれないと思った彼女は家のなかを探しまわり、靴に押しこめられた丸めた札束を見つけた。そこには電話番号が書かれた短いリストも入っていた——そのリストの番号に電話をし、行方の手がかりでもつかめないかと期待したものの、電話に出たのはウェイトレスやダンサーだった。ますます面倒なことになった。クリースマンの婚約者のデブラは、婚約祝いのプレゼントを返せと言ってきたおばの顔を殴りつけた。おかげでニッキーはデブラを引き取りに警察署へ行くはめになった。ニッキーは、ヘレナがクリースマンの怪しげな収入のことをデブラから聞かされれば、ニッキーから渡されたカネについても疑うのではないかと懸念していた。サリー・ブラッグスとクリースマンの無事を祈っていたヘレナは、いまやニッキーを心配するようになっていた。

電話が鳴った。すかさずニッキーは受話器を取った。「ニッキーです」

聞き覚えのない女性の声がした。「ジャケットにアイロンをかけて仕上がりました」

一瞬、間を空けて唾を飲みこみ、ニッキーは言った。「わかった、ありがとう」

ニッキーは電話を切った。チャッキーが、サリー・ブラッグスとクリースマンについてのいい知らせに期待をこめながらも、悪い知らせを怖れているような顔でニッキーを見ていた。ニッキーは首を振った。チャッキーは頷き、また車の雑誌をめくっていった。

「ちょっと銀行に行ってくる」ニッキーは言った。

ニッキーは〈リヴァー・シティ・ドライクリーニング〉の駐車場に車を入れ、入り口からいちばん離れた空いているところに駐めた。素早く車を降り、敷地内を見まわしながら近くに駐められたマーキュリー・ボブキャットのところへ歩いていった。助手席に乗りこむと、運転席にはジェラルド・ロイ捜査官が坐っていた。

ロイはレイバンのミラーサングラスの奥から駐車場に目を光らせた。薄茶色のレザージャケットに色あせたブルージーンズという格好だ。後部座席に置かれた洗濯かごには、衣類を詰めたメッシュの袋が入っている。このFBI捜査官の家には洗濯機がないのだろうか？ロイはニッキーに注意を向けた。「どうしてお仲間が行方不明だということを言わなかった？」

ニッキーは、なぜそのことを知っているのか考えて時間を無駄にはしなかった。「二人はまっとうなやつで、おれの友人だ。こそ泥なんかじゃない。おまえの関心があることとは関係ない。そのうち戻ってくるだろうと思ったんだ。どうしてそんなことを？」

「おまえの友人だというのを知って、交通局へ行ってブラゴッティのことを訊いてみた。何も知らないようだった。サンタンジェロが港湾労働者というのは、形だけのようだな。組合の仕事だが実際には何もしていない。とはいえ、そんなことは知っているよな」

「あの二人は大物なんかじゃない。おれと似たようなもんで、生活費を稼ごうとしているだけだ。何かわかったのか？」

「何も。つまり、そのうちトランクを開けたら二人が入っているなんていう可能性は……？」

「ゼロだ」

「本当か？」

「理由がない」

ロイはニッキーをまじまじと見つめた。「おまえのベストフレンドがいなくなった、ニッキー。二人が殺されたってことはわかっているはずだ。この世界で暮らしているんだからな。どうして別のミステリーみたいなふりをしているんだ？」

この話題からそらさなければならない。「おれの苦労は想像もできないだろう。二人にはパートナーがいる。ひとりは妊娠していて――しかも双子だ――もうひとりは婚約者。二人とも頭がどうにかなりかけている。おれはあれこれたいへんなんだよ」

「なぜすぐにアッカルドだと思わないのか、その理由を教えてくれ」

「アッカルドだと？　どうして？　理由は簡単だ。アッカルドがあの二人のことなんか気にするわけないだろう？」

「マイケル・ヴォルペ」ロイが言った。「この名前に聞き覚えは？」

「ええと」ニッキーは考えこむまねをした。「アッカルドの使用人の、あのじいさんか？」

「何日かまえに、大陪審に呼び出された」もう一度ロイは駐車場を見まわし、うしろを向

「理由がない」

「本当か？」

「ゼロだ」

いた。「アッカルドの家に押し込みがあったことを認めた」

「そうか」まえに教えた情報が正しかったと納得しているふりをした。「やっぱりな」

「今度はそのヴォルペも消えた」

ニッキーはロイを見つめた。ロイのサングラスのレンズそれぞれに、自分の顔が映っていた——そこに映っているのは、ショックを受けた自分の顔だった。

「消えたって、どういうことだ?」ニッキーは啞然としていた。

「エングルウッドのショッピング・センターに、あの男のトヨタ・クレシーダが駐められていた。ロックされていて、キーは車内にあった。あの男は七十五歳だ、ニッキー。一九三〇年代からアッカルドに仕えている。考えてみろ」

ニッキーは考えていた。数日まえの夜にアッカルドの自宅をあとにし、二人のあいだにわだかまりはなくなったと確信したことも思い出していた。

「ちなみに」ロイはつづけた。「アッカルドは、ヴォルペが行方不明だというのを通報していない。四十年も働いてもらってきたというのに、地区本部の友人に連絡もせず、様子を確かめようともしない。何もなしだ」

ニッキーは首を振るしかなかった。まさかそんなことが?

「大陪審の証人が、トニー・アッカルドに不利になるような内部情報を証言した——そしてその数日後に姿を消した。包囲網が狭まってきているぞ、ニッキー」

ニッキーは信じたくなかった。ロイが何か言ったが、次にどうするか考えていたニッキーの耳には入ってこなかった。

「こっちを見ろと言ったんだ」ロイは注意を引こうとしていた。ニッキーはロイに目をやった。サングラス、口ひげ、うしろになでつけられた琥珀色の髪。「おまえの友人、ブラゴッティとサンタンジェロはトニー・アッカルドとはなんの関係もないんだな？」

サングラスに自分の顔が二つ映っているため、ロイにどう見えているかよくわかる。そのおかげでニッキーは冷静さを取り戻した。いましなければならないのは、この車を降りることだ。「そんなことのために呼び出したのか？」ニッキーは怒りの表情を浮かべた。「どこかのじいさんがへまをやらかして殺されたと言うために？　〝おまえを助けたいんだ〟と見せかけておいて、文句やら言いがかりをつけるために？　包囲網が狭まってきている？　最高だ。神とともにあらんことを。だが、おれを巻きこまないでくれ」ニッキーはドアを開け放った。「おれはいま、手一杯なんだ」

ニッキーは車を降り、ロイに止められるまえにドアを叩きつけた。足早に自分のプリムス・サテライトの方へ向かう。ロイがウィンドウをおろし、一度だけ呼びかけた——「ニッキー！」——だが人目を引くわけにはいかず、声をあげるというよりも声を殺していた。

ニッキーは中指を立て、車に乗りこんで走り去っていった。

こらえなければならない、それはニッキーにもわかっていた。とはいえ、とりあえず答えが知りたいのはマイケル・ヴォルペのことだけではない。サリー・ブラッグスとクリースマンのことも知りたかった。アッシュランド・アヴェニューへ行くわけにはいかない。もう二度とあそこへは行けないかもしれないと思っていた。できることはひとつしかない。ぎりぎりまで我慢し、その日の午後遅くになってから車でバーリントン・ヒルズにあるアッカルドの娘の家へ向かった。

ダイニング・テーブルで見た、アッカルドのあのあきらめたような表情を思い出した。打ちひしがれた顔を。アッカルドは翌朝になって考えを変えたのだろうか？　それともあれは、何をしなければならないか覚悟したあきらめの表情だったのだろうか？

ニッキーは模様になっている敷石の方へ車を入れ、ガレージのそばに駐めた。ドライヴウェイに車はなく、アッカルドの黒いキャデラックも見当たらない。とはいえガレージに窓はないので、そこに車が駐められていないともかぎらない。玄関のドアベルを鳴らすと、なかから教会の鐘のような音が聞こえた。

マリー・キューメロウがドアスコープを覗き、ドアを開けた。ズボンにブラウスという格好だが、濡れた髪をタオルでまとめている。「あら、ニッキー。いらっしゃい。父さんならいないわよ」

「いない？」

マリーはニッキーをなかにとおし、ドアを閉めて外の冷たい空気を締め出した。「母さんといっしょにパーム・スプリングスへ行ったわ。急に決めたみたい。父さんのこと、わかってるでしょ。あなたに言ってないなんて」

「パーム・スプリングスか」本当かどうか疑ったが、きっと本当だろうと思った。「蚊帳（かや）の外、ということらしい」アッカルドがいないこと、そして彼と対峙せずにすむことにほっとした。「ちっともかまわない」これは二人にとってもっとも都合がいい。とりあえずいまのところは。

「大丈夫？」マリーが訊いた。「顔色が悪いわよ」

「おれが？　いや、どうかな。ちょっと無理をしているのかもしれない」

「ミルクか何か飲む？」

「気にしないでくれ。でもありがとう」ニッキーは次にどうすればいいかわからず、ため息をついた。「わざわざこんなところまで来たのに、無駄足だったようだ」そう言って笑みを見せた。「まずは連絡してから、そうだろう？　悪いのはおれだ」

軽くおしゃべりをしていると、車がやって来る音が聞こえた。次々と――そして車のドアが開閉する音。

マリーにも聞こえた。「誰かといっしょに来たの？」

「おれの連れじゃない」

マリーは横の窓のところへ行って外を覗いた。ニッキーも窓の方へ向かった。

警察車両だった。二台のパトロール・カーと三台の覆面パトカーが、ドライヴウェイに駐まっている。制服警察官と私服警察官が歩道の端に集まり、玄関へ向かってきた。

マリーが言った。「いったいどういうこと？」

窓ガラスが不透明なので景色がぼやけ、ニッキーには警察官の顔がわからなかった――だが、ジェリー・ロイの薄茶色のマーキュリー・ボブキャットが見えたような気がした。

「ここで見つかるとまずい」半ば謝るように言い、窓辺から離れた。「きみさえよければ、おれは……」

「ええ――行って」

ニッキーはその場をあとにした。ドアベルが鳴り――教会の鐘の音――マリーは濡れた髪からタオルを取った。ニッキーはハニー・イエローの廊下を抜けて角を曲がり、玄関ホールから見えないところで立ち止まって聞き耳を立てた。

ドアが開いた。マリーの声は不機嫌で、怒りに満ちていた。「なんなの、いったい？」

声が聞こえた。「ミセス・マリー・キューメロウですか？」

「シャワーから出たばかりなの。ご用件は？」

ロイの声がした。「FBIのジェラルド・ロイ捜査官です、ミセス・キューメロウ」

「ええ、それで？」

別の声がした。「刑事のフェリックス・バンカ、シカゴ市警察の者です」

ニッキーは壁に背をつけたまま、身動きが取れなくなった。すぐ横には、キューメロウ家とアッカルド家の結婚式を祝う記念の招待状が額に入れて飾られていた。〝アンソニー・アッカルド夫妻としましては、ぜひご出席を賜りたく……〟

ロイの声がした。「どうぞよろしく、ミセス・キューメロウ。ここに捜索令状が――」

「冗談じゃないわ――うちには小さな子どもが二人いるのよ」

ロイの声。「ミセス・キューメロウ、令状はこの家と、アッシュランド・アヴェニューのあなたの父親の家に対してです。すでに向こうの家に行ってみましたが、誰もいませんでした。もしかしたら、あの家の鍵をおもちかもしれないと思いまして。あなたの父親は玄関を壊されたくはないでしょうから」

警察官たちがなかに入ってくる音が聞こえた。ニッキーはさらに奥へ行き、前回来たときにアッカルドと会ったサンルームまで下がった。だが、裏庭を歩いている制服警察官が目に入り、そこで立ち止まった。この家の作りには詳しくないので、ほかに出られるところがあるとしてもわからなかった。ここに隠れておとなしく待っていてもそのうち見つかってしまい、事態は百倍悪くなるだけだ。

衝動的に、玄関ホールへ通じる廊下に戻った——トイレから出たばかりのように手を擦り合わせる。制服警察官に気づかれ、手を挙げて呼び止められた。「どなたですか？」

マリーが驚いて振り向いた。ニッキーは玄関ホールの手前で立ち止まり〝どうなっているんだ？〟という表情を作った。ポーランド系のバンカ刑事が目に留まったが、ロイ捜査官の方は見ようとしなかった。

「パッセロ？」バンカが言った。戸惑った笑みが浮かぶ。「こんなところで何をしてるんだ？」

ロイは驚きを隠しつつ、自分の役に徹した。「誰だ？」

「ニッキー・パッセロだ」バンカはめずらしいものでも見せるようにニッキーを紹介した。

「ニッキー・ピンズとも呼ばれている。ウエスト・グランド・アヴェニューでボウリング場を経営している」ニッキーとマリーを交互に見つめ、どういうことなのか考えていた。

「あなたが雇ったベビーシッターですか、ミセス・キューメロウ?」

ニッキーが代わりに答えた。「うちの店で、彼女のお子さんの誕生日パーティをすることになったんだ」

すかさずマリーも調子を合わせた。「うちの子、ボウリングが大好きなの。わたしはというと、計画を立てるのが大好きなの」

さすがは、あの父親の娘だ。

ニッキーが訊いた。「どういうことなんだ、これは?」

バンカが答えた。「われわれもパーティを開いているのさ。捜索パーティを」

「おれの好みのパーティじゃないな」

ロイはニッキーを見据え――何を考えているのだ?――こう言った。「身分証を」

「その必要はない」バンカが言った。「ニッキー・ピンズはよく知られている」

ロイが言った。「アッカルドの娘の家にいるとは、話がうますぎる」

バンカはマリーとニッキーを見比べた。「ボウリング場の経営者っていうのは、車で四十五分もかかる街の外まで出向くものなのか?」

いまのところ、その場にいる警察官たちはニッキーとロイの関係に気づいていないとはいえ、ここで運悪く遭遇したことでいずれ彼のゲーム・プランは台なしになってしまうだろう。「帰ってもいいかな？」ニッキーは訊いた。

バンカが言った「帰ったほうがいい」

ニッキーはマリーに言った。「ありがとうございます、ミセス・キューメロウ。またご連絡します」

ロイはニッキーにはかまわず、令状を手にしてマリーに向きなおった。「ミセス・キューメロウ、われわれは、あなたの父親に礼儀を示しているんです」

マリーは鼻で笑った。「ええ——そうでしょうね」

ニッキーは開いた玄関から外の歩道へ出た。うしろからバンカの声が聞こえた。「鍵をおもちですか、それとももっていないんですか？」

「わたしがもっているのは」マリーが言った。「父の弁護士の電話番号よ。あなたたち全員の名前とバッジ番号を……」

　バンカはアウトフィットのボスの自宅を部屋から部屋へと歩きまわり、前例のない捜索許可に驚きを隠せなかった。それは、ほかの法執行機関が夢にまで見たことだった。部下たちがクロゼットや引き出しを調べているあいだ、バンカはチェアマンのベッドルームに立っていた。ここに忍びこんだ泥棒たちのことを思い浮かべ、首を振った。ライオンが檻にいないからといって、なかに入るまえによく考えてみるものではないのか？　バンカが衝撃を受けたのは、リスペクトに欠けていることではない——恐怖心が欠けていることだった。どうしてライオンに自分の臭いを嗅がせたりするのだ？

　ベッドルームを出たバンカが二階の廊下にある装飾の彫られた手すりに沿って手袋をした手を這わせていると、下の一階から会話が聞こえてきた。

　ロイが言った。「この下に何があるか知らないというのか？」

　アッカルドの娘のマリーは、二人の子どもを見てもらうために急遽ベビーシッターを雇い、バーリントン・ヒルズから車を飛ばしてきたのだった。「地下室には行ったことがないから」

「一度も?」ロイには信じられなかった。「この家で育ったんだろう?」

「わかってないようだから、説明するだけ時間の無駄ね。でも、父がだめと言ったら——それまで。とにかく、だめなのよ」

バンカは下の二人のところへ行った。地下への隠し扉の前で、警察の鍵のスペシャリストが片膝をついていた。ソフトつばのガーデンハットでなんとか髪を覆ったマリー・キューメロウは腕を組み、アッカルドの弁護士のバーナードの隣に立っている。家にやって来たバーナードに名刺を差し出されたロイ捜査官は、それをつかみ取って上着のポケットに突っこんだ。そのあまりにも蔑んだ態度は、名刺を口に入れて何度も嚙み、飲みこんでしまってもおかしくはなさそうなほどだった。ロイはなんのためらいもなくライオンの檻のなかを歩きまわるような男なのだ。

扉が開き、鍵のスペシャリストはうしろへ下がった。彼の役目はそこまでだ。バンカと同じく手袋をはめて靴に紙のシューズ・カバーを付けたロイは、その先にある階段をまっすぐおりていった。バーナード弁護士もあとにつづく。

バンカは入り口のところで足を止め、マリー・キューメロウに言った。「下に何があるか気になるなら、いまがチャンスですよ」

マリーはバンカについていき、涼しくて乾燥した地下へおりた。バンカはロイほど横柄な男ではない。会議室を覗き、オフィスに足を踏み入れ、狩りで仕留めた動物の剝製に目を向けた——とはいえ亡くなった人の家に入ったときのように、丁寧にものを扱った。いっぽうのロイは、隠してあるカネを探しまわる愛を知らずに育った甥のように、次々と部屋を調べていった。

パントリーでロイはバーナードと口論になった。偽装した扉の奥に、ダイアル・ロックの付いた密閉された金庫室の本物の扉があった。「アッカルドの弁護士のくせに、やつに電話して暗証番号を聞き出せないっていうのか？」

「ミスタ・アッカルドとは電話で連絡がつけられないんです」六十代のバーナードはヨーロッパ仕立てのスーツに身を包み、ブリーフケースを手にしていた。

ロイはバーナードに向かって令状を振ってみせた。「ここに、どれだけ時間をかけてもかまわないと書かれている。ひと晩じゅうここにいてほしいのか？　それでもいいんだぞ。たっぷりくつろがせてもらうからな。レヴィンソンの店みたいに、また金庫室の扉が焼き切られたら、アッカルドはどう思うかな？　どのみち、なかに入ることになるんだ」

バーナードはため息をついた。カウンターにブリーフケースを置き、二つのロックをはずした。手を差しこめる程度にカバーを上げて一枚の紙を抜き出し、カバーを閉じてロックしなおした。

バーナードはその紙をロイに手渡した。そこには金庫室の暗証番号が書かれていた。

「これはこれは」ロイは素っ気なく言った。「驚いたな」

ロイはダイアルをまわしていった。左、右、左。レバーを引くと、ファイアー・ピストンのような鈍い音とともにロックが解除された。ロイは重々しい金庫室の扉を開け放った。

ロイは金庫室に入った。およそ八×十五×十フィートの部屋だ。左側の棚にはレヴォルヴァや弾薬の箱のほかに、アンティークの拳銃が数挺置かれていた。宝石はひとつも見当たらない。見つかったのは現金だけだ。しかも大量の現金――それが紙の帯できれいに束ねられ、その帯にはそれぞれラスヴェガスの三つの銀行の名前とマークが記されていた。

ロイはいくつかの札束をめくり、おおよその計算をした。「二十五万ドルくらいはありそうだ」金庫室から出て、札束のひとつをバーナードに見せた。「このひとつでも領収書はあるのか？」

「あるわけがないでしょう」

ロイは警察のカメラマンを呼んだ。「なかのものをひとつ残らず写真に収めてくれ。それから押収する。すべて差し押さえる」

バーナードが言った。「断固、抗議します、捜査官。あなたには、私の依頼人のカネに手をつける資格も権利もありません」

「これはすべて、不正に得たものだ。そうでないと証明できないかぎりはな」

「その考えには反対せざるを得ません、捜査官。立証責任があるのはそちらのほうです」

ロイはまたにやりとした。「私ではない」そう言い、ラスヴェガスの札束を金庫室の棚に戻した。「それは政府の弁護士たちの役目だ」

「これは、とんでもない嫌がらせです」

「あんたの依頼人のミスタ・トニー・アッカルドに伝えてくれ。カネを返してほしいなら、それとおもちゃの銃もだが、ほかの納税者と同じように苦情を申し立てるんだな、と」

ロイは同意を求めてバンカに目を向けた。バンカは自信たっぷりに振る舞う弁護士というのを信用していなかった。思い上がっていると、運に見放されてつけがまわってくるものなのだ。

「フェリックス!」

その声の主がわかったバンカは、廊下を戻ってユーティリティ・ルームへ行った。ドネリーという名の目をかけている警察官が、石壁に備え付けられた鉄のパネルを開けていた。その内側を懐中電灯で照らしている。

「焼却炉だ」ドネリーが肩越しに言った。「ふつうの家で、こんなの見たことあるか？」

「あるわけがない」

「何か見つけたのか？」バンカのうしろからロイもやって来た。

「ちょっと見てくれ」ドネリーは懐中電灯をバンカに渡した。

柔らかな灰や黒焦げの欠片に交ざり、炉のなかに一部が熔けている眼鏡があった。燃えかすに埋もれて逆さまになっている。そのフレームはひときわ大きかった。

ロイはフォルダをもってくるように頼んだ。望遠レンズでアッシュランド・アヴェニューの屋敷の外を撮影した写真をめくっていき、玄関の鍵をかけているマイケル・ヴォルペの引き伸ばされた写真を抜き出した。

「どう思う？」バンカにその写真を渡して訊いた。

バンカはじっくりその写真を調べた。そこに写っているアッカルドの行方不明の使用人は、まったく同じ眼鏡をかけていた。バンカは同意して頷いた。

　ニッキーがオフィスにチャッキーを連れていくと、予想どおりバンカ刑事が先日の件を確認するためにやって来た。バンカひとりで、ロイ捜査官の姿はない——もう店内に足を踏み入れるなとニッキーに釘を刺されていたのだ。とにかく、二度も別人になりすまして潜りこんだあととあっては、さすがに三度目となるとその効果はないだろう。

　年老いたポーランド系の刑事は開いたドアのところに立っていた。十年も着ているウールのスポーツ・コートに、結び目が子どもの拳ほどもある太いネクタイを締めている。ニッキーは椅子の背にもたれかかり、質問に答えるたびに椅子のバネが軋んでいた。カレンダー・パッドの上に置かれた紙皿には、食べかけのローストビーフのサンドウィッチがのっている。チャッキーはニッキーの右側のカウンターに寄りかかり、タバコを吸っている。

「アッカルドの娘とは、どういう知り合いなんだ？」バンカが訊いた。「それと、彼女の旦那はどの程度おまえのことを知っているんだ」

「そういう関係じゃない」ニッキーはにらみつけて否定した。「ジョー・バッターズの娘から電話があって、この店で子どもの誕生日パーティをしたいと言ってきたんだ。それで、直接話をしに行ったほうがいいと思ったのさ」

「本当にそうか？　二人の友だちがいなくなったっていうのに？」バンカは肩をすくめた。

「罠かもしれないとは思わなかったのか？」

「考えもしなかった」

「そうか」バンカはちっとも信じていなかったとはいえ、ニッキーがあの家にいた納得のいく理由がほかに思いつかなかった。「それはそうと」親指でラウンジを指して言った。

「おまえみたいな重罪を犯したやつが、どうして酒の販売許可証をもっているんだ？」

「もってない」ニッキーはチャッキーに親指を向けた。「もってるのはチャッキーさ」

「うまいことやってるな」バンカは両手で帽子のつばをつまんでいた。「アッカルドがパーム・スプリングスへ行ったこと、何か知ってるか？」

「おれがどう思うか？　ここはボウリング場で、旅行代理店じゃない」

バンカはいまの答えを考え、ニッキーが即答したことを怪しんだ。「おまえの友だち二人を殺したのは、誰だと思う？」

「事件を解決するのは、あんたの仕事だ」どうしてバンカを好きではないのか、いま思い出した。

「最後にブラゴッティとサンタンジェロがここに来たとき、何か気づいたことはないか？誰かと会うとか、どこかへ行くとか言ってなかったか？」

「いま、いまになって、二人のことが気になりだしたのか？」

「気になっているのは、おまえのことだ」

それはまずい。「とくに何も言ってなかったし、妙な素振りもしてなかった」

チャッキーが口を挟んだ。「あのロレックスを除けば」

バンカがチャッキーに目を向けた。「どういうことだ？」

チャッキーはつづけた。「クリースマンが、ロレックスの腕時計を見せびらかしていたんだ」

バンカはドア枠から肩を離し、背筋を伸ばした。「ロレックスの腕時計だと？　どこで手に入れたかわかるか？」

チャッキーは肩をすくめた。

ニッキーはとっさに考えた。「ロックフォードから来た男から、中古品を買ったと言っていたような気がする」

刑事はにやりとした。「中古品だと言っていたような、な、な、な気がする、か。仲間のひとりが、新車を買えるような代物を手首にしてきた――ロックフォードから来たやつから手に入れたと言っていたような気がするが、詳しいことはどうでもいいというのか？」バンカは笑みを浮かべたまま頷き、また帽子のつばをいじりだした。「じゃあ質問を変えよう。二人とも、ジョニー・サリータを知っているか？」

バンカの追及は、ニッキーが思っていたよりも厳しかった。いまここにバンカがいることをロイは知っているのだろうか――それとも、これはバンカが勝手にやっていることなのだろうか？

チャッキーが答えた。「知らないな」

ニッキーは言った。「あいつの義理の父親なら知ってる。金属加工店をやってる。街でサリータを見かけたことはあるが、店に来たことはないはずだ。あいつのことは知らない。どうして？」

「ブラゴッティとサンタンジェロは、サリータを知っているのか？」

「知らないと思う」

バンカは頷いた。バンカが何を考えているのか、その反応からは読めなかった。「ブラゴッティは、最後に奥さんと話をしたとき、おまえに会いに行くと言っていたそうだ」

「そのことなら知ってる。彼女から聞いたんだが、ここには来なかった」

「その夜のアリバイはあるのか？」

「笑えない冗談だが、アリバイならある。家で家族と過ごしていた」

刑事は笑みを見せたが、やはり何を考えているのかわからなかった。「腹を割って話をしよう。あの二人を車のトランクから引っ張り出すことになるのか、川底から引き上げることになるのか、それとも土のなかから骨を掘り返すことになるのかわからないが、サリー・ブラゴッティとフランク・サンタンジェロがあのドアから入ってくることは二度とない。それと、おまえが自分の身を心配していないんだったら、パッセロ——たぶん心配したほうがいいと思うぞ」

ニッキーはニコラスをバッティングセンターへ連れていった。いまの状況を考えると、〈テン・ピン・レーンズ〉でいっしょに過ごすのはまずいと思ったのだ。ニコラスは構えもバットの振り方もしっかりしているものの、まだ少しボールを怖がっていた。ピッチングマシンの球はかなり速く、そのうえコントロールも乱れるのでその気持ちもわからなくはない。とはいえ、バットに当たれば力強く弾き返していた。そんなときは満面の笑みを浮かべ、父親も顔をほころばせた。

ニッキーは、麦芽乳やむかしながらのキャンディを売っているアイスクリーム・ショップを見つけた。どれも一九五〇年代スタイルだ。ニコラスはトリプルのカップ——ヴァニラ、チョコレート、ストロベリー——を頼み、長いサンデースプーンを使って頬張った。ニッキーはルートビア・フロートを注文し、赤と白のストライプの硬めの紙ストローで飲んだ。正面の窓には古めかしい字体で店名が書かれ、二人はその窓際の角の席に坐っていた。言い争いがはじまったのは、そのときだった。

「それはだめだ」ニッキーは息子に言った。「大問題だぞ」

「どうして？」

「選ばないと。はっきり言って、法律違反だ」

「どうして選ばないといけないの？」

「だめなものはだめなんだ！」

「選ばなくたっていいんだもん」ニコラスは笑い声をあげていた。

「パパは真剣なんだ」ニッキーは、息子が細い手首に着けているリストバンドを指差した。大リーガーをまねて、子どもたちはこぞって着けていた。ニコラスは左手首に青いシカゴ・カブスのリストバンドを、右手首に白いシカゴ・ホワイトソックスのリストバンドを着けている。

ニッキーはつづけた。「そんなことをしている子どもは、親から引き離されてしまうんだぞ」

ニコラスは意地を張って首を振り、アイスクリームをスプーンですくって口に入れた。

「選べるのは一チームだけだ」ニッキーは言った。「それが自分のチームなんだ。赤と黒の両方にお金を賭けたりはしない。選ばないとだめなんだ。まずは好きな選手からはじめよう。チェット・レモン？　それともマニー・トリーヨ？」

「レジー・ジャクソン」それはカブスでもホワイトソックスでもなく、ニューヨーク・ヤンキースのスラッガーだ。

「わかったよ、頭がおかしくなりそうだ。じゃあ、こうしよう。たとえば明日、カブスとホワイトソックスが対戦するとする。ワールドシリーズだ——どっちもシカゴを本拠地にしたプロスポーツ・チームだから、もちろんそんなことは絶対にあり得ないんだけど、たとえばの話だ。そしたらどうする？　どっちを応援する？　両方はだめだぞ」

ニコラスは口を歪ませた。考えこむときにする癖だ。「ピッチャーは誰？」

「まいったな」息子の頑固なところは嬉しかったものの、あえてその反対のふりをした。

「降参だ」

「パパはどうなの？　どのチームのファン？」

「わかってるだろ。カブスひと筋さ」

「パパのパパもカブスのファンだった？」

「ちがうよ。おじいちゃんはミシガン湖の反対側にあるバトル・クリークで育ったんだ。だからデトロイト・タイガースのファンだった。むかしの字体でDって書いてあるチームだ。そんなこと、すっかり忘れていたよ」

ニコラスはカップのなかでチョコレートとヴァニラをかき混ぜた。「おじいちゃんはどうなったの？」

「まえにも話したから——知ってるだろ。いなくなったのさ。おばあちゃんが言うには、ある日いつものようにトラックで出かけていって、それっきり帰ってこなかった。それだけだ」

「迷子になったのかな？」

「いや、ちがうと思う。でも、そうだったらいいな。パパがどう思っていたかわかるかい？　どこかで新しい家族を作ったのかもしれない、そう思っていたんだ」

「どうして新しい家族が欲しかったの？」

「新しい家族が欲しかったかどうかはわからない。ただ、ずっと思ってたんだ——二度と戻ってこなかったから、決めつけていた——パパたち家族のことが好きじゃないんだって。いわゆる、反対の証拠がないから、ってやつさ」ニッキーは笑みを浮かべた。「しばらく自分のせいだと思っていた。パパが何かしたのかもしれないって。でも——大きくなって、パパにも家族ができた。それでわかったんだ、そんなことはあり得ないってね。絶対にあり得ない——筋が通らない。出ていったきり、二度と振り返らないだって？　まじめな話、いまではっきり言える、きっとトラブルに巻きこまれたんだ。自分では解決することも抜け出すこともできないようなトラブルに」

「たとえば？」

ニッキーはため息をつき、じっと息子に目を向けた。ニコラスはあれこれ知りたがっているわけではない。安心できることばを求めているのだ。「ひょっとして」ニッキーは言った。「サリーおじさんとフランキーおじさんのことを、ママから聞いたんだろう？」

ニコラスは頷いた。

「やっぱり。わかった。そういうことか。パパもいなくなると？　パパはどこへも行きやしない。おまえにどこかへ行けって言われても行かないよ」

「うちに戻ってくるの？」

「それは別の質問だ。しかも、いい質問だ。ママに訊いてみた？」

ニコラスは首を縦に振った。

「それで？」

ニコラスは肩をすくめた。

「パパが戻ったらいいと思わないか？　パパはそう思う」

ニコラスは頷いた。

「いいことを教えてやろう。何か決めるときや、将来どうなるか知りたいとき、パパはこうしてるんだ。このあと二人でポリネシア料理の店に行って、おまえの大好きな青い火が出るププを食べる。でも本当の目的は、フォーチュン・クッキーだ。それを割って、何が書いてあるか見てみよう」

ニッキーは自分のアイディアにわくわくし、テーブルからからだを離した。そのとき窓から通りを見まわしたニッキーは、数店舗先に金色のリムを付けた黒いトランザムが駐っているのに気づいた。運転手を確認するまえに目の前をトラックが通り過ぎたが、運転手は前の座席で何かしていて、ニッキーの方を見てはいなかった。

まちがいなく、あれはスティンギーだった。アッカルドのところにいる、血の気の多い若造だ。

その瞬間、何もかもが一変した。ニッキーが勢いよく立ち上がったせいでアイアン・レッグの椅子がうしろに倒れ、そのけたたましい音にニコラスがびっくりした。

「ここで待ってろ」ニッキーは言った。

ニッキーは両開きのドアを開け、通りを斜めに横切ってトランザムの運転席側の窓のところへ行った——窓から手を突っこみ、男の襟をつかむ。

スティンギーは口いっぱいに頬張っていた。膝には包肉用紙に包まれた食べかけのサンドウィッチが置かれている。助手席に坐る名無しの相棒は、驚いてカップに入ったソーダをこぼしそうになっていた。

ニッキーは窓から頭を入れて言った。「いったいどういうことだ？」

スティンギーの相棒が、座席の下に手を伸ばした。

ニッキーはその相棒に向かって言った。「やめておけ」

スティンギーはなんとか口のなかのサンドウィッチを飲みこんだ。「なんだ――？」

ニッキーはスティンギーを揺すった。「どうしておれを尾けてる？」

スティンギーは猛然とした怒りをこめてニッキーを見上げ、サンドウィッチを掲げた。

「昼飯を食ってるんだ！」

「ふざけるな」もう一度ニッキーはスティンギーを揺すった。そのかわいらしいふくれっ面を殴ってやりたかった。アイスクリーム・ショップの窓の方を振り返ると、ひとり残されたニコラスに見つめられていた。ニッキーは向きなおった。「息子がいっしょなんだぞ、このクソ野郎！」

ニッキーはスティンギーの襟を放して突き飛ばした。

「どこにいる？」ニッキーは言った。「ザ・マンだよ。ここにいるのか？　教えろ」

「はぁ？」

「い、い、い、どこにいるんだ？」

「パーム・スプリングスだろう?」

相棒がニッキーに言った。「まったく、落ち着けよ」

二人は完全にとぼけている。間抜け役を演じるのが得意のようだ。これが偶然のはずがない。

「ザ・マンに連絡できる番号を教えろ。家の番号じゃない——向こうから電話できる番号だ。話をする必要がある」ニッキーは窓から離れた。「それと、おまえら二人はおれに近づくな」

「そっちの天気はどうだ？」うなるような声だった。

ようやくアッカルドとつながったとき、外は雨が降っていた。街角にある公衆電話の下の金属の棚には、小銭が散らばっている。電話ボックスに叩きつける雨音のせいで、長距離電話をとおして聞こえるアッカルドの声から考えを読み取るのはいっそう難しかった。

「実際の天気ですか？」ニッキーは意味を考えた。「それとも――〝こっちの様子〟ということですか？」

「さあな。その両方かもしれん」

ニッキーは首を振って頭をはっきりさせた。ベルトの腰のあたりでは、〈テン・ピン・レーンズ〉のカウンターの下からもってきた拳銃が、ずっしり重く感じられる。「こっちはクソみたいですよ。とんでもなくね」

「そうだろうな。もう二度と自分の家の玄関をまたぐことはできない。あいつらに入られたと考えるだけで。きっと足も拭かずに上がりこんだにちがいない。あそこはもうおしまいだ。私の家が」

ニッキーは、アッカルドの愚痴に付き合う気分ではなかった。「マイケル・ヴォルペはどうなったんですか？」

「私も心配しているところだ。クラリセも大騒ぎしている」

クロムメッキの施された電話機の表面に、自分の顔が歪んで映っていた。上に備え付けられた薄暗い明かりで、弱々しく黄色に照らされている。「地下室の焼却炉で何が見つかったか、聞いてないんですか？」

「きっとマイケルは古い眼鏡をあそこに捨てたのだろう」

ニッキーは手のひらで両目を覆い、その手を口元までおろしていった。滑りやすくなった道路を、車が水しぶきを上げて通り過ぎていく。「どうしておれは尾けられているんですか、ボスの飼いネコのスティンギーに？」

「そのことか」気にするなと言わんばかりに手を振るアッカルドの姿が目に浮かんだ。「この電話をセッティングするために連絡してきたあいつから、ランチの最中に誤解があったというのは聞いている。あいつのことは気にするな、まだひよっこだ」

「息子がいっしょだったんです」まくし立ててしまった。ニッキーは気持ちを静め、ゆっくり繰り返した。「息子がいっしょだったんです」

「おまえの息子か。大きくなっただろう？」

「おれを尾けさせているんですか？　もう信用できないと？」

「あれはただの誤解だ。よく聞け。おまえは充分に尽くしてくれた、ニッキー。決してそのことは忘れない。わかったか？　おまえの忠誠心には感謝してもしきれない」

「おれはいいまでも忠誠を誓っています」そろそろ限界に近づいていた。「こんなことがあっていいはずがない」

「私には息子が二人いる、ニッキー、それは知っているな。二人とも養子だ。ニッキー、おまえは――三人目の養子のようなものだ。本気でそう思っている」

突然、ニッキーは打ち震えんばかりの感情に呑みこまれてしまった。息が詰まりそうになり、涙をこらえてゆっくり息をした。自分でもわけがわからずに感極まっていた。「ありがとうございます」ほとんど声にならなかった。

「もう切るぞ、ニッキー。私も尾けられているのだ。四六時中、見張られている。家にも入られている、ニッキー。感じるのだ。こっちにおまえがいてくれると助かるのだがな。大陪審は、今度は強請りの方面から攻めてくる気だ。トランク殺しをひとまとめにして、パターンでもあるかのように見せようとしている。そこであとひとつやってもらいたいことがある。おまえにしかできないことだ。だからまたおまえを頼ることにした。サリータと話をつけろ、ニッキー。サリータと連絡を取って、取引に応じると伝えてくれ」

「本当ですか？　取引に応じるんですか？」

「いや。だが、やつには応じると言え。サリータと話をして、私のところへ連れてこい、ニッキー。もう行かないと」

通話が切れた。ニッキーは受話器を戻した。手が震え、自分に対するアッカルドの愛情にまだ呆然としていた。アッカルドが愛情を示すことなどめったにない。アッカルドらしくない。それはまるで——別れを告げているかのようだった。

「ああ、クソッ」ニッキーは大声で言った。「ああ、クソッ！」

ニッキーは小銭を残したまま、中折れ扉を開けて雨のなかへ出ていった。

ニッキーはオフィスのデスクを片付け、あれもこれも——発注書、古い在庫リスト、必要のない領収書など——ごみ箱に捨て、もう一度オフィスを見まわした。すでにファイルの三分の一を処分し、身のまわりを整理していた。

ドアの内側に、あつらえたツートンカラーの〈テン・ピン・レーンズ〉のボウリング・シャツを着たチャッキーが立っていた。胸の部分のパッチには筆記体で〝チャッキー〟と記され、必要のない左の袖は綴じられている。「まえにここに来たあの刑事が関係あるのか？」

ニッキーは絶えず動きまわっていた。壁に留められたいくつかのメモを剝がし、それもごみ箱に捨てた。ニッキーの動きを鈍らせているのは、ベルトに挟んだ銃だけだった。それを落とさないように注意しているのだ。ニッキーの気力は尋常ではなかった。「こうするのが遅すぎたくらいだ。まえから説明しようと思っていたんだ」ニッキーはファイル・

キャビネットを指差した。「いちばん下の引き出しの奥に、書類が入っている。この敷地に関して必要なものやら、AMFの証明書やら、すべてそろっている。それと、万一に備えて自由に使える現金が二、三千ドル。何かあったときのために」

チャッキーは警戒するように頷いた。「わかった」

「おまえはこの店の共同名義人になっていて——もち分も決まっている。三分の一はおまえ、三分の一はおれ、残りの三分の一はヘレナだ」

「おれに三分の一？」

「おまえには三分の一の権利がある。そこをはっきりさせていなかったよな？」

「ニッキー、おれは何も出してない。なんのリスクも負ってない」

「おれがいないあいだ、この店を見てくれた。酒の販売許可を取るために、まえから書類上ではパートナーということになっていた。でも一年半まえにそれを書きなおして、この店の正式なパートナーにしておいた。だから心配ない」

「ニッキー、おれは……」

「よく聞いてくれ。それはビジネスに関することだ。次は〈テン・ピン・レーンズ〉、不動産、この土地について。もしおれに何かあった場合、この建物そのものや敷地はすべてヘレナのものになる。おまえは何もしなくていい。ただ——ヘレナが目の前に書類を出されたとしても、絶対にサインをさせないでくれ、いいな？　ヘレナはこの店のファンじゃない――ビジネスのことは知らないし、興味もない――だが何かあった場合、この店はヘレナの、そしてニッキー・ジュニアの資金、いざというときのための蓄えなんだ。彼女の権利が誰にも横取りされないよう、目を光らせていてくれ。わかったか？」

「ニッキー……」

「チャッキー」ニッキーは祈るように両手を合わせた。「わかったと言ってくれ」

「わかった」

「ありがとう」チャッキーは頼りないとはいえ、まじめな男だ。「引き出しには、〈クライドの店〉を経営しているダリルやそのグループとの取決めをまとめた書類も入っている。たいしたもんじゃない、たった五パーセントだ。その権利を買い取ってもらおう、いいな？　そしてそのカネをこの店のために使うんだ」

「誰がここを経営するんだ？」

ニッキーは手を止めてチャッキーを見つめた。「おまえだよ、チャッキー。おまえが経営するんだ。おまえの店になるんだからな。三分の一がおまえで、三分の二がヘレナだ。それも、おまえに託すことにした理由のひとつだ。おまえを信用しているし、頼りにもしている。いろいろ頼む――もしものときには」

チャッキーは無精ひげの生えたあごをなでた。「まいったな、ニッキー。わかったよ。心配するな」

「別に問題があるってわけじゃないんだ。万が一のときには、って話だ」

「ニッキー――何をしようとしているのか知らないが、片腕の戦士が必要なら、そう言ってくれ」

「片腕の戦士なんて必要ない。必要なのは、片腕の友人だ」

チャッキーは首を縦に振った。いまの話で少しばかり目が丸くなっている。「にわかには信じられないな、この店の一部をおれにくれるなんて」

「おまえは戦争の英雄だ、チャッキー」ニッキーは腕がある方の肩を叩いた。「もっとふさわしいやつがいるか?」

ニッキーはチャッキーの横を通ってオフィスを出ていった。が、五歩も歩かないうちに見知らぬ面長の男に呼び止められた。葬儀屋のようにも見えるが、カーキの上着にカジュアルパンツという服装をしている。「ニッキー・パッセロですか?」

その男が手にした封筒が目に留まった。「いま急いでいるんだ。封筒ならそこのチャッキーに――」

男はニッキーの手に封筒を押しつけた。手当にしては薄すぎる。男はニッキーに二つ折りの札入れを見せた。そこには認定証とバッジがあった。

「ＦＢＩです」捜査官は言った。「これは大陪審の召喚状です。出頭命令が出されました」

　ロイが言った。「調査の対象、それとも証人なのか？」

「わからない」ニッキーは言った。「法律用語だらけで。どうすればいい？」

「大陪審の召喚状には二種類ある。証人召喚令状は人を呼び出して証言をさせるもので、文書提出令状は証拠を提出させるものだ。写真とか通話記録をもってこいと書かれていたか？」

「いや」

「そうか。それなら選択肢は三つあるが、実際にはひとつだけだ。応じるか、応じる必要はないと裁判所に申し立てるか、応じないで法廷侮辱罪に問われるかだ。つまり、応じるしかない」

「出頭して、宣誓したうえで話さなきゃならないのか？　どうしておれが？」

「おまえの友人が二人、行方不明なんだ、ニッキー。検察は、トランク殺しと行方不明の事件をすべて調べている。おれにはどうすることもできない」

二人がいるのは〈ロケット・クリーニング〉という別のクリーニング店の駐車場だった。通りの看板には、飛び立つ宇宙船が描かれている。

ニッキーは言った。「教えてくれ――どうすればいい？」

「簡単だ。弁護士を雇って出頭する。隠していることはないんだろう？　本当のことを話すのもいいかもしれない――やってみないとわからないが。おれもおまえを宣誓させたいくらいだ」

「べらべらとよくしゃべるやつだ。おまえにはどうすることもできないのか？　それと、バンカにしつこく嗅ぎまわられているんだが、どうなっているんだ？」

「おまえにかまうなとバンカに言えば、感づかれる」

「おれたちのことを？」つまり、二人がつながっているということを。「もう感づかれてるんじゃないのか？」

「言っただろ、誰も知らない」

「そのほうがいい。あれこれ訊かれたよ」

「それが仕事だからな」

「バンカは苦手なんだ」

「それを聞いたら、バンカはショックだろうな」

「バンカはこの街で長いこと刑事をしてる」

「だからチームに入れたんだ。信頼できるという評判だから」

「おれもそういう評判だが」ニッキーは言った。「いまのおれを見てみろよ」

「駐まっている車のなかで、大人の男と坐っている」

ニッキーの耳が火照（ほて）った。「黙れ」

「アッカルドの件からおれを遠ざけようとしているだけだろ。そういえば、娘の家で出くわしたのはびっくりしたよ」

「いい加減にしてくれ」

「まったく、どこにでもいるな。実を言うと、怒ってすらいない。本当だ。なぜかわかるか？　あいつが逃げまわっているからだ。ジョー・バッターズはパーム・スプリングスで閉じこもっている——もしかしたら、裁判がはじまるまでシカゴに戻ってくることはないかもしれない。やつを追い詰めたんだ、攻撃の手を緩めるつもりはない」

「おまえがここに来て三年か？　このシステム、ここでのやり方は、五十年もつづいているんだ。お友だちのバンカに訊いてみろよ」

ロイは首を振った。「今回は、アッカルドもやりすぎた。判断を誤った。いまや、やつは怯えている。はしごをはずして、この窮地を切り抜けられると思っている。使用人のヴォルペがいい例だ。どんなことだってやるだろうが、身代わりになって弾を受けてくれるやつがほとんど残っていない。おれの考えはまちがっているか？」

「何もかもわかってるじゃないか。おれなんか必要ない」

「昨夜遅く電話があって、中央管区に呼び出された。前科もちの売春婦を挙げたということだった。その女がトランク殺しの情報をもっていると言って取引をもちかけてきた。それで、バンカに呼び出されたんだ。その若い女の話では、殺されたこそ泥のうちの二人、ライノ・グァリーノとキュー・スティック・ピノと最後に会ったとき、二人は三人の男に迫られていたそうだ」

ライノが金庫をもって戻ってくるまえに、三人で押し入ったアパートメントの娼婦のことを思い出した。たしかロキシーという名前だった。うまいサンドウィッチを作ってくれた。ニッキーは攻撃に移った。

「売春婦っていうのは、トラブルから逃れるためなら、誰彼かまわずなんだって売ろうとするものだ」

ロイは頷いた。「だからこそ詳細を問い詰めるんだが、彼女の説明はなかなか具体的だった。こと細かに話してくれたよ。いちばんびっくりさせられたのは、ロレックスの腕時計の話だ」

ニッキーは眉をひそめ、平静を保とうとした。「ああ、そうかい。おれがそんなに間抜けだとでも思っているのか？」

ロイはにやりとした。「おまえをはめようとしているとでも？」

「おれの仲間をそいつらと結びつけようとしている。ロレックスなんてそこらじゅうにあるじゃないか」

「おまえのまわりにはあるかもしれない。彼女はずっとベッドルームに閉じこめられていたとはいえ、声は聞こえたそうだ。〝ロレックス〟と言ったのはおれじゃない。彼女だ」

ニッキーは首を縦に振った。「そうか、わかった」報復を怖れた彼女は、うまい具合に話を歪めて誰の顔も見ていないということにしたのだ。なかなか頭が切れる。生き延びるすべを心得ているようだ。

ロイはつづけた。「ヴィン・ラボッタが行方不明になったあと、早朝にタイル店の駐車場から誰かがやつの車に乗って走り去っていくのを見た者もいる。運転していたのはヴィン・ラボッタではない。そいつはフランキー・サンタンジェロと特徴が一致する」

「誰かが誰かではないかもしれない誰かを見た、だと？　そんなのが法廷で通用するわけがない。この車のなかでだって無理だ」

「否定しているように見えて、完全には否定していないな」ロイは上着の内ポケットから一枚の紙を取り出して広げた。「何かわかるか？」

ニッキーにその紙を渡した。小さめのリングノートから破り取ったページのコピーで、手書きのメモと線を引いて消された文字が書かれている。

「郵便で送られてきた。メモも差出人住所もない。筆跡鑑定に出して、比較検査をしてもらった。トニー・アッカルドの筆跡だというのは、百パーセントまちがいないそうだ」

ニッキーが見ているのは、盗まれたアッカルドのノートから破り取られたページのコピーだった。いっこうに返事をしてこないアッカルドにしびれを切らしたサリータが、脅しを実行に移したのだ。書かれている文字は意味をなしていない。不規則な文字と、三角形や四角形といった幾何学模様が組み合わされている。もしかしたら――おそらく――たった一ページだけでは解読できないのだろう。

「なんだ、これは？　どういう意味だ？」

「おれが訊いているんだ」

「何かの暗号だっていうのは、おれに訊かなくたってわかるだろ」ニッキーは紙を返した。

ロイはその紙に目をとおしてから折りたたみ、ポケットにしまった。「数字は賄賂の金額かもしれない。ずっと頭を悩ませていたんだが、思い出したんだ――すべては、何も盗まれなかった押し込みからはじまったということを」

ロイはニッキーの反応をうかがっていた。ニッキーはうっかり何かにはまってしまったようだ。ロイは、ニッキーがまごつくところを見たがっている。「なんだっておれにそんなことを？」ニッキーは言った。

「なぜかというと」ロイは言った。「おまえのサイズに合うかどうか試してもらいたいボウリング・シューズがあるからだ」

いまやロイは主導権を握り、目を輝かせていた。ニッキーは興味があるふりをした。

「それで？」

「たわごとも、中途半端な事実もここまでだ。もう頃合いだ。アッカルドを挙げるのに手を貸してもらう。すでにやつには何本もの矢を向けている――だから、これは情けをかけてやっていると言ってもいいくらいだ。やり方はいくつかあるが、おれたち二人がいい思いをできるやり方はひとつしかない」

「おれたち二人とも？」

「サリータは何かを押さえている。それは明らかだ。どこかに身を隠していて、しかも協力しているやつがいるにちがいない。ノース・サイドで目立たない押し込みでもやって、必要なカネを稼いでいるとふんでいる。とはいえ、今回の件では無謀にもつけ上がったんい。おまえは直接アッカルドを差し出さなくてもいい、そこまで危険を冒すことはない。サリータを捕まえるのに手を貸してくれれば、あとはおれがやる。おれの考えどおりにことが運べば、すべてのドミノが倒れる。もちろん、アッカルドも。そのあとは、ドゥーヴズ・アイウッパとジャッキー・セローネ。ほかのエリア・ボス。次々に倒れていくだろう。ここまではいいか？」

「ここまでだと？　まだあるのか？」

「権力の空白が生まれる。想像してみろ。ここでつづいているシステムのことを話していたが――おまえの言うとおりだ。ここには組織、構造がある。誰かが代わりを務めて、管理しなければならない。おまえが少しばかりうまく立ちまわって、おれが裏で――ここやラスヴェガスであれこれ糸を引けば、ニッキー・パッセロ、通称ニッキー・ピンズはトップに上り詰めることができる」

ニッキーは大声で笑った。自分はあらゆる角度から考えることができる、そう自負していた。そんなニッキーでさえ、こんなことは思いもつかなかった。「完全にイカれてる」

「近くにいすぎてわからないんだ。おまえは絶好のポジションにいる。みんなを知っているし、ほとんど、あるいはまったく不満もない。自分からトップの座を狙うというのは、おまえらしくない――それどころか、散々なことになるだろう。誰もがおまえを二度見する。だが、そんな話をもちかけられたとしたら——どうだ？　家が火事になって、消防用ホースを扱える人を探しているとすれば？　おまえの出番というわけだ。誰かが〝ザ・マン〟にならなければならない。アウトフィットはそうやって成り立っているんだ」

ニッキーには考えられなかった。何もかもが理解を超えているとはいえ、狙いはニッキーの興味をそそることだ。もしかしたらロイの言うとおり、うまくいくかもしれない。それは『ハーツ』のゲームで、手札にスペードのクイーンとそれぞれのスーツの強いカードをもっているようなものだ。早めに弱いカードを捨てることで、もしかしたらいつのまにか自分がコントロールしてどのトリックでも勝つことができるかもしれない、そんな状況だ。シュート・ザ・ムーンになって、悪い手札で大きな勝利をつかむというわけだ。

トップの連中すべてを突き落とすというのは、殺されるにはうってつけの方法だ——だが、あのノートにはどんな銃よりも強力な火力が詰まっている。ニッキーは言った。「いつそんなことを思いついたんだ？」

ロイはにやりとした。「なるほど。ノーではないってことだな。自分が何を手にするのか、考えてみろ。シカゴという街そのものと、ラスヴェガスからのカジノの儲け。ニッキー・ピンズが次のボスだ」

ニッキーの顔からは笑みが消えていた。それどころか、息が苦しくなっていた。うまくいくかどうかは、それほど重要ではない。そんなことが可能だとすれば――やってみたいという誘惑には駆られる。ニッキーは呆気にとられてロイを見つめた。だがFBIの指示役の貪欲な目を見て、ニッキーは現実に引きずり戻された。

「この悪魔め」ニッキーは言った。「このアイディアに夢中になるのも当然だ。もしそうなれば、アウトフィットのボスを思いどおりにできるんだからな」

「いまでもおまえを思いどおりにしている、パッセロ。おまえはせいぜい中級だ。よく働いて、カネを稼ぐ、ボスに話を聞いてもらえるかもしれない程度の男。ボウリング場を経営するブックメーカー、FBIの情報屋、そのうえときどきゲイになることもある。そんなやつにどんな道があるっていうんだ？　どんなに頑張ったところで、脇道がいいところだ。おれは、王国の鍵を授けてやろうというんだ。王国を共同で支配する鍵を」

ニッキーの顔が怒りで紅潮した。自分と同じくらい、ロイが憎かった。

「それとも……」ロイはつづけた。「それとも、あいつらともども沈んでいくか。すでに大陪審の召喚状を受け取っているんだ。自分自身を救うには、この話を呑むしかない。それまで命があれば、の話だが――このままだとそれも怪しいがな」ロイはニッキーの肩に手を置いた。淡い青色の目でニッキーを見つめ、声を和らげた。「あるいはこいつをひっくり返して、二人そろってトップに立つかだ。さあ、どうする、ニッキー？　決断のときだ。アッカルドとともに沈むか——おれといっしょに頂点へ駆け上るか？」

その後、ニッキーは〈テン・ピン・レーンズ〉に戻る気になれなかった。どうすればいいかわからなかった。しばらく車を走らせ、頭を整理しようとしながらも、尾行されていないかどうか目を光らせていた。

選択肢を検討するには、ロイについても考えなければならない。あの男を憎んではいるものの、二人で力を合わせて実質的に街をコントロールするというシナリオも想像してみた。いまの二人の関係よりも、さらに極秘の同盟関係。そのことを考えずにはいられなかった。この大胆不敵な夢物語のような同盟は、とてつもなく魅力的に思えた。

だが、所詮はそれでしかない、そうだろう？　夢物語。二人の関係は《ジ・エッジ・オブ・ナイト》の空想バージョンだ。黒幕として密かに共闘する刑事と犯罪者。ロイ捜査官から離れなければ。より密接になり、いまよりもさらに抜け出すのが困難な盟約を結ぶわけにはいかない。ニッキーの命は、いまでさえあの男の手に握られているのだ。

だめだ。何にもまして、ニッキーは過去を消し去りたかった。自らのありとあらゆる過ちを許し、自分をドライクリーニングし、自由になりたかった。

気がつくと、北西にあるダニングに来ていた。楽しかったころには三人のたまり場だった、あのボディショップに。ニッキーはまわりから見えないよう、建物の横に車を駐めた。外よりも建物のなかのほうが寒かった。いまやそのガレージにいるのは、亡霊たちだけだった。人殺しと、その人殺したちに殺された泥棒たちの亡霊。ニッキーはサリー・ブラッグスとクリースマンの存在を感じ、二人に見られているような気がした。子どものころの自分たちを思い出し、三人で話した計画のことを考えた。ニッキーは二人の期待を裏切ってしまったのだ。

もう何度目になるだろう、二人の身に降りかかったことを思い浮かべようとした。いままでしてきたことを、今度はされる側になるというのを悟った瞬間のことを。想像しただけで気分が悪くなったが、それが目的だったのだ。

その命令を下したのはアッカルドではない、そう思うふりをするのはとっくにやめていた。すべてのはじまりとなったこの場所で、かつてアッカルドはいままさにニッキーがいる位置に立ち、椅子に縛り付けられたラボッタと向かい合っていた。アッカルドが逮捕されれば、あの二人、ドゥーグヅの甥の息子のスティンギーとその間抜けな相棒はうしろ盾を失うことになる。ニッキーがボスになれば、あの二人はイヌのエサも同然だ。

三つのガソリン缶を見つけた。どれも中身は半分以下だった。布を浸してガソリンを染みこませ、濡れた靴下のようにガレージのまわりに並べていった。布がなくなると、ガソリンが自分にかからないように気をつけながら、缶が空っぽになるまでそこらじゅうにまき散らした。

グローヴボックスに入っていた十個以上の〈テン・ピン・レーンズ〉のブックマッチの表紙を破り捨て——安物のリンと炭素からなる紙マッチの先端に火をつけ、あちこちで小さな火を起こした。それから車へ戻り、駐車場を出て通りの反対側へまわりこむと、ガレージを眺めながら考えた。

かつてサム・ジアンカーナに警告されたことがある。あたかもトニー・アッカルドに気に入られているように思えたとしても、なんの意味もないと。刑務所行きをまぬがれるためなら、トニー・アッカルドはどこまでやるだろう？　やらなければならないこと、そしていい、いい、てやれることならどんなことでもやるにちがいない。

ロイにノーと言えば、ニッキーはなんの役にも立たなくなり、まずまちがいなく見捨てられるだろう。収監されれば、ヘレナやニコラスから引き離されることになる。おそらく一生。収監されるということは、それだけではすまない。ロイ捜査官に強請られて言いなりになっているいまとくらべれば、あのろくでなしの手駒になるほうがまだましだ。

まずはじめに、ガレージの閉まったドアの下の方から、黒い煙が洩れ出してきた。その煙が薄れていき、一瞬、ニッキーは火が消えてしまったのかと不安になった。が、また勢いを取り戻した煙がうねりながら荒れ狂い、ガレージはオレンジ色の輝きに包まれた。窓が砕け散り、噴き出した炎が外壁を駆け上がる。空気が吸いこまれていく。やがて、炎が屋根にまで達した。

サリー・ブラッグスとクリースマンのための、薪を積み上げた火葬台代わりだ。ニッキーは最後にもう一度だけ長いこと見つめてから、車を出して走り去った。十ブロックほど先で公衆電話を見つけた。電話ボックスではなく、閉店したサンドウィッチ・ショップの外に設置されたベルシステムの電話機だった。

ニッキーはポケットの中身をすべて出した。ブックマッチの表紙を捨てていき、ジョニー・サリータに渡されたカードを見つけた。

ニッキー・ピンズ。忠実な密告者。信頼できるスパイ。

両手はガソリンの臭いがした。十セント硬貨を入れ、ダイアルをまわした。

録音音声が聞こえた。「こちらは自動応答サーヴィスです。メッセージをどうぞ」

ニッキーは言った。「ジョニー・サリータへ。ニッキー・ピンズから話がある」

三人は両手を組んでこうべを垂れ、ヘレナが夕食のまえに感謝の祈りを捧げた。テーブルの上座に着いたニッキーは目を開き、家族のために神に語りかける妻の様子を盗み見ていた。目の前に置かれた食べ物に感謝します、家族の健康をお守りください、そう祈っている。ニコラスに目をやると、律儀に小さな手を合わせていた。その両手首には野球チームのリストバンドをしている。そして、そんないっときが終わった。二人は眠りから覚めるかのように目を開けた。

「アーメン」ニッキーは言った。

サヤインゲンとマッシュポテトのボウルをまわした。ニッキーにとっては、何もかもがゆっくりと感じられた。この瞬間を胸に刻み、いまの妻と息子を記憶に焼き付けようとしていた。だが頭はそんなニッキーの邪魔をし、まるで海へと押し流す急流のように、自分がいたい場所――この場所――から自らがはじめた危険な計画の方へとニッキーを運び去っていくのだった。

夕食のまえ、ニッキーはひとりで二階へ行き、廊下のクロゼットのいちばん上の棚からビニール・バッグをおろした。そのバッグには、十年近く手を触れていなかった。それをベッドルームのタンスのところへもっていき、なかからボールを取り出した――ウレタンでできた十四ポンドある傷だらけのハウスボールで、青と白が交ざり合ったマーブル模様の地球のようだった。ほかにもバッグのなかには、ボウリング場のオウナーからプレゼントされた、あの日にはいていたレンタル・シューズや、署名の入った公認のスコア・シートもしまってあった。ヴェルヴェットのリング・ケースには、スコアが認定されたときに贈られた記念の〝三百〟リングが入っている。

ボウリングでのパーフェクト・ゲームというのは、十二回連続でストライクを出すことだ。十フレームすべてでストライクを出し、さらに二回のボーナスフレームでもストライクを出して点数を加算する。それで合計三百点になるというわけだ。

最初の八フレームは、ふだんどおりに投げていた。毎回、集中して堂々とラインまで助走をつけていた。ニッキーにとってボウリングは簡単だった。まえからずっとそうだった。九フレーム目をまえにするまでは。ニッキーは尻込みし、ためらった。その瞬間、自信がなくなった。それを振り払い、力強くボールを投げた。またもや豪快なストライク。

だが九つのXがつづいたいま――スコア・シートにきれいに並んでいる――三連続ストライクが可能な十番目の空欄とその横の二つの空欄が大きく立ちはだかった。パーフェクト・ゲームが目の前だった。

ボウリング場全体がその状況に気づき、静まり返っていた。ニッキーはその場にいる全員の視線を浴び、落ち着かなかった。投球モーションに入り、ボールがレーンを転がっていってピンが倒れた。十度目のストライク。そのときの記憶はない。何がかかっているかひしひしと感じていたことだけは覚えている――そして手のひらに汗がにじんできたことを。そんなことははじめてだった。何度もボールを左右の手にもち替え、リターン・ラックのブロワーの前に立って右手のひらと指を乾かす。十一度目にボールを握ってうしろのラインで構えたときには、ピンがはるか遠くに小さく感じられた。

自分自身に何かつぶやいた。おそらく悪態をついたのだろう。緊張を振り払ってボールを握りなおし、投球以外の何もかもを心から締め出して助走に入った。四歩の助走。腕をうしろへ振り上げ、前へ押し出す。ボールがレーンの右端を転がっていく。

はじめは、失投だと思った。かなりはずしたというほどではないものの、ボールがスピンしながら滑っていき、磨き上げられたレーンの板を摩擦でとらえるときの回転の仕方はわかっている。それがずれているように思えた。最後ぎりぎりのところでボールがフックしてレーンを左へ向かい、ヘッドピンをとらえてなぎ倒した。コンマ数インチ足りなかったものの、運が味方した。前列のピンが勢いよく弾き飛ばされたおかげで、十本すべて倒れた。

安堵のため息は出なかった。いまのボールをはずしていれば解放されていた、そう気づいたのだ。これでますます目前に迫ってきた——迫っているのはもはやパーフェクト・ゲームではなく、失敗だった。いまは最高の気分のはずなのだが、実際には最悪の気分だった。最後のボールを投げたくなかった。遠くのピンが傾いて見え、まるでボートの上でボウリングをしているかのように感じた。飲みこむ唾も出なかった。こういったことは、すべて内面でのことだった。ストライクを出すためにもう一度ボールを投げなければならないニッキーが精神的に潰れかけていることなど、誰も気づいていなかった。

そのときは、もう二度とボウリングをしなくなるとは思ってもいなかった——これが生涯で最後の投球になるとは。ボウリングが好きだということに変わりはない——ただあのゲームの悪夢、最後の一投にすべてがかかったときの悪夢が消えることはなかった。内側から壊れていくときのあの感覚が。ばかげていると思われるだろうが、あのときと同じパニックになって目が覚めることが、そのあと何週間、何カ月もつづいた。だが、あの一ゲームだけのことではないというのが理解できるようになった。人にはそれぞれ、その人を決定づける瞬間というものがある。ニッキーは自分の世界やそのなかでの立場を心得ていると思っていた。だがあのラインに立った瞬間、そうではないことに気づいた。これが決まればパーフェクトとなる、すべてがかかった十二投目を投げなければならないあのときのように試されるのは、もうごめんだった。

「どうしたの、ぼうっとして」ヘレナが訊いた。

「なんでもない」またニッキーは料理に手をつけた。「本当になんでもないよ。ちょっと考えごとさ」

「どんなこと？」

「将来のこと」嘘だったが、本当のことでもあった。

ヘレナはにっこりした。二人のあいだにはいい雰囲気が漂い、親密で気楽な感じがした。それはニッキーに希望を与えると同時に、不安にもした。腕のいいボウラーなら誰もが知っていることを、ニッキーも知っていたのだ。ストライクを出すよりも、一本だけ残ったピンを狙うほうがずっと難しいということを。

食器を片付けたあと、ニッキーはいつもより長いこと居すわり、なかなか帰ろうとしなかった。自分がいなくてもこの家と家族の生活はつづいていくかもしれないと思うと、寂しさを感じた。それがどんなもので、何を見損なうことになるのか。そんなことを考えて気が重くなった。何もかもうまくいくはずだ、そう自分に言い聞かせた。とはいえ、壁の時計は帰る時間を告げていた。

ニコラスはテレビの《ワイド・ワールド・オブ・スポーツ》でハーレム・グローブトロッターズを見ていた。バスケットボールのギャグやスタントに笑顔を浮かべている。ニッキーはできるだけ長く隣に坐っていた。いつか近いうちにパーフェクト・ゲームのこと、そしてパーフェクトとは呼べない自分の人生で学んだ教訓を、ニコラスに話して聞かせよう。そろそろそういったことがわかる年ごろだ。手を伸ばして息子の薄茶色の髪をくしゃくしゃにするとニコラスに見上げられ、この家ではあまりスキンシップがないことに気づいた。ニッキーはからだを屈め、息子の温かくて滑らかな額にキスをした。ニコラスはびっくりしていた。

「もう帰らないと」ニッキーは言った。「じゃあ、またな」

ヘレナはシンクのそばの窓辺に立っていた。草色のトップスに黄色のスラックスという格好でタバコを吸い、雑音のひどいAMラジオ局からは伝統的なポーランドの曲が流れている。ニッキーはぼんやりと裏庭を眺めている彼女をしばらく見ていたかったが、ヘレナがニッキーに気づいて振り返った。

「帰るの？」

「やることがあるんだ」キッチンに入っていった。「今日は本当に完璧だったよ」

「完璧ですって？」ヘレナは笑い声をあげた。「何かもって帰る？」

ニッキーは青いストレートフィット・ウィンドブレーカーを着た。「お腹いっぱいだ。もって帰ったら悪くなっちゃう」

ヘレナは頷いてタバコをもみ消した。「外まで送るわ」

ヘレナは暗く短い廊下を玄関までついていき、玄関ポーチに出た。夜も遅くなり、空気がひんやりしていた。足元には玄関ステップ、その先には歩道と夜空が広がっている。ニッキーは離れて暮らして無駄になった日々のことを考え、帰りたくなかった。ぎこちない態度でその場にとどまり、髪をなでつけたり顔を擦ったりしていた。ナーバスになっていた。そしてヘレナの方へ向きなおり、うしろめたい笑みを浮かべた。

「どうしたの、ニッキー？」

出し抜けにニッキーは手を伸ばし、ヘレナのむき出しの二の腕をつかんで握りしめた。そして優しく唇にキスをした。それからステップをおりていちばん下で立ち止まり、振り返ってヘレナを見上げた。

ヘレナは心配そうな顔をしていた。ニッキーは引き返そうとして冷たい鉄の手すりに触れたが、そこで足を止めた。上まで行くことができなかった。

あのことについて、二人で話したことはなかった。ニッキーはどう言えばいいか、何を言えばいいかわからなかったのだ。いま、ことばが口をついて出てきた。

「きみのせいじゃない。いいかい？　悪いのはきみじゃないんだ」

戸惑っているのが、その沈黙に表われていた。彼女の顔全体に。ヘレナは口を開こうとしたが、何も訊かなかった。

ニッキーは後ずさりをし、ポケットに両手を突っこんで歩き去っていった。

ニッキーは、約束の時間にひとりで待っていた。リトル・イタリーの端のクリントン・ストリートとルーズヴェルト・ロードの交差点のうしろで、〝駐車禁止〟の標識とワイアごみ箱のあいだに立っていた。まずまずの天気で週末の遅い時間帯ということもあり、日曜日の夕方にしてはふだんより歩行者が多かった。通り過ぎる人たちに目を光らせていたが、自分を見つめている人も怪しげな人もいなかった。拳銃はもっていない――ボディチェックをされるのがわかっていたのだ。さまざまな問題が起こり得るとはいえ、そのほとんどはニッキーにはどうすることもできないことだった。

スカッシュ・オレンジ色の四ドアのダッジ・ダートが、目の前の縁石に寄せて停まった。運転手が助手席側のドアを開けた。ニッキーは腰を屈めてなかをうかがった。

運転しているのはサリータのボディガードのひとりだった。黒のデニム・ジャケットにアイロンのかけられた黒いズボン、サングラスというでたちだ。ジャケットの前を広げ、ベルトに挟んだ銃を見せつけてきた。先が思いやられる。男は助手席の上の新聞紙を床に払い落とした。「行くぞ」

ニッキーは車に乗りこんでドアを閉めた。暖房で温められたアフターシェイブの匂いがした。「どこへ行くんだ?」

「心配するな」ボディガードは急ハンドルを切り、まったくまわりを気にせずに車を出した。〝ドンッ〟という嫌な音がした。ニッキーがサイドミラーを見ると、ネイビーブルーのトレンチコートを着た歩行者がリアフェンダーにぶつかって転び、仰向けに倒れこんでいた。

ボディガードは速度を落として何が起こったのか確かめたが、まるで意に介さずにまた速度を上げた。「間抜けめ」アクセルを踏みこむと、エンジンが勢いを増した。

二つの高層ビルのあいだを陽が沈んでいき、ミシガン湖から風が吹きつけている。ニッキーは、シカゴのダウンタウンの真ん中にある高い建物の屋上に立っていた。ボディガードが下のガレージから二人をなかへ入れ、ニッキーは階段を三つ上らされてからエレヴェータに乗せられた——案内板には法律事務所や保険代理店などの名前があった。そしてそのエレヴェータで屋上まで来たのだった。

防水シートで覆われた屋上のドアは、ニッキーからいちばん遠い隅にあった。そのドアは内側から掛け金がかけられていたが、いまは屋根釘の入ったバケツを挟んで閉まらないようにしてある。ボディガードはニッキーから二十フィート離れたところで換気扇を覆う鉄格子の端に腰をおろし、片方の手はポケットで温め、もう片方の手には銃をもっている。ニッキーはその高さに怯えていた。屋上を囲んでいるのはわずか三フィートの低い壁だけで、しかもその壁までは十フィートもない。この風のなかでは、屋上の縁のそばに立っているだけでも危険だった。飛びおりる以外の方法でこの屋上から出るには、閉まらないように押さえてあるあのドアを通るしかない。

そのドアから、ジョニー・サリータが出てきた。銅色の古ぼけたパーカーのポケットに両手を入れている。帽子はかぶっていないが、かぶっていたとしてもこの風ではすぐに吹き飛ばされていただろう。伸び放題の髪が風で乱れている。うしろからもうひとりのボディガードが現われ、開いたドアのそばで待機した。

鉄格子に坐っていたボディガードは、サリータが前を通ると立ち上がった。サリータはスナイパーの心配でもしているかのように、歩きながら周辺の屋上に目をやっていた。近づいてきたサリータを見て、彼がドラッグをやっていてやつれはて、肌も染みだらけでひげも剃っていないのがわかった。クリスマスまえに〈チャイルド・ワールド〉で問い詰めた、真顔で大ぼらを吹いていた男の姿はなかった。あの姿を見ることは二度とないかもしれない。サリータは風にからだを丸めた。

「カネの入ったバッグが見当たらないが」サリータは口を開いた。「いまこの場で、おれの友人たちがおまえを屋上から突き落とさないほうがいい理由を、ひとつでいいから教えてくれ」

「ひとつ挙げるとすれば、かなり痛そうだからだ」

「この男は」サリータはボディガードに向かって言った。「ニッキー・ピンズ。たかり屋みたいなまねをしている。ただの小物のふりを。見た目どおりの男……ってわけじゃない。見えているのは本当の姿じゃないのさ」

「言いたいことがあるなら、何もかもはっきり言え。すっきりするぞ」

「トップと直接つながっている」サリータは顔をしかめ、左を向いて唾を吐いた。「おまえのボスは元気か？　トニー・アッカルドはどうしてる？　調子はよさそうか？」

「おまえよりはましだ。ひどいありさまだな、ジョニー。震えているぞ」

サリータは笑い飛ばした。「おれには二人のボディガードがいる。おまえは役立たずの使い走りだ。震えているのがどっちか、そのうちわかる。おれの手紙のことは聞いたようだな？」サリータの顔から笑みが消えた。「これで時間稼ぎはやめるかもしれない」

「おれがここに来たのは、確かめるためだ――おまえの娘の命に賭けて誓ってくれ――ノートは完全な状態で、おまえが送ったページ以外に欠けているところはないし、コピーも写真も撮っていない。そしてこれっきりで終わりだということを」

「教えてくれ――ここへ来てそれを言うのに、どうしてこんなに時間がかかったんだ？」

ニッキーは肩をすくめた。「決めるのはおれじゃない。おれはただの役立たずの使い走りだ」

「アッカルドはおれを出し抜けると思っていた、だからだ。おれを追い詰めて始末できると。たぶんおまえが裏で動いていたんだろう。だが失敗した。おまえがまだいるのを見てびっくりしたよ。いまだに生きていて、今夜この役を任されたことにな。てっきり、お仲間たちと何か仕掛けてくると思ったんだが」

ニッキーは首をかしげた。「仲間だと？」

「あのタイル店で撃ってきたやつらだ。ひとりで来る度胸があるとは思わなかった」

つまり、サリータではないということだ。が、すでにニッキーにはわかっていた。

沈黙があまりにも長くつづき、サリータも首をかしげた。そして事情を察し——にやりとした。「もう仲間はいないんだな。こいつは驚いた」

「考える時間は腐るほどあっただろ。かくれんぼっていうのは、本気でやるとつらいゲームだ。ノートのことで誓えと言ったのを覚えているか？　おれは時間を無駄にしているのか？」

サリータが近づいてきた。まだ六フィートは離れているとはいえ、屋上の縁から突き落とそうと襲いかかってくるのではないかとニッキーは警戒していた。目の前にいる男は心が乱れ、精神的に飢え、疲れ果て、神経もすり減っている。このチキンレースをすることでしか、助かる道はない。サリータは自分の胸を力いっぱい叩いた。「おれは約束を守る男だ、パッセロ。おまえはどうなんだ？」

ニッキーは頷いた。「カネは渡す。明日の正午に」

サリータは疑うように目を細めた。心のなかでシーソーに揺られている。上へ下へ。

「全部か？」

「二百万と言っていたな。ちなみに、かなりの量の札束になる。渡す役はおれじゃないとだめなのか？」

サリータは素早く首を縦に振った。「おまえ以外のやつではだめだ」

その答え方から、ニッキーは自分の予想が当たっていることを悟った。明日の正午に、ニッキーは殺される。少なくとも、今夜ではないということだ。

「厄介な仕事だ。まだ何に入れていくかも考えていない。そうとうかさばるぞ。とはいえ、屋上ではそんな取引ができないのは明らかだ。車を使って受け渡すしかない。そういった方法について、ちゃんと考えてみたのか？」

サリータはにやりとしたが、答えはノーだった。「車での受け渡し、というわけか？」

「おれが車で行って、トランクを開ける。おまえはなかを見て、きっちりそろっていることを確かめる。おれが車のキーを放って、おまえがノートをよこしたら、二人ともその場を離れる。盗難車を使う――おまえは適当なところで乗り捨てて、別の車に乗り換えればいい」

「おかしなまねはするなよ」

「場所はおまえが決めて、おれに知らせてくれればいい。十一時くらいに魔法のポケットベルに電話するっていうのはどうだ？　そのときに住所を教えてくれ。受け渡し方法も詳しく、はっきりと。どんな手ちがいがあっても困るからな」

サリータは意見を聞こうとでもするかのように、近くにいるほうのボディガードに目を向けた。ボディガードは、考えていることをおくびにも出さなかった。サリータは言った。

「ひとりで来い」

「言っただろ、車でカネを運べるなら、ひとりでできる。それしかない。大量の札束になるだろうから」

サリータは何度か両手で髪をかき上げ、考えた。「銀行からカネはおろしてあるのか？」

「そのはずだ。おれが出すわけじゃない」

「誰もおれを追ってはこないんだな？」

「ジョニー、おれにどう言えっていうんだ？　カネを受け取ってどこへでも逃げろ。金額を言ってきたのはおまえだ。これはおまえの望んだことだ」

「黙れ」

「こっちはおまえの条件を呑んだ。おまえはアウトフィットからカネを巻きあげて大金持ちになる——それがおまえの筋書きだろ」

「そのへんにしておけ」サリータは後ずさりをした。建物の輪郭が暗くなっていく。「クソ野郎」

「おれはクソ野郎だ。わかってる」

サリータはさらに下がり、ボディガードにもいっしょに退くよう合図した。「明日の正午だ！」

「十二時ちょうどに」ニッキーはその場を動かずに声をかけた。「それと——伝令役を撃ったりするなよ、いいな？」

サリータは背を向けて屋上のドアからなかへ消えていき、二人のボディガードもあとにつづいた。冷や汗をかいているニッキーはすぐに駆けだし、それから全力でドアの方へ走っていった。風の勢いでドアが閉まり、ひと晩じゅうここに取り残されてしまうかもしれないと気が気ではなかったのだ。無事にドアを抜けてなかへ入ると、下からドアの閉まる音が聞こえた。ニッキーはじっと動かず、足音が聞こえなくなるのを待った。ドアの外を振り返り、ところどころに雲が刻みこまれたピューターのような空の下に広がる、暗くなっていく街並みを眺めた。

その一時間半後、ニッキーは角にあるお気に入りの電話ボックスのなかで待っていた。閉じた扉に肩と背中を預けて腕を組み、いつ電話が鳴るかとびくびくしていた。

アッカルドは自分の身を守るためにサリー・ブラッグスとクリースマンを殺した。いざとなればニッキーも始末する気だ――どう考えても、そうせざるを得ない。サリータは、ニッキーの運命を握っているのは自分だと思っている。確かにそのとおりなのだが、サリータが考えているのとは少しちがう。いまニッキーがまっすぐ立って息をしていられるたったひとつの理由は、サリータとつながっているからなのだ。アッカルドに受け渡し場所を伝えてサリータが始末されてしまえば、ニッキーは用済みだ。なんらかの奇跡でも起きてニッキーが生き延びたとしても、今度は大陪審に出頭して宣誓しなければならない。それがひとつ目の行き止まりだ。

サリータをロイに引き渡すという選択肢もある。いちかばちかあのノートに賭けてアッカルドやトップの連中をことごとく引きずり下ろし、そのあとでひどい目に遭わされないことを願う。だがサリータとノートがＦＢＩの手に渡ったとしても、法律上の駆け引きは数カ月、ことによると数年かかり、アッカルドには自分を裏切った者を突き止める時間がたっぷりできる。そして、ニッキーは目の前で家族を殺されることになるだろう。これが二つ目の行き止まり。

三つ目の選択肢があるだろうか？　サリータのように逃げる？　アウトフィットとＦＢＩの両方に追われるはめになっても？　最後にはサリータと同じく薄汚い部屋でぶるぶる震えながら、狩りたてられた獲物のように殺されるのを待つというのか？　三つ目の行き止まり。

〝見た目どおりの男……というわけではない〟

サム・ジアンカーナのことばに耳を傾けてさえいれば。結局はめぐりめぐって自分に返ってくるということが、どうしてわからなかったのだろう？

〝頂点のボスを倒すのに必要なのは、たったひとりの裏切り者だけだ〟

ある意味では、ジアンカーナを殺したことで呪いが解き放たれ、それがニッキーに降りかかってきたようなものだった。あの夜、ニッキーをアッカルドと密接に結びつけた殺しの仕事が扉を開き、ニッキーの人生にロイが踏みこんできてしまったのだ。

問題はニッキー自身だ。本当の自分を信じようとも、理解しようとも、認めようともしない。自分は盲目的に付き従っているのだろうか、それとも意図的に欺いているのだろうか？

〝見た目どおりの男……というわけではない〟

だったら、自分はなんだ？

そのとき、まるで答えを告げるかのように電話が鳴った。ニッキーが急いでからだを起こすと電話ボックスが揺れ、頭上の薄暗い明かりがちらついた。受話器を握り――もう一度、着信ベルが鳴り、その振動を感じてから――フックから受話器を取った。

「もしもし？」

「ニッキーか？」ケヴィン・クイストン刑事の低く抑えた声がした。「おれだ」

「わかってる。それで？」

「うまくいった」

「うまくいっただと？」そのことばを聞き、ニッキーの全身にアドレナリンが駆けめぐった。「誰にも気づかなかったぞ。どいつだったんだ？　車にはねられたやつか？　青いトレンチコートの？」

「そいつだ。はねられたわけじゃない――自分から車にぶつかったのさ。フェンダーの下にバンパー用の発信器を付けて、そのまま転がって離れた」

「驚いたな。なかなかやるじゃないか」

「ちょっとまえに、車から発信器を回収してきた。誰にも見られていない」

「サリータはいたか？」

「いや、見なかった」

「そうか。だが、そこにサリータがいるのはまちがいないんだな？」

「そのはずだ。気づかれないようにして、できるかぎりのことはした」

「そうか、よくやってくれた。場所は？」

「ノース・ハルステッド・ストリートの、ウエスト・ロスコー・ストリートとの交差点のあたりだ。〈アニタの店〉というところだ」

ニッキーは鉛筆を取り出して紙にメモをした。「〈アニタの店〉というのは？」

「ディスコの店だ――おまえのお気に入りの音楽だよ。ナイトクラブで、客のほとんどは黒人だ。おかまもいる」

一瞬ニッキーは目を閉じ、首を振ってからまた目を開いた。「よし、わかった」

「おれから報告するか？」

「いや、だめだ。あんたから教えるのはまずい。おれに任せてくれ」

「ニッキー」クイストンにこう言われるのはわかっていた。「これは大ごとだぞ」

「クイストン、何をいまさら。話し合っただろ」

「本気で言っているんだ。おれの手には余る。だが、これで借金は帳消しになるんだよな？　いままでのが全部？」

「きれいさっぱり帳消しだ、そう言っただろ」

「わかった。クソッ。わかったよ」

「よし」ニッキーは電話を切った。

場所を走り書きした紙を裏返した。そこに書かれているのは、アッカルドの弁護士の電話番号だった。パーム・スプリングスにいるアッカルドと連絡を取らなければならなくなった場合にかけるよう、アッカルドに教えられた番号だ。その紙の横には、ロイに渡された白紙の名刺が置いてある。そこには盗聴される怖れのないロイの電話番号が書かれている。

その二枚の紙のあいだには、表を上にした一枚の十セント硬貨が置かれている。

ニッキーは髪ごと額をつかんだ。トレイから十セント硬貨を滑らせて親指と人差し指でつまみ、それで金属トレイを叩きながら二つの電話番号を見比べた。

選択を誤れば、自分の電気椅子に十セント硬貨を入れるようなことになりかねない。受話器を手に取り、耳に当てた。そしてコイン投入口に十セント硬貨を入れた。コインがなかに落ちていき、発信音が聞こえた。キーパッドの銀色の七つの数字を押し、つながるのを待った。

女性の声がした。「もしもし？」

ニッキーは唾を飲みこんだ。「ええと……ドライクリーニング店です。例のなくなったと言っていた衣類が見つかりました」

「少々お待ちください」

カチッという小さな音がし、保留メロディが流れてきた。柔らかで当たり障りのないメロディだ。ニッキーは受話器を耳に当てたまま、トレイに肘をのせた。受話器をとおして自分の呼吸音が聞こえた。

思ったより早くつながった。ニッキーは姿勢を起こした。

「なんだ？」ロイの声がした。

「やつを見つけた。サリータを。リグリーの近くのナイトクラブに隠れている。隠れ家はひとつだけとはかぎらないが、いまはそこにいる。ドラッグをやっていて、ぴりぴりしている。時間が重要な鍵だ。やるなら今夜——いましかない」

「問題ない。まちがいないのか？　どうやって突き止めた？」

「知ってるから知ってるんだ。おれに求めていたのはそれだろう？」

「わかった。住所を教えてくれ」

「ああ」ニッキーは頷いた。ひと息置く必要があった。「おれは……そのために電話したんだ」

「わかっている」ロイが椅子から立ち上がってオフィスを歩きまわり、あれこれまとめている音が聞こえた。「おまえは正しい決断をした、ニッキー」

「たぶんな」

「まちがいなく正しい決断だ」

「なあ――おれは正直に話している。だから、おまえも正直に話してくれ」

「なんの話だ？」

「あの夜」なかなかことばが出なかった。「〈マールの店〉で会ったあの夜。おまえは何を……おれを尾けてきたのか？」

ロイの動きまわる音が止まった。「なんだと？　いまそんなことを訊きたいのか？」

「あの夜」急に息が熱くなり、クロムメッキの施されたキーパッドが曇った。「おれを尾けていたわけじゃない」そのことに気づいたのは、もし尾けられていたとすれば、そのまえにアッカルドの屋敷にいたのも――さらにそのまえにジアンカーナのところにいたのも見られていることになるからだ。「ということは、〈マールの店〉を見張っていたのか?」

「何が言いたいんだ?」

「おれがあの店に行くと、どうしてわかった?」思わず声が大きくなった。「自分でも行くかどうかわからなかったっていうのに――どうしてわかったんだ?」

「いまさらそんなことを訊いて、どうなるっていうんだ?」

「重要なことだ。おれにとっては重要なことなんだ。もし……これから手を組むことになるなら。もしアッカルドがぶちこまれるならな」

「あの夜、おれが捜査の一環であそこにいたのか……それとも個人的に一杯やろうとゲイバーに立ち寄ったのか、それが重要だっていうのか?」ロイはニッキーの意図を探ろうと、ことばを選んでいた。「そういうことなのか?」

ニッキーは唾を飲みこんだ。こんなことはしたくなかった。心底したくなかった。だが、知る必要があった。

「おれもときどきゲイになるかどうか?」ロイの声は訝しんでいた。「いまさら、そんなことを訊いているのか?」

ニッキーは目を閉じた。「おれが訊いているのは、まさにそれだ」

一瞬の間を置いてロイが吹き出した。「まったく、ニッキー。いまではずっとゲイなのか？　なんなんだ、いったい？　いいから住所を教えろ」

「あの店を見張っていたのか……それとも、おまえにもあんなことが？」

「ど、ど、どんなことだよ？」

「どうしてあそこにいた？　教えてくれ」

「おれは……」もうロイは笑っていなかった。あざけるような声になっている。「おれのペニスをしゃぶりたいのか？　そういうことなのか？　まえからずっと？」

手にした受話器があまりにも激しく揺れ、なかなか耳に当てられなかった。いまやロイにからかわれていた。

「ニッキー、さっさと住所を言え！」

ニッキーはしゃべることができなかった。

「どう言ってほしいんだ？　手をつないでもいいと？　キスはいいけど舌はだめだと？　どうしようもないやつだな、パッセロ」

「おまえはあの店を見張っていた」逮捕写真のリストに載っているやつでもいないかと、目を配っていた」ニッキーは自分自身に言い聞かせるように話していた。何もかもがはっきりしてきた。「罠にはめて利用できるやつを探していたんだ」

「パッセロ、ふざけるのもいい加減にして、住所を教えろ！」

ニッキーの顔が冷たくなった。場所が書かれた紙を手に取る。まばたきをして涙を払い、その文字を読み上げた。

「ノース・ハルステッド・ストリートの、ウエスト・ロスコー・ストリートとの交差点のあたり」ニッキーは言った。「〈アニタの店〉だ」

「〈アニタの店〉だな」ロイは繰り返して書き留めた。「どんな店だ？　ナイトクラブか？」

ニッキーは答えなかった。

「まちがいないんだろうな、パッセロ？　だまそうものなら、おまえを破滅させてやる」

ニッキーは電話を切った。フックに戻した受話器を握ったまま、しばらくその手に頭を預けていた。それから破り取られた紙切れと名刺を二枚とも丸めてポケットに押しこんだ。

これからどうなるのか予想もつかなかった。たったいま、ニッキーは最後の十二投目を投げたのだ。ボールは手を離れた。あとは倒れるピンに託すしかない。

ノース・クラーク・ストリートの頭上にまたがる高架鉄道をLトレインが轟音を響かせて通過し、いったんバンカは説明を中断した。そこは〈アニタの店〉の西側に延びる長いブロックだった。彼らが集まっているのは、交差点を挟んで〈カブス・バー〉の向かい側にある閉鎖されたイベント用駐車場だ。レッドラインとブラウンラインが分かれる地点のちょうど北にある。

バンカはオールズモビル・デルタ88のフードの上に、手描きされたクラブの店内図を広げていた――日曜日の夜に許認可局で働いているたったひとりの職員に電話で聞いて描いたものだ。ジョニー・サリータの運転免許証の顔写真を拡大コピーしたものが、暴動鎮圧用の装備に身を包んだ十数人の警察官のあいだでまわされている。彼らを指揮するのは、SWATの二人のメンバーだ。

「奥はプライヴェート・ルームが入り組んでいて迷路のようになっている」バンカは説明

をつづけた。「オフィスのほかにも、在庫や備品をしまっておくクロゼットなどもあって、ドアだらけだ。サリータがどの部屋にいるかはわからない。どの程度、守られているかも」

バンカはテープでつなぎ合わせた四枚のタイプ用紙に描かれた店内図をもち上げ、ロイ捜査官のサブコンパクトカー、マーキュリー・ボブキャットのそばで準備をしているFBIチームのところへもっていった。ロイを含めた四人の特別捜査官は防弾チョッキを身にまとい、いつものようにさも自信ありげな雰囲気を漂わせながら店内図を一瞥(いちべつ)して頷いた。ロイはジーンズの右脚につけたホルスターに拳銃を収めた。

バンカは言った。「この情報にまちがいはないのか?」

ロイは小さな笑みを浮かべて頷いた。情報源の詳細を明かしたことはないものの、そういった情報源はどれも信頼できるものだった。あれこれ考えをめぐらせるのが好きなバンカにしてみれば、今回の垂れこみによって候補者のリストがかなり絞りこまれた。

「店の偵察にやった隊員からの報告によると、日曜日の夜にしては客がぎっしりいるそうだ」バンカは言った。「本当にいま強引に突入するしかないのか?」

「いまじゃないとだめだ。いますぐに――行くぞ。なんとしてでもこいつを捕らえる。前後から追い詰めれば、やつに逃げ場はない」

バンカは頷き、暴動鎮圧用の部隊のところへ戻っていった。「念のために言っておくが、サリータは重要参考人だ。生きたまま確保したい、いいな？　繰り返しておく——ガスも防護盾も使うな、警棒だけだ。それで客たちをおとなしくさせろ。突入、そして身柄確保だ」

警察官たちはうなり声をあげて了解した。バンカがＳＷＡＴの隊員たちに目をやると、二人は手袋をした手で親指を立てた。二人の背後にいる寄せ集められたメンバーも、準備を整えて頷いた。そのなかにはケヴィン・クイストンも含め、バンカの知っている顔もいくつかあった。勤務中の警察官が奇襲作戦に参加したがるというのはめずらしいことではなく、人数は多いほうが楽しい。バンカが疑問に思ったのは、どうして窃盗犯罪を扱う私服刑事が日曜日の夜に仕事をしているのだろう、ということだった。

ＦＢＩ捜査官たちが自分たちの車に乗りこんだ。暴動鎮圧部隊を乗せた二台のＳＷＡＴのトラックが先頭を行き、バンカはそのあとにつづいた。ウエスト・ロスコー・ストリートは一方通行の通りのため、まずは北へ迂回して高架鉄道の下で右折し、住宅街の脇道を進んでノース・ハルステッド・ストリートに出た。ＳＷＡＴのトラックのうちの一台が左へ曲がり、残りの車は〝アニタの店〟と書かれた看板を挟んだ通りの向かい側に駐まった。看板の文字は細いイタリック体で、Ｔの文字がカクテル・グラスの形をしている。

店の入り口に列はできていなかった。ワイドカラー・シャツを着た二人の黒人の用心棒が直立不動で立っている。警察官たちは車を降り、店に迫っていった。バンカがバッジを見せて警察の捜査だということを告げると、用心棒のひとりが急いで店内に入っていった。もうひとりが近づいてきて説明を求めてきた。その用心棒は歩道で手荒に取り押さえられ、太い腕を背中へひねり上げられた。バンカは二人の警察官を指差し、店内に入ったもうひとりを追うよう指示した。

バンカもその二人につづき、ガラスの窓口の向こう側にいる長いつけまつ毛を付けた若い女性にバッジを見せた。彼女は慌ててレジスターを閉め、近くにいる誰かに向かって大声をあげた。おそらくクロークルームに人がいるのだろう。バンカは床に取り押さえられたもうひとりの用心棒にはかまわず奥へ進んだ。さらに二人の警察官が突入してきて厚手のカーテンをくぐっていった。その先のクラブ・エリアには大勢の客で賑わうダンス・フロアがあり、激しいディスコ音楽が流れていた。

そのオフィスは、かつてはカネを保管する部屋だったため頑丈に補強されている――〈アニタの店〉の前身は、閉店後に奥の部屋でダイスやカードゲームを主催していたのだ。そのオフィスのなかで、ジョニー・サリータはいちばん上の引き出しからコカインの小袋を取り出し、デスクに二つの小さな粉の山を作って吸いこんだ。マークは安楽椅子で居眠りをしている。その椅子の背を倒すとでこぼこしたベッドになり、夜になるとサリータはそこで寝ていた。マークとJ・Bのカーター兄弟は週千ドルでここにサリータをかくまい、〈アニタの店〉を経営する二人のいとこは奥の部屋を貸して口を閉じておく代わりにその半分の五百ドルを要求していた。

サリータは頭をうしろへ反らし、鼻の粘液を通じてコカインが副鼻腔やその先の脳へ届くようにした。コカインを吸っているせいで鼻の穴がひりひりする。週に六日、午前二時までのクラブの営業時間中は、サリータは水中で暮らす聴覚障害者のような生活をしていた。フォームラバーの耳栓は、リズミカルなディスコ・ビートの音を和らげこそするものの、完全には遮断できなかった。コカインによって状況がましになるわけでもなく、感じ方が変わるだけだった。やりすぎれば、檻のなかを歩きまわるけだもののようになってしまう。

だが、それも終わる。拷問のような夜は今日が最後で、終わりは目前だった。明日の受け渡しに関してあらゆる可能性に備えていたが、そのほとんどはどうやって自分の身を守るかということだった。何にもまして、老いぼれのアッカルドとボウリング・ボール・パッセロにだまされるなどとは考えたくもなかった。デスクに置いたウォッカトニックの横に古いタクシーの地図帳を広げ、受け渡し場所の候補地に丸を付けていた。それなりに交通量があって待ち伏せをされないところ、いくつかの脱出手段があって追い詰められないところ、そして道路の近くですぐに逃げられるところ。最後の瞬間に手を貸してくれる助っ人をもっと呼ぼうかとも考えたが、それも問題をはらんでいる。カーター兄弟はこれが終わったらボーナスがあると思っているが、実際にそれだけの働きをしてくれた。とはいえ、二人はもうすぐ大金が手に入るということを知っている。この二人にもときどき目を光らせておかなければならない。

ドラッグをやりすぎた頭でこういったことを倍速で考えていると、ドア近くの壁の上部に設置された赤い電球が点滅しはじめた。この何週間ものあいだ、その電球がつくのを見たことはなかった。マークに声をかけたが、同じように耳栓をしているので聞こえていない。サリータは立ち上がり、若い雇われボディガードを揺すった。すぐにマークは夢から覚め、アサルト・ライフルの方に手を伸ばそうとした。

マークは正面のブースから発せられた点滅する襲撃サインに気づいた。立ち上がって壁に立てかけられた武器をつかみ、ドアにはめられたバリケード用のバーをはずしてドアを開けた。

ダンス・フロアから逃げてきた二人の客が目の前を通り過ぎ、奥のVIPエリアへ走っていった。J・Bが銃を手にして駆けてきた。二人に向かって逃げるよう叫んでいる。音楽のせいでその声は聞こえないとはいえ、サリータは表情から状況を察した。

サリータは振り返ってデスクの上にあるものをまとめようとしたが、シャツの襟をつかまれてうしろへ引っ張られた。マークの手を振りほどこうとし、荷物を置いてはいけないと声を張り上げたものの、ボディガードにその声は届かなかった。ボディガードはそんなことなど気にも留めず、サリータをオフィスから入り組んだ暗い廊下に引きずり出した。

二人はカーテンのかかったドアを抜け、積み上げられたスミノフやヘネシーのケースをまわりこんだ。同じ方向へ走っている客もいれば、反対側から逃げてくる客もいる。二人は角を曲がって裏口へ向かったが、そこに見えたのは——裏通りへ通じるドアが開き、二人のバーテンダー・アシスタントを押し戻そうともみ合っている暴動鎮圧用の装備をした制服警察官たちの姿だった。

ダンス・フロアの両側には、ラウンジ・テーブルと背もたれの高い籐椅子が並んでいる。右奥にあるディスク・ジョッキーのブースはもはや空っぽで、音楽だけが流れている。

高い天井で回転する照明やファンキーに響き渡る低音、マイラー・フィルムで覆われた壁に囲まれ、バンカは感覚がおかしくなっていた。ダンス・フロアにいる黒人の客たちは、バンカやほかの白人警察官をはじめは嫌悪感もあらわに見つめていたが、やがてそれが恐怖へと変わった。ショート・ドレスや長いフレア・パンツ姿の客たちが、腰をくねらせながらパニックになって逃げ惑っている。右側のラウンジ・エリアにいる何者かが——警察官ではないが、誰なのかは結局わからなかった——天井に向けて二発の銃弾を発砲し、それが引き金になってそこらじゅうから悲鳴があがった。

警察官たちは銃声のした方へ向かった。乱闘がはじまっていた。バッジを掲げたロイがひしめき合っている客を押しのけ、店の奥へ行こうとしているのがバンカには見えた。あとを追おうとしたが、逃げ出すダンサーたちに押しのけられてしまった。なんとかしてダンス・フロアの左端を進んでいき、床に落ちて踏みつけられたヴェルヴェットのロープがある奥を目指した。

店の照明はまだついていない。バンカはトイレの前を通り、暗くて狭いところに入った。自分がどこにいるのか、どこへ向かっているのか見当もつかなかった。前方に制服が見えた。点滅する赤いライトに照らされた警察官が、パニックになったクラブの客たちに警棒を振っている——が、すぐに見えなくなってしまった。突然、片手にハンドバッグ、もう片方の手にかつらをもった大柄な女性がどこからともなく現われ、バンカを壁に突き飛ばして走っていった。

この大混乱のさなか、まちがえようのない銃声が聞こえた。二連発——パンパン——そしてすかさず応戦するちがう口径の〝バン〟という銃声。

バンカは銃を抜いた。バンカを押しのけようとしていた客の多くが床に伏せた。銃撃戦があったと思われる方へ向かい、角へ行って身を屈め、両手で銃を構えた。角を曲がったが、何もなかった。

最初に聞こえた銃声が、さらに二発つづいた——パンパン——バンカは危険を顧みずに駆けだした。次の暗い角を曲がり、身を守るように銃を突き出す。

床に人が倒れていた。私服の上に暴動鎮圧用ベストを着た男がそばで膝をついている。胸に傷を負った黒人のそばで警察官が膝をついているのだ。

その黒人は死んでいた。私服警察官は応急処置をしているのではない。バンカには、その警察官が何をしているのかわからなかった。

バンカに気づいたその警察官が、さっと立ち上がった。手には何ももっていない。ケヴィン・クイストン刑事だった。バンカもからだを起こした。クイストンはバンカの方に目を向けているが、見ているのはバンカではなく——その向こう側だった。

バンカは振り返った。廊下の反対側の端に、別の男が倒れていた。その男もベストを着ているが、ちがうタイプのものだった。ＦＢＩの捜査官だ。

仰向けに倒れ、両脚が動いている。首の横から、脈打つように勢いよく血が噴き出している。

バンカは男のもとへ駆け寄った。ジェラルド・ロイだった。銃を握った手をからだの横で動かそうとしている。

バンカはロイの目を覗きこんだ。その目は天井へ向けられているが、何か別のものが見えているようだった。

バンカは空いている方の手を伸ばし、血が噴き出している首の傷口を押さえた。手のひらにロイの脈が感じられる。

バンカは振り返り、ロイの足元の方へ目をやった。その先では、死亡した男のそばでクイストンが立っている。銃撃戦があったのだ。

「テン・ワン（警察で使用されるテン・コードで「救援要請」を意味する）、負傷者あり、負傷者あり！　テン・ワン！」

無線機に向かってクイストンが叫んでいた。音楽やパニックの騒音に負けじと声を張り上げている——十フィートも離れていないバンカでさえ、ほとんど聞き取れなかった。

バンカはロイに顔を近づけ、ロイの視界に入った。バンカに気づいたロイは、何か言おうとしていた。口を動かしているのだが、何を言っているのか聞き取れない。

バンカの手に感じられていた脈が弱くなってきた。応急手当をできるものでもないか見まわしたが、何も見当たらなかった。バンカにできることは何もなかった。

ロイのあごが動かなくなった。目が大きく開き、うつろになる。虹彩も伸縮しなくなった。バンカは、捜査官のからだから力が抜けるのを感じた。

はじめは理由もなく手を離すのを恐れ、ロイの首を押さえつづけていた。ようやくゆっくり手を離すと、その手からべっとりついた血がしたたり落ちた。

バンカは床にへたりこんだ。あたりを見まわし、何があったのか把握しようとした。

ロイが倒れるまえに立っていた場所のうしろの壁に、大きく間隔を空けて二つの弾痕があった。二発はずれたのだ。

ロイのベストの肩の下あたりが裂けていた。そこに銃弾が当たってそれたのだろう。

ロイのそばにいるバンカがあきらめたのを見て、クイストンは手にした無線機をおろした。クイストンの銃がホルスターに収まったままだということに、バンカは気づいた。

バンカが現場に駆けつけたとき、クイストンは殺された男の腕のあたりで膝をついていた。

バンカはロイ捜査官の血がついた手ではなく、銃を握った方の手を使って立ち上がった。バンカは殺された男の投げ出された足元へ行った。遺体は黒いズボンと黒いシャツを身に着け、ミリタリーふうのベレー帽が落ちている。手には銃が握られ、からだの脇でだらりとしている。クイストンが膝をついていたあたりだ。ロイの銃よりも口径は小さい。その銃はしっかり握られてはいなかった。

バンカは一瞬で状況を検討しなおした。

二発の銃声――そして応戦する一発の銃声――そこで間が空いた。暗かったため、最初の二発はロイに当たらなかったにちがいない。とっさにロイは撃ち返した。それが三発目の〝バン〟だ。その銃弾が武装した黒人の胸をとらえ、男は倒れた。

そして――間が空いたあと――黒人がロイに二発撃ち返したというのか？　倒れたままの状態で？　しかもロイは応戦しなかったというのか？

バンカはクイストンを見つめた。クイストンもバンカと視線を合わせた。窃盗事件担当の刑事は気分が悪そうで、ショックを受けているようだった。

だが、その目に浮かんでいたのはそれだけではなかった。尋問する容疑者の目に、それと同じようなものを見たことがある。自分の話に相手がどういう反応を示すか読み取ろうとするときに。話を信じているかどうか、見極めようとしている目だ。

別のＦＢＩ捜査官が銃を構えて廊下を走ってきた。バンカはロイを指差した。捜査官の口が呆然と開き、しばらくしてからその口にトランシーバーを当てた。

ＳＷＡＴのチーム・リーダーのひとりが駆けつけてきた。長い銃身の上にライトを取り付けている。バンカの肩をつかみ、耳元で声を張り上げた。

「サリータだ！」

バンカは黙ってSWATのリーダーを見つめ、それから相手の口に耳を向けた。

「死んだ！」

バンカはライトが照らす先を追ってクラブの奥に目をやった。女性が頭を抱えて両膝をつき、恐怖のあまり立ち上がれずにいる。放心状態の男が頭から血を流し、脚を伸ばして壁際に坐りこんでいる。ひっくり返った酒のカートンの上に倒れている人物のところで、ライトが止まった。

SWATのチーム・リーダーのライトが照らし出したのは、サリータの顔だった。その目は死の恐怖に固まり、口ひげの端には死ぬまぎわに吐いた血がついている。割れたボトルからこぼれた酒が、擦り切れたカーペットに黒い染みを作っていた。

数フィート離れたところに、殺された黒人と似たような格好をした別の黒人が倒れていた。この二人は兄弟だとしてもおかしくはない。おそらくサリータのボディガードだろう。

最悪の結末だった。

手がべたつき、バンカはロイの血がついていることを思い出した。SWATのチーム・リーダーがその手を照らした。

「撃たれたのか？」

バンカは首を振った。そして拳銃をホルスターに戻した。

そのとき――突然、ありがたいことに――音楽が止まった。頭のなかでは耳鳴りがつづき、それに交ざって叫び声や近くのうめき声が聞こえた。

廊下の先が騒がしくなっていた。SWATのチーム・リーダーはそっちへ走っていった。

バンカはその場を動かず、くらくらする頭で考えを整理しようとしていた。大失態だ。大目玉を食らうことになる。ひとり残らず。

すぐそばで赤いライトが点滅していた。部屋のなかで光っている。

それでわれに返り、気を取りなおした。

バンカは目の前を通りかかった警察官のベストをつかんで呼び止めた。ライトが点滅している部屋のドアを指差す。

「ここを動くな！」バンカは大声をあげたものの、自分の声さえ聞こえなかった。

若い警察官は頷き、ドアのそばに待機して正面を向いた。

バンカは部屋に入ったが、もぬけの殻だった。肘を使ってドアを閉め、わずかに隙間を開けておいた――バリケード用のバーに目が留まった。そこはほぼ空っぽの窓のないオフィスだった。デスク、ぼろぼろの安楽椅子、隅に置かれたフロア・ランプ、床に脱ぎ捨てられた衣類。奇妙な作りつけのサイドボードにはホット・プレートやテイクアウト用の発泡スチロールの容器、それに特大のロシア産ウォッカのボトルなどがあった。

デスクの上には、飲みかけのロックグラスが置かれている。破って開けられたサーツ・ミントのロール。サウス・サイド近辺のページが開かれたシカゴ・タクシーの地図帳。そして黒いガラスの灰皿に入った、ラスヴェガスのスターダスト・ホテルから贈られたひと組の金と黒のカフスボタン。

バンカはきれいなほうの手で左の尻ポケットを探り、ハンカチを取り出した。そのハンカチを使って中央引き出しを開けると、さらに二本のサーツ・ミントのロールと、白い粉が入った小袋があった。

左側にある隣の引き出しには現金が入っていた。ばらばらになっているもの、束ねられたもの、丸められたもの。そのどれにも手を触れなかった。

二番目の引き出しは空だった。

いちばん下の引き出しには、まったく同じ二冊のステノ・ブック（速記用のノート）があった。輪ゴムでまとめられている。

バンカはハンカチを使ってそのノートを取り出した。上になったノートの表紙には、走り書きされたメモや斜めに書かれた電話番号があり、あとから線でかき消されている。

バンカはとっさに頭をめぐらせた。腹をへこませ、防弾チョッキの下にその二冊のノートを滑りこませた。

靴のつま先でいちばん下の引き出しを閉めた。灰皿からカフスボタンをつまみ上げ、ハンカチで包んでポケットにしまった。それからドアのところへ行き、廊下に立っている警察官を呼び寄せた。

その夜、ニッキーは店を閉めたあと、〈テン・ピン・レーンズ〉のラウンジ・バーでひとりで坐っていた。頭上では、天井から吊り下げられたミラーボールがまわっている。店内でほかに光っているものといえば、うしろのカウンターの上にあるテレビだけだった。しばらくまえに酒を注いでいたが、いまだに自分のペースでゆっくり飲んでいた。誰もいないレーンや壁で光が踊るのを眺めるのが好きだった。まるで宇宙を駆け抜けているような気分になるのだ。

地元の専門学校のコマーシャルが終わると、時間ちょうどに局名のアナウンスがあった。そして、ニッキーがずっと待っていたニュースが流れた。

ニッキーは微動だにせず、振り向こうとも、目を向けようともしなかった。ただオープニングのテーマ曲に耳を傾けていた。

「こんばんは、ご覧いただきありがとうございます。今夜――ノース・ハルステッド・ストリートにあるディスコが大混乱になりました。警察の強制捜査が失敗に終わり、ＦＢＩ捜査官を含む四人が死亡し……」

ニッキーの頭は、そこから先をブロックした。目を閉じてうつむく。祈っているようにも見えるが、祈っているわけではない。後悔しているわけでもない。もちろん、勝利を嚙みしめているわけでもなかった。

最大の問題が、大胆な一撃で解決した――だがいま頭にあるのは、こんなやり方をせずにすんだはずだ、ということだけだった。こんなことをする必要などなかったのだ。

やがて、カウンターの方へ向きなおった。灰皿とブックマッチ――〝〈テン・ピン・レーンズ〉――三十六レーン――ここで擦る(ストライク)〟――を引き寄せ、ポケットからロイの私用の電話番号が書かれた名刺を取り出した。その名刺に火をつけて燃えるのを眺め、火が指に届くまえに名刺を灰皿に置いた。

朝食が合わなかった。最近は、何を食べても合わない。

トニー・アッカルドは一階の部屋から部屋へと歩きまわっていた。パーム・スプリングスはいいところだが、そこは自宅ではない。すでにアッシュランド・アヴェニューの自宅を売り払えという指示を出していた。クラリセはショックを受けているとはいえ、アッカルドはあの家に二度と足を踏み入れる気にはなれなかった。

クラリセに心配されているのも、アッカルドは気に入らなかった。

サリータは死んだ。それはいい知らせだった。思いがけない幸運だ。警察による黒人向けディスコへの強制捜査で銃弾に倒れたのだ。名前を聞いたことがあるFBIの特別捜査班のひとりも、その作戦で命を落としていた。

どうしてそんなことになったのか見当もつかないが、アッカルドにしてみれば好都合だった。大きなピースが、まだひとつだけ欠けているが。

弁護士のバーナードから連絡があり、いちばん早い便でやって来るということだった。わざわざ弁護士が来るのは、いい知らせを伝えるためではない。とはいえ弁護士と依頼者間の秘匿特権があるとしても、いまや電話で話をするのは安全とは言えなかった。

アッカルドはドアを開いた冷蔵庫の前に立ち、何を取りに来たのか思い出そうとしていた。タッパーウェアのピッチャーからグラスにレモネードを注ぎ、そのグラスを裏庭へもっていった。

テラスのテーブルの前に置かれた椅子に腰をおろすと、ゴルフを楽しんでいる人たちの姿が見えた。遠くから電動カートの音が聞こえる。緑の斜面の上に、白いサンバイザーを着けた人たちもちらほら目に留まった。

陽射しは強く、明るかった。目を閉じて、しばらく居眠りをしていた。

家のなかが騒がしくなり、アッカルドは目を開けた。バーナードがブリーフケースをもってやって来たのだ。テラスに出てきたバーナードは椅子に坐った。「郵便物をもってきました」

バーナードは何を考えているのかわかりにくい男だった。ふだんはそこが気に入っているのだが、その日ばかりはちがった。バーナードはアッシュランド・アヴェニューのアッカルドの自宅に届いていた郵便物の束をテーブルに置いた。その上にバーナードの事務所に宛てられた茶色のクッション封筒をのせ、その横に柄の部分が革でできたペーパーナイフを用意した。

アッカルドがバーナードに目をやると、バーナードはペーパーナイフに向かってあごをしゃくった。アッカルドはいちばん上の封筒を開けた。テーブルに、ひと組の金と黒のカフスボタンがサイコロのように転がり落ちた。

盗まれたカフスボタンだった。

バーナードは目を上げずにブリーフケースのファイルを選り分けている。

アッカルドは封筒に手を差し入れた。なかに入っていたのは、二冊のステノ・ブックだった。その二冊にも、それをまとめている輪ゴムにも見覚えがあった。輪ゴムをはずし、ノートをくっていった。

ノートを閉じてテーブルに置いた。その上に手をのせる。やがて軽く指で叩きはじめた。

アッカルドは立ち上がり、ノートをもって家のなかへ戻った。このパーム・スプリングスの家でいちばんのお気に入りは、暖炉だった。そのスイッチを入れると一瞬、真空状態になり、ボンッという音がした。アッカルドは火のなかにノートを放りこみ、それが燃えるのを眺めていた。

ガスがついた音を耳にしたクラリセが一階へおりてきて、アッカルドに寄り添った。

「大丈夫、ジョー？」

「これでシカゴへ戻れる、いつでも好きなときに」

クラリセはアッカルドの顔を自分の方へ向かせ、彼の目を見つめてまちがいないことを確かめた。頬にキスをし、腕をぎゅっと握った。それからその場を離れ、マリーに電話をかけた。

ときおり、アッカルドは心ここにあらずといった状態になることがあり、それが自分でも嫌だった。過去の記憶が出しゃばってきたり、ときにはそこにいない人たちの声が聞こえて気を取られたりすることもあった。

一九四三年に車両基地へ向かったフランク・ニッティのことを思い浮かべた。足元がおぼつかないほど酔っ払ったニッティは、倒れるまで自らの頭を三度も撃って自殺した。

一九四七年には、幼児退行したカポネが常軌を逸した怒りに駆られて部屋をめちゃくちゃにした。

一九七五年、コンロで食材の焼ける音がするなか、サム・ジアンカーナは地下のキッチンで顔を六発撃たれた。

アッカルドは炎を見つめた。ガスを止めると、ため息のような音とともに火が消えた。

「マイケル？」彼はつぶやいた。あたりを見まわし、もう一度マイケル・ヴォルペの名前を呼んでから思い出した。その声が聞こえるくらい近くにいるのは、バーナードだけだった。バーナードはなんの反応も見せなかった。

室内に入ってきたバーナードが、飛行機の時間があるので、と言って出ていった。

アッカルドはテラスへ戻り、カフスボタンをつまみ上げてズボンのポケットに入れた。郵便物はあとで目をとおせばいい。クラリセが電話を終えると、アッカルドは受話器を取ってドゥーヴズに電話をした。ドゥーヴズの家は、数本離れた通りにある。もはや盗聴しているFBIに聞かれてもかまわない。

「気が変わった」アッカルドは言った。「一時半からゴルフをしよう」

一週間が過ぎた。

ニッキーはできるだけ〈テン・ピン・レーンズ〉には近づかないようにし、状況が落ち着くのを待った。どうしても店へ行かなければならなくなったとしても、駐車場に怪しげな車が駐まっていればそのまま通り過ぎた。最初の五日間はそれぞれ別の五軒のホテルに泊まり、食事もデリバリーを頼んだ。

サリータは死んだ。それはボーナスだった。ニッキーはノートのことを心配していた。手元に置かず、どこか離れたところに隠しておくくらいの頭がサリータにあることを祈っていた。週末になってもノートが見つからなかったことから、あの秘密はサリータとともに闇に消えたと思うことにした。いずれにせよ、どういうわけかあのノートは消えてしまうかもしれないと思っていた。

あとあと考えてみると、どれほど危険をはらんでいたのか、いかに神頼みだったのかということに気づき、なんとかうまくいってほっとしていた。それにけちをつけたくはなかった。だからこそ、目立たないようにしているのだ。フォーチュン・クッキーになんと書かれているか見るのが怖くて、ポリネシア料理を食べようともしなかった。

クイストンとは連絡を取っていなかった。もともとそういう計画だった。誰かほかのブックメーカーのところでシカゴのチームに賭けてカネをすればいい。借金を帳消しにするというのは、いい取引だった。そしていい厄介払いでもあった。

ヘレナとニコラスがいる家に行くのは、あれこれ言いわけをして断わった。家の周囲でニッキーを見張っている者がいるとしたらどうなる？　待ち伏せしていそうな相手など思いもつかなかったが、家族にトラブルをもたらすかもしれないと考えただけで、家には近づけなかった。

週末になると、だいぶ落ち着いてきた。気持ちが楽になり、解放された気分になった。ある意味では、生まれ変わったかのようだった。ずっと夢見てきたやりなおすチャンスを与えられたのだ、と。

もう中途半端なこともしなければ、余計なことに気を取られたりもしない。家族のいる家に戻り、そこで腰を据える。酒はひと晩に二杯まで。もちろんあれこれもくろんだりはするが、うまく立ちまわり、大きなことは控える。ヘレナの笑顔を、そしてあの笑い声を絶やさないようにする。ニコラスともっといろいろなことをする――もっと野球を観に行ったり、美味しいものを食べたりする。ボウリングを教えるのもいいかもしれない。そしてまたボウリングをはじめてみる。まだ衰えていないかどうか確かめるのだ。

週が明けると、またニッキーは〈テン・ピン・レーンズ〉で一日働くようになった。店は暇だった。天気がいいせいで昼間の時間帯は客が少ないとはいえ、それは予想していた。いまでは〈テン・ピン・レーンズ〉さえちがって見える。店を離れているあいだ――ただの空想で、イカれたアイディアかもしれないが――〈テン・ピン・レーンズ〉をすっかりディスコに造り替えてしまおうかと考えるようになった。ラウンジを改装してレーンを取り払い、ダンス・フロアやシーリング・ライト、サウンド・システムなどを設置する。ある程度まともな人生を思い浮かべた。いくつものナイトクラブや、それとは別に一連のゲームセンターを経営するのも悪くない――トリクシーとデブラにもひと口乗せてやれるようなことをするのだ。流行を先取りし、一九八〇年代とその先に向けて大きく羽ばたく準備を整える。とりあえず、そんなことを考えていた。

《ジ・エッジ・オブ・ナイト》がはじまった。一週間ぶんのエピソードを見逃してしまったのでどうなっているのか気になっていたが、ジェラルド・ロイを思い浮かべてしまうデレク・マロリー警察署長のシーンから話がはじまると違和感を覚えた。まるでモンティチェロの街でロイが生きていて、颯爽と正義を求めて赤毛の殺人鬼を追っているかのように思えた。ニッキーは最初のコマーシャルに入るまえにスイッチを切ってしまった。

チャッキーがそれに気づいた。「お気に入りのメロドラマなのに」

ニッキーは首を振った。「くだらない話だ」

「いたいた」ダイムズ・フォーブスティンが大きな笑みを浮かべてすきっ歯をむき出しにし、ふらふらと入ってきた。「具合はよくなったのか？　先週、二回寄ったんだが、ニッキー・ピンズがいなかったからな」

「ちょっと調子が悪くて」

「戻ってきてよかった。おまえがいないと寂しいからな。いつもどおりがいちばんだ」

「言っておくが、おれほどいつもどおりが好きなやつはどこにもいない」

「それに乾杯しよう」ダイムズが言った。「ニッキー・ピンズが戻ってきて、ザ・マンも戻ってきた。何もかもいつもどおりというわけだ」

「いまなんて？」

「ザ・マンが戻ってきたんだ。この街に。完全に戻ってきたんだと思う」

ニッキーはダイムズを見つめた。「アッカルドが戻ってきたのか？」

「そういう話だ。おまえに情報を教えるっていうのも、たまにはいいもんだな」

それがいい知らせなのか悪い知らせなのか、ニッキーにはわからなかった。大陪審の日が迫っている——それもなんとかしなければならない。だが殺し屋も、マイケル・ヴォルペも、ジョニー・サリータもおらず、しかもノートもないいま、検察側には何があるというのだ？

チャッキーが男と笑いながらやって来た。レーヨンのクルーネックのジャージーを着た三十代くらいの修理工で、キャンバス地のツール・バッグのもち手を握っている。

「ニッキー、こっちはパトリックだ」チャッキーが言った。「ゲーム機が詰まったって言ったただろ。あの新しいやつだよ。『スペースディフェンダー』とかいうやつ」

「『スペースインベーダー』だ。そうか、こんなに早くなおしに来てくれて助かるよ。ラザフォード・アヴェニューのピザハウスに客を取られてるんだ。あっちのゲーム機はちゃんと動いているから」ニッキーは修理工を連れてゲーム・ルームの方へ向かい、肩越しに声をあげた。「チャッキー、ダイムズに一杯やってくれ。すぐにおれも行く」ニッキーは歩きながら修理工と握手をした。「実はちょっと訊きたいことがあるんだ。ビジネスのことで」

「私でよければ、喜んでお答えしますよ」

ニッキーはドアを開けて修理工のあとから入り、新しいビデオ・ゲーム機の『スペースインベーダー』の操作台のところへ案内した。

「これがうちの主力商品、金の卵を産むガチョウというわけだ。コインが詰まってると思うんだが、取り出そうとして壊してでもしたらたいへんだとチャッキーが心配していて。見てのとおり、画面に問題はない」

デモ画面では、縦横に並んだエイリアンたちがだんだんおりてきている。効果音は鈍いスタッカートを強調した行進曲のベースラインだ。ダッダッ。ダッダッ。

「ちょっと見てみましょう」パトリックはツール・バッグをおろした。

「手に入るなら、もう一台こういうのを置きたいと思っている。できるだけたくさんのゲーム機が欲しいんだ。近ごろは、注文してからどのくらい待たされるんだ？」

「私はただなおすだけなので。営業部の電話番号なら教えられますが」

「いや、番号なら知ってる」パトリックが膝をついてコイン投入口を調べるのを眺めていた。「業界の内情に詳しい人と話してみたい」

「そっちの方面のことはよく知らなくて」

ニッキーは頷いた。訊くだけ訊いてみたまでだ。ここでロイがイーベル・クニーヴェルのピンボール・マシンをいじっていたときのことを思い出し、かすかに奇妙なデジャヴを感じた。いまだにあのピンボール・マシンは壊れたままだった。ニッキーはゲーム機から下がった。「何か必要なら、大声で呼んでくれ」

ニッキーが両開きのガラス・ドアの手前まで戻ったところで、修理工のパトリックが声をかけてきた。「じゃあ、ひとつだけ」

ニッキーは立ち止まって振り返った。パトリックはツール・バッグを広げ、片膝をついている。「なんだ？」ニッキーは訊いた。

「飲み物でも？」

「もちろん。水でいいかい？　それともペプシ？」

「スコッチ・ミストは？」

ニッキーは聞きまちがいだと思った。一瞬、悪夢を見ているような気がした。

「いまなんて？」

修理工のパトリックは、ツール・バッグから二つ折りの札入れを取り出して立ち上がった。それを開くと認定書とバッジ、写真付きの身分証があり、青いブロック体の文字でFBIと書かれていた。

「パトリック・グリーヴィー特別捜査官だ。ジェラルド・ロイから引き継いだ」

ニッキーは呆然と見つめていた。ことばが出てこなかった。「誰からだって？」

「わかっているはずだ、ミスタ・パッセロ」

グリーヴィーは身分証をポケットにしまった。ニッキーは彼を見つめたまま立ち尽くしていた。

ロイは嘘をついていた。ニッキーのことを知っているのは、ロイだけではなかったのだ。この男は何もかも知っているにちがいない。

何から何まで。

ドアの向こうのレーンでプレイする音が耳に届かなくなり、ニッキーに聞こえるものといえば、胸の鼓動のような音、時計の針のような音だけだった――

ダッダッ。ダッダッ。

パトリック・グリーヴィー特別捜査官が言った。「私が新しい指示役だ、ニッキー・ピンズ」

ニッキーには何も言うことがなかった。ゆっくり振り向いてゲーム・ルームの両開きのドアを抜け、ボウリング・レーンの方へ戻っていった。

チャッキーがタバコをくわえたまま電話で話をしていた。ダイムズはカウンターの席に坐り、脚を広げて待っていた。ボールがレーンを転がっていき、ピンが倒れた。

一九八四年

全米ホテル・レストラン従業員組合

上院政府活動委員会、常設調査小委員会による公聴会

一九八四年六月二十一日、木曜日
ワシントンDC
第九八議会

一九八四年三月二日に可決された上院決議第三五四号に基づき、小委員会は午前十時に

ダークセン上院ビルのSD三四二号室にて開催。議長を務めるのは小委員会の委員長、ウィリアム・V・ロス・ジュニア。

冒頭陳述

本日、この常設調査小委員会において、長年にわたりシカゴ組織犯罪の〝ゴッドファーザー〟と言われてきたミスタ・アンソニー・J・アッカルドの証言を聞くことになります。彼は生きる伝説であり、シカゴの犯罪組織の創設者、ミスタ・アルフォンス・カポネの後継者でもあります。本日ここにミスタ・アッカルドが出頭するのは、まさにふさわしいと言えるでしょう。というのも、現在のアメリカ合衆国に存在する組織犯罪が生まれるきっかけとなった禁止法案を可決したのは、連邦議会だからです。

組織犯罪はときに美化されることもあるとはいえ、その日々の活動は暴力や殺人などに満ちあふれています。恐怖によって支配しているのです。彼らは罰を与えるのに、判事や陪審員、裁判も必要としません。毎日のように、一般市民は脅かされています。

興味深いことに、そういった犯罪者たちは地方や州、連邦の法を公然と犯すいっぽうで、彼ら独自の正義を容赦なく執行しています。たとえば報道によると、ミスタ・アッカルドの自宅に押し入った疑いのある多くの強盗が、冷酷に殺されているのです。

そうしたことから、シカゴの犯罪組織によって繰り返される無法の数々にわれわれ連邦議会が辟易していることを、おそらくミスタ・アッカルドは理解できると思います。組織犯罪は刑事裁判で証言しないよう個人を脅すことはできますが、連邦議会を脅すことは決してできません。

ＦＢＩで特別任務にあたっている専任捜査官のパトリック・グリーヴィーに依頼し、ミスタ・アッカルドの経歴と、彼の証言を確実に引き出そうという小委員会の意図を、冒頭で手短に説明してもらうことになっています。


専任捜査官、パトリック・グリーヴィーの証言

私は常設調査小委員会の専任捜査官、パトリック・グリーヴィーです。本日の公聴会にいたるまでの出来事を要約するよう頼まれました。

アンソニー・ジョゼフ・アッカルドは一九〇六年にシカゴで生まれました。組織犯罪活動への関与は法執行機関当局によって詳細に記録され、メディアによっても広く報道されています。仲間と言われている者の多くは組織犯罪の大物たちで、そのなかにはアル・カポネやマレー・〝ザ・キャメル（ラクダ）〟・ハンフリーズ、ジャック・〝グリージー・サム（親指で買収する男）〟・グージックといった悪名高いギャングたちも含まれています。その誰もが、一九三〇年代から四〇年代にかけてミスタ・アッカルドとつながっていたことは、おおやけに知られています。アッカルドはカポネのボディガード兼運転手をしていたと言われ、その名が知れ渡るようになったきっかけは、一九二九年の聖バレンタインデーの虐殺に関わっていたという噂が広まったことにあります。トニー・アッカルドは二十五歳のとき、シカゴ犯罪委員会が発行する犯罪界の主要人物をまとめた〝社会の敵〟リストに載せられました。それから五十年以上経ったいまでも、〝トニー・アッカルド〟という名前はシカゴ・マフィアの相談役のトップとして、組織犯罪の黒幕たちとともにリストに挙げられているのです。

　アッカルドは何度となく逮捕されているとはいえ、刑務所でひと晩も過ごしたことがないとよく自慢しています。一九六〇年代の前半、虚偽の納税申告をしたとして逮捕され、懲役六年を言い渡されました。ですがこの判決は控訴審で覆され、再審の結果、無罪になりました。マクレラン委員会とキーフォーヴァー委員会では回答を拒否したため、どちらも法廷侮辱罪で出頭を命じられましたが、正式な起訴にはいたりませんでした。最近では、一九八一年に労働組合の福祉基金をだまし取る計画に加わったかどで、ほかの十五人とともにフロリダ州で起訴されました。アッカルドはその事件でも無罪になりました。

これまでと同様に、この連邦議会委員会の公聴会では、全米ホテル・レストラン従業員組合内での組織犯罪の影響力について言及され、幾度となくアッカルドの名前が挙げられてきました。最近になって、この小委員会はアッカルドの絶大な権力と影響力を裏付ける明確な証言を得ました。

一九八三年十一月十七日、アッカルドはこの小委員会の前に姿を現わしました。アッカルドは裁判所命令によって免責を与えられ、憲法修正第五条の黙秘権を行使できなくなりました。それでも、小委員会の質問に答えることを拒否したのです。電子機器を使った違法な盗聴によって得られた情報だ、との主張で。その後、上院政府活動委員会と本会議は上院決議第二九三号を可決し、それによりアッカルドに対して民事的法廷侮辱罪を提起することが認められました。そういった訴訟が起こされたのは、史上二度目です。

本日のミスタ・アッカルドの証言は、いまもつづくわれわれの捜査にとって非常に重要であります。ホテル従業員組合やシカゴという都市全般における、シカゴの組織犯罪グループの影響力について……

〈アニタの店〉の強制捜査から七週間後、フェリックス・バンカはシカゴ市警察を退職した。バンカ夫妻はモンクレアにあるレンガ造りのバンガローを娘のレナータに売り、フロリダ州南部の大西洋岸に位置する、マイアミの沖合に浮かぶバリア島、キー・ビスケーンに移り住んだ。バンカがそこの土地を購入したのは一九六〇年代後半で、リチャード・ニクソンがその島を有名にするまえだった。それから十五年のあいだに、キー・ビスケーンは古風で静かな漁村から富裕層向けの温暖な行楽地へと様変わりした。バンカの隣人たちはポロシャツにボートシューズというでたちで、テニスばかりしている。とはいえ、マリーナには数人の友人がいた。たまに釣りをし、チャーターボートのクルーとしてしばらく働いていたこともある。楽しそうだと思ったのだが、金持ちのろくでなしたちのせいでちっとも楽しくなどなかった。

それから六年が経っていた。バンカはシカゴの冬や交通渋滞、殺人事件などが恋しいとは思わなかった。彼の妻は数人の仲のよい友人たちと楽しく過ごしている。ほぼ毎朝のようにクランドン・パークの浜辺の駐車場に車を駐め、ダッシュボードに新聞を広げてコーヒーを飲みながら日の出を眺めているが、その光景にがっかりさせられることはめったになかった。

ただひとつだけ心を悩ませているのは、良心の呵責だった。『マイアミ・ヘラルド』紙でラスヴェガスのホテル従業員たちの労働組合搾取や組合の汚職といった記事を追い、ときには車でマイアミのダウンタウンへ行って一日遅れの『シカゴ・トリビューン』紙を手に取ることもあった。トニー・アッカルドがいまだに力をもっていること、そして国の法律など自分には当てはまらないとでもいうような暮らしをしていることが気になっていた。

アッカルドの証言は何度も延期されたため、出頭するまでの盛り上がりは緊張感に満ちていた。前年の十一月に小委員会へはじめて出頭したアッカルドは、免責を与えられているにもかかわらずどんな質問にも答えようとせず、五十回以上も黙秘権を行使した。そこで議会侮辱罪が決議され、その後もう一度出頭して質問に詳しく答えるよう強制する裁判所命令が連邦地方判事から出された。病名は公表されていないが、アッカルドがメイヨー・クリニックに入院したため、その出頭は延期された。新たな出頭日は五月に予定されていたのだが、その前日に娘の家で転んで再入院することになり、頭を八針縫うはめになった。

出頭日は六月二十一日にまた変更された。延期やら休会やらのすえ、ようやく実現した。どれも時間稼ぎだったのだろうか、それともついにザ・マンも衰えたということだろうか？　バンカは確かめずにはいられなかった。その日が近づくにつれ、そのことばかり考えるようになった。アッカルドのことで頭がいっぱいだった。決着のついていない問題に思えた。彼の心に決着がついていないのだ。

バンカは妻にどうしても行かなければならないと言った。長年、刑事の妻をしてきた彼女は、理由を訊いたりはしなかった。バンカはシカゴ犯罪委員会の知り合いに電話をかけ、なかに入れるようリストに加えてもらった。審理が行なわれるのは、ダークセン上院ビルだった。ＦＢＩの支局が入るシカゴのダークセン連邦ビルと同じく、イリノイ州出身のいまは亡き上院議員にちなんでつけられた名前だ。バンカはアメリカ自動車協会へ行き、地図をもらってルートを調べた。そしてようやくアッカルドが出頭し、実際に宣誓証言をするようだというのがはっきりした六月二十日に出発した。

バンカはアッカルドと直接会ったことが二回ある。とはいえ、シカゴで会ったことはない。はじめて顔を合わせたのは一九七三年の四月だった。その前年の秋、ポール・リッカ、本名フェリーチェ・デルチア、通称〝ポール・ザ・ウェイター〟が心臓発作で亡くなっていた。リッカはアッカルドがもっとも信頼する親友であり、顧問（コンシリエーレ）でもあった。リッカの死によりジョー・バッターズ、通称〝ザ・ビッグ・ツナ〟が好き勝手するようなことにでもなれば、アウトフィットが揺らぐのではないか、法執行機関はそんな懸念を抱いていた。しかも連邦レベルでは、サム・ジアンカーナが逃亡先のメキシコからアメリカに戻ってくるかもしれないと囁（ささや）かれていた。ポール・リッカは、二人の頑固な元ボスの調停役だったのだ。

バンカはマフィアのファミリー・ドラマには関心がなかった。あの日の午後、アッカルドに会いにキー・ビスケーンへ行ったのは、そこが中立地帯だから、そして自分が招待された理由を知りたかったからだ。バンカがマグロ漁船のところに着くと、バミューダ・ショーツにハバナ・スタイルのリネンのシャツ、黒っぽい角縁のサングラス、それに麦わら帽子姿のアッカルドが待っていた。リッカの死に哀悼の意を表したときの犯罪組織のボスの返事を、バンカは忘れたことがなかった。

「私自身も長く生きすぎた」アッカルドはそう言ったのだ。それが十年まえのことだった。

アッカルドがバンカに冷えたポーランドのラガービール、ジヴィエツを差し出したところを見ると、しっかり下調べをしているようだった。会話に関して言えば、それはただの腰を落ち着けてのおしゃべりで、チェスマッチなどではなかった。しばらくしてから、ようやくアッカルドは言いたいことを口にした。たいていの人たち、判事や政治家、とりわけ警察官と友人になれる――ようするにそういった人たちを取りこめる――自分が、バンカとだけは友人になれなかった、と。アッカルドにその点は評価していると言われ、バンカは評価されているという事実を評価すると応えた。アッカルドはそれに加え、コンサルタント料として月五十ドルほどを提示した。バンカは笑い声をあげて断わった。

「とはいえ、おまえはここに来た」アッカルドは言った。「私に会うために」

確かにそのとおりだった。

二度目は一九七六年の春で、そのときは別のボートで会った。バンカは休暇で来ていたのだが、なぜかそのことを知っていたアッカルドから釣りに誘われたのだ。ドゥーヴズ・アイウッパもしばらくいっしょにいたものの、そのうちボートの前の方へ行ってしまった。もしバンカが連絡をしたくなったときのために、あるいはバンカに連絡をしたくなったときのために、アッカルドは弁護士のバーナードの名前と電話番号を教えた。「おまえは分別のある男のようだ」アッカルドは言った。「ひょっとしたら、退職後はいま考えているよりもっといい暮らしをここでしたいと思うかもしれない。自分にふさわしい、穏やかな余生を」

そのときは、バンカはイエスとは言わなかった。ノーとも言わなかった。弁護士の電話番号も捨てなかった。

そのころには、バンカのキャリアは終盤にさしかかっていた。その前年の夏に、少しばかり体調を崩していた。腎臓を悪くしたのだ。たいしたことはなかったものの、今後のことを考えるようになった。〝自分にふさわしい、穏やかな余生を〟それは大げさだ――バンカはほかの人たちとちっとも変わらない――とはいえ、アッカルドに言われたことが頭から離れなかった。人生とはどれほど短いのだろう？

規則に従うことで、バンカは人生を乗り越えてきた。罪悪感なく夜ぐっすり寝られるというのは大事なことだ。だが、その人生も終わりに近づいていた。どう転んでもいいように安全策を取ることを考えるようになったのは、そのころだった。一九七八年になるころには、アッカルドは半ば引退したようなものだった。西のパーム・スプリングスで陽射しを浴び、シカゴの日々の活動には関与していなかった。長いこと負け知らずだったアッカルドが、晩年に足をすくわれることがないよう気をつけているのはわかっていた。そこで、ある情報――アッカルドの自宅が押し入られたこと、そしてその後に泥棒たちの粛清が行なわれたことをＦＢＩに洩らしている内通者がいるようだということ――をアッカルドに提供しても危険はなさそうに思えた。詳細は知らなかったし、何人か疑わしい人物がいるとはいえ、内通者が誰なのかは結局わからなかった。

そんなとき、破り取られたノートのコピーが郵便で特別捜査班に送られてきた。しかもその筆跡は、ファイルにあるアッカルドのものと一致した。そのコピーをアッカルドの弁護士に見せたところ、バーナードからある依頼を受け、報酬として大金を提示された。

あのころ、すでにアッカルドは完全に身を退いていた。終わったも同然だった。何もかもが幕をおろそうとしていた。あのときは、バンカはそう考えていた。

大失敗に終わった〈アニタの店〉の強制捜査が決め手になった。ロイの死を目の当たりにし、人生はあっさり終わることもあるという厳しい現実をあらためて突きつけられた。ここから抜け出すときだと思い知らされた。そして、穏やかな余生を送るときだと。

その日、そういったことが明るみに出るかもしれないという不安はなかった。この審理に引きつけられたのは恐怖からではない。罪悪感からだ。もう一度、バンカはジョー・バッターズをその目で確かめたかった。アッカルドは一九七八年にも包囲網をくぐり抜けていた。自宅への押し込みのあとで起こった一連の虐殺に関して、最終的に大陪審は起訴にもちこめなかったのだ。アッカルドやアウトフィットから生まれ故郷の街を守るためにキャリアを通じて戦ってきたバンカは、その終盤においてザ・マンに命綱を投げることで実質的な被害につながらないことを祈った。

委員会の部屋のドアが開くと、全員が振り向いた。トニー・アッカルドが杖をつきながらゆっくり入ってきた。見物人が見守るなか、七十八歳になったアッカルドは足を引きずって歩き、彼の名札とマイクが置かれた中央テーブルへ向かった。

ジョー・バッターズの外見に、バンカはショックを受けた。この六年という年月のあいだにかなり衰えたようだ。バンカは癌だと聞いていた。心臓疾患と言う者もいる。おそらくその両方だろう。アッカルドはスーツの下で縮んでしまい、かつて広い肩幅をしていた彼自身の影のようだった。横の壁際には、アッカルドのために医療スタッフが待機している。そのなかには心電図モニタを携えた心臓内科医らしき人もいた。

隠遁(いんとん)したボスは弁護士に支えられ、ふらつきながら椅子に腰をおろした。いまの弁護士はバーナードではなく、大きな肩パッド入りのピンストライプのスーツを着た新しい刑事弁護士だった。

バンカは、ジョー・バッターズをシカゴそのもののシンボル、街のモザイクの一部だと思わずにはいられなかった――それがこんなにも弱々しく、衰えているのを見るのは衝撃だった。

アッカルドが腰をおろしたあと、ジェラルド・ロイの特別捜査班にいたパット・グリーヴィー捜査官が立ち上がって陳述書を読み上げるのを見て、バンカは驚いた。〈アニタの店〉でロイが殺された一件は、審問の結果、サリータの死亡したボディガードの仕業ということになった。強制捜査の数カ月後、バンカはシカゴへ戻り、あの夜に目撃したことを証言した。法廷では、何があったかという自分なりの考えではなく、実際に見たことだけを話す。その審問ではケヴィン・クイストン刑事も証言し、彼の話したことはどれも認められた。バンカはクイストンとは口を利かなかった。話によると、クイストンはその数年後にギャンブルのトラブルで借金がかさみ、保管室から盗んだ麻薬をおとりに売っているところを捕まったそうだ。一九八一年か八二年のはじめころ、懲戒免職の手続きが進むなか、クイストンはアーリントンパークの外に駐めた車のなかで公務用の銃を使って自殺した。

アッカルドはまた立つよう命じられ、宣誓をさせられた。右手を挙げ、誓いますと答えて席に着いた。アッカルドと向かい合っている上院議員は三人いるが、質問をしたのは議長のロスだけだった。

「ミスタ・アッカルド、あなたは自らの証言に対して刑事免責を与えられています。ミスタ・グリーヴィーの冒頭の陳述について、何か言いたいことはありますか?」

アッカルドは何かつぶやいたが聞き取れなかった。

「目の前にマイクをもってきて、われわれに聞こえるように話してください、ミスタ・アッカルド」

アッカルドの弁護士が彼に代わってマイクを動かした。アッカルドは無愛想に言った。

「いいえ、ありません」

アッカルドの声はかすれていてか細かった。バンカはそのあまりのしわがれ声に動揺を隠せなかった。けんか腰のジョー・バッターズはもはや見る影もなく、そこに坐っているのはよぼよぼの老人だった。

「ミスタ・アッカルド、長年にわたり、あなたはシカゴの組織犯罪グループのトップの座に着いていました、そうですね？」

「いいえ」

「そうではない、というのですか？」

「はい」

「アウトフィットと呼ばれる組織犯罪グループについて知っていますか？」

「いいえ」

「一時期、アル・カポネの下で働いていませんでしたか？」

「はい？」

「アル・カポネです。彼の下で働いたことは？」

「面識はありました」

上院議員たちはたがいに視線を交わした。

「ミスタ・アッカルド、宣誓した上で、組織犯罪とはいっさい関わったことがないと言い張るのですか?」

「はい、一度もありません」

「どんな違法行為にも関わったことがないと?」

「はい」

アッカルドの弁護士が手でマイクを覆い、耳打ちした。弁護士がマイクから手を離すと、アッカルドは言いなおした。

「ギャンブルをしたことはあります」

すでに上院議員たちは腹に据えかねていた。しばらくそんなやりとりがつづいた。税金に関する質問で活路を開こうとしたのだが、らちが明かなかった。アッカルドは、自分は退職したビールのセールスマンだと言って譲らなかった。

「リヴァー・フォレストの自宅を強制捜査したＦＢＩ捜査官たちを覚えていますか?」

「はい」

「いまでもそこに家を所有していますか?」

「いいえ」

「FBIはあなたの自宅でお金を発見しましたか？　自宅の金庫室で？」

「はい」

「その金額は？」

弁護士と相談してから答えた。「二十七万五千ドルです」

「そのお金は押収されたのですか？」

「はい」

「裁判所に告訴しましたか？」

「はい、しました」

「それで、お金は返ってきましたか？」

「はい」

「それだけの大金を、どうやって手に入れたのですか？」

「ギャンブルで」

その時点で、苛立ちの募った上院議員たちにはこの先の展開が読めた。そこで、彼らは組織図と写真を用意した。アッカルドは、ドゥーヴズ・アイウッパとジャッキー・〝ザ・ラキィ〟・セローネはゴルフ仲間だと認めたが、仕事のうえでのつながりはなく、二人がどんな仕事をしているかさえ知らないと言った。

「ミスタ・アッカルド、この二人が有名なギャングだというのをまったく知らないとでも言うのですか？　そんな話をわれわれが信じるとでも？」

「はい」

「少しばかり信じがたいとは思いませんか？」

「質問には答えました」

　ばかげているとはいえ、傍聴人たちから笑い声があがることはなかった。アッカルドは数名の名前を挙げたが、どれもとっくに死亡した者たちだった。プロジェクターがつけられ、議場の横にあるスクリーンにスライドが投映されると、室内の雰囲気が張り詰めてきた。サム・ジアンカーナを皮切りに、殺されたギャングたちが次々と映し出されていく。

「サム・ジアンカーナはご存じですね、ミスタ・アッカルド？」

「何度か車に乗せてもらったことがあります」

「ミスタ・ジアンカーナが殺されたことについて、何か知っていますか？」

「何も知りません」

「何も知らないというのは、直接的に、それとも間接的に？」

「まったく知りません」

「その件に関与しましたか？」

「いいえ」

「誰かに殺人を指示したことは？」

「ありません」

「ミスタ・アッカルド、リヴァー・フォレストのあなたの自宅が押し入られたとされる事件のあと、一九七八年にシカゴの裏社会（ギャングランド）で粛清が行なわれました。そのときに殺された、あるいは行方不明になった人たちの写真をお見せします。スクリーンに注目してください」

　次に映し出されたのはヴィン・ラボッタだった。むかしの逮捕写真で、下には〝殺害〟と書かれている。

「ヴィンセント・ラボッタ。この男をご存じですか？」

「覚えていません」

　殺されてトランクに入れられた泥棒たちの写真がひととおり映し出されていった。〝ゴンゾ〟・フォルテ。ディディ・パレ。ジョーイ・〝ザ・ジュー〟・レメルマン。〝ライノ〟・グァリーノ。〝キュー・スティック〟・ピノ。そのほとんどが逮捕写真で、下に黒い太字で〝殺害〟と書かれていた。

「この殺された犯罪者たちには誰ひとり見覚えがないというのですか？」

「はい」

次はサリー・〝ブラッグス〟・ブラゴッティの逮捕写真だった。説明には〝行方不明、おそらく殺害〟と書かれている。

「サルヴァトーレ・ブラゴッティは?」

「知りません」

フランキー・〝グリースマン〟・サンタンジェロ。〝行方不明、おそらく殺害〟

「フランシス・サンタンジェロは?」

「知りません」

マイケル・ヴォルペ。〝行方不明、おそらく殺害〟

「マイケル・ヴォルペの遺体は見つかっていません――しかしながら、あなたの自宅の焼却炉で彼の眼鏡が発見されました」

アッカルドはためらった。弁護士と話をしている。

「長年、マイケルはうちで働いていました」

ジョニー・サリータの運転免許証の顔写真。〈アニタの店〉を強制捜査した夜に、バンカがまわした写真だ。〝死亡〟

「この男、ジョニー・サリータは?」

「知りません」

「ミスタ・サリータは強制捜査が失敗したさいに、ほかの二人の男性とともに殺されました。その強制捜査では、FBIのジェラルド・ロイ捜査官も殺されています」

「知りません」

次はニッキー・〝ピンズ〟・パッセロの逮捕写真。競馬の八百長で捕まったときのものだ。

〝行方不明、おそらく殺害〟

「ではこの男、ニコラス・パッセロは?」

今回は、なかなか答えようとしなかった。弁護士が声をかけてその沈黙を破ったが、アッカルドは聞いていないようだった。スクリーンの写真を見つめている。

上院議員が促した。「ミスタ・アッカルド?」

バンカには、アッカルドが苦しそうにしているのがわかった。記憶を探っているのか、ことばが出てこないのか。もしかすると後悔の念に苛まれているということもあり得る。あるいは、しらを切って自らをヴェールで覆っていたのだが、ここへ来てようやくそのヴェールに裂け目ができたのかもしれない。

「たしか……」アッカルドはニッキー・ピンズの顔写真を見つめたまま口を開いた。「ボウリング場を経営していた男だと思う」

その後まもなく休会に入り、午後もつづくことになったが、バンカにはこれで充分だった。バンカにとっては、これで終わったのだ。あとは車に乗って長い帰路につくだけだった。

一九九二年

マーケット・ストリートから一ブロック離れたノー・ストリートには、〈ミッション・ビデオ〉というビデオ・ストアがある。〝ミッション（布教）〟という店名ではあるものの、その店があるのはゲイ・タウンとして有名なカストロ地区だった。角地にあるその店は幅よりも奥行きがあり、ふつうの小売店の半分ほどの大きさだ。〈チョコレート・ジンジャー〉というグルメ・クッキー・ショップと隣り合わせになっている。VHSのカセット・テープが並べられたワイアー・ラックが細い通路を挟んで四列あり、〝新作〟〝スタッフのおすすめ〟〝カルト作〟〝ゲイ作品〟というカテゴリーごとに分けられている。壁に《プレシディオの男たち》や《パシフィック・ハイツ》などのポスターが貼られているのは、サンフランシスコという店の立地ならではだ。店の奥はカーテンで区切られ、ポルノは一般向け映画と離して置かれている。

〈ミッション・ビデオ〉のオウナーのニーノ・ポルケラは早くからこの業界に入り、一九八三年に〈アクション・ビデオ〉という店で働きはじめた。〈アクション・ビデオ〉は新たに湧き起こってきた家庭用ビデオの世界に関心がある映画マニアや映画好き向けの小さな店としてテンダーロイン地区にオープンしたのだが、オウナーたちは利益の半分がポルノ映画のレンタルによるものだということにすぐさま気づいた。やがて〈アクション・ビデオ〉はもっと大きな店舗を借り、むかしながらの長篇映画を貸し出しながらも、在庫リストの九十パーセントはゲイ・ポルノが占めるようになった。家庭用ビデオが普及したために多くのポルノ映画館が閉館したこともあり、店は行きずりの相手を探す絶好のスポットになった。

オウナーたちのあいだで個人的な、または仕事上のいさかいが起こるようになると、ニーノは別の店へ移った。地元に六軒の店舗をかまえる〈トレジャー・ビデオ〉というチェーン店の一軒で、一般向けのハリウッド作品と質の高いポルノをバランスよく取りそろえていた。ニーノは昇進し、やがて新たにオープンする七番目の店舗を任されることになった。その店を大成功に導いた腕を見こまれたニーノは、ビデオ・レンタルに手を広げようと考えていた書店チェーンに引き抜かれ、同じ役割を担うことになった。

その書店チェーンというのが〈ミッション・ブックス〉で、その子会社が〈ミッション・ビデオ〉というわけだ。〈ミッション・ビデオ〉は家族向けの店だが、目立たないところにあるカウンターに〝アダルト・タイトル〟の図版を載せたバインダーを置き、二十一歳以上の客が眺められるようにしていた。八〇年代の終わりに躍進してきた全国チェーンの〈ブロックバスター・ビデオ〉に怖れをなしたミッション・グループはレンタル・ビデオから撤退し、また書籍だけに専念することにした。そのころまでにカネを蓄えていたニーノは、会社と取引をして在庫と〝ミッション・ビデオ〟という商標名を買い取り、いまの場所に移ってきたのだった。ニーノはその建物を所有しているわけではないので大金持ちになることはないが、ビデオ・レンタル市場から確実な利益を得ていた。毎週リリースされる新作を仕入れてさえいれば、基本的にはほかに何もせずとも商売は成り立った。

たいていニーノは客の少ない日中に働き、正面ウィンドウのそばにあるカウンターの奥でスツールに坐っていた。その正面ウィンドウからは、専門店やブラウンストーンのコンドミニアムが建ち並ぶ通りを見渡せる。店内に設置された二台の二十七インチのテレビでつねに映画を流し、カウンターの奥にある小さなテレビで午後のメロドラマを楽しんでいた。選んだ映画をレジにもってきた客はメンバーズ・カードを見せ、二泊三日の料金の三ドル十五セントを払って嬉しそうに家へ帰る。ニーノは常連客たちからは名前で呼ばれていた。五十三歳のニーノはがっしりしていて、特徴的なシカゴ訛りでよくしゃべる男だった。頭頂部の黒髪は薄くなっているものの、両脇とうしろは伸ばしている。ニーノは将来有望な若者たちが働く街では目立っていた。

五月のその週にリリースされる注目作は《JFK》だ。三時間という長さのためにVHSカセット二本組になっていて、そのせいでレンタルが面倒な作品だった。ニーノは二つのプラスティックのビデオ・カセット・ケースをベルクロでまとめ、最初の数週間でどちらかのカセットがなくなってしまわないことを祈った。そんなことになれば商品にならない。五時ちょうどに、シフト・マネージャーのヘザーがやって来た。サンフランシスコ州立大学を出たひときわ細身の女性で、髪を刈り上げ、片方の耳にピアスを六つ付けている。ロックバンドのジェーンズ・アディクションのTシャツの袖には、わざと切りこみが入れてある。

「水曜日はどうだった、ヘザー?」カウンターに入ってきた彼女にニーノが訊いた。

「最悪よ」まぶしいほどの最高の笑みを浮かべて言った。いつものように、ルビーレッドのリップのほかにはメイクをしていない。

「お隣からクッキーをもらったんだ」ニーノは言った。「ほら、少し食べて」

ヘザーは親しみをこめてニーノの腕を握りしめ、カウンターに飛びのって重そうなブーツをぶらぶらさせた。

「暇になったら」ニーノは色あせたレザージャケットを着ながら言った。「不具合のあるテープが何本かあるから、チェックしてくれないか？」

「喜んで！」とびきりおどけた態度で、びしっと敬礼をした。ニーノはにっこりした。ヘザーの振る舞いは理解できなかった——とはいえ、いまの世のなかの主役は彼女の世代であり、ニーノはその世界をただ通り過ぎていくだけだった。

「きみを気に入っているのは、いつもびっくりさせられるからだろうな」ニーノはドアへ向かいながらそう言った。

家に帰る途中で中華料理をテイクアウトした。彼が住んでいるのは、カストロ地区にあるエレヴェータのない二階建てのアパートメントだった。ドアを開けると、ルームメイトのウエスト・ハイランド・ホワイト・テリアが傷んだカエデ材の床を駆け抜けて出迎えてくれた。

そのイヌを抱え上げたニーノは、よれよれのひげを押しつけられて舐(な)められた。「ただいま、シットヘッド（クソッたれ）。散歩に行くかい？」

ブロックを軽く一周したあと、ニーノはドッグフードを用意し、そのあとでビニール袋から自分の夕食を取り出した。カリカリに焼いた牛肉と豚肉のチャーハンだ。野菜などクソ食らえだ。ミラー・ライトを開けてキッチンの隅で椅子に坐り、テレビをつけてニュースを眺めた。それが毎晩の習慣になっていた。

「本日、長年にわたってシカゴ・マフィアのボスの座に君臨してきたとされるトニー・アッカルドが亡くなりました。八十六歳でした」

アナウンサーの肩越しに、フェドーラ・ハットをかぶって歩道を歩くアッカルドの写真が映し出された。その下には〝一九〇六年～一九九二年〟と表示されている。

映像が流れはじめた。ニーノはその映像に気を取られ、レポーターの声が頭に入ってこなかった。

アル・カポネといっしょにいる、アッカルドだというのがわからないほど若いころの写真。

娘のひとりの結婚式で教会の外にいるアッカルドとクラリセの映像。

一九五一年のキーフォーヴァー委員会で証言をする、サングラスをかけてマイクの前に坐るアッカルド。

一九八四年に再び証言をする、痩せ細ったアッカルド。

ウエスト・サイドのウエスト・ディヴィジョン・ストリートにあるセント・メアリー・オブ・ナザレス病院の映像。病院の外で声の低いレポーターがカメラの前に現われる。死因は心不全ということだ。

「最近になって国じゅうの裏社会（ギャングランド）のリーダーたちに有罪判決が下されているということは、犯罪組織のボスの時代が終わりを迎えたことを示しています。そう考えると、トニー・アッカルドはこの国における過去の時代を象徴する最後のひとりと言えます。アメリカの国民は、そんな時代から抜け出せて喜んでいるかもしれません」

その後もニュースはつづいた。ニーノは呆然としてことばが出ず、津波のように押し寄せてくるむかしの記憶に呑みこまれてしまった。懸命に忘れようとしてきた記憶に。

イヌの鳴き声で現実に引き戻された。テレビでドッグフードのコマーシャルが流れていた。

先に進まなければならない。今夜は申し分のない夜だ。この死を胸に刻む必要がある。

シットヘッドにリードをつなぎ、ゴフ・ストリートのカフェまで歩いていった。その隣には、ヴィンテージの古着——一九七〇年代のもの——を売るリサイクルショップがある。カフェの外にはテーブル席があり、街のうつろいを眺めることができる。夜になると、店内から洩れてくる明かりだけで外のテーブル席は充分に明るいが、まわりからは見えにくくなる。ニーノはエイズ患者支援団体アクトアップのステッカーとメンズ・ヘルス・クリニックのチラシが貼られた窓の前に坐った。シットヘッドは足元でおとなしくしている。

る。

店員がニーノのテーブルにやって来た。若い男で、白いタオルをエプロンの前に挟んでいる。

ニーノが言った。「スコッチをくれないか？　いいやつを、ダブルのストレートで」

「何かお食事は？」

「酒だけでいい。今日、友人が亡くなって、その弔（とむら）いの酒なんだ」

その若者が頭を下げた。動揺しているようだ。「それはお気の毒です」

「いやいや、ちがうんだ」ニーノは誤解されていることに気づいた。「じいさんだよ。八十六歳だった。長い充実した人生を送った。充実しすぎていたかもしれない」

店員は注文を伝えになかへ戻った。ニーノはリードが引っ張られるのを感じた。デート中の二人の若い男が、腰を屈めてシットヘッドをなでていた。

「このちっちゃい子の名前は？」ひとりが訊いた。

「シットヘッドだ」

かまってほしがっていたシットヘッドをさんざんかわいがってから、カップルは手をつないで夜の闇へ消えていった。ニーノはそんな二人を見つめていた。いまはむかしとはちがうのだ。毎年夏に行なわれるプライド・パレードのように、何もかもがニーノの目の前を通り過ぎていってしまった。ニーノはそのフェスティバルにしぶしぶ遅れて加わり、ひとりでいるのを好む性格も相まって、たいていは見物人のように感じていた。もしかしたら、そういった気持ちが変わる時間がまだ残されているかもしれない。夜の景色に目を向け、この街へたどり着いた経緯に思いをめぐらせた。

一九七八年のシカゴでは、ギャングは簡単に行方をくらますことができた。街を出るだけで、最悪の結末を迎えたのだろうと誰もが勝手に思いこんだのだ。誰も探そうとは思わない場所へ行き、名前を変え、目立たないように暮らしてむかしの知り合いと出くわさないよう注意していればなおさらだ。

シカゴをあとにすると、まるでかつての夢のようだった。すべて消えたのだ。もはやニーノは本当の自分を嫌ってはいなかった。それがせめてもの救いだった。自分の顔を殴るにも限度があるのだ。シカゴでやったことのなかには、後悔していることもある。やらざるを得なかったこと。忘れようとしたことが。

酒が運ばれてきた。ニーノはトニー・アッカルドをしのんでグラスを掲げた。アッカルドは自分が支配してきた街で家族に囲まれて息を引き取った。誰もが望むような最期を迎えたのだ。アッカルドはほかの誰よりも長生きしたため、葬儀はひそやかなものになるだろう。アッカルドの死は、ひとつの時代の終焉（しゅうえん）を告げた。むかしながらのやり方は――何もかも――アッカルドとともに幕をおろしたのだ。

ニーノはグラスに口をつけた。酒が染み渡っても、物思いに沈んだままだった。酒を飲み終えるとグラスをおろし、シットヘッドに残りを舐めさせてやった。シットヘッドはグラスを舐めながら鼻先をニーノの手に押しつけてきた。最近では、それが二人のあいだのスキンシップになっていた。

大切な記憶でさえも心が痛んだ。一九七八年の日曜日の午後に、玄関ポーチに立つ女性。アイスクリーム・ショップでブリキのカップに盛られたトリプルのアイスクリームを頬張る、左右の手首に別のチームのリストバンドをつけた少年。あの二人にとっては、自分がそばにいないほうがいい。それが事実だというのを認めるのが、何よりつらかった。

ニーノ・ポルケラはチップをはずみ、シットヘッドのリードをつかんで家路についた。

謝辞

この小説は、ジェイムズ・L・スワンソンとガス・ルッソという二人の作家がいなければ生まれませんでした。二人は、犯罪組織の最後の偉大なボス、トニー・アッカルドの自宅が押し入られたという信じられないような実話を教えてくれました。リチャード・アバーテとジョニー・リン、編集を担当してくれたウェス・ミラーにも感謝します。そしてもちろん、私自身の犯罪一家、シャーロット、メラニー、デクラン、コリン、リラにも感謝を。

解説

アメリカ合衆国イリノイ州シカゴ。この街は、一〇〇年以上にわたって、ひとつのマフィア組織によって支配されている。それが、シカゴ・アウトフィット。本作『ギャングランド』でその内情が描かれることになる、世界屈指の大規模犯罪組織だ。

シカゴ・アウトフィットは、大元をたどれば、一九一〇年ごろにシカゴのサウスサイドでジェームズ・コロシモがクラブと売春宿を経営したところから始まったという。やがて禁酒法の時代になると、彼の部下であったジョニー・トーリオとアル・カポネが酒の密売をもって組織を拡大させようとするが、それに反対したコロシモが、トーリオ、カポネと対立し、一九二〇年にコロシモは暗殺されてしまう。そのあとはトーリオが組織を引き継ぐも、襲撃に遭い引退。カポネが頭目を務める時代になると、組織はシカゴ・アウトフィットと呼ばれるようになった。

そんなカポネもエリオット・ネス率いる〈アンタッチャブル〉と呼ばれる特別捜査班によって摘発されると、アウトフィットの頭目は、フランク・ニッティ、ポール・リッカと継がれていくことになる。だが、ニッティ、リッカはともに逮捕されてしまい、そのあとはリッカの元で副ボスを務めていたトニー・アッカルドが新たな頭目となった。一九五七年には、アッカルドは頭目の座をサム・ジアンカーナに譲ることになるが、相談役として彼は組織に留まる。やがて、アッカルドとジアンカーナは対立することになり、一九七五年、ジアンカーナは何者かによって暗殺され、アッカルドの立場はゆるぎないものとなる。

これが本作が始まるまでのざっくりとしたシカゴ・アウトフィットの歴史だ。

既読の方はお気づきの通り、本作冒頭のサム・ジアンカーナ暗殺の話は、現実に起こったことである。それだけではない、レビンソン宝石強盗事件も、トニー・アッカルドの自宅に泥棒が入ったことも、それに伴う関係者への拷問・殺人も、そして一九七八年に起こる大事件も、すべて歴史上の事実である。

その中に著者チャック・ホーガンは、ひとつだけフィクションを混ぜ込んだ。それが、本書の主人公ニッキーだ。彼は、ボウリング場の経営者でありながら、アッカルドの右腕でもあり、そしてFBIの協力者でもある。複雑な立場を持っているこの主人公が、史実の合間をどのようにして動き、そしてどのような結末を迎えるのか、ここが本作の最大の読みどころとなっている。

著者のチャック・ホーガンは、映画『ザ・タウン』の原作である『強盗こそ、われらが宿命』（加賀山卓朗訳／ヴィレッジブックス）や、ギレルモ・デル・トロとの共著で、『ストレイン　沈黙のエクリプス』としてテレビドラマ化された『沈黙のエクリプス』（大森望訳／ハヤカワ文庫）を書いた作家だ。〈ストレイン〉シリーズの最終作『永遠の夜』（嶋田洋一訳／ハヤカワ文庫）の原書の刊行が二〇一一年だったので、二〇二二年に刊行された本作は実に一一年ぶりの新作になる。なお、単著としては二〇一〇年の『流刑の街』（加賀山卓朗訳／ヴィレッジブックス）以来となる。

『強盗こそ、われらが宿命』ではボストンで巻き起こる銀行強盗事件を描いたホーガンは、本作を描くにあたって、ボストンの犯罪組織とシカゴの犯罪組織の違いを強く意識したという。それは、ボストンの犯罪組織はアイルランド系とイタリア系に二分され、プロビデンスに居を構えるイタリア系マフィアの圧力もあって肩身の狭い思いをしていたのに対して、シカゴでは明確なトップが君臨し、そのボスの下で構成員が働くという企業的な構造を持っているということだ。ボストンの犯罪組織のトップ、ホワイティ・バルジャーも、シカゴのトニー・アッカルドも、実刑を免れる術に長けていたが、バルジャーがＦＢＩと手を組んでいたのに対し、アッカルドはむしろＦＢＩを軽蔑し、ほかの人間を矢面に立たせることで権力を維持した。このふたつの組織の違いは、街の雰囲気の違いにつながってくる。ある意味、犯罪組織が街に同居することを許容していたボストンに対し、完全な犯罪組織の支配の元で街が動いているシカゴ。この街の雰囲気の違いは、そのまま『強盗こそ、われらが宿命（さだめ）』と『ギャングランド』の作風の違いになっていると言えるだろう。

少しロマンスの要素があり、読み終えた後には切ない気持ちになるような『強盗こそ、われらが宿命（さだめ）』に対して、『ギャングランド』は深くため息をつくような、長く続いた緊張感から解放されたような読み味になっている。どちらも満足感のある作品であることは間違いないので、ぜひこのふたつの作品を読み比べてみてほしい。

なお、ホーガンは次作についての構想は未定としながら、本作を書くにあたって史実とフィクションを混ぜ合わせたことはとても楽しい試みだったと語っており、次作も史実の裏を描くような作品になるのではないかと予想できる。見事な手腕で史実の間隙を縫い、大変面白い小説を仕上げたチャック・ホーガンの次作を楽しみに待ちたい。

○参考ウェブサイト

The Big Thrill 掲載の著者インタヴュー記事
https://www.thebigthrill.org/2022/08/up-close-chuck-hogan/

二〇二四年四月

編集部

コールド・コールド・グラウンド

The Cold Cold Ground

エイドリアン・マッキンティ

武藤陽生訳

紛争が日常と化していた80年代北アイルランドで奇怪な事件が発生。死体の右手は切断され、なぜか体内からオペラの楽譜が発見された。刑事ショーンはテロ組織の粛清に偽装した殺人ではないかと疑う。そんな彼のもとに届いた謎の手紙。それは犯人からの挑戦状だった！　刑事〈ショーン・ダフィ〉シリーズ第一弾。

ハヤカワ文庫

サイレンズ・イン・ザ・ストリート

I Hear the Sirens in the Street

エイドリアン・マッキンティ
武藤陽生訳

フォークランド紛争の余波で治安悪化が懸念される北アイルランドで、切断された死体が発見される。胴体が詰められたスーツケースの出処を探ると、持ち主の軍人も何者かに殺されていた。ふたつの事件の繋がりを追って混沌の渦へと足を踏み入れたショーン警部補に、謎の組織が接触を……大好評のシリーズ第二弾！

アイル・ビー・ゴーン

In The Morning I'll Be Gone

エイドリアン・マッキンティ
武藤陽生訳

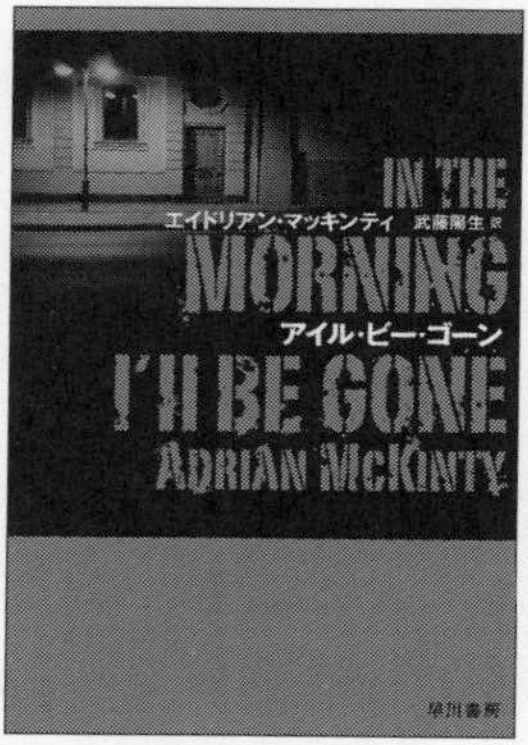

元刑事ショーンに保安部（MI5）が依頼したのはIRAの大物テロリスト、ダーモットの捜索。ショーンは任務の途中で、ダーモットの親族に取引を迫られる。四年前の娘の死の謎を解けば、彼の居場所を教えるというのだ。だがその現場は完全な〝密室〟だった……刑事〈ショーン・ダフィ〉シリーズ第三弾　解説／島田荘司

ハヤカワ文庫

ガン・ストリート・ガール

Gun Street Girl

エイドリアン・マッキンティ
武藤陽生訳

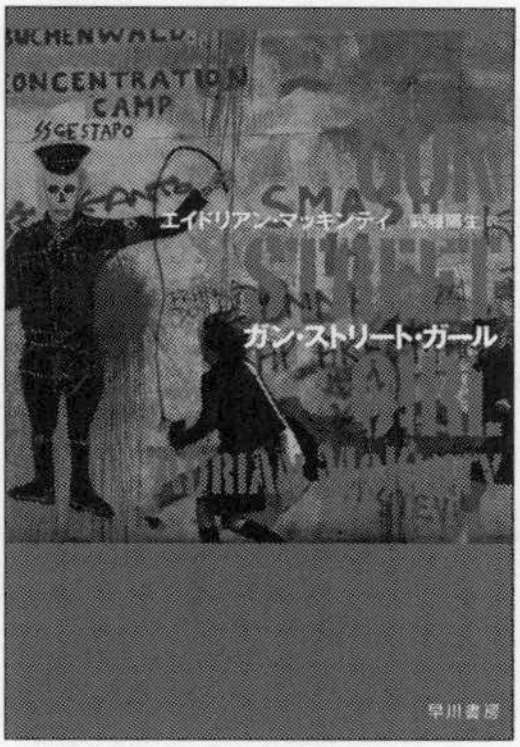

富豪の夫妻が射殺された。当初は単純な事件かと思われたが、容疑者と目されていた息子が崖下で死体となって発見される。現場には遺書も残されていたが、彼の過去に不審な点を感じたショーンは、部下と真相を追う。だが、事件の関係者がまたも自殺と思しき死を遂げ……刑事〈ショーン・ダフィ〉シリーズ第四弾。

レイン・ドッグズ

Rain Dogs

エイドリアン・マッキンティ
武藤陽生訳

〈アメリカ探偵作家クラブ賞最優秀ペイパーバック賞受賞作〉北アイルランドにある古城で転落死体が発見された。事件当時の現場は完全な密室状態であり、捜査は難航を極める。さらに、ショーン・ダフィの元に警察高官が爆殺されたという連絡が入る。彼はＩＲＡの手によって殺されたというが……解説／阿津川辰海

ハヤカワ文庫

ポリス・アット・ザ・ステーション

Police at the Station and They Don't Look Friendly

エイドリアン・マッキンティ
武藤陽生訳

麻薬の密売人が殺された。事件の捜査にあたるショーン・ダフィ。だが、北アイルランド情勢はかつてないほどの苛烈さを極め、捜査はままならない。ショーンは事件の背景に紛争の影響があることを突き止めるが、何者かに命をねらわれ、さらに警察からはＩＲＡのスパイだと疑われてしまい……。解説／法月綸太郎

ハヤカワ文庫

訳者略歴　1973年生，パデュー大学卒，翻訳家　訳書『アベルVSホイト』『老いた男』ペリー，『追跡不能』レベジェフ，『ガーナに消えた男』クァーティ，『カリフォルニア独立戦争』バーン，『狼の報復』ボーモント（以上早川書房刊）

HM=Hayakawa Mystery
SF=Science Fiction
JA=Japanese Author
NV=Novel
NF=Nonfiction
FT=Fantasy

ギャングランド

〈HM518-1〉

二〇二四年五月二十日　印刷
二〇二四年五月二十五日　発行
（定価はカバーに表示してあります）

著者　チャック・ホーガン
訳者　渡辺義久
発行者　早川浩
発行所　株式会社　早川書房

郵便番号　一〇一 - 〇〇四六
東京都千代田区神田多町二ノ二
電話　〇三 - 三二五二 - 三一一一
振替　〇〇一六〇 - 三 - 四七七九九
https://www.hayakawa-online.co.jp

乱丁・落丁本は小社制作部宛お送り下さい。
送料小社負担にてお取りかえいたします。

印刷・中央精版印刷株式会社　製本・株式会社明光社
Printed and bound in Japan
ISBN978-4-15-186101-7 C0197

本書は活字が大きく読みやすい〈トールサイズ〉です。

u books

わたしはこうして執事になった

ロジーナ・ハリソン

新井潤美＝監修
新井雅代＝訳

白水uブックス

First published in Great Britain by Arlington Books (Publishers) Ltd 1976.
First Sphere Books edition 1978.
Reissued by Sphere, an imprint of the Little, Brown Book Group, in Great Britain in 2015.

This Japanese language edtion is published by arranged with Little, Brown Book Group Limited, London through Tuttle-Mori Agency, Inc., Tokyo